Heliosphere 2265

Der Fraktal-Zyklus 2

Entscheidungen

(Bände 5-7)

von Andreas Suchanek

1. Auflage Juni 2016

Autor: Andreas Suchanek
Cover: Arndt Drechsler
Lektorat: Daniela Höhne, Andreas Böhm
Satz: Jürgen Straub
Innenillustration: Anja Dyck

Bibliografische Information der Deutschen Nationalbibliothek Die Deutsche Nationalbibliothek verzeichnet diese Publikation in der Deutschen Nationalbibliografie; detaillierte bibliografische Daten sind im Internet über http://dnb.dnb.de abrufbar.

Herstellung und Verlag:
Greenlight Press
Inhaber: Andreas Suchanek
Gartenstr. 44B
76133 Karlsruhe
E-Mail: asuchanek@greenlight-press.de

Printed in Germany
ISBN: 978-3-95834-192-0

Sie finden uns im Internet unter:
http://www.greenlight-press.de
http://www.facebook.com/Heliosphere2265
http://www.twitter.com/Heliosphere2265

V

IM ZENTRUM DER GEWALTEN

1

Sol-System, SOL III, 02. März 2266, 04:13 Uhr

Doktor Irina Petrova wusste, dass sie verloren war. Die Männer in Schwarz hatten sie von der Krankenstation der HYPERION geholt und in dieses Loch geworfen, in dem sie seitdem wartete. Der Vorwurf lautete: Hochverrat und Verschwörung mit Admiral Juri Michalew. Von einem Augenblick zum anderen war sie von einer angesehenen Ärztin zur Verräterin geworden, die angeblich Bombenanschläge unterstützt und den Tod von Präsidentin Ione Kartess mitverursacht hatte.

Irina sank zu Boden. In der drei Quadratmeter großen Zelle gab es keine Sitzgelegenheiten, geschweige denn sanitäre Anlagen. Wenn sie sie hier weiterhin schmoren ließen, musste sie jemand herbeirufen, sonst wurde es peinlich für sie.

Und das alles nur, weil ich auf Juri hereingefallen bin. Sie schlug mit der Faust gegen die Wand.

Noch immer fragte sie sich, was im Sol-System vorgefallen war, während die HYPERION bei NOVA gekämpft hatte und in der Folge von der Verräterin Sarah McCall in eine Falle gelockt worden war.

Durch einen Ausfall des Phasenfunk-Netzes waren sie von jedem Informationsfluss abgeschnitten gewesen. Kaum zurück im Sol-System, war ein Trupp der Männer in Schwarz in die Krankenstation gestürmt, um sie zu verhaften. Das war erst wenige Stunden her, doch es kam ihr vor wie eine Ewigkeit.

Ein Klicken ertönte. Irina erhob sich und strich ihre Uniform glatt. Das Schott fuhr zur Seite.

„Folgen Sie mir, Doktor Petrova“, sagte ein junger Mann in schwarzer Uniform. Im Brustbereich war in silbernen Lettern des Kürzel I.S.P. aufgenäht.

Die Inner Security Police, wie sie mittlerweile wusste. „Wohin bringen Sie mich?“

Schweigen.

Irina gab es auf. Sie ging hinter dem Mann her, ohne ein weiteres Wort zu sagen. Es dauerte einige Momente, bis ihre Augen sich nach dem Dämmerlicht, das in der Arrestzelle geherrscht hatte, an das grelle Licht der Deckenstrahler gewöhnten.

Ihr Ziel war eine Zelle von etwa zwanzig Quadratmetern Größe. Die Einrichtung bestand aus einem weißen Tisch aus Plastoplex neben dem ein wackliger Stuhl aufgestellt worden war.

„Setzen Sie sich.“

Irina nahm Platz. Der Offizier verließ den Raum. Sekunden später betrat ein grauhaariger Mann in der Uniform der Inner Security Police die Zelle. Er mochte Anfang vierzig sein, ebenso gut aber auch Ende fünfzig. Ohne sie zu beachten, studierte er die Anzeige auf seinem Pad.

Was soll das?! Sie hätten mir längst meine Rechte vorlesen müssen. Und wo ist mein Verteidiger?

Er legte das Pad vor sich auf den Tisch. „Sie sind Doktor Irina Petrova?“

„Das bin ich. Warum wurde ich verhaftet?“

„Bis zum gestrigen Tag dienten Sie als Chefärztin auf dem Interlink-Kreuzer HYPERION?“ Er blickte nicht auf.

„Ich will meinen Anwalt sprechen!“

Der Grauhaarige schob das Pad zur Seite. „Lassen Sie mich ein paar Dinge klarstellen. Während Sie dort draußen für den ehemaligen Admiral Juri Michalew konspirativ tätig waren, kam es in der Solaren Union allerorts zu Bombenanschlägen und Attentaten. Die Präsidentin ist tot. Vom ursprünglichen Admiralsrat leben nur noch Pendergast und Jansen, die beide auf Michalews Seite stehen und fliehen konnten.“

„Das kann nicht stimmen.“ *Pendergast und Jansen waren Feinde von Michalew, sie hätten ihn niemals unterstützt.*

„Die Verfassung wurde durch das Kriegsrecht außer Kraft gesetzt", sprach der Grauhaarige einfach weiter. „Admiral Sjöberg hat die Amtsgeschäfte übernommen und die Ordnung in der Solaren Union teilweise wiederhergestellt. Der ehemalige Innenminister gab eine Liste aller Mistreiter Michalews heraus. Ihr Name steht ebenfalls darauf!"

„Aber ich half ihm lediglich dabei, Daten über die Parlidenrüstungen auszuwerten. Ich bin nie an irgendeiner Verschwörung beteiligt gewesen, die es zum Ziel hatte, die Regierung zu stürzen."

„Sie geben es also zu."

„Aber so hören Sie doch, ich bin unschuldig!"

„Mäßigen Sie Ihren Ton, sonst muss ich entsprechende Maßnahmen ergreifen", sagte er emotionslos. „Während wir Steuergelder verschwendeten, indem wir Sie in einer Arrestzelle unterbrachten, leiteten die Behörden weitere Schritte ein. Sie wurden unehrenhaft aus der Space Navy entlassen; Ihre Lizenz als Ärztin ist mit sofortiger Wirkung außer Kraft gesetzt."

„Aber ... ich habe das Recht auf ein Verfahren."

„Laut des seit drei Tagen wirksamen Zusatzartikels zum Schutz der Solaren Union vor konspirativen Elementen irren Sie sich. Legen Sie Ihre Uniform ab."

„Bitte?"

Der Grauhaarige betätigte ein Icon auf seinem Pad. Die Tür glitt auf und zwei muskelbepackte Männer sowie eine bullige Frau traten ein.

„Legen Sie Ihre Uniform umgehend ab. Andernfalls wird man Ihnen dabei helfen."

Irina schluckte hart. Mit zitternden Händen schälte sie sich aus ihrer Hose, das Oberteil folgte. Die Arme vor dem Oberkörper verschränkt, nahm sie wieder auf dem Stuhl Platz.

Auf ein Nicken des Grauhaarigen trat die bullige Frau mit steinerner Miene vor, hob die Kleidungsstücke auf und verließ die Zelle. Die beiden Männer verzogen bei Irinas Anblick angewidert das Gesicht, dann gingen auch sie.

Es war kühl. Irina begann zu zittern. Sie trug nur noch ihre Unterwäsche, presste ihre Lippen wütend aufeinander.

„Nachdem dies nun geklärt ist, lässt es sich einfacher reden. Ich finde es unangebracht, wenn eine Verräterin durch das Tragen einer Uniform die Space Navy beschmutzt. Sehen Sie das anders?"

„Ich war immer loyal.“

Der Grauhaarige seufzte in gespielter Ermüdung. „Das Ganze wird doch mehr Zeit in Anspruch nehmen, als ich dachte.“

Die Tür des Raumes öffnete sich.

„Admiral!“ Grauhaar sprang förmlich aus seinem Sitz. „Was für eine Freude!“

„Gehen Sie sich die Beine vertreten“, sagte Björn Sjöberg. Seine Stimme wurde von einem warmen Bariton getragen, der Bart war wie immer säuberlich gestutzt. Er schenkte Irina ein Lächeln.

Als sie alleine waren, nahm er hinter dem Tisch Platz und bedachte sie mit einem gütigen Blick. „Sie haben ihm also geholfen.“

„Ich versichere Ihnen ...“

Sjöberg winkte ab. „Überspringen wir diesen Teil. Ich bin ein geduldiger Mensch, doch Michalew hat eine Menge Schaden angerichtet und viele Leben ausgelöscht. Männer, Frauen und Kinder starben. Die Präsidentin ist tot. Und Sie, Doktor, waren beteiligt – auf welche Art auch immer. Glücklicherweise gibt es in der Solaren Union schon lange kein Todesurteil mehr, doch die ersten Stimmen werden bereits laut, das zu ändern. Das Volk schreit nach Blut. Wer bin ich, dass ich ihm etwas Derartiges verweigere?“

Irina wurde eiskalt. „Sie ... aber ... das ist nicht Ihr Ernst.“

Sjöberg lächelte und schüttelte langsam den Kopf. „Doktor, wir sind zivilisierte Menschen. Die Todesstrafe ist barbarisch und wird sich zweifellos auf die Gefolgsleute von Michalew beschränken. Ich fürchte aber, das schließt Sie mit ein.“

Irina spürte, wie ihr Puls in die Höhe schoss. Was immer in der Solaren Union während des Flugs der HYPERION geschehen war: Es war nicht mehr die Heimat, die sie verlassen hatten.

„Was wollen Sie?“

Sjöberg nickte. „Sie haben einen wachen Verstand. Ich biete Ihnen einen einmaligen Deal an. Machen Sie sich keine Hoffnungen, Sie werden nie wieder als Ärztin arbeiten oder in der Navy dienen. Aber wenn Sie mir bei einem wissenschaftlichen Problem zur Hand gehen, entgehen Sie der Todesstrafe.“

„Um was handelt es sich?“

„Ihr Fachgebiet.“ Sjöberg erhob sich. „Sie sollen meine Frau von der Parlidenrüstung befreien. Gelingt Ihnen das, sind Sie frei. Wenn Sie versagen, erwartet Sie das gleiche Schicksal wie alle von Michalews

kleinen Puppen." Damit wandte er sich um und verließ den Raum.
Irina blieb zitternd zurück.

2

Sol-System, Mars, 02. April 2266, 08:30 Uhr
Ein Monat später

Captain Jayden Cross hatte das Gefühl, durch eine Geisterstadt zu marschieren. Die ehemals dicht bevölkerte Wissenschaftsstation auf dem Mars, wo bis vor wenigen Wochen das erste Fraktal untersucht worden war, glich einem toten Gerippe. Weder Weißkittel noch aktive Sicherheitssysteme waren geblieben, nur deaktivierte Monitore und Holotanks.

„Captain, beehren Sie uns auch schon mit Ihrem Besuch!", sagte Admiral Rispon. „Ich stand kurz davor, einen Suchtrupp loszuschicken."

Jayden wusste nicht, ob sein neuer Vorgesetzter gerade scherzte oder ihm ernsthaft die Sicherheit auf den Hals hatte hetzen wollen. *Bisher hat er ja eine Menge Charaktereigenschaften aus seinem Repertoire hervorgezaubert, aber Humor gehört nicht dazu.* „Es tut mir Leid, Sir. Das Mars-Shuttle hatte mit technischen Schwierigkeiten zu kämpfen."

„Oh, Sie *entschuldigen* sich, na dann ist ja alles in Ordnung. Walker scheint mit der Einschätzung Ihres Charakters Recht zu behalten. Aber dieses Gespräch vertagen wir auf ein anderes Mal." Rispon winkte ihn heran. „Das hier ist Doktor Florian von Ardenne."

Der Wissenschaftler hatte seinen typischen arroganten Blick aufgesetzt, und sein Bauchumfang schien seit ihrem letzten Treffen noch angewachsen zu sein. „Captain, was für ein Vergnügen, Sie wiederzusehen." Die Ironie war offensichtlich.

„Ich kenne den Bericht ihres ersten Zusammentreffens", sagte Admiral Rispon. „Damals wurde der gesamte Mars durch das erste Fraktal in ein Dunkelfeld gehüllt. Beschränken wir uns heute auf die reine Analyse der vorhandenen Daten. Doktor von Ardenne, sprechen Sie mit dem Captain über die neuesten Ergebnisse der Sensorauswertungen. Sobald das erledigt ist, will ich einen ausführlichen Bericht in meinem persönlichen Speicher." Er wandte sich ab. „Betrachten Sie das als Ihre Einsatzbesprechung, Cross. Mir wurde mitgeteilt, dass die HYPERION nach einem Monat im Dock wieder voll einsatzbereit ist. Detaillierte Order wird Ihnen noch überbracht."

Der Admiral stieg die wenigen Stufen zum Lift empor und trat ein, die Türen schlossen sich hinter ihm.

Jayden atmete innerlich auf. Die vergangenen Wochen hatten gezeigt, dass eine vernünftige Zusammenarbeit mit Rispon nicht möglich war. Glücklicherweise wartete die nächste Mission, die die HYPERION hoffentlich eine Menge Lichtjahre fort von der Erde führen würde. Damit entging er einstweilen allen sinnlosen Verwaltungsanträgen und Plänen zur Umstrukturierung der Crew, die ihm sein Vorgesetzter in jeder freien Minute zusendete. Dieses Bombardement war nicht auszuhalten.

„Bringen wir es hinter uns, Captain. Ich habe nicht viel Zeit. Der Präsident hat mich für ein wichtiges Projekt angefordert.“ Er trat an einen der Holotanks. Nach einem Tastendruck erwachte dieser zum Leben. „Was Sie hier sehen, ist eine Sensorauswertung des Stillen Sektors oder genauer gesagt: des Randgebietes. Die Raumstation im Nachbarsystem hat etwas Beunruhigendes festgestellt.“

Jayden studierte die Anzeige.

Vor etwa sieben Jahren hatte eine Flotte aus drei Leichten Kreuzern ein Sternensystem entdeckt, das von einem Wall unbekannter Strahlung eingehüllt wurde. Jede einfliegende Sonde verlor innerhalb kürzester Zeit ihre gesamte Energie. Bevor man diese Gefahr jedoch in ihrer Gänze erkannte, hatte einer der Raumer den Einflug gewagt. Alle Systeme waren ausgefallen, während das Schiff von seiner Eigenbewegung weiter in das System getragen wurde. Die PROMETHEUS befand sich noch immer auf ihrem Flug in das Sonnensystem. An Bord konnte, nach dem Ausfall jedweder Energie, längst niemand mehr leben. Tote Körper, die ins Zentrum des Rätsels flogen.

Jeder darauffolgende Versuch, den Energiefluss in Testsonden bei Eintritt in das System aufrechtzuerhalten, war gescheitert. Daraufhin hatte die Admiralität das Sonnensystem zur verbotenen Zone erklärt. Die Bezeichnung „Stiller Sektor“ war zum geflügelten Wort geworden.

Der Admiralsrat hatte eine Wissenschaftsstation im Nachbarsystem errichten lassen. Sie sollte dazu dienen, Näheres über die Strahlung herauszufinden, doch bisher konnten die Wissenschaftler keine nennenswerten Fortschritte verzeichnen.

„Hat sich all der Aufwand am Ende also gelohnt. Raus damit, worum geht es?“

„Nachdem es hier auf dem Mars zum Fraktal-Debakel kam, wurden die dabei aufgezeichneten Strahlungsspektren an alle Raumstationen und Sensorstationen weitergeleitet. Die Admiralität wollte sichergehen, dass ähnliche Artefakte gefunden werden. Im Nachhinein stellte sich das als Glücksfall heraus.“ Von Ardenne vergrößerte durch Berührung eine der Skalen.

Jayden erkannte die Darstellung. „Das ist Fraktal-Strahlung.“

„Eine nette Bezeichnung für diesen Strahlen-Mix. In der Tat, die Signaturen sind deckungsgleich. Es gibt nur einen Unterschied: Was im Stillen Sektor emittiert wird, besitzt die hundertfache, wenn nicht sogar tausendfache Stärke der hier auf dem Mars angemessenen Strahlung.“

„Also befinden sich dort vermutlich mehrere Artefakte?“

„Davon ist auszugehen. Genauere Messungen sind nicht möglich. Der Wall aus Strahlung unterbricht nicht nur jeden Energiefluss, er verhindert auch jedwede genauere Abtastung mittels Sensoren. Zudem können nach wie vor weder Schiffe noch Sonden in das System einfliegen. Mit einer Ausnahme: die HYPERION.“

„Erklären Sie das.“

Während Jayden den Holotank fixierte, entstand vor seinem inneren Auge das Abbild von Sarah McCall. Seine ehemalige Kommunikationsoffizierin hatte sich als trojanisches Pferd entpuppt. Nach vielen Monaten der Spionage, Sabotage und Manipulation war es Alpha 365 gemeinsam mit Lieutenant Commander Kensington gelungen, McCall zu enttarnen. Ihr Ziel war es anscheinend gewesen, durch die HYPERION zwei der Fraktale zu bergen. Am Ende konnte sie an Bord eines der rätselhaften Sternenschiffe flüchten, die zuvor bereits die NOVA-Station angegriffen hatten.

Wo die Artefakte sind, ist McCall sicher auch nicht weit.

Unbändige Wut loderte in ihm empor, ließ seinen Puls in die Höhe schnellen. Wenn er diese Schlange in die Finger bekam, würde er sie mit Freuden beim Geheimdienst abliefern. Sollten die sie doch in ein Hochsicherheitsgefängnis für außerirdische Spione stecken.

„Einige Kollegen werteten in den vergangenen zwei Monaten jene Daten aus, die Sie, Captain, von Ihrem ersten Einsatz im Elnath-System mit nach Hause brachten. Auch dort deaktivierten sich die Sonden, die zum Planeten geschickt wurden, um das dortige Fraktal zu bergen. Sie erinnern sich?“

„Natürlich.“ Jayden nickte. „Uns gelang es, diesen Ausfall auf eine Destabilisierung des Phasenantriebs zurückzuführen. Als wir Shuttles ohne integriertes Phasenmodul verwendeten, gab es keinerlei Probleme mehr. So haben wir das erste Fraktal damals geborgen."

„Exakt." Von Ardenne war ganz in seinem Element. Er vergrößerte eine Skala nach der anderen im Holotank; Jayden verlor nach der dritten den Überblick. „Auf der Grundlage dieser Erfahrung konzipierten die Wissenschaftler der SILENCE-Station eine neuartige Sonde."

Er hatte es fast vergessen: Im Gegensatz zu größeren Raumstationen wie NOVA erhielten kleinere Wissenschaftsstationen lediglich eine Nummer, die sich aus dem Namen des Systems, in dem der Rumpf gefertigt wurde, und einer Seriennummer zusammensetzte. Da kein vernunftbegabter Mensch sich eine derartige Bezeichnung merken konnte, entwickelten sich in der Umgangssprache meist Ersatzbezeichnungen. Aufgrund ihrer Lage hatte es bei der SILENCE-Station nicht lange mit der Namensfindung gedauert.

„Diese Sonden enthielten kein Phasenaggregat. Stattdessen statteten meine Kollegen sie mit einem Puls-Interlink aus. Für ein komplettes Triebwerk reichten weder die Solaren Dollar noch der zur Verfügung stehende Platz. Das Experiment war erfolgreich: Die Sonden konnten in den Stillen Sektor einfliegen. Der Testlauf wurde über mehrere Wochen mit verschiedenen Sonden durchgeführt – und war erfolgreich."

„Es kam zu keinem Ausfall der Fusionstriebwerke?"

Von Ardenne nickte. „In der Tat ist nichts dergleichen geschehen. Damit ist bestätigt, dass es bei normalen Raumschiffen zu einer Rückkopplung zwischen Fusionskraftwerk und Phasenmodul kommt, wenn die Störstrahlung wirksam wird. Daher verlieren einfliegende Raumer im Stillen Sektor ihre Energieversorgung."

„Was der HYPERION nicht passieren würde. Trotz des Phasenfunk-Moduls?"

„Sie haben es verstanden", sagte von Ardenne. „Beeindruckend. Tatsächlich wird das Phasenfunk-Modul kein Problem darstellen, da es komplett vom Antrieb separiert ist. Es gibt keine Verbindung zwischen den Modulen. Beim Phasen-Antrieb und Fusionsreaktor in herkömmlichen Schiffen ist das anders."

Jayden fragte sich, warum er immer wieder mit solchen Kotzbrocken konfrontiert wurde. „Wir werden also dorthin beordert?"

„Das müssen Sie die Admiralität fragen. Ich sollte nur die Sensorauswertungen erläutern. Aber vermutlich wird die HYPERION in den Stillen Sektor geschickt, nachdem nun nachgewiesen werden konnte, was ich bereits seit Ihrem Bericht der Elnath-Mission vermutete."

Für eine Sekunde kam Jayden der abwegige Gedanke, dass Harrison Walker, der unter Präsident Sjöberg die neu gegründete Inner Security Police leitete, ihn loswerden wollte. Andererseits konnte er das einfacher haben. Er musste nur ein paar seiner Männer schicken. Der Interlink-Kreuzer war zu wertvoll, als dass die hohen Herren diesen bei einer Selbstmordmission aufs Spiel setzten. Zudem vertraute Jayden Präsident Sjöberg. Der Mann hatte ihn immer unterstützt und war dabei, die Michalew-Krise auf effektive Art aufzulösen. Vermutlich würde der abtrünnige Admiral in wenigen Monaten in einer Zelle der I.S.P. sitzen. Er vertrieb die Gedanken zur politischen Krise mit einem Kopfschütteln und wandte sich der vor ihm liegenden Aufgabe zu.

Wenn die Energie beim Einflug in den Stillen Sektor ausfiel, wurde das Raumschiff zu einem schwebenden Massengrab. Die Crew musste dann das Schicksal der PROMETHEUS teilen. Mochte dies auch nach der Testreihe unwahrscheinlich sein: Ein letzter Rest Misstrauen blieb. „Vielen Dank, Doktor."

Während von Ardenne noch etwas murmelte, richteten sich Jaydens Überlegungen bereits auf die nächsten Schritte. Was würde seine Crew und ihn im Stillen Sektor erwarten?

3

Mars-Dock 9a, 02. April 2266, 10:00 Uhr

Der Abschlussbericht der Chefingenieurin", sagte Commander Noriko Ishida. Sie deutete in Richtung von Jaydens Monitor, wo er diesen aufgerufen hatte. „Unsere Torpedo-Abschussvorrichtungen wurden auf den Sprengkopf Typ-A22 umgestellt. Die damit einhergehenden Verbesserungen können Sie der angehängten Spezifikation entnehmen. Der Laser verwendet jetzt einen zweipoligen Prisma-Abstrahlkristall, wodurch die Brenndauer erhöht wird und wir über eine graduelle Linsenanpassung mehrere – dann aber geschwächte – Strahlen verschießen können. Außerdem wurde die Stärke des Schutzschilds durch neuartige Frequenz-Kristalle verbessert. Von dem aktuellsten Aufdampfverfahren der Hüllenpanzerung konnten wir leider nicht profitieren, da die Werftarbeiter nicht die gesamte Hülle austauschen wollten. Das hätte uns zwei weitere Monate im Dock gekostet. Die wichtigsten Daten zum neuen STEALTH-System können Sie Anhang F-22 entnehmen."

„Das sieht doch ganz gut aus. Wie macht sich das neue Mitglied im Kreis der Primäroffiziere?"

Ishida lachte auf. „Lieutenant Michael Larik. In den Übungen schließt er regelmäßig mit neunzig Prozent der verfügbaren Punktzahl ab."

„McCall lag bei zweiundneunzig."

„Er sitzt erst seit drei Wochen an dieser Konsole und hat es mit einem völlig neuen Interface-Konzept zu tun. Geben Sie ihm Zeit."

„Wie reagiert Lieutenant Samura auf Larik?"

Ishida sog scharf die Luft ein. „Bisher lässt sie sich nichts anmerken, aber vermutlich ist sie verdammt wütend. Immerhin hat sie mehr Erfahrung mit dem neuen Interface-Konzept. Nach mehreren Monaten als Stellvertreterin von Sarah McCall hätte sie es verdient, zur Primäroffizierin befördert zu werden."

Jayden winkte ab. „Ich weiß, glauben Sie mir. Und ich habe Admiral Rispon Lieutenant Samura für den Posten vorgeschlagen. Aber der Admiral scheint einen Groll gegen mich zu hegen. Offiziell sind es politische Gründe, weshalb Larik die Stelle erhielt, ich glaube aber eher,

Rispon wollte mir damit eins auswischen."

„Dieses Geschachere hört vermutlich nie auf", sagte Ishida. „Aber gut, Larik ist nicht schlecht und mit Samura werde ich mich in einer ruhigen Minute zusammensetzen und die Wogen glätten."

„Was sagt Doktor Tauser?" Jayden kam nur ungern darauf zu sprechen, musste auf der anderen Seite aber jedes Detail kennen.

„Ich erhielt Einsicht in das psychologische Profil und in angemessenem Rahmen ergänzende Auskunft über den psychischen Zustand Lariks. Unser marsianischer Freund hat die Ereignisse, die zum Tod seiner Kollegen führten, gut verkraftet."

Wann immer Jayden an die Bilder dachte, die von dem Trupp Marines auf der PROTECTOR übertragen worden waren, bekam er eine Gänsehaut.

Seine erste Mission mit der HYPERION hatte ihn direkt zu jenem Schiff geführt, dessen gesamte Besatzung durch eine Probe des Fraktals Amok gelaufen war. Nur Lieutenant Michael Larik überlebte. Im Verlauf der von Doktor Petrova eingeleiteten Untersuchungen entdeckten sie den Grund: Der Marsianer war Nachfahre eines der Verlorenen Kinder.

Während der Freemann-Diktatur auf dem Mars führten kaltblütige Wissenschaftler verbotene Experimente an Söhnen und Töchtern von oppositionellen Politikern sowie Staatsfeinden durch. Als der Diktator gestürzt wurde, blieben zahlreiche dieser Kinder verschwunden. Man vermutete damals, dass Getreue des alten Regimes sie bei sich versteckten oder beseitigt hatten.

Ein grausiges Kapitel der Geschichte, das Michael Larik jedoch das Leben rettete. Sein Hirn bildete Auswüchse im Gewebe, die die vom Fraktal ausgesandten Naniten einschlossen. Nachdem Doktor Petrova sie entfernt hatte, war der Lieutenant erwacht.

„Das freut mich. Er verdient eine zweite Chance. Trotzdem ärgert es mich, dass Rispon wirklich so weit ging und den vakanten Posten des Kommunikationsoffiziers an ihn gegeben hat."

„Ja, politisches Kalkül macht uns immer wieder das Leben schwer", sagte Ishida. Sie überkreuzte ihre Beine und trank einen Schluck ViKo. „Wir hatten bisher keinen Marsianer in der Crew. Unser neuer Präsident zeigt der Solaren Union damit, dass er Terraner nicht bevorzugt. Einem Admiral wirft man so etwas schnell vor. Vermutlich hat Rispon den Vorschlag fertig ausgearbeitet vorgelegt und Sjöberg sprang direkt darauf an. Die Presse hat seine Ernennung längst zu einer Schlagzeile aufgebauscht."

„Ich habe die Berichte gesehen. Nach einer traumatischen Erfahrung wird Lieutenant Michael Larik zum ersten Marsianer auf dem Interlink-Kreuzer HYPERION." Jayden stützte seine Ellbogen auf die Tischplatte und seinen Kopf auf die Handflächen. „Ich bin froh, wenn wir wieder unterwegs sind. Die Atmosphäre hier im System hat sich verändert. Alles ist noch politischer als zuvor und allerorts herrscht Paranoia."

„Das sehe ich genauso."

Sie warfen sich Blicke zu, was aussagekräftig genug war. Jeder wusste, dass der andere das Gleiche dachte, jedoch nicht auszusprechen wagte: Die Space Navy veränderte sich.

Jayden räusperte sich. „Konnte sich der neue Chefarzt einarbeiten?" Die Angelegenheiten der Personalführung lagen bei Commander Ishida in fähigen Händen.

Ihre Stirn umwölkte sich. „Doktor Branch ist kompetent und innovativ. In seiner Funktion als Chefarzt hat er den Rotationsplan in Absprache mit Admiral Rispon angepasst, den Medikamentenautomat optimiert und die Hälfte des medizinischen Stabes ausgetauscht."

„Das klingt gut."

„Zudem ist er dem neuen Präsidenten gegenüber loyal. In seiner Freizeit sucht er Kontakt zur übrigen Besatzung, ist offenherzig, freundlich und extrovertiert. Er singt ein Loblied auf Sjöberg."

Jayden verstand, was ihm seine I.O. zwischen den Zeilen sagen wollte. Bevor er etwas erwidern konnte, kündigte ein sanfter Dreiklang einen Besucher an. Er gab die Tür zu seinem Bereitschaftsraum frei, worauf ein hochgewachsener Mann mit hellblondem, lichtem Haar eintrat.

„Captain Cross?"

„Der bin ich."

„Mein Name ist Christopher Johnston. Admiral Rispon hat mich der HYPERION als E.C. zugeteilt." Bei diesen Worten legte er einen Metallzylinder vor Jayden ab. „Hierin befinden sich Ihre Einsatzbefehle, zusammen mit der Order, mir jede erdenkliche Unterstützung zu gewähren."

„Unser E.C.?"

Bisher hatte es nur Gerüchte bezüglich der Funktion des neu geschaffenen Rangs in der Hierarchie der Space Navy gegeben. Die Executive Controller standen angeblich sogar über einem Captain oder Commodore, konnten dessen Entscheidungen außer Kraft setzen und kannten alle Alpha-Codes. Rechtfertigen mussten sie sich vor dem Leiter der Inner Security Police und bildeten damit die Schnittstelle zwischen Militär und Zivilorgan – quasi ein neu installiertes Kontrollmodul.

„In der Tat. Die terroristischen Anschläge von Admiral Juri Michalew hätten uns beinahe die Demokratie gekostet. Wir dürfen nicht zulassen, dass sich erneut eine Sub-Kultur in der Flotte bildet. Natürlich kann ein Captain nicht ständig die gesamte Crew im Auge behalten. Dafür bin ich da. Sollte mir konspiratives Verhalten auffallen, werde ich mit aller Härte dagegen vorgehen. Meine Anwesenheit soll Sie nicht stören, Captain Cross."

Während sich in seinem Inneren ein Eiszapfen zu bilden schien, brach Jayden das Siegel des Metallzylinders.

„Da das Phasennetz noch immer als unsicher anzusehen ist, werden Missionsordern innerhalb des Sonnensystems durch einen Boten überbracht."

Die Order bestand aus einem elektronischen Papierbogen, auf dem Admiral Rispon die Rahmenbedingungen festgehalten hatte.

„Wir brechen in wenigen Stunden zum Stillen Sektor auf. Dort angekommen, verwenden wir den Interlink-Antrieb, um den Strahlenwall zu durchdringen, das System auszukundschaften und umgehend zurückzukehren. Feindkontakt ist zu vermeiden. Admiral Rispon weist darauf hin, dass E.C. Johnston unsere Ausführung überwacht. Er ist dazu befugt, mit der Stimme der Admiralität zu sprechen."

Commander Ishida nickte dem E.C. kurz zu, dann erhob sie sich. „Sirs, ich kehre auf die Kommandobrücke zurück. Vor dem Abflug gilt es noch den Verwaltungskram abzuhaken."

„Etwas das Sie ernst nehmen sollten, I.O. Der Verwaltungsapparat der Space Navy arbeitet mit neuer, straffer Effizienz. Es wird Rückfragen geben. Ein einfaches Abnicken reicht nicht mehr aus."

Die I.O. zwang ein Lächeln auf ihr Gesicht, nickte bestätigend und verließ den Bereitschaftsraum.

„Also gut, Captain. Sprechen wir über die Evaluierungsergebnisse der I.S.P.. Einige Ihrer Offiziere haben dabei schlecht abgeschnitten. Sie sollten darüber nachdenken, diese innerhalb des Schiffes auf weniger neuralgische Posten zu versetzen und loyalere Kollegen an deren Stelle zu beordern."

„Ich wusste nicht, dass Loyalität seit Neuestem durch ein Siegel der I.S.P. sichergestellt wird."

„Dann freut es mich sehr, dass diese Wissenslücke nun geschlossen ist." Johnston schenkte ihm ein Haifischlächeln. „Fangen wir an."

4

Interlink-Kreuzer HYPERION, Auf dem Weg zum Stillen Sektor, 05. April 2266, 10:30 Uhr

Dieser Kerl macht mich wahnsinnig!", schnaubte Lieutenant Commander Tess Kensington wütend, während sie auf und ab ging. „Überall steckt er seine Nase hinein. Nach meiner letzten Schicht verlangte er, dass ich das Übergabeprotokoll umschreibe, weil an einigen Stellen keine normgerechten Begriffe verwendet wurden. Wir sind seit drei Tagen unterwegs und ich möchte ihn am liebsten erwürgen. Für die 210 Lichtjahre zum Stillen Sektor benötigen wir bei unserer aktuellen Geschwindigkeit von 6200-facher Lichtgeschwindigkeit – inklusive Auftankphasen für den Energiespeicherring – weitere zehn Tage! Wie soll ich das aushalten?"

„E.C. Johnston übernimmt im Auftrag der Inner Security Police mehrere Aufgaben." Alpha 365 saß mit übereinandergeschlagenen Beinen auf der Couch seines Privatquartiers. Wie immer war der genetisch designte Sicherheitschef die Gelassenheit in Person. „Neben der beständigen Evaluierung der gesamten Crew stehen insbesondere die Kommandooffiziere in seinem Fokus. Meine Vermutung ist, dass er illoyales Verhalten nicht nur aufdecken möchte. Bei manchen Offizieren wird er versuchen, es hervorzurufen."

„Wie meinen Sie das?" Tess hielt im Laufen inne.

„Im Gegensatz zu allen anderen hier an Bord wissen Sie und ich, dass Admiral Sjöberg hinter der Ermordung von Präsidentin Ione Kartess steckt. Bedauerlicherweise befinden wir uns nicht in der Position, etwas gegen ihn zu unternehmen – das Gegenteil ist der Fall. Nachdem unser neuer Präsident seine Macht in den vergangenen Wochen festigen konnte, wird er nach und nach darangehen, unliebsame Offiziere aus dem Dienst zu entfernen. Da ihm die öffentliche Meinung wichtig ist, erledigt er das über die Männer und Frauen der Inner Security Police."

„Aber dieser Johnston kann doch nicht jeden des Verrats bezichtigen."

Alpha 365 schüttelte den Kopf. „Dank weitreichender Vollmachten muss er das nicht. Ein Bericht hier, eine Empfehlung da, am Ende jeder Mission erhält die Zentrale der I.S.P. einen Evaluierungsbogen: Wenn sich Johnston in der Bewertung mehrfach negativ über den jeweiligen Offizier äußert, wird dieser zweifellos verschwinden."

Tess ließ sich neben dem Sicherheitschef auf die Couch sinken. Wo waren die schönen Tage geblieben, als sie noch einfach ihrer Arbeit an der Ortungskonsole nachging und die Freizeit dazu nutzte, mit Kollegen auf dem Erholungsdeck auszuspannen? „Es macht mich wahnsinnig mit anzusehen, wie Sjöberg die Solare Union zerstört. Haben Sie in letzter Zeit einen Nachrichtenfeed abonniert?"

„Er manipuliert und kontrolliert die Presse, ich weiß."

„Diese Loblieder auf den großen Retter, der gegen Michalews Schergen kämpft, ist widerlich. Aber noch schlimmer: Niemand stellt diese Sache öffentlich infrage!"

„Die Menschen sind verzweifelt. Im Verlauf der Unruhen wurden viele getötet. Die Bürger der Solaren Union sehnen sich nach Frieden und Stabilität. Hätte ich *Sie* nicht auf Sjöbergs kleinen Fehler aufmerksam gemacht, würden Sie auch so denken."

Tess nickte bestätigend. „Umso schlimmer. Aber sagen Sie mir: Wie sollen wir die notwendigen Beweise auftreiben, um Captain Cross und die anderen von diesem Verrat zu überzeugen, wenn Johnston permanent hier herumschleicht, die interne Kommunikation überwacht und zweifellos alle persönlichen Log-Bücher und Phasenfunk-Übertragungen im Blick behält?"

„Einstweilen bleibt nur das Abwarten."

„Schon wieder."

„Haben Sie Geduld", sagte Alpha 365. „Andernfalls werden wir in einer der Arrestzellen landen."

„Und kurz darauf in dieses ominöse neue Gefängnis verschifft, das die I.S.P. irgendwo errichtet hat."

„Ich hörte davon. Gerüchte verbreiten sich schnell."

Der Standardklang der Kabinen-K.I. ertönte. Auf dem kleinen Display neben dem Eingang blickte E.C. Johnston mit gerunzelter Stirn in das Aufnahmefeld.

„Wenn man vom Teufel spricht." Tess erhob sich. „Wir sind hier dann ja fertig."

Alpha 365 schaltete das Schott frei.

„Oh, Commander." Johnston nickte ihr freundlich zu.

„Sir." Sie erwiderte das Nicken und verließ den Raum.

„Möchten Sie sich setzen?“

„Vielen Dank, Alpha 365.“ Johnston nahm Platz. „Es tut gut, ein loyales Gesicht zu sehen.“

„Ich verstehe nicht ganz.“

„Nun, bei meiner Evaluierung der Crew fand ich zahlreiche problematische Offiziere mit Verbindungen zu Michalew, ihm nahestehenden Admirälen und anderen fragwürdigen Elementen. Es ist erschütternd.“

Alpha 365 blickte seinem Gegenüber lange in die Augen. Meist musste er nur wenige Sekunden warten, bis ein so fixierter Offizier den Blick senkte. Nicht so bei Johnston. Der Mann erwiderte das Taxieren gelassen. „Vergessen Sie nicht, dass Admiral Juri Michalew jahrelang in führender Position tätig war. Da bleibt es nicht aus, dass derartige Verbindungen entstehen.“

„Zweifellos.“ Der E.C. setzte sich kerzengerade auf. „Doch meine Aufgabe ist das Aufstöbern von Schwachstellen in der Crew und die Prävention eines möglichen illoyalen Verhaltens. Meine Berichte werden objektiv sein – ich will niemandem etwas Böses.“

„Natürlich. Darf ich fragen, was Sie zu mir führt?“

Johnston lächelte. „Das dürfen Sie. Nach Auswertung der Erst-Evaluierung durch die I.S.P. fanden sich bereits zahlreiche Problemfälle in der Crew. Ich sprach vor einigen Tagen mit Captain Cross über diese Fälle und schlug eine Umbesetzung neuralgischer Posten vor.“

„Aus präventiven Gründen?“, fragte der Alpha mit leicht schief geneigtem Kopf.

„Exakt.“

„Darf ich fragen, um welche Offiziere es sich handelt?“

„Ich sende Ihnen die Liste inklusive der Auswertung an Ihren persönlichen Speicher, sobald wir unser Gespräch beendet haben. Behalten Sie all diese Personen schärfstens im Blick. Ich selbst stelle weitere Untersuchungen an. Captain Cross erwies sich leider als nicht sehr kooperativ.“ Johnstons Stirn hatte sich umwölkt. „Meiner Meinung nach muss der Leitende Offizier des Schadenkontrollteams, Commander Devgan, schnellstens von seiner Position entfernt werden. Seine Familie war eng mit dem ehemaligen Innenminister verbunden, der für Michalew arbeitete.“

„Sir, soweit ich informiert bin, besitzen Sie weitreichende Vollmachten. Sie könnten dem Captain diese Umbesetzung einfach befehlen.“

Nun war es an Johnston, zu schweigen. Er erhob sich, verschränkte die Arme hinter seinem Rücken und ging mit leicht geneigtem Haupt auf und ab. „Das wäre kein guter Einstand. Captain Cross mag ja seine Ecken und Kanten haben, doch er ist immer noch der Kommandant des ersten Interlink-Kreuzers der Solaren Union und Held der Schlachten von Tikara und NOVA. Zudem täte es der Moral nicht gut, wenn ich den kommandierenden Offizier so früh in unserer Zusammenarbeit übergehe. Nein.“ Er schüttelte den Kopf. „Ich muss Cross zuerst überzeugen, mir aus freien Stücken zu helfen.“

„Eine ... schlaue Taktik.“

„In der Tat.“ Johnston nahm wieder Platz. „Und bevor ich das vergesse, hiermit ergeht folgender Befehl an Sie: Erzählen Sie niemandem von unserem Gespräch.“

Alpha 365 begriff, dass er den Mann unterschätzt hatte. „Eine solche Anweisung ist nicht notwendig.“

„Das ist mir klar. Loyalität ist Teil Ihrer genetischen Natur. Es ist Ihnen unmöglich, gegenüber ranghöheren Offizieren illoyal zu handeln und Sie müssen jedem Befehl Folge leisten. Da ich gemäß der neuen Verordnung als ranghöchstes Crewmitglied auf diesem Schiff gelte, sind Sie an meine Anweisungen gebunden. Ich gehe bei so einer wichtigen Angelegenheit keine Risiken ein.“

„Verständlich.“

„Gut. Dann baue ich auf Ihre Mitarbeit. Überwachen Sie die Subjekte auf der Liste. Und ich befehle Ihnen, mir jede Art von Insubordination, illoyalem Verhalten – ob verbal oder tätlich – umgehend zu melden. Völlig egal, wer dafür verantwortlich ist.“

„Verstanden“, sagte Alpha 365 mit gezwungen ruhiger Stimme.

„Ausgezeichnet.“ Der E.C. erhob sich. „Viel Erfolg.“

Er verließ den Raum.

Als das Schott sich hinter dem Mann geschlossen hatte, brach Alpha 365 in die Knie. Jede Faser seines Körpers schrie danach, Johnston zurückzuholen, ihm von seinen eigenen Recherchen zu erzählen. Er wollte Lieutenant Commander Kensington an ihn verraten, ihm berichten, wie abfällig sie sich über Sjöberg äußerte und dass er mit ihr zusammen der übrigen Crew alles zu enthüllen gedachte.

Bisher war er noch niemals in einer ähnlichen Situation gewesen. Hätte er nicht längst entsprechende Vorkehrungen getroffen, wäre es nun vorbei. Die Frage war nur, wie lange er durchhalten konnte.

Sein Körper verkrampfte sich.

5

Sol-System, Kuipergürtel, CAVE-Forschungsstation, 09. April 2266, 06:30 Uhr

Doktor Irina Petrova nahm einen letzten Schluck der neuesten ViKo-Kreation, genoss den Nachgeschmack der Passionsfrucht-Mischung und schloss die Augen.

Ich vermisse meine Veranda.

Sie hatte das Haus vor fünf Jahren gekauft. Das Loire-Tal war ruhig, idyllisch, der Aufenthalt entspannend. In lauen Sommernächten saß sie dort auf der einfachen Holzbank und genoss ein Glas Rioja oder Pinot Noir.

Mit einem gezielten Wurf verschwand der Becher im Recycler. Derartige Tagträume entfachten nur sinnlose Hoffnungen. Es glich einem Wunder, dass die I.S.P. Irina noch nicht in eine Arrestzelle auf einem der neuen Gefängnis-Kreuzer geworfen hatte. Man munkelte, dass die darin Verschifften zu einer Kolonie gebracht wurden, die speziell für Verräter errichtet worden war.

Sie öffnete ihre Augen und stellte sich der harten Realität. Der Präsident hatte ihren Transfer in die CAVE-Forschungsstation veranlasst, wo Irina seit einigen Tagen ihren Forschungen nachging. Hinter einer Wand aus transparentem Stahl war der Stasetank aus der HYPERION aufgebaut worden. In ihm lag Sjöbergs Frau, umhüllt von der Parlidenrüstung.

Die ersten Untersuchungen zeigten, dass lediglich das Stasefeld das Leben der Gefangenen bewahrte. Die Nanotechnik, die das Artefakt eingesetzt hatte, um die Rüstungen um die Menschen aufzulösen, funktionierte. Bedauerlicherweise registrierte die in die Rüstung integrierte Elektronik den Vorgang. Die Folge war eine komplette Abschottung, die jeden im Inneren auf qualvolle Weise ersticken ließ.

„Sind Sie immer noch nicht weiter?“

Irina verdrehte die Augen, als die nervende Stimme von Doktor Florian von Ardenne erklang. Der feiste Wissenschaftler entwickelte sich zu ihrem ganz persönlichen Kerkermeister.

„Wie Sie meinen bisherigen Berichten entnehmen können, *Doktor*, gibt es noch einige Unwägbarkeiten, die zu beachten sind.“

„Sjöberg will Ergebnisse sehen."

„Wenn uns ein Fehler unterläuft und seine Frau bei dem Rettungsversuch stirbt, wird er nicht nur ungeduldig sein."

„Dann schlage ich vor, Sie machen einfach keine solchen Fehler, Frau Petrova."

Eine seiner widerlichsten Angewohnheiten war es, sie nicht mehr mit ihrem Titel anzusprechen, denn diesen hatte man ihr ja aberkannt.

„Natürlich nicht. Wie auch immer. Die Ehefrau des Präsidenten stirbt bei einem Abschalten des Stasefelds innerhalb weniger Sekunden. Die Naniten des Fraktals zersetzen die Rüstung einfach zu langsam."

„Das ist keine Neuigkeit."

Sie sprach weiter, ohne den arroganten Fleischklops zu beachten. „Die Impulse des rüstungsinternen Neuralchips müssen verlangsamt werden, während die Naniten in der normalen Geschwindigkeit arbeiten. Wenn uns das gelingt, haben wir es geschafft. Ich konnte mittels Strahlenprojektoren ein phasenvariantes Stasefeld aufbauen. Mit diesem sollte genau das möglich sein."

„Eine Phase, um den Neuralchip in Stase zu halten, die andere, um die Naniten vor der ersten Phase zu schützen." Von Ardenne besah sich die Versuchsanordnung, die Irina gestern fertiggestellt hatte. Mehrfach wollte sie im Reflex einen Techniker der HYPERION herbeirufen, um das zu übernehmen. Bedauerlicherweise musste sie sich alleine darum kümmern. Vermutlich hatten ihre Wärter Angst, dass sie plaudern könnte, und gestanden ihr daher keine weitere Hilfe zu.

„Die Grundidee ist einfach, könnte aber durchaus zum Erfolg führen. Ich habe einmal eine ähnliche Konstruktion dazu verwendet, einen hochrangigen Minister von einem Befall mit dem Ilakov-Virus zu befreien. Damals war der Finanzminister ..." Von Ardenne verstummte. Mit gerunzelter Stirn blickte er ins Leere. Vermutlich wurde ihm gerade klar, dass es unklug war, sich mit der Rettung von ehemaligen Ministern zu brüsten. „... nicht so wichtig. Kümmern wir uns um das gegenwärtige Problem."

„Ja, tun *wir* das."

Ihr Kollege überhörte die Spitze. Stattdessen trat er an die Wand und beobachtete den Körper in Stase. „Versuchen wir es."

„Bitte?!"

„Sie haben mich schon verstanden. Wenden wir Ihr Verfahren an."

Wenn es funktioniert, basiert das ganze Experiment auf deinen Grundlagen.

Schlägt es fehl, bin ich die Schuldige. Du verdammtes Arschloch! „Wir müssen zuerst weitere Tests durchführen. Ein Fehlschlag könnte die First Lady das Leben kosten." Sie verwendete mit Absicht den Titel.

„Das wollen wir nicht hoffen."

„Doktor von Ardenne! Die Frau des Admir... Präsidenten liegt da drinnen, gefangen in einer Rüstung, die ihren Körper in Gefangenschaft hält. Sie ist bei vollem Bewusstsein! Ist Ihnen klar, was geschieht, wenn wir einen Fehler machen?!"

„Absolut. Werden wir aber nicht."

Irina überlegte ernsthaft, diesen arroganten Dreckskerl niederzuschlagen. Was konnte schlimmstenfalls schon geschehen? Die I.S.P. hatte sie verhaftet, ihr den Titel aberkannt und sie mit Doktor Florian von Ardenne in ein Labor gesteckt. Was machte ein Mord da noch aus?

Sie schüttelte den Kopf, unterdrückte ihren Galgenhumor und nickte ergeben. „Wie Sie wollen. Fangen wir an."

Drei Assistenten schlüpften in medizinische Skinsuits und betraten den Reinraum mit dem Stasetank. Über speziell angeschlossene Brückenkabel – durch die Nano-Viren mit Spezialbeschichtung geleitet werden konnten – wurden die duplizierten Naniten in den Tank gespritzt. Damit verdoppelten sie deren Anzahl, was eine beschleunigte Auflösung garantierte, sobald diese sich im korrekten Feld der Stasen-Phase befanden.

„Zuführung erfolgreich abgeschlossen", sagte Irina, während sie ihren Blick auf den 3-D-Monitor gerichtet hielt. „Quantität wurde um einhundert Prozent erhöht. Interner Elektronenfluss stabil."

„Ich schalte das Phasen-Stase-Feld zu."

Auf dem Monitor konnte sie beobachten, wie die Balken für die Stabilität des Feldes und die Energiezufuhr sowie die Anzeige für die Phasenstabilität wuchsen. *Okay, das sieht gut aus.* „Stasefeld stabil. Deaktivieren Sie das Ursprungsfeld."

Es wunderte sie nicht, dass er diesen Part ihr überließ. Mit wenigen Einstellungen synchronisierte sie das alte und das neue Feld. Daraufhin pegelte sie ersteres nach unten und etablierte das Phasen-Stasefeld bei einem konstanten Wert.

„Altes Feld deaktiviert", sagte Irina. „Phasenstase stabil. Die Naniten beginnen zu arbeiten. Neuronale Aktivität zwischen dem Chip der Rüstung und dem humanoiden Gehirn liegt bei 20 Prozent... 22 ... 26."

„Verdammt." Von Ardenne berührte hektisch diverse Icons nacheinander. „Ich rekalibriere den Nano-Strom."

Irinas Gedanken flogen. Was konnte sie hier tun? Es war offensichtlich, dass der Neuralchip sich dem Stasefeld widersetzte. Aber wie war das möglich? Von Ardenne wurde mit jeder Sekunde hektischer.

„Ich stoppe das Verfahren", beschloss sie.

„Nein!"

„Ja!" Mit fliegenden Fingern berührte sie die notwendigen Icons.

Die neu implizierten Naniten deaktivierten sich. Das Phasen-Stasefeld fiel in sich zusammen. Irina aktivierte das alte Feld.

Erst als alles erledigt war, hielt sie inne. Von Ardenne stand neben ihr. Er stank nach Schweiß, sein Blick fixierte die Anzeigen. „Wenn Ihr etwas passiert, sind *Sie* schuld."

Bevor sie etwas erwidern konnte, färbten sich die Status-Icons rot. Ein Warnton erklang.

Ihr Metabolismus bricht zusammen.

Es war vorbei.

6

Interlink-Kreuzer HYPERION, beim Einflug in den Stillen Sektor, 15. April 2266, 14:30 Uhr

Lieutenant Peter Task saß an der Navigationskonsole und fixierte das Chronometer. In wenigen Sekunden würde er den Interlink-Antrieb und den Melnikow-Schild deaktivieren, wodurch die HYPERION wieder den normalen Gesetzen des Einstein-Raums unterworfen wurde. Wenn die Berechnungen stimmten, kehrte der Kreuzer einige tausend Kilometer innerhalb des Systems in den Normalraum zurück. Aufgrund des Strahlenwalls war eine Sensorabtastung des Ziels kaum möglich, daher würden sie erst auf der anderen Seite erfahren, wie es in dem Sonnensystem aussah und dann hoffentlich exakte Kursdaten berechnen können. Dann konnte er den Pike-Antrieb aktivieren und den Abbremsvorgang einleiten.

Die Admiralität ging davon aus, dass die Störstrahlung keine Auswirkungen auf den Interlink-Antrieb besaß. Die Realität würde die Theorie hoffentlich bestätigen.

Während er das Chrono beobachtete, entwickelten seine Finger ein Eigenleben. Vektoren, Kursdaten und Geschwindigkeitsangaben füllten den Bildschirm. Seine Gedanken fixierten sich auf alle möglichen Szenarien, die nach der Deaktivierung der Interlink-Blase auf sie warten mochten.

Lieutenant Commander Akoskin nahm diverse Eingaben vor, kratzte sich die Nase. Die I.O. strich sich eine Strähne aus der Stirn und rief Daten ab. Kensington schaute konzentriert auf ihre Anzeigen.

Akoskin blickte zu Ishida auf. Vermutlich machte er gleich Meldung.

Der Marsianer Larik sah sich immer wieder um, als warte er darauf, angesprochen zu werden.

„Taktik-Szenarien sind einsatzbereit", sagte Akoskin an Commander Ishida gewandt.

Die I.O. nickte.

Peter versuchte mit aller Gewalt, seine Gedanken fokussiert zu halten.

Akoskin kratzte sich schon wieder.

Ishida räusperte sich.

Captain Cross sprach leise mit Lieutenant Larik.

Lieutenant Commander Tess Kensington schaute immer wieder in Richtung E.C. Johnston. Dieser saß auf dem neu angebrachten Kontursessel auf dem Kommandopodest neben Cross. Sein Blick war berechnend, heftete sich im sekündlichen Wechsel an einen anderen Offizier. Sein Haar war ordentlich gekämmt.

Peter gab weiter Navigationsdaten ein.

Die Luftumwälzungsanlage machte leise, fast unhörbare Geräusche.

Das Chronometer unterschritt die Zehn-Sekunden-Marke.

„Sir, ich beende den Interlink-Flug in acht Sekunden", sagte Peter.

Seine Finger glitten weiter über die Konsole.

Die Luftumwälzung surrte.

Überall räusperten sich Kollegen. Rücken streckten sich durch. Gespannte Erwartung lag in der Luft. Icons blinkten. Statusanzeigen aktualisierten sich.

„Ende des Interlink-Flugs in drei ... zwei ... eins." Sein Finger berührte das entsprechende Feld.

Das Schiff wurde Teil des Normalraums.

„Sir, wir haben den Flug exakt 2100 Kilometer innerhalb des Systems beendet", meldete Tess Kensington von der Ortungskonsole aus. „Wir befinden uns inmitten der angemessenen Strahlung."

„Irgendwelche Auswirkungen auf den Energiefluss in unseren Systemen?"

„Negativ", sagte Lieutenant Larik, nachdem er kurz in sein Headset gelauscht hatte. „Der Maschinenraum kann keinerlei Beeinträchtigung feststellen."

Cross lächelte.

Ishida atmete entspannt durch.

Auf dem Gesicht von Johnston machte sich ein Schmunzeln breit.

Kensington nickte Akoskin freudig zu.

Peters Finger glitten über die Konsole. Er verwarf einen Teil der Navigationsdaten, gab neue ein. Der Captain würde ihn gleich etwas fragen. Peter rief die benötigten Daten ab.

„Wie lange dauert es, bis wir das Strahlenfeld durchflogen haben?", fragte Cross.

„Nach der aktuellen heuristischen Abschätzung sechsunddreißig Minuten und fünfzehn Sekunden", sagte er. Aller Wahrscheinlichkeit nach würde der Captain sich jetzt an die Ortungsoffizierin wenden.

Peter gab weitere Daten ein.

„Commander Kensington, bereiten Sie Sensorplattformen vor."

„Keine Kiesel, Sir?"

Eine berechtigte Frage. Die Sensorplattformen hielten, einmal ausgeschleust, Position. Sie scannten die Umgebung, um die ermittelten Daten überlichtschnell an die HYPERION zu übermitteln.

Die Kiesel wiederum nutzten die Restgeschwindigkeit des Raumers aus, katapultierten sich in den Phasenraum, wo sie einen Kurzflug absolvierten, wieder in den Normalraum zurückkehrten und mit ihren Sensoren alles in Flugrichtung anpeilten. Sie wurden quasi in das System geworfen, flogen in verschiedene Richtungen und dienten so als Aufklärer. Am Ende brannten sie aus und verschwanden in den Tiefen des Raums.

Der Captain würde die Kiesel nicht einsetzen.

„Wir verwenden die Plattformen", sagte Cross. „Die Kiesel sind zu riskant. Selbst wenn der Phasenantrieb innerhalb der Strahlenkugel funktioniert, könnte es hier Sensoren geben, die einen Phasendurchbruch orten. Wir müssen vorsichtig sein. Ein Kampf gegen die Sternenschiffe kommt nicht infrage. Sobald wir die Strahlung hinter uns gelassen haben, gehen wir in den STEALTH-Modus."

E.C. Johnston nickte zufrieden.

Sie passierten die Strahlenbarriere. Das Material der Außenhülle war von der Strahlung des Walls durchdrungen, was der HYPERION jedoch nicht schadete. Hätten sie einen Phasenantrieb besessen, wäre diese Strahlung sogar in dessen Kern vorgedrungen und hätte das Modul irreparabel beschädigt.

Lieutenant Commander Kensington schleuste die erste Sensorplattform aus.

Peter aktivierte einen Sekundärfeed zur Ortungskonsole. Während er weiter Navigationsdaten eingab, behielt er die eingehenden Ortungsdaten im Auge und lauschte in den Raum um sich herum.

„Ich lege die eingehenden Daten auf den Holotank", sagte Lieutenant Commander Kensington. Die Offizierin mit den langen blonden Haaren nahm diverse Einstellungen vor.

Zwischen der Fläche am Boden und deren Gegenstück an der Decke entstand ein Regen aus Photonen.

„Ein Doppelstern-System. Jeder Stern besitzt 1,2 Sonnenmassen. Die Ortung zeigt insgesamt sieben Planeten, von denen vier in der habitablen Zone liegen.“ Sie veränderte die angezeigten Werte, wie Peter auf seinem Display verfolgen konnte. „Ich orte keine Lebenszeichen.“

Captain Cross hatte sich von seinem Konturensessel erhoben und stand nur eine Armeslänge vom Holotank entfernt. „Habitate, Raumstationen oder Schiffe?“

„Bisher keinerlei Anzeigen. Allerdings stört die massive Fraktal-Strahlung unsere Sensoren.“ Kensington runzelte die Stirn, ließ ihre Finger über die Konsole gleiten. „Ich orte ein Strahlenfeld von nicht exakt zu bestimmendem Durchmesser. Im Inneren befindet sich ein Objekt, ich kann jedoch nicht sagen, welchen Umfang es besitzt, ganz zu schweigen von der Materialzusammensetzung. Die Werte verändern sich ständig, je näher wir heranfliegen.

Ich orte noch etwas in direkter Nähe. Die Struktur deutet auf eine Raumstation hin, weitere Informationen lassen sich nicht extrahieren.“

„Aktivieren Sie einen automatischen Strahlenscan durch die Sensorplattform, Commander. Die Wissenschaftler zu Hause können vielleicht etwas damit anfangen. Stellen Sie der K.I. der Plattform zusätzliche Rechenkapazität für die Aufschlüsselung zur Verfügung. Lieutenant Task, setzen Sie einen direkten Kurs auf die Raumstation.“

„Aye, Sir“, sagte Peter. „Vielleicht sollten wir uns aber zuvor um das Raumschiff kümmern.“

„Wovon sprechen Sie?“, fragte Cross.

Commander Kensington öffnete den Mund, entdeckte etwas auf ihrer Konsole und schwieg.

Peter schob alle unnötigen Gedanken beiseite, konzentrierte sich auf das Gespräch. „Die Sensoren des Schiffes haben die Signatur eines Leichten Kreuzers in der Entfernung von 6 AE auf einem Vektor ins Systeminnere geortet. Wenn ich zugrunde lege, dass der Raumer seit seinem Anflug den Kurs nicht geändert hat und nur von seinem Eigenschub getragen wurde, ist der Eintrittspunkt ins System identisch mit jenem der PROMETHEUS.“

„Lieutenant Task hat recht, Sir“, sagte Kensington. „Ich war zu sehr auf die Station und die Fraktal-Strahlung konzentriert. Ein Abgleich mit der Datenbank ergab, dass es sich bei dem Schiff tatsächlich um die PROMETHEUS handelt.“

Für einige Sekunden herrschte Schweigen.

Captain Cross warf seiner I.O. einen überraschten Blick zu. „Wer hätte gedacht, dass das Schiff tatsächlich noch existiert?“

„Der Weltraum ist groß“, sagte Ishida. „Kleinere Asteroiden und Weltraumstaub werden auch lange nach dem Tod der Besatzung durch die Panzerung abgehalten. Es gab schon vor der Zeit der großen Einheit Staaten auf der Erde, die Sonden ins All schossen. Diese ‚Pioniersonden‘ hielten noch länger durch.“

„Ich kann einen Energiefluss anmessen, ebenso aktivierte Schilde“, meldete Kensington.

„Was?!“ Ishida erhob sich. „Wie ist das möglich? Soweit wir wissen, verlieren Raumschiffe beim Einflug in die Strahlenbarriere ihren Phasenantrieb, wodurch gleichzeitig aufgrund eines Feedbacks und der Verstrahlung des Phasenkerns jedweder Energiefluss versiegt. Nach den letzten Informationen von der SILENCE-Station werden die Module irreparabel zerstört.“

„Ich habe keine Erklärung dafür.“ Kensington hob die Hände in einer entschuldigenden Geste in die Höhe. „Aber das Schiff ist nicht tot.“

Der Captain setzte sich in seinen Kontursessel, schlug die Beine übereinander und versank in brütendes Schweigen. Seine I.O. betrachtete den Holotank, dann tat sie es ihm gleich.

„Wir sollten wohl einen kleinen Abstecher machen“, sagte Cross. „Dieses Raumschiff könnte sich als wertvoller Fund erweisen.“

„Captain, die Admiralität gab uns klare Befehle“, sagte Johnston mit Nachdruck. „Wir sollen das Sonnensystem durch einen Patrouillenflug erkunden und den Grund für die hohen Strahlenwerte auskundschaften. Anhand der vorliegenden Daten ist klar ersichtlich, dass unser Flug in Richtung der unbekannten Raumstation gehen sollte. Wenn wir unseren Kurs korrigieren, müssen wir den Pike-Antrieb aktiv einsetzen, was von einem Gegner leicht geortet werden kann. Zudem war von einer zusätzlichen Mission nicht die Rede. Wenn wir dieses Schiff anfliegen oder weitergehend untersuchen, verlieren wir Zeit. Falls hier irgendwo Sternenschiffe patrouillieren, wird es auch Überwachungsmechanismen geben. Bedenken Sie das Risiko.“

„Das ist mir bewusst, Sir. Doch wenn die Sensoren der PROMETHEUS all die Jahre über arbeiteten, ist die Datenbank randvoll mit wertvollen Informationen. Darauf können wir nicht verzichten.“

„Eine Änderung des Kurses wäre ...“

„Ich habe nicht die Absicht, den Kurs zu ändern.“ Cross wandte sich an seine I.O. „Commander, Sie werden ein Außenteam zusammenstellen. Sobald die PROMETHEUS unserer Flugbahn am nächsten ist, setzen Sie mit einem Shuttle über. Ich will alle wichtigen Informationen aus der Datenbank des Schiffes."

„Aye, Sir."

„Sollte es zu Problemen kommen, kehren Sie umgehend mit dem Shuttle zurück."

„Verstanden, Sir."

Peter widmete sich wieder seinen Daten. Auf der Grundlage der georteten Planeten, der Raumstation und des Leichten Kreuzers errechnete er die wahrscheinlichsten Patrouillenrouten – oder im Falle der fremden Raumer Patrouillenpunkte, da sie sich vermutlich durch Transition fortbewegten. So war es im Fall der Fälle möglich, mit einer Berührung seiner Konsole das Schiff auf Fluchtkurs zu bringen.

„Lieutenant?"

Als Peter aufblickte, stand Commander Ishida direkt neben ihm. „Ma'am?"

„Sie begleiten mich", sagte die I.O. „Wenn es jemandem gelingt, die Sensordaten aus dem Kern der PROMETHEUS sicher zu bergen und ein Schadensprofil des alten Phasenantriebs aufzustellen – worüber die Wissenschaftler der SILENCE-Station sich sehr freuen dürften –, sind Sie das."

„Lieutenant Commander Lorencia wäre als Chefingenieurin die bessere Alternative."

E.C. Johnston setzte zum Sprechen an.

Captain Cross ebenfalls.

„Die L.I. wird an Bord gebraucht", sagte Ishida. „Außerdem kenne ich Ihre Abschlussarbeit zum Thema alter Phasentriebwerke und dazugehöriger Systemstrukturen."

Peter erhob sich schweigend.

Die Commander wirkte kurz irritiert, hatte wohl eine verbale Antwort erwartet, dann nickte sie ihm aber freundlich zu und wandte sich um.

Peter überflog die Anzeige auf der Co-Piloten-Konsole des Shuttles. Alle Werte befanden sich innerhalb normaler Parameter, der Abflug stand kurz bevor.

Die I.O. saß im Pilotensitz. Im rückwärtigen Bereich hatten Paramedic Syra Pembleton und die beiden Marines Diego und Alejandro

Alvarez Platz genommen. Sie waren abflugbereit.

Commander Ishida beendete ihre Eingabe. Nun galt es, zu warten. „Lieutenant Task, ich benötige an Bord der PROMETHEUS Ihre vollständige Aufmerksamkeit."

„Natürlich, Ma'am, die haben Sie immer."

„Ihre Arbeit ist einwandfrei, trotzdem wirken Sie manches Mal ... abwesend. Sie sind ein Mysterium."

„Wie darf ich das verstehen?"

Sie lächelte. „Ab und an wirkt es, als ob sie träumen. Stellt man Ihnen eine Frage, wissen Sie jedoch immer sofort die Antwort. Sie sind ein guter Offizier, wie ich mehrfach feststellen konnte. Doch *gut* reicht auf einer Außenmission nicht aus. Ich benötige Ihre volle Konzentration!"

Und genau das könnte zum Problem werden. Mit einem Mal fühlte er sich müde. „Die bekommen Sie, Ma'am."

Ishida nickte. Von der Kommandobrücke kam die Klarmeldung. Sie erreichten den Rendezvous-Punkt mit der PROMETHEUS. Ein Flug von etwa vier Stunden würde sie zu dem Leichten Kreuzer bringen. Hierfür konnten sie die aktuelle Geschwindigkeit der HYPERION ausnutzen, wodurch das Shuttle einen gehörigen Initialschub erhielt. In der Folge würden sie auf einem Vektor zur PROMETHEUS abbremsen, bis sie das Schiff schließlich erreichten.

Das Shuttle erhob sich sanft und glitt aus dem Hangar.

7

Sechs Stunden später

Captain Jayden Cross fixierte den Holotank, als in diesem weitere Lichtpunkte erschienen. Wie ein Bienenschwarm, der seine Königin beschützte, hüllten sie die Raumstation ein. Diese Mauer zu durchbrechen schien unmöglich. Sie würden einen anderen Weg finden müssen, und zwar schnell.

„Commander Akoskin, wir sind im sicheren STEALTH-Modus?“

„Aye, Sir.“ Sein Waffen- und Taktikoffizier überprüfte die Daten und nickte.

Alle nicht lebenswichtigen Systeme waren deaktiviert worden. Gleichzeitig hatte der Lieutenant Commander über eine Schaltung die neu angebrachten Mimikrykristalle auf der Hülle anders ausgerichtet. Feindliche Sensorabtastungen gingen so ins Leere.

„Sir, ich habe eine Signatur-Ortung der Raumstation und des Objektes innerhalb der Fraktal-Strahlung.“

Er bemerkte die Unruhe in der Stimme von Tess Kensington. „Das sind doch gute Neuigkeiten.“

„Die Station entspricht in ihrer Architektur den Sternenraumern. Ein schwebendes Ovoid, das schichtweise von Sternebenen durchdrungen ist. Das Material enthält große Mengen an Duspanit.“ Sie schob die Kamera-Aufnahme des Gebildes auf ihrem Display zur Seite, worauf sie im Holotank erschien. „Über die Bewaffnung kann ich noch nicht viel sagen, die Tonnage der Station ist aber äquivalent zu vier Dreadnoughts. Sie hat eine Höhe von einem, eine Tiefe von einem halben Kilometer. Die Auswertung des Objektes innerhalb der Strahlung ist ebenfalls abgeschlossen.“ Die Station im Holotank wurde von der neuen Anzeige verdrängt.

„Verdammt!“ Jayden riss entsetzt die Augen auf.

„Ist das etwa ...?“ E.C. Johnston fehlten die Worte.

„Die Struktur stimmt mit jener der bisher gefundenen Fraktale überein“, sagte Kensington. „Die Größe allerdings beträgt dreitausend Kilometer – eine genaue Zahl kann ich aufgrund der Störstrahlung nicht nennen.“

Jayden atmete hörbar aus. „Das meinte sie.“

„Captain?“ E.C. Johnston warf ihm einen durchdringenden Blick zu.

„Sarah McCall, die Verräterin.“ Er konnte die Bitterkeit nicht vollständig aus seiner Stimme verdrängen. „Sie sagte, kurz bevor sie floh, dass ihre Leute alle Artefakte gefunden hätten. Wir wussten nichts über die genaue Anzahl. Aber wenn ich mir dieses riesige Gebilde so ansehe, müssen es Tausende sein.“

„Die zu einem gewaltigen Menger-Schwamm verschmolzen sind“, fügte Kensington hinzu.

„Ich habe Ihre Berichte gelesen, Captain.“ Johnston wirkte beunruhigt. „Wenn schon eines der Fraktale mehrfach eine immense Macht bewiesen hat, wozu ist dann ein derartiges Sammelgebilde in der Lage?“

„Ich fürchte, wir werden es herausfinden.“

Das Artefakt wurde immer größer, während die HYPERION in Schleichfahrt darauf zuflog.

8

Leichter Kreuzer PROMETHEUS

Sagen Sie mir bitte, dass es Fortschritte gibt“, bat Ishida.

Lieutenant Peter Task starrte auf das Pad, das an die Türverriegelung angeschlossen war, und beobachtete die Fortschrittsanzeige. „Ohne einen gültigen Zugangscode können wir die Außenschleuse nicht einfach öffnen. Ich für meinen Teil finde das beruhigend, sonst könnte jeder Fremde hier einfach hereinspazieren.“

„Dem stimme ich zu, Lieutenant. Doch als Offizier im Rang eines Commanders sollte mein Code von der K.I. akzeptiert werden.“ Sie trank einen weiteren Schluck ViKo, wodurch sie nur noch unruhiger wurde. Peter verzichtete meist auf die Vitamin-Koffein-Mischung, da er nach einem Becher bereits so hibbelig wurde, dass eine vernünftige Konzentration nicht mehr möglich war. „Und zwei Stunden sind wirklich genug!“

Bevor er etwas erwidern konnte, erschien ein grünes Icon und das Schott fuhr zur Seite. „Wir sollten die Verschlüsselung der HYPERION verbessern. Zwei Stunden, und ein Enter-Trupp könnte in unser Schiff spazieren.“

Ishida warf ihm einen seltsamen Blick zu, beförderte ihren Becher in den Recycler und erhob sich. „Legen wir los.“

Alejandro Alvarez betrat den Leichten Kreuzer mit gezogenem Pulser-Gewehr. Die I.O. und Peter folgten. Paramedic Pembleton hielt ihren Notfallkoffer in der Hand und ging direkt hinter ihm. Den Abschluss bildete Diego Alvarez.

„Wir begeben uns zum Maschinenraum, loggen uns dort in den Sensoraccount ein und extrahieren die Sensoraufzeichnungen aus der Schiffsdatenbank“, sagte Ishida.

An der Decke zuckten die eingebetteten Lichter in kurzen Intervallen, die Lichtstreifen in der Wand hatten sich in totes Plastoplex verwandelt. Schwarze Partikelspuren überzogen die Abdeckungen, Panels waren zersplittert, die Luft roch abgestanden.

Im Schein der Deckenleuchten schwebten Staubpartikel zu Boden. Ishida hatte ihren Nadler gezogen und sah sich aufmerksam um. Die Alvarez-Brüder blickten abwechselnd die Gänge hinab und auf ihre

Armbänder, wo die Sensordaten ihrer Anzüge angezeigt wurden. Paramedic Pembleton blickte unstet umher. Selbst einem Blinden musste auffallen, dass sie keine Felderfahrung besaß. Was hatte Doktor Branch sich bei ihrer Zuteilung nur gedacht?

Peter bemerkte Ishidas durchdringenden Blick, worauf er den Kopf schüttelte und seine Gedanken fokussierte. Es war fast unmöglich: All seine Sinne standen unter Anspannung, der Input war überwältigend.

Er hasste Außenmissionen. Die Welt an Bord des Interlink-Kreuzers war geordnet, sauber und übersichtlich. Hier gab es zu viel Neues.

Ich hätte es ihr sagen müssen.

Peter hielt seinen Zustand soweit wie möglich geheim, nur wenige wussten darüber Bescheid. Doktor Petrova war die Einzige an Bord gewesen. Sogar vor Captain Cross verheimlichte er es. Dank einer Sondergenehmigung von Admiral Sjöberg verstieß er gegen keine Verordnung.

Wie wohl der neue Arzt reagieren wird, sobald er sich die Akte ansieht? Branch macht ja einen ganz vernünftigen Eindruck.

Peter betrachtete das Display des eigenen Scanners. Keinerlei Lebenszeichen, ebenso existierten nur rudimentäre Datenströme. Er wechselte den Modus.

Infrarot-Restsignaturen, stellte er fest.

Irgendjemand war vor Kurzem hier gewesen. „Ma'am!"

Ishida blieb stehen und wandte sich um.

Schritte erklangen.

Pulserschusse surrten.

Sie warfen sich zu Boden. Während Ishida, Pembleton und er selbst einfache Skinsuits trugen, steckten die Marines in Panzeranzügen. Sie hielten den Treffern problemlos stand.

Die Partikelsalven kamen von vorne. Diego Alvarez schob sich vor die Gruppe und erwiderte mit seinem Bruder das Feuer. Peter erkannte anhand der sichtbaren Partikelwolken, die die einzelnen Salven umgaben, dass es sich um letale Schüsse handelte. Ein einziger Treffer würde sie töten.

„Stop! Feuer einstellen!", erklang eine Stimme. „Seid ihr wahnsinnig? Das sind Leute der Space Navy."

Der Beschuss endete.

„Mein Name ist Commander Noriko Ishida! Wir kommen vom Interlink-Kreuzer HYPERION und hegen keine feindlichen Absichten!“

Ein bärtiger hagerer Mann trat vor. „Ich bin Captain Jackson Brown. Kommandant der PROMETHEUS.“ Sein dunkles Haar glänzte fettig, fiel über seine Schulter und hatte zweifellos schon lange keinen Haarstrukturierer mehr gesehen. Die Uniform war abgewetzt, rissig und fleckig.

Peter erhob sich, ebenso Ishida und die anderen. Die Marines hielten ihre Pulser schussbereit.

„Entschuldigen Sie den Eifer meiner Männer, Commander.“ Captain Brown eilte auf die I.O. zu. „Wir hätten niemals damit gerechnet ... Es tut so gut, Sie zu sehen.“

Der Kommandant presste die Lippen zusammen. Vermutlich hätte nicht viel gefehlt und er wäre in Tränen ausgebrochen. Peter konnte es ihm nachempfinden. Jahrelang auf einem kaum noch funktionsfähigen Schiff eingesperrt zu sein, bedeutete auch, alle Hoffnung zu verlieren.

„Wir wussten nicht, dass hier noch jemand am Leben ist, Captain.“ Ishida schüttelte ihm die Hand. „Es konnten keine Lebenszeichen angemessen werden.“

„Wir rekalibrieren die Störfelder stündlich. So bleiben unsere Sensorechos maskiert und es dringt kaum Streustrahlung nach außen. Die Sternenschiffe haben uns noch nicht entdeckt, sie hätten uns andernfalls doch längst zerstört.“

„Wie ist es möglich, dass sie noch leben?“

Hinter dem Captain kam eine Frau mit blonden Stoppelhaaren um die Ecke.

„Das ist meine I.O., Commander Efferson“, sagte Brown. „Und um Ihre Frage zu beantworten: Nachdem wir den Strahlengürtel durchflogen hatten, konnten wir einen Teil der Systeme wieder instand setzen.“

„Die Lebenserhaltung?“

„Korrekt. Allerdings ist der Hauptcomputer stark beschädigt, ebenso einige Schaltungen der Navigation. Wir können den Vektor nicht ändern, der Antrieb selbst funktioniert nicht mehr. Die PROMETHEUS fliegt immer weiter und weiter. Die Sensoren funktionieren nur eingeschränkt, Defensiv- und Offensivbewaffnung ist vollständig zerstört.“

Peter folgte dem Gespräch, während er gleichzeitig die Scanndaten auswertete und die Umgebung im Auge behielt. Geräusche, Gerüche, Bewegungen.

Konzentration!

„Was ist mit dem Phasenantrieb?", fragte Ishida.

„Weder der noch der Pike-Antrieb funktionieren. Wir sind ein fliegendes Wrack, ohne Chance, dieses System aus eigener Kraft zu verlassen."

„Das werden wir ändern. Bringen Sie uns zum Maschinenraum, Captain. Unser Auftrag besteht darin, die Sensordaten des Schiffes aus der Datenbank zu extrahieren. Wir müssen alles über dieses System wissen."

„Das kann ich mir vorstellen", sagte Brown. „Folgen Sie mir. Und auf dem Weg möchte ich erfahren, was in den vergangenen Jahren dort draußen geschehen ist."

9

Interlink-Kreuzer HYPERION

Captain Jayden Cross saß in seinem Kontursessel und studierte die Berichte der Abteilungsleiter. Nachdem er einige Stunden geschlafen hatte, war er auf die Kommandobrücke zurückgekehrt, um den Papierkram zu erledigen.

Das Schiff hielt seine Position in sicherer Entfernung zur Station; im fast vollständigen Stillstand. Einstweilen galt es zu warten.

Solange sie keinen Weg fanden, die Absperrung zu umgehen, ohne entdeckt zu werden, war ihre Reise hier zu Ende. Sie würden das Außenteam nach der Datenextraktion durch Peter Task wieder an Bord nehmen, den Patrouillenflug fortsetzen und das System verlassen.

Lieutenant Rick Bishop vertrat Task an der Navigationskonsole. Er berechnete einen Kurs, auf dem das Schiff das System durchfliegen sollte. Auf dem Weg würden sie Sensorplattformen aussetzen, die Daten sammelten, bis die HYPERION die Strahlenbarriere wieder durchflog.

Sobald das Außenteam wieder an Bord ist.

„Lieutenant Nurakow", wandte er sich an die Stellvertreterin von Tess Kensington. „Was sagt die Ortung? Hat die PROMETHEUS ihren Kurs bereits geändert?"

„Negativ, Sir. Das Shuttle ist noch angedockt, bisher gibt es keinerlei Veränderung." Der junge Mann aus dem russischen Sektor der Erde war ein kompetenter Vertreter von Kensington, Jayden hatte ihn schätzen gelernt. In einigen Stunden ging die Alpha-Schicht weiter, bis dahin würde der Lieutenant die Ortungskonsole besetzen.

Er nickte und wandte sich wieder seinen Unterlagen zu. Commander Devgan hatte das Schadenskontrollteam im Sinne von Johnstons Empfehlungen umstrukturiert; einige Stellen waren umbesetzt worden. Das Ergebnis gefiel Jayden nicht im Geringsten. Der Commander hatte eine Effektivitätsabschätzung beigefügt, die belegte, dass die Effektivität um zehn Prozent gesunken war. Dafür war die Schadenskontrolle nun von Offizieren durchsetzt, die geradezu fanatisch loyal zu Sjöberg standen und erst kürzlich an Bord gekommen waren.

Wenn Johnston diesen Leuten seine Evaluation zugänglich macht, wird Devgan einen schweren Stand haben, überlegte er. *Das wird die Effektivität noch weiter sinken lassen.*

„Sir, ich habe ein Muster im Flug der Schiffe entdeckt“, sagte Lieutenant Commander Akoskin. Er hatte darauf bestanden, Überstunden zu machen und die Arbeit nicht an seinen Stellvertreter zu übergeben. „Alle vier Stunden bildet sich für eine halbe Stunde ein Loch in deren Sensornetz.“

„Wir wissen, wie weit ihre Sensoren reichen?“

„Glücklicherweise verwenden die Sternenraumer aktive Sensorabtastungen. Ich konnte die Reichweite mittels eines Feedbackimpulses aufzeichnen, was uns auch in Zukunft eine große Hilfe sein wird.“

„Es wäre also möglich, ein Erkundungsteam zur Station zu schicken?“

„Das können wir“, bestätigte Akoskin. „Das Timing muss perfekt abgestimmt sein, aber ja: Ein Shuttle könnte hinüberfliegen. Wenn es einen initialen Pike-Schub verwendet, danach die Trägheit ausnutzt und den Stealth-Modus aktiviert, wird es funktionieren. Wenn das Shuttle nahe genug ist ... „

„Sir!“ Lieutenant Nurakow blickte fassungslos auf seine Konsole. „Da die Außenhaut der Raumstation von Duspanit durchsetzt ist, wurden unsere Sensoren bisher gestört. Ich habe die neuen Prototyp-Linsen zugeschaltet und konnte die Abschirmung nun durchdringen. Jetzt erhalte ich saubere Werte.“

„Ausgezeichnet.“ Jayden nickte ihm zu. „Gute Arbeit.“

„Danke, Sir.“ Nurakow blickte auf. „Auf der Station gibt es zwei Lebenszeichen.“

„Nur zwei?“

„Exakt. Eines davon emittiert eine Signatur der Space Navy; ein subkutaner ID-Marker.“

„McCall?“ Jayden konnte nicht verhindern, dass seine Stimme einen bedrohlichen Klang annahm. „Hat sie ihren Sender aktiv gelassen?“

„Nein, Sir. Es handelt sich um den Sender von Fähnrich Tobias Feldmann.“

Für einige Sekunden war Jayden irritiert, konnte den Namen nicht zuordnen. Dann kam die Erinnerung. Leise sagte er: „Tobias Feldmann befehligte das Kurierboot, das Commander Ishida bei der Schlacht im Kartas-System aussandte. Sie wollte dort das rentalianische Raumschiff rammen, was das Ende der HYPERION bedeutet hätte. Das Schiff überlebte zwar, doch es gelang nicht mehr, das Kurierboot zurück an Bord zu holen. Es wurde aufgebracht, zumindest gingen wir alle bisher davon aus."

Vor Jaydens innerem Auge entstand das Gesicht von Fähnrich Tobias Feldmann. Immer ein Lächeln auf dem Gesicht; die Haare so verwuschelt, als hätten sie noch nie einen Haarstrukturierer gesehen. Ständig dem aktuellen Trend folgend, wechselte er seine Kontaktlinsen täglich, wodurch seine Augen mal gänzlich schwarz waren, mal violett schimmerten. Er hatte sich um den Kurierdienst gerissen, wollte selbst einmal einen solch wichtigen Einsatz durchführen. Ishida zeigte es nicht, doch er kannte sie mittlerweile gut genug, um zu wissen, dass sie sich noch immer Vorwürfe machte.

Er starrte auf die Signaturanzeige. „Wenn er überlebt hat ... Das ist unfassbar. Wir müssen ihn dort rausholen."

„Sie denken nicht ernsthaft darüber nach, Captain!" Jayden hatte nicht einmal bemerkt, dass E.C. Johnston eingetreten war.

Das ist richtig schlechtes Timing. „Doch, Sir, exakt das ist die Idee."

„Wozu? Sobald das Außenteam zurückgekehrt ist, haben wir die Sensordaten der PROMETHEUS. Wenn wir den Rest des Systems selbst aufklären, reicht das völlig aus. Ein Flug zur Station bringt das Schiff in Gefahr. Und wofür, für einen einzelnen Mann?" Er war heran und baute sich neben Akoskins Konsole auf. „Die HYPERION ist zu wertvoll."

„Ich werde die Idee noch einmal überdenken."

„Darum möchte ich doch bitten." Johnston warf ihm einen letzten Blick zu, dann wandte er sich ab. „Wenn etwas ist, finden Sie mich in meinem Quartier."

Jayden setzte sich in seinen Konturensessel und überdachte seine Optionen. Dort drüben befand sich einer seiner Offiziere, der wie durch ein Wunder überlebt hatte, und möglicherweise sogar McCall. Gleichzeitig war die Station ansonsten völlig unbemannt. Nur ein verbohrter Betonkopf wie Johnston missachtete eine solche Chance. Der E.C. würde einer Rettungsmission niemals zustimmen.

„Cross an Maschinenraum."

Die Verbindung etablierte sich.

„Jegorow hier, was kann ich für Sie tun, Captain?"

Jayden überlegte, ob er die L.I. wecken sollte, entschied sich dann jedoch dagegen. Bis das nächste Fenster im Schiffsnetz auftauchte, würde noch einige Zeit vergehen.

Lieutenant Boris Jegorow war ein zuverlässiger Kerl. Er liebte Maschinen mehr als Menschen, war introvertiert wie niemand sonst an Bord – sah man von Peter Task ab – und hielt sich auch in seiner Freizeit am liebsten im Maschinenraum auf.

„Ich hörte, es gibt einige technische Probleme mit dem Quartier von E.C. Johnston?"

„Sir, davon weiß ich ...?"

„Mit dem Schott, wie ich anhand der internen Sensoren bemerkte. Eine Interferenz im Schließmechanismus, wodurch der E.C. die Kabine nicht verlassen kann?"

Stille.

„In der Tat, Sir. Eine ärgerliche Interferenz, ich sitze an der Lösung dieses Problems. Das wird allerdings noch einige Zeit dauern."

„Das ist natürlich ein Problem", sagte Jayden. Glücklicherweise war der Mann schnell von Begriff. „Ich lasse Ihnen eine Nachricht zukommen, wenn das Schott auf gar keinen Fall versagen darf, wir den E.C. hier dringend brauchen."

„Das ist eine ausgezeichnete Idee, Sir."

„Cross, Ende."

Jayden lächelte. Diese Aktion würde ihm Schwierigkeiten einbringen, das war klar. Trotzdem durfte er sich von diesem Kerl nicht vorschreiben lassen, wie er die HYPERION zu führen hatte. Es ging um das Leben von einem *seiner* Leute.

„Wecken Sie Commander Kensington und Lieutenant Larik", wandte Jayden sich an Akoskin. „Wir müssen einen Einsatz vorbereiten."

10

Leichter Kreuzer PROMETHEUS

Lieutenant Peter Task musste Captain Brown im Stillen zustimmen: Das Schiff war ein fliegendes Wrack. Ein Wunder, dass die Besatzung bisher überlebt hatte.

Die Gänge waren größtenteils verlassen und es wurde recht schnell klar, dass die Crew nicht ganz so viel Glück gehabt hatte wie angenommen.

Der Captain bestätige Peters Vermutungen. „Aufgrund der Schäden, die mit dem Energieausfall einhergingen, verloren wir einen Teil des Lebenserhaltungssystems und der Essensrationen."

„Wie viele haben überlebt?", fragte Ishida.

„Dreiundfünfzig." Brown wandte den Blick ab. „Nach den ersten Monaten kam es zu Kämpfen."

„Weshalb?"

„Es gab nicht genug zu essen. Einige der höherrangigen Offiziere versuchten die niederen Ränge von der Nahrungsversorgung abzuschneiden."

„Sie konnten sie besiegen?"

„Das konnten wir."

„Was haben Sie mit ihnen gemacht?", wollte Ishida wissen.

Gemeinsam kletterten sie durch die Versorgungsschächte. Der multidirektionale Lift funktionierte schon lange nicht mehr, was den Weg zum Maschinenraum aufwändiger machte. Ein weiterer Gang schloss sich an.

„Ich habe sie unter Arrest gestellt." Er strich sich die Uniform glatt. „Und von jeder Nahrungsversorgung ausgeschlossen."

Ishida ließ sich nichts anmerken.

Peter fuhr es in den Magen, wenn er daran dachte, wie grausam der Tod durch Verdursten gewesen sein musste.

„Ich bin kein Monster", sagte Brown. „Nach einigen Tagen gab ich jedem einen Pulser mit genug Partikelmunition für einen Schuss. Mehr hatten sie nicht verdient."

Das Schott zum Maschinenraum öffnete sich. Als sie eintraten, erblickte Peter exakt das Erwartete: Maschinen, Panels und Leitungen, die nur noch von Spucke und Glauben zusammengehalten wurden. Das Schiff hätte vielleicht noch ein Jahr durchgehalten, nicht länger. Zu viele Systeme waren durch Überladungen beschädigt worden.

„Das ist mein L.I., Lieutenant Paxter", sagte Brown und deutete auf einen dürren Jungspund mit rötlichem Haar, dessen Abzeichen ihn als Lieutenant auswiesen. „Nach dem Tod meiner L.I. und ihres Stellvertreters habe ich eine Feldbeförderung ausgesprochen."

„Und es bisher nicht bereut, wie ich hoffe." Der junge Offizier kam mit einem Grinsen auf sie zu. „Ich kann Ihnen gar nicht sagen, wie froh ich bin, Sie zu sehen, Commander." Er schüttelte Ishida die Hand. „Ich will nur noch nach Hause."

„Sie leisten gute Arbeit."

„Und das war auch nötig." Paxter neigte den Kopf. „Ich darf gar nicht daran denken, dass uns Maschinenversagen überhaupt erst in diese Situation gebracht hat."

„Wie meinen Sie das?"

„Hat die Erde unseren Funkspruch nicht erhalten?"

Ishida wirkte nicht weniger verblüfft, als Peter es war. „Wovon sprechen Sie?"

Nun schaltete Captain Brown sich ein. „Wir konnten die Strahlung, die das System umgibt, bereits von Weitem anmessen und schickten Sonden ins Innere. Als diese ihre Energie verloren, beschlossen wir umzukehren. Das Schiff gehorchte unserem Befehl jedoch nicht mehr. Wir konnten gerade noch einen Funkspruch absetzen, dann flogen wir auch schon ein."

Peter wurde eiskalt, als er die Wahrheit hinter den Worten begriff.

Ishida schluckte hart, warf den Marines einen durchdringenden Blick zu und sah sich um. „Captain, wenn Sie nichts dagegen haben, würde sich Lieutenant Task gerne Ihren Hauptcomputer ansehen."

„Natürlich, deshalb sind Sie hier. Bitte."

Peter nickte der I.O. zu. Er hatte verstanden. Nachdem die HYPERION lange Zeit durch Sarah McCall manipuliert worden war, hatten Lieutenant Commander Kensington und die Chefingenieurin ein Zweitsystem im Hauptcomputer entdeckt. Mit diesem hatten alle Manipulationen vorgenommen werden können. Peter ließ sich von Paxter zu einem der Panels bringen. Er stieg über Bauteile, offene Gehäuse und herumliegende Kristallleiter. Der Maschinenraum wirkte wie ein Schrottplatz. Es kostete ihn nur wenige Handgriffe – er hatte den Bericht von L.I. Lorencia gelesen –, um die Wahrheit zu entdecken. Vor ihm erschien eine Eingabemaske, deren Schrift aus unleserlichen Hieroglyphen bestand. Peter nickte Ishida bestätigend zu.

„Es gibt ein Zweitsystem im Kern“, sagte er. „Und damit vermutlich auch einen Verräter an Bord.“

11

Interlink-Kreuzer HYPERION

Ein Icon blinkte auf seiner Konsole auf. Der Maschinenraum hatte die Nachricht erhalten und bestätigt.

Captain Jayden Cross erhob sich schmunzelnd.

„Commander Akoskin, Sie haben die Kommandobrücke. Ich werde mit zwei Marines und Doktor Tauser zur Station übersetzen."

Es galt, den Plan schnell auszuführen, bevor Johnston die Flucht aus seinem Quartier gelang. Mit den Konsequenzen dieses kleinen Stunts würde Jayden sich später auseinandersetzen.

„Aye, Sir.

Doktor Tauser befindet sich bereits auf dem Weg zum Shuttle; die Marines ebenfalls", sagte Akoskin.

„Sehr gut. Warten Sie, bis wir an der Station angedockt haben, dann sorgen Sie für eine beschleunigte Reparatur von Johnstons Schott. Der arme Kerl soll dort ja nicht überwintern."

„Verstanden."

Jayden verließ die Kommandobrücke und lief zum Shuttlehangar. Das Loch im Sensornetz der Wachschiffe würde sich in Kürze öffnen. Es blieb zu hoffen, dass die Sternenschiffe einen gepulsten Anstieg des Pike-Antriebs nicht bemerkten und das Shuttle den Rest des Weges mit Eigenschub zurücklegen konnte. In der Theorie sah der Plan gut aus.

Leider hat die Realität die dumme Angewohnheit, sich vom Reisbrettentwurf zu unterscheiden.

Jayden erreichte den Hangar, das Shuttle war abflugbereit. Als er das Schott hinter sich schloss, aktivierte der Pilot bereits die Schubdüsen.

„Du lässt es einem aber auch nicht langweilig werden", sagte Janis Tauser.

Der Freund aus Jugendtagen saß gemächlich im rückwärtigen Teil des Shuttles, neben sich die beiden Marines, die beim Eintreten des Captains „Sir" sagten und nickten. Als Schiffspsychologe nahm er nur selten an Außeneinsätzen teil.

„Ich dachte, du brauchst vielleicht ein wenig Abwechslung. Und dank deiner Zusatzausbildung als Xenopsychologe könnten wir dich dort drüben vielleicht gebrauchen."

Wie die anderen trug auch er einen Skinsuit und war bewaffnet. Sie hatten leider feststellen müssen, dass normale Partikelsalven Sarah McCall nichts anhaben konnten –, wenn sie einzeln abgefeuert wurden. Es blieb abzuwarten, ob sie einem Punktbeschuss durch Pulser und Pulser-Gewehre standzuhalten vermochte. Falls sie die Verräterin auf der Station überhaupt fanden.

Als Jayden das Gesicht seines alten Freundes genauer betrachtete, begann er sich zu sorgen. Janis hatte bisher auf jede Art von Gen-Verbesserung, Skin-Revitalisierung und Bio-Skulpturing verzichtet. Er war ein in die Jahre gekommener Mann mit weißem Rauschebart, lebhaften Augen und sehnigem Körper. Jayden vergaß allzu oft, dass sein Freund während der Schlacht von NOVA auf Pearl gewesen war, um seinen Landgang zu genießen. Er und Doktor Petrova hatten den Absturz des Sternenschiffs, das die Oberfläche der idyllischen Paradieswelt in eine radioaktive Wüste verwandelte, nur knapp überlebt. Doch wie viel Tod und Leid hatten sie dort miterleben müssen? Seit der Schlacht betreute Janis zahlreiche Offiziere; aber was war mit ihm selbst? Er wirkte müde und abgeschlagen – kraftlos.

Wenn wir zurück sind, werde ich mir die Zeit nehmen, das neue Erholungsdeck mit ihm zu besuchen, beschloss Jayden. *Soweit ich weiß, hat der neue Leitende Offizier auch ein paar exotische Weine und Getränke von Alorasul in die Karte aufgenommen.*

„Sir, wir passieren das Sensorloch in exakt drei Minuten“, sagte der Pilot. Es gelang ihm nicht ganz, die Anspannung aus seiner Stimme zu verbannen. Kein Wunder: Wenn sie entdeckt wurden, blieb vermutlich nicht einmal die Zeit, mit dem Leben abzuschließen. Ein einzelner Torpedo, und das Shuttle würde sich in eine ausbreitende Trümmerwolke verwandeln.

Er schob den Gedanken beiseite. Das Risiko war kalkulierbar. Die Station war nicht besetzt, das Shuttle im Schleichflug kaum zu orten.

Über den 3-D-Monitor im rückwärtigen Teil konnten sie den Flug des Shuttles verfolgen. Die Anspannung in der Kabine wuchs, als sie die Front aus Lichtpunkten erreichten. Jayden warf einen Blick aus dem Bullauge.

So nah war er den fremden Schiffen noch nie gewesen. Fliegende Sterne aus dunklem Stahl. Die Mitte bildete ein abgeflachter Ovoid, aus dem eine Spitze emporwuchs. Aus der Basis entsprangen sechs Zacken, die aus Pyramiden bestanden.

Im NOVA-System und bei McCalls Flucht hatten sie einen kleinen Vorgeschmack auf die Fähigkeiten der Raumer erhalten. Sie mussten nicht beschleunigen, um in den Phasenraum zu wechseln. Stattdessen leiteten sie aus dem Stillstand heraus eine Phasen-Transition ein. Ihre Bewaffnung glich jener der Menschheit: Sie verfügten über Torpedos und Laser – die an Masse und Zerstörungskraft aber deutlich überlegen waren. Für die Sensoren galt das laut den neuesten Erkenntnissen ebenfalls. Jede Information, die dabei half, eine Schwäche des neuen Feindes aufzudecken, mochte in der Zukunft hilfreich sein. Denn dass Sarahs Leute Spione in die Space Navy eingeschleust hatten, um mit der Admiralität gemütlich einen ViKo zu trinken, war unwahrscheinlich.

„Das Sensorloch liegt hinter uns", meldete der Pilot. „Ich bereite den Andockvorgang vor. Wir docken an ein Segment an, in dem ich keinerlei Lebenszeichen geortet habe."

„Sobald wir uns durch die Außenhaut schneiden, werden dort drüben alle Warnleuchten angehen", sage Jayden in Richtung der beiden Marines. „Wir wenden die Laserskalpell-Methode an. Ab jetzt gilt es!"

12

Leichter Kreuzer PROMETHEUS

Lieutenant Peter Task beobachtete den L.I. der PROMETHEUS. Der junge Offizier war geschickt, scheiterte jedoch an der Sicherheitsbarriere, wie es auch schon Lorencia ergangen war.

„Und diese Spione sehen genauso aus wie Menschen?“ Captain Brown ließ den Blick über die Anwesenden wandern.

„Vielleicht besprechen wir das lieber unter vier Augen“, bat Noriko Ishida. „In Ihrem Bereitschaftsraum?“

Der bärtige Kommandant schüttelte den Kopf. „Ein Meteoriteneinschlag. Weder mein Bereitschaftsraum noch die Brücke haben Atmosphäre. Der Maschinenraum ist unsere Kommandozentrale. Aber sprechen Sie offen, Commander, ich habe keine Geheimnisse vor meiner Crew. Wir haben zusammen die Hölle erlebt. Dieser Spion ist vermutlich unter den Toten.“

Die I.O. atmete tief durch. „In der Tat gab es auf der HYPERION einen Verräter. Es handelte sich um eine Lieutenant – unsere Kommunikationsoffizierin. Sie besaß menschliche Gestalt, übermenschliche Kräfte und die Kontrolle über das Schiff aufgrund eines im Kern installierten Zweitsystems.“

„Daher gerieten wir in das System“, sagte Brown. Auf seinem Gesicht zeichnete sich Erschöpfung ab. „Der Kreuzer wurde manipuliert, um einzufliegen. Aber weshalb? Was hat der Verräter davon, uns in einer Schrottkiste ins Sonnensystem zu bringen?“

„Wir wissen es nicht. Unsere Kommunikationsoffizierin konnte entkommen und uns fehlen Antworten.“

Während die beiden Führungsoffiziere sprachen, verließ Paxter die Maske des Sub-Systems. Mit wenigen Arbeitsschritten hatte er den Datenbankzugang eingerichtet. Peter versuchte den Aufbau einer Drahtlosverbindung. Als das nicht funktionierte, stöpselte er das Gerät an. Die Datenbank war beschädigt, doch die modernen Algorithmen des Pads konnten die Fehler in der Struktur ausgleichen. Das Portieren begann.

„Fünf Minuten, dann ist die Übertragung abgeschlossen“, sagte Peter.

Ishida unterbrach ihr Gespräch mit dem Captain. „Gute Arbeit, Lieutenant."

„Ich hoffe, in Ihrem Shuttle ist genug Platz für alle Offiziere. Die alte Architektur reichte nur für fünf Personen."

„Wir werden mehrere Male fliegen müssen. Aber das stellt kein Problem dar – solange die uns nicht entdecken. Sobald wir uns auf dem Rückweg befinden, baue ich eine gerichtete Phasenfunkverbindung auf und fordere ein Ersatzshuttle an. Aktuell ist das nicht möglich, da sich die HYPERION in unmittelbarer Nähe zu starker Fraktal-Strahlung befindet. Fragen Sie nicht, ich erkläre Ihnen die Details später. Aber auf halbem Weg sind wir nahe genug, um die Strahlung zu kompensieren."

Peter blendete die Stimme aus.

Er hatte Sarah McCall vertraut. Nicht viele Offiziere standen ihm nahe, es war schwer, mit seiner Kondition Freunde zu finden. Er konnte Gesprächen niemals lange folgen. Andere hielten ihn für dumm, psychisch krank oder – wenn es gut lief – für gelangweilt. Sarah war irgendwie anders gewesen; das hatte er von Anfang an gespürt. Ein Teil von ihr war wie er: ständig abwesend, immer beschäftigt – aber trotzdem extrovertiert und in der Crew stabil vernetzt. Es war makaber, dass eine Spionin, die vielleicht nicht mal wirklich menschlich war, besseren Rückhalt unter den Offizieren erfahren hatte als er.

Ab und an hatten sie zusammen auf dem Erholungsdeck gesessen, ViKo oder Riola getrunken, sich unterhalten oder einfach geschwiegen. Es hatte sie nie gestört, wenn er abgeschweift war. Sie wiederholte ihre Sätze, stellte ihre Fragen ein zweites oder drittes Mal und verlor nie die Geduld. Peter genoss ihre Gegenwart. Manchmal, wenn er nach Dienstschluss alleine in seinem Quartier saß, gestand er sich sogar ein, dass er Sarah McCall vermisste. Ihre Freundschaft, ihr Zuhören, ihre Anwesenheit.

Das hektische Blinken eines grünen Icons riss ihn aus seinen Gedanken; die Datenbank war vollständig übertragen. Er verstaute das Pad. „Wir sind soweit, Commander."

„Gehen wir." Ishida bedeutete Captain Brown, voranzugehen. „Wir bringen Ihre Crew nach und nach zur HYPERION."

Sie kehrten zum Shuttlehangar zurück.

Genauer: zum leeren Hangar.

„Wo ist das Shuttle?!"

Wie gebannt starrte Peter auf den Fleck, auf dem bis vor Kurzem das Gefährt gestanden hatte.

„Verdammt!“, entfuhr es Ishida.

„Sie hatten wohl Recht, es *gab* einen Spion. Und der ist jetzt auf und davon.“ Captain Brown fluchte haltlos, wobei er sich immer wieder durch die Haare fuhr. „Wie lange wird es dauern, bis die HYPERION Sie vermisst?“

Die I.O. schüttelte den Kopf. „Mehrere Stunden!“

Peter horchte auf. Irgendetwas geschah. Er spürte winzige Erschütterungen, die einem gewöhnlichen Menschen vermutlich gar nicht bewusst wurden.

Eine rote Warnleuchte begann zu blinken.

Paxter keuchte entsetzt auf.

Captain Brown fuhr herum.

Dann versank die Welt im Chaos.

Sie flogen in einen Bereich zwischen zwei Sternensegmenten, steuerten das Shuttle an die Außenwand der Station und hefteten das mobile Verbindungsstück der Bodenluke an.

„Sie sind am Zug, Gentlemen“, sagte Captain Jayden Cross.

Die beiden Marines entpackten die Enter-Ausrüstung und bauten einen Kraftfeldprojektor auf, der das schwere Metall stabilisieren sollte, sobald die Verbindung aufgeschnitten worden war. Millimeter für Millimeter fraß sich der Laser in das Metall der Stationsaußenhaut. Die erwies sich als ausgesprochen robust. Jayden wurde ungeduldig.

Janis lehnte sich in seinem Sessel zurück, schloss die Augen und entspannte sich. Der Freund hatte noch nie Probleme damit gehabt, in jeder Situation zu entspannen – loszulassen. Wenigstens diese Fähigkeit schien er nicht verloren zu haben.

Die Marines beendeten ihre Arbeit. Einer der beiden ergriff den mobilen Projektor, um das ausgeschnittene Fragment zur Seite zu heben. Von beiden flankiert, betraten Janis und Jayden die Raumstation.

Es war ein seltsames Gefühl. Abgesehen von seinem Besuch auf Alorasul, der Heimatwelt der Rentalianer, hatte Jayden noch keinerlei außerirdische Schiffe, Stationen oder Welten besucht. Seine bisherigen Erfahrungen beschränkten sich auf Welten der Solaren Union.

Als junger Lieutenant hatte ihn die Fremdartigkeit von CORE I, der Zentralwelt der Kybernetiker, erstarren lassen. Das Neue und Andersartige faszinierte ihn immer wieder. Deshalb wollte er dort draußen sein, das All erkunden. Stattdessen waren sie ständig in feindselige Auseinandersetzungen verwickelt. Der interkulturelle Ton wurde härter, das politische Klima auf der Erde rauer.

„Sir, ich orte keinerlei Lebenszeichen“, sagte der Marine, der die Vorhut bildete. Auf sein Brustabzeichen war ‚Prvt. Baur‘ aufgestickt.

„Kann es sich dabei um eine metallurgische Störung handeln?“ Jayden zog seinen eigenen Scanner hervor.

„Negativ, Sir. Wir können auf zweihundert Meter Gegenstände, Strahlung und Materialzusammensetzungen, aber keine Lebenszeichen orten. Hier ist niemand.“

Er hatte Recht. Auch auf Jaydens Display wurde nichts angezeigt. „Wir suchen die Kommandobrücke.“

Vorsichtig setzten sie sich in Bewegung.

Die Gänge wirkten auf unerklärliche Art lebendig. Die Wände waren von Panels bedeckt, wie auch auf Schiffen der Space Navy üblich. Aus breiten Leuchtstreifen fiel orangerotes Licht herab und tauchte die Gruppe in einen warmen Schein. Der Boden bestand aus Metall, das von einer hauchdünnen Schicht Plastoplex überzogen war.

An der ersten Gangbiegung hielt Baur inne. Er verwendete die in seinen Scanner integrierte 3-D-Kamera, um ein Bild davon zu machen. „Sie haben nicht zufällig auch einen akademischen Titel auf dem Gebiet der Xenolinguistik, Doktor Tauser?“

„Ich fürchte, da muss ich Sie enttäuschen, Private.“

„Das Symbol gibt Hinweise auf das Segment, die Abteilung und den Weg zur nächsten Rettungskapsel“, sagte Jayden im Reflex.

Erst als es ausgesprochen war, begriff er, dass er jedes der Zeichen lesen konnte. Ein pochender Kopfschmerz machte sich bemerkbar, der jedoch nach einigen Sekunden abebbte.

„Der Chip?“, fragte Janis.

Jayden nickte. „Was immer McCall auch damit angestellt hat: Ich kann die Zeichen lesen.“

Seit dem Debakel auf dem Mars hatte sein Kommandochip sich verändert. Angefangen mit den gespeicherten Koordinatensätzen, die auf das zweite Fraktal im rentalianischen System hinwiesen. Dort ging es weiter mit einem alten Asteroidenstollen, wo er eine Sternenkarte aktivierte, und die fremdartigen Zeichen sofort zu lesen vermochte. Als Sarah McCall die HYPERION verlassen hatte, hatte sie in einer anderen Sprache mit ihm gesprochen – er konnte jedes Wort verstehen. Neben diesen offensichtlichen Vorteilen gab es aber auch einen beängstigenden Nachteil: Die Kontaktstellen der neuralen Nano-Verbindungen wurden durch einen fremdartigen Naniten-Stamm vor der Entkopplung geschützt. Der Kommandochip konnte nicht mehr entfernt werden.

„Wir müssen hier entlang." Jayden deutete auf die linke Abzweigung.

Die Symbole wiesen die Richtung ins Zentrum der Station. Kein Zweifel, dass sie dort auch die Kommandobrücke finden würden. Ein Lift wartete am Ende des Ganges. Die Türen standen offen.

Gemeinsam mit Baur trat Jayden ein. Die anderen beiden würden folgen.

Ein ungutes Gefühl beschlich ihn. *Das geht alles viel zu einfach.*

Der Lift hielt. Sie betraten das Zentrum der Sternenstation. Ein kreisrundes Schott versperrte den Weg zur Kommandobrücke. Bevor Jayden sich etwas überlegen konnte, glitt das Hindernis zur Seite. Während hinter ihnen der Lift hinabfuhr, um Janis und den verbliebenen Marine abzuholen, traten sie ein.

„Das Brückendesign entsprach fast menschlichen Standards", bemerkte Baur.

„Stellenweise", stimmte Jayden zu. „Aber es gibt auch deutliche Unterschiede."

Die Kommandobrücke bestand aus mehreren Ebenen. Die Wände waren mit Panels zugepflastert, vor denen jedoch keine Stühle, sondern unförmige Berge aus weichem Plastoflex aufragten. Im Zentrum des Raumes verlief ein Glaszylinder vom Boden bis zur Decke. Hier und dort hingen kleinere Monitore an der Wand, dazwischen standen Waffenschränke aus transparentem Stahl.

Die obere Reihe der enthaltenen Waffen bestand aus Handpulsern, darunter Gewehre. Die Waffen waren aus einem dunklen Metall gefertigt, der Griff war seltsam geschwungen und es gab keinen Abzug.

„Das war ja schon fast ein Spaziergang", erklang die Stimme von Janis. Er betrat die Brücke, an seiner Seite der zweite Marine. „Wie haben Sie das Schott aufbekommen, Sir?"

„Es stand offen."

„Das gefällt mir immer weniger. Diese Station wirkt auf mich schon fast wie eine für Bienen aufgestellte Honigwabe. Der innere Aufbau, die Technik, das Fehlen jeglicher Sicherheitsmechanismen ... als sollten wir hierherkommen."

Jayden winkte die beiden Marines zu einer Konsole. „Versuchen Sie sich einzuloggen, damit wir die Datenbank auslesen können. Danach holen wir Lieutenant Feldmann. Behalten Sie zwischenzeitlich die zweite Signatur im Auge und bringen Sie Haftbomben an. Wenn wir gehen, räumen wir hinter uns auf."

„Hoffentlich treten wir damit niemandem allzu sehr auf die Zehen, denn sonst haben wir die Sternenkreuzer an der Backe", sagte Janis.

Jayden schmunzelte. „Du bist ein wahrer Pessimist."

Jemand lachte.

Die Marines rissen ihre Waffen empor, ebenso Jayden.

Eine junge Frau betrat die Kommandobrücke. Braune Locken fielen ihr über die Schulter, eine Unschuldsmiene zierte ihr Gesicht. Nur die Augen wirkten verschlagen.

„Wissen Sie nicht, was man über Pessimisten sagt, Captain?" Sarah McCall trug ein überhebliches Lächeln zur Schau. „Sie leben meistens deutlich länger als ihre optimistischen Kollegen. Schön, Sie alle wiederzusehen. Ich hätte nicht damit gerechnet, dass Sie so schnell hier eintreffen. Das ist fast etwas zu früh. Nun treten Sie bitte von der Konsole zurück. Andernfalls muss ich Sie bedauerlicherweise töten."

13

Leichter Kreuzer PROMETHEUS

Lieutenant Peter Task verhielt sich ruhig und beobachtete. Der L.I. der PROMETHEUS berührte verschiedene Icons und wurde mit jeder verstreichenden Sekunde unruhiger.

Nachdem der Kollisionsalarm erklungen war, hatten sich Captain Brown und Lieutenant Paxter herumgeworfen und waren durch das Schiff Richtung Maschinenraum gehetzt. Dicht hinter den Offizieren: Ishida, Pembleton, die Alvarez-Brüder und Peter.

„Wir sind tot“, sagte der Leitende Ingenieur tonlos.

„Immer mit der Ruhe.“ Brown legte dem jungen Mann beruhigend die Hand auf die Schulter. „Wir haben darüber gesprochen. Atmen Sie tief durch, bekämpfen Sie die Angst.“

Paxters Atem beruhigte sich.

„Geht es wieder?“, fragte der Captain.

„Danke, Sir.“ Der L.I. räusperte sich. „Das Shuttle ist in direkter Nähe zum Schiff explodiert. Es kam zu multiplen Schäden, die aber momentan nicht von Belang sind. Problematischer ist der Flugvektor.“ Paxter rief eine Karte auf. „Die Kollision mit den mechanischen Trümmerstücken der Explosion hat uns auf einen neuen Kurs gebracht. Wir steuern auf das Asteroidenfeld zwischen dem ersten und zweiten Planeten zu.“ Er deutete auf eine gestrichelte Linie. „Ich kann unsere Geschwindigkeit nicht exakt berechnen, daher lässt sich nicht sagen, wie lange es dauert, bis wir kollidieren. Nach meiner groben Schätzung: etwa eine Stunde.“

„Aber das ergibt keinen Sinn“, sagte Peter.

„Was meinen Sie damit, Lieutenant?“, fragte Ishida.

Alle Augen waren auf ihn gerichtet.

„Wenn es hier an Bord einen Schläfer gibt, warum flieht er dann mit einem Shuttle, um es kurz darauf zu zerstören?“

„Vielleicht ein Fehler in den Maschinen?“ Paxter zuckte mit den Schultern. „Oder die Kontrollen Ihres Shuttles sind im Vergleich zu unseren anders gestaltet – moderner. Ein Navigationsfehler?“

Peter glaubte nicht daran. „Jemand, der jahrelang eine geheime Identität aufrechterhält, als Spion in einer fremden Crew tätig ist und obendrein die komplette Kontrolle über den Hauptcomputer besitzt, macht keine derartigen Fehler." Er runzelte die Stirn, als er sich an etwas erinnerte. „Darf ich?" Er deutete auf die Konsole.

Paxter trat zur Seite. „Bitte."

Peter rief das Shuttleverzeichnis auf. Jede neu ankommende Raumfähre wurde darin katalogisiert. Automatische Sensoren im Boden des Hangars vermaßen die Hülle, ordneten den Typ und das Gewicht zu. Er sah auf einen Blick, dass er recht hatte.

„Das Shuttle war beim Abflug genauso leicht wie während der Zeit des Aufenthalts."

„Es wurde ferngesteuert", sagte Ishida. Die I.O. verzog abschätzig die Mundwinkel. „Was bedeutet, dass der oder die Verantwortliche sich immer noch hier befindet."

Peter nickte. „Das ist auch meine Schlussfolgerung. Damit wäre erklärt, weshalb die Raumfähre vernichtet wurde. Wir können nicht mehr fliehen und die Phasenfunk-Anlage der PROMETHEUS ist defekt. Somit kann keine Hilfe herbeigerufen werden."

„Wenn das Schiff mit dem Asteroidenfeld kollidiert, sind wir alle erledigt", sagte Brown. „Auch dieser Spion."

Ishida ließ nachdenklich ihren Blick schweifen. Nach einigen Sekunden straffte sie ihre Schultern. „Lieutenant, wir beide müssen uns unter vier Augen unterhalten."

„Was soll das?", fragte der Captain.

„Zum jetzigen Zeitpunkt kann ich niemandem vertrauen", sagte Ishida. „Bitte haben Sie dafür Verständnis. Was ich mit Lieutenant Task zu besprechen habe, ist einstweilen nur für seine Ohren bestimmt."

Brown verzog das Gesicht, nickte aber widerwillig.

Peter verließ an der Seite der I.O. den Raum.

„Also gut, raus damit", sagte Ishida.

„Ma'am?"

„Ich beobachte Sie nun, seit wir hier an Bord eingetroffen sind, und es ist offensichtlich, dass Sie ständig gedanklich abschweifen. Das eben dort drinnen war eine ausgezeichnete Idee, aber jetzt sagen Sie mir sofort, was los ist. In den nächsten Stunden werden wir eine Lösung für dieses Problem finden oder sterben. Und wenn dieser Agent, der in die Crew eingeschleust wurde, noch an Bord und auch nur halb so fähig ist wie Sarah McCall, stehen unsere Chancen verdammt schlecht."

Peter überlegte. Gemäß den Statuten der Space Navy durfte er der

I.O. durchaus die Antwort verweigern. Solange seine Gesundheit nicht den Dienst beeinträchtigte. Eine solche Beeinträchtigung wiederum musste vom Schiffsarzt diagnostiziert werden. Erst dann konnte man ihn offiziell suspendieren und der Captain hatte das Recht, die medizinische Akte einzusehen. So viel zum offiziellen Prozedere. Aber natürlich war der Wunsch von Commander Ishida nachzuvollziehen. Sie war auf ihn angewiesen, musste ihm bedingungslos vertrauen. In der jetzigen Situation war das sogar noch wichtiger als im Schiffsalltag.

„Gehen wir ein Stück." Er setzte sich in Bewegung, die I.O. folgte. „Was ich Ihnen nun erzähle, ist eine vertrauliche medizinische Information, die in der Regel lediglich dem Chefarzt bekannt ist. Ich verlasse mich darauf, dass Sie alles, was ich sage, für sich behalten."

„Das werde ich. Wenn der Chefarzt durch die Schweigepflicht gebunden ist, bin ich das auch." Sie musterte ihn eingehend. „Ich wusste nicht, dass es hierbei um eine medizinische Angelegenheit geht. Ich dachte, Sie wären einfach ... introvertiert und könnten sich schwer konzentrieren."

Peter lächelte bitter. „Ganz so ist es leider nicht. Ist Ihnen der Erios-Virus ein Begriff?"

„Natürlich, wem nicht? Ein tödlicher Virus, der vor einigen Jahren in den Randkolonien von sich reden machte. Bisher gibt es kein Heilmittel dagegen."

„Exakt. Allerdings gab es bereits vor Jahrzehnten eine Urform des Erregers. Niemand weiß, woher er kam – vermutlich entstand er durch Mutation. Ich wurde als kleines Kind davon befallen."

„Er war nicht tödlich?"

„Nein." Peter schüttelte den Kopf. „Diese Form war es *noch* nicht. Und sie übertrug sich auch nicht so leicht. Ich versichere Ihnen aber, dass es alles andere als angenehm war. Damals lebte ich mit meinen Eltern auf einer der äußeren Kolonien – PERKFORTH II. Im Alter von fünf Jahren infizierte ich mich durch Kontakt mit verdorbenem Fleisch. Es begann mit einfachem Nasenbluten. Achtundvierzig Stunden später blutete ich aus allen Körperöffnungen, hatte hohes Fieber und war desorientiert. Kurz darauf wurden meine Glieder taub, ich verlor meinen Tastsinn. Es folgte der Geruchssinn, das Sehen, das Gehör. Nach vier Tagen war ich zwar noch am Leben, aber von meiner Warte aus bestand ich nur noch aus Gedanken. Ich nahm nichts mehr wahr, was um mich herum vorging, was außerhalb meines Körpers geschah."

„Das ist ja furchtbar!"

„Das war es." Ein Kloß bildete sich in Peters Hals. Allein die Erinnerung ließ ihn trübsinnig werden. „Glücklicherweise reagierten meine Eltern schnell. Ich wurde unter Quarantäne gestellt und ein Schiff der Space Navy herbeigerufen. Die CROSSPOINT. Das Kommando hatte Captain Stark."

„Das Raumschiff, auf dem auch Sjöberg diente?"

„Genau. Damals war er aber noch ein Lieutenant Commander. Ich wurde nach KASSIOPEIA gebracht, wo ein Team aus Spezialisten für Xeno-Virologie mit mir arbeitete." Er schluckte hart. „Ich selbst bekam davon natürlich nichts mit, war ich doch ein Gefangener meines eigenen Körpers. So müssen sich die Menschen fühlen, die in Parlidenrüstungen stecken." Er schauderte. „Wie auch immer. Tatsächlich gelang einem der Wissenschaftler der Durchbruch. Er konnte die Symptome des Virus bekämpfen. Gleichzeitig wurde ein Medikament entwickelt, das eine Verbreitung verhinderte. Nach mehreren Wochen erhielt ich nach und nach meine Sinne zurück – es war ein Wunder. Allerdings ein Wunder mit Auswirkungen. Seit dieser Zeit nehmen meine Sinne alles wahr, was um mich herum vorgeht. Ungefiltert und gleichzeitig. Irgendwie hat sich die Struktur meines Gehirns verändert, wodurch es quasi Multitaskingfähig geworden ist."

„Sie sehen, hören, riechen, tasten ... und alles wird gleichzeitig aufgenommen und verarbeitet. Ohne, dass Ihr Gehirn etwas filtert?"

„Das trifft es in etwa. In den folgenden Jahren lernte ich damit zu leben und meine Vorteile daraus zu ziehen. Ich kann etwas tun, während mein Hirn mit etwas anderem beschäftigt ist. Ich kann Szenarien über Szenarien entwerfen, Vektor-Theorien erarbeiten und aufschreiben, während ich mich schon mit dem nächsten Fall befasse. Der Nachteil ist allerdings, dass ich mich hochgradig konzentrieren muss. Andernfalls geschieht es leicht, dass ich gedanklich abgleite, mich auf etwas Unwichtiges konzentriere oder mich in dem Datenstrom als Ganzes verliere."

„Ich verstehe. Das muss furchtbar sein. Wie können Sie überhaupt schlafen?"

„Doktor Petrova gab mir ein Medikament, das alle meine Sinne für mehrere Stunden ausschaltet. So finde ich Ruhe. Es hat lange gedauert, bis ich mit all dem zurechtkam. Captain Stark setzte sich damals bei der

Admiralität dafür ein, dass ich und meine Familie nach Terra umsiedeln konnten. Dort gab es eine bessere medizinische Versorgung. Als ich alt genug war, bat ich Admiral Sjöberg darum, die Aufnahmeprüfung an der Akademie ablegen zu dürfen. Die ersten beiden Male fiel ich hoffnungslos durch. Die Fragen waren leicht zu beantworten, doch es gelang mir einfach nicht, mich vernünftig darauf zu konzentrieren."

„Was war beim dritten Mal anders?"

„Sjöberg ließ mich den Test in einem abgeschotteten Raum machen. Es gelang mir gerade so. Es gibt so vieles, dass ein gewöhnlicher Mensch nicht wahrnimmt, eine komplette Abschottung ist gar nicht möglich, doch es reichte aus."

Ishida lächelte. „Admiral Sjöberg hat vielen von uns in der Vergangenheit geholfen. Die HYPERION scheint ein Sammelbecken seiner Fans zu sein."

Peter verstand. „Ich hörte von Ihren Problemen mit Michalew. Falls es Ihnen etwas hilft, Commander: Ich fand Ihr Verhalten in einer so schwierigen Situation sehr mutig. Und da der Admiral mittlerweile der berühmteste Terrorist aller Zeiten ist, stehen Sie rückblickend besser da denn je."

„Danke, Lieutenant. Und danke, dass Sie mir all das mitgeteilt haben. Vielleicht sollten Sie einmal in Betracht ziehen, Ihren Kollegen davon zu erzählen."

„Wenn wir diese Sache hier überstehen." Natürlich würde er mit niemandem darüber sprechen, das wollte die I.O. aber nicht hören. „Wenden wir uns also wieder der aktuellen Lage zu. Was unternehmen wir?"

„Viele Optionen sind uns nicht geblieben." Ishida schlug den Rückweg ein, Peter folgte. „Unsere größte Hoffnung besteht darin, dass die HYPERION die Explosion des Shuttles bemerkt hat. Da der Verräter nach wie vor an Bord ist, hat er hoffentlich auch keinen Todeswunsch. In diesem Fall bleibt eine geringe Resthoffnung."

„Glauben Sie, es gibt noch mehr dieser Spione?"

„Sarah McCall auf der HYPERION und eine zweite Person hier? Das deutet darauf hin, ja. Wieso sollte jemand nur zwei Schiffe infiltrieren und den Rest der Navy unangetastet lassen?" Sie schüttelte den Kopf. „Ich fürchte, wir müssen davon ausgehen, dass es noch weitere gibt. Allerdings begreife ich nicht, wie jemand das bewerkstelligen konnte. So viele Personen umzudrehen, ohne dass es auffällt, ist schon eine Kunst. Wieso ist das bei den psychologischen Tests niemandem aufgefallen?"

„Fragen wir den Verräter, sobald wir ihn haben."

Sie kehrten in den Maschinenraum zurück, wo die Alvarez-Brüder, Captain Brown, Lieutenant Paxter und einige weitere Offiziere warteten. Die meisten hatten sich irgendwo im Raum auf den Boden gesetzt, verbargen das Gesicht in den Händen oder hatten die Augen geschlossen. Jahrelang hatte die Crew der PROMETHEUS ums Überleben gekämpft, nur um heute endgültig zu scheitern.

Peter war nur froh, dass die Wut und der Hass der meisten sich auf den Spion konzentrierten und nicht auf die Neuankömmlinge, deren Shuttle verwendet worden war, um die Flugbahn des Schiffes zu verändern.

Die Flugbahn wurde verändert!

Wie von Geisterhand schwebten die Puzzleteile an ihren Platz und ergaben ein Bild.

„Lieutenant Paxter, würden Sie bitte das Kommunikations-Log aufrufen", bat er. „Mir ist gerade etwas bewusst geworden."

Der L.I. runzelte die Stirn, kam der Aufforderung jedoch nach.

„Dachte ich es mir doch." Peter deutete auf eine Zeile. „Wir haben uns geirrt."

„Was meinen Sie?" Ishida trat näher.

„Wir gingen davon aus, dass der Spion hier an Bord das Shuttle programmierte, worauf es aus dem Hangar flog und zerschellte. Dem ist jedoch nicht so. Im Kommunikations-Log ist eine Phasenübertragung von extern verzeichnet, die direkt an unser Shuttle gerichtet war."

„Man kann heutzutage einen Gleiter per Phasenfunk programmieren?" Captain Brown war sichtlich beeindruckt.

Peter wiegte den Kopf hin und her. „Generell ist es möglich, sich remote zuzuschalten und einen Kurs einzugeben. Unter den aktuellen Bedingungen ist es jedoch schwierig. Die Strahlung würde jedes Signal verfälschen und ohne Kamera-Feed das Shuttle eher gegen die Wand des Hangars rasen, als ins All fliegen."

„Aber wie ..."

Der Captain kam nicht dazu, den Satz zu beenden.

„Das Fraktal!", rief Commander Ishida. „Natürlich. Wir haben hier ein riesiges Artefakt, das aus vielen einzelnen Fraktalen besteht. Schon jedes einzelne war übermächtig, aber zusammen ... Ich will gar nicht daran denken."

„Das vermute ich ebenfalls. Aus irgendeinem Grund wollte eine unbekannte dritte Partei, dass das Schiff in den Meteoritengürtel rast. Und das bringt mich zu zwei Schlussfolgerungen."

„Jemand will den Spion ausschalten", sagte Lieutenant Paxter.

„Die da draußen wissen, dass die PROMETHEUS hier im System ist", warf Captain Brown ein. „Vielleicht wussten sie es sogar die ganze Zeit."

„Exakt." Peter fokussierte seine Aufmerksamkeit auf Commander Ishida. „Und das verändert die Situation vollkommen."

Jayden hob seinen Pulser und schoss. Die Marines taten es ihm gleich, nur Janis wich einige Schritte zurück. Partikelsalven, in blassblaue Energieaureolen getaucht, trafen auf McCalls Oberkörper.

„Ach Captain, ich dachte, das hätten wir hinter uns." Sie ging ein paar Schritte, unbeeindruckt von den Treffern. An der Glasröhre in der Mitte des Raumes blieb sie stehen, legte die rechte Hand darauf. Ein Interface erschien. Eine Berührung später deaktivierten sich die Waffen. „Damit wäre dieses leidige Thema geklärt. Kommen wir also zum Kern der Sache: Wo ist die HYPERION?"

„Das werde ich Ihnen niemals sagen!"

Sarah seufzte. „Da bin ich anderer Meinung. Immerhin sind Sie trotz all dem bösen Blut zwischen uns hierhergekommen."

„Um Fähnrich Feldmann zu retten."

„Ach ja, der arme Tobias. Tut mir leid, Captain, aber ich habe schlicht und einfach seine Signatur simuliert. Vermutlich starb der Fähnrich damals im Kartas-System, ich wünsche es ihm. Andernfalls haben sich die Parliden mit ihm beschäftigt, und das ist sicher keine schöne Alternative. Aber ich dachte, die HYPERION hatte sowieso nur den Auftrag, das System zu erkunden, weil überraschenderweise hohe Fraktal-Strahlung angemessen wurde. Wissen Sie, Captain: Wenn man auf die richtigen Knöpfe drückt, geschehen die merkwürdigsten Dinge."

„Sie wollten, dass wir hierherkommen", sagte Janis Tauser.

McCall lächelte. „Unser Psychodoc ist wie immer schnell von Begriff. Nehmen Sie sich ein Beispiel an ihrem Freund, Captain. In der Tat, Doktor: Die HYPERION ist das einzige Schiff, das dieses System betreten kann, ohne von den Effekten des Strahlenwalls betroffen zu sein." Sie kam mit wiegenden Schritten näher. „Es war doch nur logisch, dass Präsident Sjöberg Sie schickt."

Jayden wollte etwas erwidern, aber McCall kam ihm zuvor. Mit einer blitzschnellen Bewegung stand sie neben Private Redman, ergriff seinen Kopf und drehte ihm das Gesicht auf den Rücken. In der nächsten Sekunde war sie schon wieder einige Meter entfernt.

Alle starrten entsetzt auf den toten Körper des Marines, der vor Jayden zu Boden gefallen war. Baur riss das Pulser-Gewehr in die Höhe, wollte schießen, ließ die Waffe aber glücklicherweise wieder sinken. Man sah ihm an, dass er nicht wusste, was er tun sollte. Janis hingegen glich äußerlich einer Statue.

„Er wollte eine Haftbombe anbringen", erklärte Sarah. Das Lächeln war von ihrem Gesicht verschwunden. „Vielleicht begreifen Sie jetzt Ihre Situation. Wo ist die HYPERION?"

„Sie sind die einzige Person auf der Station, wie kommt das?" Jayden stieg über die Leiche von Private Redman hinweg. „Wo sind Ihre Leute?"

„Für einen gemütlichen Plausch haben wir später immer noch Zeit. Aber versuchen Sie einstweilen besser nicht, das Thema zu wechseln. Wo ist das Schiff?"

„Vergessen Sie es!"

In einer blitzschnellen Bewegung zog McCall eine Handfeuerwaffe mit geschwungenem Griff. Sie richtete den Lauf auf Private Baur und betätigte den Abzug. Ein fast unsichtbares Wabern schoss durch die Luft, erreichte den Marine und hüllte ihn ein. Als es verschwand, stand der Mann noch immer aufrecht, als wäre nichts geschehen. Dann begann er zu zerbröseln. Vor Jaydens Augen zerpulverte er zu feingranularen Partikeln.

„Sie sind wahnsinnig." Sein Blick schwenkte zwischen Redmans Leiche und den Sand-überresten von Baur hin und her. „Wenn Sie die HYPERION wollten, hätten Sie sie doch längst haben können. Wir waren eingekreist, wrackgeschossen."

„Captain Cross", sagte McCall gefährlich leise. „Sie können mir Fragen stellen, so viel Sie wollen, aber ich schlage vor, mir einfach zu sagen, wo sich der Interlink-Kreuzer befindet. Wenn ich mich hier nämlich umsehe, bleibt nur eine Person übrig, die ich töten könnte, bevor Sie selbst an der Reihe sind." Sie schaute zu Janis. „Nichts für ungut, Doktor Tauser. Ich konnte Psychologen noch nie leiden, und hier geht es um Wichtigeres.“

„Wagen Sie es nicht!“

McCall richtete die Waffe aus. „Letzte Chance, Captain. Was darf es sein: Ihr Schiff oder Ihr Freund? Eines von beiden werden Sie heute verlieren.“

„Es wundert mich überhaupt nicht, dass dieses Schiff ständig wrackgeschossen und nahezu zerstört wird!“, rief E.C. Johnston aufgebracht. „Ich dachte, meine Position zu einer Erkundung der Raumstation sei deutlich gewesen!“

„Es tut mir leid, Sir“, sagte Lieutenant Commander Lukas Akoskin. „Aufgrund einer Fehlfunktion der Quartier-Kommunikation war es uns nicht möglich, Kontakt mit Ihnen aufzunehmen.“

„Ach, sparen Sie sich diesen Unsinn.“ Johnston ließ sich wütend in seinen Konturensessel fallen.

Lukas fühlte sich unter dem durchdringenden Blick des Executive Controllers mehr als unwohl.

Lieutenant Segus Dyck hatte an der Waffen- und Taktik-Konsole Platz genommen, während Lukas im Stuhl des Captains saß und koordinierte. Es juckte ihn immer wieder in den Fingern, über den Remote-Zugang einen Blick auf die Taktik-Konsole zu werfen, er hielt sich jedoch zurück.

Dyck war ein fähiger Offizier. Manchmal etwas vorlaut, doch er hatte seinen Posten nicht umsonst erhalten. Der Brückenoffizier mit den dichten schwarzen Haaren und der sehnigen Statur war von Lukas selbst ausgewählt worden, nachdem Lieutenant Bruce Walker aufgrund seiner Verfehlungen in die Arrestzelle gewandert war.

„Ich verspreche Ihnen, Commander, das wird ein Nachspiel für jeden haben, der in diese Scharade involviert war“, sagte Johnston mit gefährlich leiser Stimme. „Und ich pflege meine Schulden stets zu begleichen. Also, geben Sie mir ein Status-Update. Wie steht es um unser Team auf der PROMETHEUS? Und hat sich Captain Cross schon zurückgemeldet?“

„Negativ, Sir. Das Außenteam auf der PROMETHEUS befindet sich noch nicht wieder in Phasenfunk-Reichweite. Wir rechnen jedoch damit, bald von Commander Ishida zu hören. Durch die Nähe der Fraktal-Strahlung konnten wir keinen Feed zu den Helm-Kameras der Marines herstellen, ein Phasenfunk-Kontakt ist ebenfalls nicht möglich.

Beide Teams sind nach wie vor von jedem Kontakt abgeschnitten."

„Nach allem, was wir wissen, könnten sie also längst tot sein."

„Pessimistisch betrachtet haben Sie damit recht, Sir."

Johnston lächelte eisig. „Ich pflege das als Realismus zu bezeichnen. Ihrem Captain täte ein bisschen mehr davon auch ganz gut!"

Lukas verzichtete auf eine Antwort. Es war sinnlos, sich mit dem E.C. anzulegen. Letztendlich war Johnston sein Vorgesetzter, und was auch immer er befahl – Lukas musste sich daran halten.

Er warf einen Blick auf die Kommandokonsole, wo die Übersichtsdaten der Kommunikations-, Ortungs- und Taktik-Konsole eingingen. Zusätzlich wurde der Waffenstatus angezeigt, der Status aller Abteilungen war abrufbar, und mit einer einzigen Geste konnte auf Gefechtsalarm geschaltet werden.

„Sir", meldete sich Lieutenant Commander Kensington. „Die Sensorplattformen, die wir auf dem Weg ins System aussetzten, haben ihre Eigenrotation beendet und ihre Telemetrie übermittelt. Wir besitzen nun eine grobe Karte des Systems – wenn auch mit zahlreichen blinden Flecken – und exakte Messwerte zur Fraktal-Strahlung."

Er nickte und wandte sich an Michael Larik hinter der Kommunikationskonsole. „Lieutenant, wie sieht es bei Ihnen aus? Keine eingehenden Signale?"

Der Marsianer schüttelte den Kopf.

Das Ganze gefiel Lukas immer weniger. Nach seiner Schätzung sollte Commander Ishida sich längst auf dem Rückweg befinden. Bereits auf halber Strecke wäre ein Phasenfunk-Kontakt wieder durchführbar.

„Lieutenant Bishop", sagte E.C. Johnston. „Berechnen Sie einen Kurs aus dem System, der uns möglichst nahe an der PROMETHEUS vorbeiführt."

„Was!?" Lukas warf seinen Kopf herum. „Sir, wir können den Captain nicht im Stich lassen. Das wäre gleichbedeutend mit einem Todesurteil."

„Niemand spricht hier von ‚Im Stich lassen'!" Jedwede Freundlichkeit war aus dem Gesicht des Mannes verschwunden. „Ich will, dass ein Kurs aufgrund der aktuellen Situations-Parameter berechnet wird. Meine Sorge gilt an erster Stelle der Besatzung dieses Schiffes und den Daten, die wir bisher gesammelt haben. Präsident Sjöberg benötigt diese Informationen dringend. Und wenn Ihr Captain nicht so blind zur Rettung eines einzelnen Mannes losgestürmt wäre, befänden wir uns noch immer in relativer Sicherheit. Doch wenn er diesen Feldbach dort drüben rausholt ..."

„... Feldmann", warf Akoskin ein.

„... werden dort alle Alarmsirenen losgehen. Verdammt noch mal, was hat er sich dabei nur gedacht. Ihr Captain befindet sich auf einer völlig sinnlosen Mission, nein, versuchen Sie erst gar nicht, mir zu widersprechen. Und glauben Sie, ich habe nicht gemerkt, was der Name ‚Sarah McCall' bei ihm auslöst? Er will Rache. Diese Rettungsmission schiebt er doch nur vor. Es ist ja verständlich, mir würde es nicht anders ergehen. Aber dass er die Sicherheit des Schiffes in einer sinnlosen Cowboy-Mission aufs Spiel setzt, ist nicht tolerierbar."

„Sir, ich verstehe Ihre Bedenken, ich kann sie sogar nachvollziehen. Doch ich habe Captain Cross in der Vergangenheit als fähigen Kommandanten kennengelernt, der sich nicht einfach von Emotionen leiten lässt. Er ist auf dieser Station, um wertvolle Daten zu sammeln, einen unserer Offiziere zu retten ... und Sarah McCall festzunehmen, falls diese sich überhaupt dort befindet."

Johnston schwieg.

Lukas klammerte sich an die Hoffnung, dass in dem Offizier noch ein Funken Ehre geblieben war. Sie *konnten* den Captain einfach nicht zurücklassen. Die HYPERION und ihre Crew wären für den Rest ihrer Existenz dem Spott der Flotte ausgesetzt. Niemand würde sie mehr ernst nehmen.

„Ihr Captain bekommt eine Gnadenfrist, obwohl er sie nicht verdient hat."

Du willst ihm zeigen, wer am längeren Hebel sitzt, weil Cross den Trick mit dem Schott durchgezogen hat.

Lukas empfand eine tiefgehende Abscheu für den Mann. Zwar argumentierte der E.C. logisch, doch hinter seinen Worten verbarg sich ein perfider Geist.

„Danke, Sir."

„Sie sind ein guter Offizier", sagte Johnston. „Ich hoffe, wenn es hart auf hart kommt, erinnern Sie sich daran, wer auf diesem Schiff die Befehlsgewalt innehat."

Darauf können Sie sich verlassen. „Natürlich, Sir."

Der E.C. nickte zufrieden.

Lukas warf einen Blick auf das Chronometer.

Die Zeit lief ab.

14

Sol-System, Kuipergürtel, Forschungsstation CAVE, 16. April 2266, 02:35 Uhr

Irina Petrova war verzweifelt. Sie hatten um das Leben von Sjöbergs Frau gekämpft – und im letzten Moment gewonnen. Doch der Zustand der Gefangenen war unverändert.

Sie bewegten sich seit Tagen auf der Stelle.

Als das Schott zur Seite rollte, rechnete Irina damit, dass Doktor von Ardenne zurückkehrte. Der Wissenschaftler ließ sich glücklicherweise nicht allzu oft blicken. Ab und an tauchte er auf, trieb sie zu schnellerer Arbeit an und verschwand dann wieder. Doch es war nicht er, der das Labor betrat.

„Präsident Sjöberg." Sie erbleichte.

Schweigend ging Sjöberg zu der Wand aus transparentem Stahl und blickte auf den dahinterliegenden Stasetank. Die Sekunden verstrichen. Irina wagte es nicht, etwas zu sagen.

„Das war knapp", bemerkte der ehemalige Admiral. Er hatte seine Uniform gegen einen edlen Anzug aus rentalianischer Seide getauscht. Es war ungewohnt, ihn darin zu sehen. „Doktor von Ardenne hat mir von Ihrer Ungeduld berichtet, Frau Petrova."

Irinas Gesicht entgleiste. „Ich habe mehrfach darauf gedrängt, mit dem Experiment zu warten!"

Sjöberg trat näher an sie heran. Mit leiser Stimme sagte er: „Es spielt keine Rolle, was Sie in diesen vier Wänden tun. Falls die Rettung meiner Frau gelingt, wird Doktor von Ardenne der Held sein. Scheitern Sie jedoch, liegt die Schuld bei Ihnen. Ich weiß, es ist eine undankbare Welt." Er ging zu einem der Stühle und ließ sich darauf nieder. „Für Sie geht es hier nicht um Recht oder Unrecht, um Erfolg oder Misserfolg. Ihr Leben steht auf dem Spiel, Frau Petrova."

„Aber Doktor von Ardenne ..."

„... kann tun und lassen, was immer er will", unterbrach Sjöberg sie. „Er ist der Gute in dieser Geschichte, Sie sind die Verräterin. Nicht wenige meiner Leute wollen, dass Sie einen Unfall erleiden. Wir befinden uns in einem Krieg gegen innere Feinde, und die Angst vor Michalew geistert umher wie ein Schreckgespenst. Irgendwo dort draußen ist er, giert nach der Macht über die Solare Union und verursacht noch immer Chaos."

„Ich dachte, Sie haben die Ordnung wiederhergestellt?"

„Die inneren Welten sind sicher, die Struktur in der Navy gefestigt. Es gibt jedoch Herde der Rebellion, um die sich meine Leute zurzeit kümmern. Die Piraten des Eriin-Bundes versuchen, unsere Schwäche auszunutzen, und einige Randwelten haben sich für unabhängig erklärt."

„Die Verfassung gewährt Kolonien das Recht dazu."

Sjöberg lachte. „Die *alte* Verfassung tat dies, die neue wird das untersagen. Die Ratifizierung erfolgt in den nächsten Tagen. Und auch unter der alten Gesetzgebung war es Kolonien nicht erlaubt, unter *Kriegsrecht* aus der Union auszutreten."

„Wir stehen noch immer unter Kriegsrecht?"

„Solange Michalew nicht gefasst ist? Natürlich! Wer weiß, wo sich seine Leute verstecken. Pendergast und Jansen schwirren irgendwo dort draußen herum und planen wer weiß was. Vielleicht begreifen Sie jetzt, wie schwierig es für mich war, Ihr Hiersein zu rechtfertigen. Die Trauernden von Michalews Opfern verlangen nach Blut. Ich stehe auf Ihrer Seite, Frau Petrova, aber auch meine Geduld hat ihre Grenzen. Retten Sie meine Ehefrau. Wenn Ihnen das gelingt, wird Doktor von Ardenne irgendeine bedeutungslose Auszeichnung erhalten und Sie behalten Ihr Leben. Das sollte doch Anreiz genug sein."

„Ich habe verstanden."

„Das hoffe ich für Sie." Sjöberg erhob sich. „Wenn ich das nächste Mal hier auftauchen muss, wird es dafür nur zwei mögliche Gründe geben. Entweder ich schließe meine geliebte Frau in die Arme oder ein Kordon aus Wachen wird mir folgen, um Sie abzuholen."

Er schenkte ihr ein Lächeln. Auf halbem Weg zum Schott hielt er inne. Sein Blick heftete sich auf ein Tablett, das auf von Ardennes Schreibtisch stand. Darauf befanden sich mehrere Flaschen Whiskey und einige Gläser.

„Ein gutgemeinter Rat: Halten Sie sich von Whiskey fern. Das Zeug hat manchmal gemeine Nebenwirkungen." Damit ließ er sie stehen.

Irina vertiefte sich wieder in die wissenschaftlichen Abhandlungen von Doktor Melnikow. Neben dem nach ihm benannten Schild, das auf der HYPERION beim Flug mit Interlink-Antrieb die physikalischen Gesetze aufrechterhielt, hatte das Genie auch zahlreiche Artikel über Nano-Technologie veröffentlicht. In einem von diesen, so hoffte Irina, steckte die Lösung für das Problem, an dem sie arbeitete.

Die Auswertung des Experiments hatte ergeben, dass das Phasen-Stase-Feld den Neuralchip nicht ausreichend unterdrücken konnte. Während die Naniten arbeiteten, versiegelte dieser die Rüstung und tötete den Träger. Umgekehrt funktionierte es ausgezeichnet. Befanden sich die Naniten in Stase, machte der Neuralchip die Versiegelung wieder rückgängig, da er keine Gefahr mehr erkannte.

Irina fühlte sich matt und ausgelaugt, doch das war bedeutungslos. Sie griff nach einem Becher ViKo. Die Geschmacksrichtung schmeckte widerlich, aber es hielt sie wach. Es ging um ihr Überleben. Unermüdlich arbeitete sie weiter.

15

Leichter Kreuzer PROMETHEUS, Stiller Sektor, 16. April 2266, 02:40 Uhr

Lieutenant Peter Task arbeitete Hand in Hand mit Dan Paxter, während die übrigen Offiziere der PROMETHEUS um sie herum standen und auf den Monitor starrten.

Neben Captain Brown, Commander Ishida und den Alvarez-Brüdern hatten sich auch der Kommunikationsoffizier des Schiffes und die Ortungsoffizierin zu ihnen gesellt. Einige Techniker wuselten umher und versuchten, sich nützlich zu machen. Die anderen Crewmitglieder waren in den Gängen unterwegs oder warteten im Shuttlehangar.

„Wie sieht es aus?", fragte Commander Ishida. Sie war lautlos herangekommen.

„Gut." Peter stöpselte seinen Handscanner ein, den er als Adapter verwendete. „Wenn wir davon ausgehen, dass der Spion ebenfalls ein Gefangener dieses Schiffes ist und sein Leben somit auch auf Messers Schneide steht, ist es unwahrscheinlich, dass er uns sabotiert. Jetzt kommt es uns tatsächlich zugute, dass dieser Computerkern über fünf Jahre alt ist. Der 2260er-Software-Bug ist noch enthalten. Wir konnten damit die Sicherheitssperre umgehen und das Kontrollmodul zum Antrieb abkoppeln."

„Es stimmt also: Die Navigation würde theoretisch noch funktionieren?"

„Sehr eingeschränkt, aber ja. Der Phasenantrieb ist tatsächlich hinüber, aber der Pike-Antrieb scheint noch eingeschränkt zu funktionieren. Ich kann nicht genau sagen warum, obwohl ich festgestellt habe, dass die Ummantelung, wie bei den alten Kernen noch üblich, Duspanit enthält. Die Wissenschaftler werden sich darum kümmern müssen, aber eine derartige Legierung könnte vor dem Strahlenwall des Systems schützen, möglicherweise sogar vor der Fraktal-Strahlung. Das Sub-System des Spions hatte die Navigationsfunktion einfach deaktiviert. Wir sind soweit."

Ishida winkte den Captain herbei, der sich gerade angeregt mit seinem Kommunikationsoffizier unterhielt. „Wir können loslegen, Sir."

„Worauf warten Sie noch? Versuchen Sie es!", sagte Brown nachdrücklich.

Sie hatten das Asteroidenfeld fast erreicht. Der exakte Zeitpunkt der Kollision war nicht feststellbar, da die Sensoren immer wieder Aussetzer hatten und weder die genaue Geschwindigkeit des Schiffes noch die Entfernung zum Feld bestimmt werden konnte. Theoretisch war es möglich, jede Sekunde mit den Brocken zu kollidieren, was Peter ständig bewusst war. Er nickte dem L.I. zu, worauf dieser das Scannermodul in die Hand nahm, das entsprechende Icon berührte und den neuen Vektor eingab.

„Ich aktiviere die Überbrückung", kommentierte er.

Im Maschinenraum war nichts zu bemerken, doch die Sensoren, die den Grad des Vektors in Referenz zum Ziel anmaßen, gaben ein positives Feedback. Das Schiff änderte tatsächlich den Kurs.

„Wir haben es geschafft", sagte Paxter überrascht. „Das hätte ich nicht für möglich gehalten!"

Ein Wabern flog heran und umhüllte den L.I. Peter sprang zurück. Paxter riss verblüfft die Augen auf ... und zerbröselte, als bestünde er aus Sand. Im gleichen Moment verwandelte sich der Maschinenraum in eine Hölle. Offiziere hechteten zur Seite, andere lösten sich, getroffen von wabernden Schüssen, in ihre Bestandteile auf.

Inmitten des Chaos stand Kommunikationsoffizier Jasun Sechgit, hielt eine seltsam verzierte Waffe in der Hand und feuerte. Bevor die Marines der PROMETHEUS reagieren konnten, existierten sie nicht mehr. Peter ging hinter einem Panel in Deckung, robbte in Richtung des Schotts. Die Ortungsoffizierin zerpulverte neben ihm zu feingranularen Partikeln.

Er erkannte die Alvarez-Brüder, die sich in letzter Sekunde durch einen Hechtsprung in Sicherheit brachten. Paramedic Syra Pembleton gelang ebenfalls die Flucht.

Als Peter sich aufrichtete, kamen Ishida und Brown auf ihn zugeeilt.

„Er hat uns hereingelegt", sagte die I.O. und half ihm gänzlich auf die Beine. „Er wollte nur das Schiff unter seine Kontrolle bringen."

„Aber es bringt ihm nichts, gegen uns vorzugehen", erwiderte Peter. „Wenn er von seinen eigenen Leuten hier eingesperrt wurde, dann zieht er daraus keinen Nutzen. Dieses Raumschiff ist ein fliegender Schrotthaufen."

Aus dem Inneren des Maschinenraums erklang eine Stimme: „Nein, bitte nicht! Wir sind doch Freunde! Wir haben gemeinsam überlebt!"

Ein Schuss ertönte, die Stimme erstarb.

„Wir müssen hier weg!" Captain Brown setzte sich an die Spitze. „Im Falle einer Attacke gilt die alte Messe als Rückzugsort. Über sie haben wir leichten Zugang zum Shuttlehangar."

Gemeinsam rannten sie davon.

Als sie ihr Ziel erreichten, warteten dort sieben weitere Offiziere.

Mehr hatten es nicht geschafft?

Der Captain sprang an eine der Konsolen. Auf ihr wurde der Kurs des Schiffes sichtbar.

„Die PROMETHEUS steuert auf die Station zu", sagte Peter. „Die Geschwindigkeit *steigt*." Er überprüfte die ergänzenden Daten. „Der Spion hat den Vektor gesperrt. Keine Chance, das noch zu ändern."

„Zeit bis zur Kollision?"

„Ich kann erneut nur schätzen. Aber wenn ich unseren alten Kurs zugrunde lege und von einem gleichbleibenden Anstieg der Geschwindigkeit ausgehe, sind es etwa zwei Stunden."

Einige Offiziere schlossen die Augen, andere gingen in die Knie und schlugen mit der Faust auf den Boden oder wandten sich müde ab. Diese Männer und Frauen hatten jahrelang überlebt, nur um jetzt zu sterben.

„Wenn der Kerl die Station rammen will – und andernfalls müsste er bremsen, nicht beschleunigen –, ist er noch dämlicher als angenommen", sagte Ishida. „Die Sternenschiffe werden die PROMETHEUS mit einem gezielten Schuss in ihre Atome zerlegen."

„Sir", warf Peter ein. „Ihr Kommunikationsoffizier hat das Schott zum Hangar geschlossen und das Prallfeld zum Atmosphärenerhalt deaktiviert."

Brown verbarg das Gesicht in den Händen.

„Dieser Dreckskerl." Ishida war fassungslos.

„Damit bleibt nur noch eine Option", sagte Peter leise.

„Ach, wir haben noch eine? Das ist ja beruhigend." Der Captain straffte die Schultern. „Dann nur raus damit, Lieutenant. Wir kämpfen bis zum Letzten."

„Es wird Ihnen nicht gefallen, Sir."

„Sir, das Energieniveau im unteren Bereich der Station steigt an, ebenso in einem der oberen Segmente", meldete Lieutenant Commander Tess Kensington.

„Das reicht“, sagte E.C. Johnston. „Commander Akoskin, Sie erhalten hiermit den Befehl, das Schiff zu wenden und auf einen Vektor systemauswärts zu gehen!“

„Sir, ich bitte Sie! Der Captain benötigt möglicherweise unsere Hilfe.“

„Muss ich mich wiederholen?“

Lukas bebte. Am liebsten hätte er den verdammten E.C. wieder in sein Quartier eingesperrt.

„Aye, Sir!“, presste er zwischen zusammengebissenen Zähnen hervor. Johnston sollte sehen, was er davon hielt, einen Offizier im Stich zu lassen. „Lieutenant Bishop, ist der entsprechende Kurs berechnet?“

„Ja, Sir.“

„Die PROMETHEUS hat den Vektor geändert“, warf Kensington von der Ortungskonsole aus ein. „Das Schiff befindet sich auf Kollisionskurs zur Raumstation.“

Lukas runzelte die Stirn, als die Aufnahmen der Bug-Kamera im Holotank erschienen. „Irgendeine Reaktion von der Station?“

„Negativ, Sir“, sagte Kensington. „Die Sternenraumer halten ihre Position.“

„Was geht da vor sich?“

„Das hat Sie nicht zu interessieren!“ Johnston ballte die Hände zu Fäusten. „Meine Befehle waren eindeutig! Zwingen Sie mich nicht, meine Kommandocodes einzusetzen!“

Lukas gab auf. Er konnte nichts mehr tun. „Lieutenant Bishop, bringen Sie uns hier weg.“

Die HYPERION löste sich aus dem Asteroidenfeld, schwenkte herum und machte sich dazu bereit, das System zu verlassen. Es blieb bei dem Vorhaben.

Grünlich wabernde Traktorstrahlen schossen aus den Abstrahlpolen der Station, trafen auf die Hülle des Interlink-Kreuzers und hielten ihn auf Position.

Die Sternenraumer rührten sich noch immer nicht.

Auf der Station wurden jedoch die Waffen aktiviert, wie Lukas auf dem Kommandodisplay erkennen konnte.

Wir haben also doch zu lange gewartet.

Der Blick, den Johnston ihm zuwarf, sprach ein überdeutliches: *Ich habe es Ihnen doch gesagt.*

„Sir, die Station aktiviert ihre Waffen“, meldete Kensington.

Captain Jayden Cross konnte seinen Blick nicht von der Waffe abwenden, die Sarah McCall unverändert auf Janis richtete. Würde sie tatsächlich abdrücken? Ja, das würde sie! Wenn er eines aus der Vergangenheit gelernt hatte, dann, dass das Miststück kaltblütig über Leichen ging. Die toten Körper von Baur und Redman kündeten davon.

„Ich werde Ihnen den Aufenthaltsort der HYPERION nicht nennen“, sagte Jayden entschlossen. „Schicken Sie doch Ihre Sternenschiffe auf die Suche.“

McCall ließ die Waffe sinken. „Gratulation, das war die richtige Entscheidung.“ Sie ging zu einem der geleeartigen Kuben, die sich beim Näherkommen zu Stühlen umformten, und sank hinein. „Ich weiß doch längst, wo ihr Schiffchen ist, Captain. Das wusste ich schon, als die HYPERION in das System eingeflogen ist. Die Sternenschiffe kann ich leider nicht schicken, da sie an ihrer aktuellen Position benötigt werden. Aber das muss ich auch gar nicht. Die Waffen dieser Station haben eine ordentliche Reichweite. Bei der Schlacht um NOVA erhielten Sie und Ihre Leute einen kleinen Vorgeschmack. Wissen Sie, was Ihr Problem ist?“

„Sie werden es mir sicher gleich sagen.“

McCall grinste. „Sie denken zu geradlinig. Ich wette, niemand kam auf die Idee, dass ich durch den Anstieg der Fraktal-Strahlung eine Falle stellen könnte.“

Jayden versuchte, seinen Blick nicht allzu offensichtlich auf die Waffe zu richten, die McCall neben sich auf die Konsole gelegt hatte.

Langsam ging er auf sie zu, die Hände in gespielter Wut zu Fäusten geballt. Seltsamerweise war sein Inneres leer. Er hatte es so satt, von dieser verdammten Kreatur als Marionette benutzt zu werden.

„Ich gebe zu: Mit Ihrem kranken Geist verblüffen Sie uns immer wieder aufs Neue. Also, wir sind hier, und augenscheinlich kennen Sie die Position der HYPERION. Was jetzt?“

McCall stand auf, glitt in einer geschmeidigen Bewegung zur Glasröhre im Zentrum des Raumes und berührte diverse Icons. Im Inneren manifestierte sich ein Bild, das den Interlink-Kreuzer zeigte. Vier Strahlenfinger lösten sich von der Station und ergriffen das Schiff.

„Erst einmal sorgen wir dafür, dass sich niemand auf- und davonmacht. So können wir uns ungestört unterhalten.“

Jayden biss die Zähne zusammen. Ein weiterer Schritt brachte ihn zur Konsole, auf der die Waffe lag. Mit einer flinken Bewegung krallte er sich das seltsame Teil und fuhr herum. McCall riss überrascht die Augen auf. Immerhin, auch sie machte also Fehler. Er zielte und schoss.

Nichts geschah.

McCall hielt sich die Brust auf Herzhöhe. „Argh, ich bin getroffen.“ Sie kicherte. „Ach kommen Sie, Captain. Halten Sie mich für so dämlich? Das ist es, was ich vorhin meinte: Sie denken zu geradlinig. Eines Tages bringt Sie das noch ins Grab, und das wollen wir doch nicht.“

Janis trat zu Jayden. „Ich gebe zu, Sie bleiben auch mir ein Rätsel. Ich habe Sie in Ihrer Tarnidentität kennengelernt und trotz aller psychologischen Evaluationen konnten Sie mich täuschen.“

„Also, ich meinerseits fand unsere gemeinsamen Sitzungen immer sehr erhellend, Doktor.“ Noch vor wenigen Sekunden hatte Jayden geglaubt, sie wolle Janis töten, jetzt grinste sie ihn schelmisch an. „Obwohl Sie etwas seltener auf meinen Ausschnitt hätten gaffen können.“

„Ich habe nie ...“

„Nur ein Scherz. Seien Sie doch nicht so prüde. Das ist ja furchtbar!“

„Bevor Sie uns weiterhin mit Ihrer kleinen Scharade unterhalten: Warum haben Sie uns hierhergelockt?“

„Ich benötigte eine Waffe.“

„Die Crew wird Ihnen niemals dabei helfen, das Schiff zu steuern. Wenn Sie hier also keine Tiefkühlcrew versteckt haben und die Sternenschiffe ihre Position halten müssen, bleiben nicht wirklich viele Optionen.“

McCall verschränkte die Arme. Schweigend starrte sie mal zu Jayden, mal zu Janis. „Und was genau führt Sie zu der Annahme, dass ich die HYPERION will?“

„Sie sagten doch gerade ...“

„... dass ich eine Waffe benötige, korrekt. Von Ihrem kleinen Schiffchen war nie die Rede.“

„Herrgott noch mal, dann reden Sie doch endlich Klartext!“ Jayden hatte endgültig genug. „Immer diese Andeutungen und Halbwahrheiten, das ist zum Kotzen!“

Auf dem Monitor schwebte die HYPERION langsam auf die Station zu. Gegen den Multi-Traktorstrahl hatte das Schiff keine Chance. Vermutlich würde E.C. Johnston gerade mächtig fluchen und Akoskin als Nächstes den Einsatz der Waffen befehlen. Es blieb zu hoffen, dass der Lieutenant Commander die Nerven behielt und sich dem Executive Controller noch ein Weilchen widersetzen konnte.

„Ich mag diese Spielchen, Captain." McCalls Blick glitt für den Bruchteil einer Sekunde ins Nirgendwo. Sie wirkte traurig und auf seltsame Art und Weise verloren. Doch schon saß die Maske wieder und ihr typisches Lächeln strahlte ihm entgegen. „Das Leben wäre sonst so langweilig."

„*Wer* ist die Waffe?" Janis deutete auf Jayden. „Er?"

„Doktorchen, Sie sind pfiffig, das muss ich Ihnen lassen." McCall schüttelte den Kopf. „Nein, *heute* ist nicht Captain Cross die Waffe. Obgleich Ihrem Kommandanten bald eine wichtige Rolle zufällt. Warum, denken Sie, habe ich Ihren Chip ein wenig ... verbessert?"

„Welche Waffe?!"

„Also gut!" Sarah verfiel in eine blitzschnelle Bewegung, sauste heran und schlug Janis beide Handkanten gegen die Schläfen. Bewusstlos sank der Freund zu Boden. „Sie wollen die Wahrheit, Captain? Sie sollen sie bekommen. Reden wir unter vier Augen."

„Sir, bisher zieht uns die Raumstation nur zu sich heran und der Energieanstieg war keine Waffenaktivierung", stellte Lieutenant Commander Lukas Akoskin richtig. „Ich empfehle dringendst, erst abzuwarten!"

„Das ist mir egal! Ich war viel zu geduldig. Die Fehlentscheidungen Ihres Captains und Ihre Weigerung, das Schiff aus dem System zu bringen, haben uns überhaupt erst in diese Lage gebracht. Schießen Sie das verdammte Ding ab!"

E.C. Johnstons Gesicht glich einer weganischen Tomate. „Das ist ein Befehl!"

Lukas wollte dem blöden Kerl die Faust ins Gesicht schlagen, hielt sich jedoch zurück. Er hatte noch lebhaft vor Augen, wie Doktor Petrova von den Männern der I.S.P. abgeführt worden war. Ein ähnliches Schicksal galt es zu vermeiden. Zwar paktierte er nicht mit Michalew, doch eine Befehlsverweigerung galt als nicht weniger schlimm. Zudem war Alpha 365 an die Schiffsstatuten gebunden, würde dem E.C. also jederzeit helfen.

„Wenn Sie darauf bestehen, werde ich die Station angreifen, Sir." Lukas warf dem E.C. einen letzten, durchdringenden Blick zu. „Allerdings rate ich dringend davon ab!"

„Ich erteile Ihnen hiermit den Befehl, die Raumstation mit allen uns zur Verfügung stehenden Mitteln anzugreifen. Soweit ich informiert bin, wurden bei der Instandsetzung des Schiffes einige Erweiterungen eingebaut."

„Wir können die Stärke der Station nicht abschätzen. Und der Captain und Doktor Tauser ..."

„... sind vermutlich längst tot!"

Lukas gab sich geschlagen. Gegen einen direkten Befehl durfte er nicht verstoßen. Die einzige Möglichkeit war, das Feuer gezielt auf neuralgische Punkte zu richten. Mit etwas Glück waren die inneren Sektionen stärker gepanzert und konnten einer Explosion des Reaktors standhalten.

„Lieutenant Dyck", wandte er sich an seinen Stellvertreter an der Waffenkonsole. „Wenn wir losschlagen, müssen die Traktorstrahlen als Erstes ausgeschaltet werden. Andernfalls sind wir erledigt. Ein gezielter Punktbeschuss der Gegenseite genügt – und wir verwandeln uns in eine Trümmerwolke. Schalten Sie das Prisma des Laser-Abstrahlpols auf Multi-Schuss."

Durch den neu eingebauten Kristall und verbesserte Spiegellinsen vermochten sie den Laser aufgefächert einzusetzen. Das minderte zwar dessen Kraft, so konnten aber multiple Ziele gleichzeitig beschossen werden, wenn diese sich alle innerhalb eines 160-Grad-Winkels befanden. Ein gezielter Schuss besaß deutlich mehr Stärke, jedoch war die Brenndauer des Lasers nach wie vor begrenzt. Was im schlimmsten Fall dafür sorgte, dass es ihnen gelang, einen Abstrahlpol der Station zu zerstören, sie aber noch immer von drei anderen gefesselt sein würden.

„Aye, Sir." Dyck nahm routiniert die Einstellungen vor. „Ich bin feuerbereit."

„Hiermit übergebe ich Ihnen die Waffenkontrolle", sagte Lukas. „Feuer nach eigenem Ermessen."

Alle Blicke hefteten sich auf den Holotank, wo jeden Moment die Laser aufblitzen mussten.

Nichts geschah.

„Sir, ich kann die Waffen nicht abfeuern." Dyck runzelte die Stirn, während er hektisch seine Einstellungen überprüfte.

„Ist das wieder einer Ihrer Tricks?!" E.C. Johnston fletschte die Zähne. „Meine Geduld ist für heute aufgebraucht, Commander."

„Ich versichere Ihnen, Sir, ich habe damit nichts zu tun. Allerdings ist Derartiges bereits in der Vergangenheit vorgekommen."

„Sarah McCall ist aber nicht mehr an Bord."

„Das ist korrekt, Sir. Doch wir befinden uns in unmittelbarer Nähe zu diesem riesigen Fraktal. Das Versagen unserer Waffen im Elnath- und Kartas-System war auf die Einwirkung der Artefakte zurückzuführen."

Der E.C. schwieg, starrte auf seine Konsole und brütete vor sich hin.

Auch Lukas war ratlos. *Jetzt brauchen wir dringend ein Wunder.*

16

Leichter Kreuzer PROMETHEUS

Lieutenant Peter Task überprüfte mit einem letzten Blick die Anzeige seines Skinsuits. Er war bereit. Während Ishida, Pembleton und er in die neuesten Modelle der Vakuum-Anzüge gekleidet waren, trugen Brown, seine I.O. Jenny Efferson und die anderen Überlebenden die klobigen Alt-Modelle. Die Alvarez-Brüder waren am besten geschützt, trugen sie doch spezielle Panzeranzüge mit verstärkenden Servo-Gelenken und Vakuum-Manövrierdüsen.

„Dieser verdammte Dreckskerl hat mich jahrelang reingelegt", sagte der Captain wütend. „Und nun kommt er davon."

„Das ist unsere einzige Chance. Der Raumer steuert auf die Station zu. So oder so ist es hier nicht mehr sicher. Entweder das Schiff kollidiert mit der Station oder die Sternenraumer pulverisieren es. Was also sollen wir hier noch tun?"

Sie standen gemeinsam vor dem Schott des Shuttlehangars. Wenn sie dieses öffneten, würde die Atmosphäre aus dem Gang entweichen und der Weg war frei. Peter baute darauf, dass die Sensoren der HYPERION ihre subkutanen ID-Marker ausmachten, sobald sie sich im Weltraum und der unmittelbaren Nähe des Interlink-Kreuzers befanden.

„Also gut. Wir bilden Zweierteams", sagte Ishida. „Die alten Anzugmodelle und jene der Marines verfügen über Manövrierdüsen. Lieutenant Task, Paramedic Pembleton und mir stehen diese nicht zur Verfügung. Wir sind also auf andere angewiesen. Unser Ziel ist die Station. Wir hoffen natürlich, dass die HYPERION uns vorher aufnimmt. Andernfalls versuchen wir, in das Innere der Sternenstation zu gelangen. Noch Fragen?"

Einhelliges Kopfschütteln.

Die letzten Helme schlossen sich.

Es zischte, als Commander Ishida die Sicherheitsschaltung des Schotts überbrückte und es öffnete. Sie hatten allesamt ihre Magnethaftung aktiviert und wurden daher nicht mit dem einsetzenden Sog hinausgezogen.

Einige Sekunden später stapften sie durch den luftleeren Raum des

Hangars in Richtung der offenen Luke.

Peter war müde. Durch die Parallelverarbeitung aller Sinneseindrücke in seinem Hirn gelang es ihm maximal sechs Stunden am Tag, sich intensiv zu konzentrieren. Die zwei zusätzlichen Stunden einer Schicht überstand er gerade so, dann fiel er in seine Koje. Dieser Einsatz und die vorangegangene Schicht hatten ihn ausgezehrt.

„Alles in Ordnung?“ Die I.O. kontaktierte ihn auf einer privaten Frequenz.

„Das ist es, Ma‘am“, sagte Peter nach einigen Sekunden. Beinahe hätte er sich im Anblick der ewigen Schwärze vor der offenen Luke verloren. „Es fällt mir nur schwer, mich zu konzentrieren.“

„Halten Sie durch. Wir haben es bald geschafft.“

Als sie die Hälfte des Hangars hinter sich gebracht hatten, schloss sich die Luke. Etwas zischte, die Atmosphäre wurde wiederhergestellt. Bevor sie reagieren konnten, fuhr das Schott zur Seite und Jasun Sechgit trat ein.

„Dachtet ihr wirklich, ich lasse euch gehen?“ Der Lieutenant kam näher. Sein Gesicht war vor Hass und Abscheu verzerrt. „Ihr widerlichen, rückständigen Kreaturen! Ihr werdet hierbleiben und mit diesem Schiff untergehen!“

Drei der Offiziere versuchten zu fliehen. Sie zerpulverten unter den Schüssen aus Sechgits Waffe, bevor sie den Ausgang erreichten.

„Warum lassen Sie uns nicht einfach gehen?“ Captain Brown trat nach vorne. Es kostete ihn sichtlich Überwindung, sich nicht auf seinen Kommunikationsoffizier zu stürzen. „Sie haben dank uns überlebt, obwohl *Sie* es waren, der diese ganze Situation überhaupt erst verursachte!“

„Es war ein Auftrag.“

Als der Captain noch einen Schritt vortrat, legte Ishida ihm die Hand auf die Schulter. Auf seinen fragenden Blick schüttelte sie den Kopf. Vermutlich rettete sie Brown damit das Leben. Peter hatte miterlebt, zu was Sarah McCall körperlich in der Lage gewesen war. Wenn Sechgit das ebenfalls konnte, wäre ihm niemand gewachsen.

„Woher sollte ich wissen, dass sie mich verrät.“ Sechgit sprach mehr zu sich selbst, wirkte fast ein wenig verwirrt. „Es war ein Experiment. Ich sollte doch nur Daten sammeln und dann zurückkehren.“

„Sarah McCall“, sagte Ishida.

Sechgit wandte sich ihr zu. Seine Augen funkelten hasserfüllt. „Sie hat mich verraten. Und nun kommen ausgerechnet jene Menschen hierher auf die PROMETHEUS, die ebenfalls von ihr hereingelegt wurden."

„Ein glücklicher Zufall. Schließen Sie sich uns an. Helfen Sie uns!"

Sechgit lachte laut auf. „Sie dummes Ding! Sie sind doch nur hier, weil *sie* das so wollte. Hier auf der PROMETHEUS war ich gefangen, aber auch unangreifbar. Sie benötigte eine Waffe, um gegen mich vorzugehen."

„Ein Grund mehr, uns gehen zu lassen." Ishida lief mit langsamen Schritten zu den Staubhaufen, die von den Offizieren übrig geblieben waren. „Dieses ewige Kämpfen muss nicht sein."

„Sie haben ja keine Ahnung!" Sechgit wandte sich vollständig der I.O. zu, die ihren Helm mit einem Knopfdruck in das Schulterteil des Skinsuits gefaltet hatte. „Was haben wir alles auf uns genommen, um den Plan zu vollenden! Ich habe es gesehen, das Zeichen, dort draußen." Er deutete in Richtung Schott. „Sie hat es vereint. Das Feuer brennt. Sie kommen."

„Wer kommt?"

Wieder ein Lachen. „Das wollen Sie nicht wissen."

Ishida ballte die Hände zu Fäusten. „Glauben Sie mir, ich will es verdammt noch mal wissen – das wollen wir alle!"

Der Blick Sechgits wandte sich ins Nichts. „Was spielt es für eine Rolle, was Sie oder ich wollen? Gar keine! McCall und ich, wir beide waren für die Menschen zuständig."

Peters Sinne arbeiteten auf Hochtouren.

Es gab also zwei Spione bei uns. Aber wo noch?

„Es war so schwierig, keine Fehler zu begehen und gleichzeitig die Fraktale zu finden. Niemand durfte etwas bemerken, und wir mussten schneller sein als die verdammten Abtrünnigen."

„Die Abtrünnigen?", fragte Ishida.

Natürlich, das ergibt Sinn. Peter begriff einen weiteren Teil.

„Sie und Ihr Volk nennen sie: Parliden. Und wir haben gewonnen. Sarah McCall hat gewonnen." Er lachte. „Sarah ... McCall."

Wieder verkrampfte Ishida die Hände, ließ sie locker und ballte sie erneut zu Fäusten.

Peters Sinne arbeiteten. Er erkannte das Muster.

Sie verwendet Lance-Zeichen.

Das Blitz-Punkt-Alphabet, wie es allgemein genannt wurde, hatte vor vielen Jahren die Morse-Zeichen abgelöst.

„Ich sollte die PROMETHEUS hierher bringen, um von einem der Finger geborgen zu werden. Das sind die Raumschiffe, die das Fraktal umkreisen. Aber ich wartete vergeblich auf meine Befreiung. Sie hat mich reingelegt. Dieses verschlagene Miststück hatte schon immer eine eigene Agenda, das wusste ich!“

Wieder öffnete Ishida die Hand, ballte die Linke kurz darauf zur Faust.

Peter begriff. Die Aufmerksamkeit von Sechgit war vollständig auf Ishida gerichtet. Daher hatte sie die Position gewechselt. Er befand sich im Rücken des Spions, wurde von diesem nicht wahrgenommen. Dessen Waffe zeigte gen Boden. Peter machte sich keine Illusionen: Sollte Sechgit ihn bemerken, war er innerhalb von Sekunden tot.

Vorsichtig zog er seinen portablen Scanner hervor. Dank der Überbrückungsschaltung im Maschinenraum war das Gerät noch immer in das interne Netz eingeloggt. Peter ließ seine Finger hastig über das Display gleiten.

Irgendetwas warnte Sechgit. Sein Kopf flog herum. Er hob die Waffe. Ishida stürzte mit einem Schrei auf den Spion zu, ebenso Captain Brown.

Peter aktivierte die Notfallschaltung.

Seine Sinne überschwemmten ihn mit Eindrücken. Ishida erreichte den Spion, der die Waffe einfach fallen ließ. Er packte die I.O. in jenem Moment an der Schulter, als das Außenschott des Hangars abgesprengt wurde. Eng umschlungen rasten die beiden ins Vakuum hinaus. Ebenso Brown und die übrigen Offiziere. Peter hieb auf die Notversiegelung des Anzugs, worauf sich der Falt-Helm ausklappte und den Skinsuit luftdicht abschloss.

Mit der Geschwindigkeit eines Pulserschusses jagte er in die Schwärze – die ewige Stille. Es war schön in der Dunkelheit, entspannend. Die Leere war Freiheit. Irgendwo dort draußen trieben die Besatzungsmitglieder der PROMETHEUS davon. Jene, die ihren Anzug rechtzeitig hatten schließen können, würden leben; was hoffentlich die meisten waren. Darunter Ishida?

Er ließ seine Gedanken treiben, verlor sich in der wundervollen Schwärze des Alls.

„Welche Lügen werden Sie mir jetzt erzählen?“

„Keine Lügen." Sarah schlenderte zu den Sesseln, die sich gegenüberstanden. „Plauschen wir ein wenig. Setzen Sie sich, Captain."

Jayden fühlte sicherheitshalber den Puls von Janis. Der Freund war nur bewusstlos, Herzschlag und Atmung waren stabil. Er kam McCalls Aufforderung nach und setzte sich ihr gegenüber.

„Warum haben Sie uns hierhergelockt?"

„Das hat mehrere Gründe. Zum einen benötigte ich jemanden, der Erfahrung mit unsereins besitzt. Auf der PROMETHEUS gibt es einen Schläfer, den ich loswerden will. Gewisse Regeln halten mich davon ab, selbst einzugreifen. Auch die K.I. der Station geht gegen niemanden meiner Art vor. Nennen Sie es einen Schutz vor Friendly Fire."

„Auf der PROMETHEUS ... gibt es jemanden wie Sie?"

„Ich hoffe, Sie haben fähige Leute Ihrer Crew dorthin geschickt. Andernfalls muss ich mir etwas anderes einfallen lassen."

„Ishida", sagte Jayden leise. „Wenn ihr irgendetwas geschieht ..."

„Ach, lassen Sie die Drohungen doch endlich stecken! Ihre I.O. ist ein helles Köpfchen, die kriegt das schon hin. Ein wenig kann ich die Fortschritte im Blick behalten. Momentan sieht es gut aus. Das Schiff befindet sich auf Kollisionskurs zur Station. Er macht ein Schiff der Space Navy zu seiner Waffe. Er weiß, dass er keine Chance mehr hat, will mich mit in den Untergang reißen. Der Gute hat wirklich keine Ahnung, was in der Zwischenzeit alles geschehen ist."

Jayden wäre beinahe aufgesprungen. „Und was ist daran verdammt noch mal gut?!"

„Sie sind immer so dramatisch! Sein Schiff wird natürlich wirkungslos an der Station zerschellen. Jetzt atmen Sie erst einmal tief durch. Wollen Sie einen ViKo?"

Die ganze Situation war an Absurdität nicht zu überbieten. Er saß bei einem gemütlichen Plausch mit Sarah McCall auf einer fremden Raumstation. Die HYPERION war in Traktorfesseln gehüllt, die PROMETHEUS auf Kollisionskurs. „Sie sind wahnsinnig."

„Bin ich das?"

„Sie infiltrieren mein Schiff – gut, das sehe ich als Auftrag an. Aber verdammt noch mal: Sie haben irgendetwas mit meinem Kommandochip angestellt, erzählten Commander Kensington, dass Sie ein Geist sind, verwandelten Pearl in eine radioaktive Hölle und lockten uns hierher. Sie töteten kaltblütig meine Marines und ... Ich weiß gar nicht, was ich noch alles aufzählen soll. Die Liste ist lang. Oh, und Sie faselten davon, dass ich Ihnen nicht dafür dankbar sein werde, dass Sie uns zur Erde haben zurückfliegen lassen. Da haben Sie sich geirrt! Habe ich etwas vergessen?"

„Das trifft es auf den Punkt. Doch nur, weil Sie den Sinn hinter alldem nicht verstehen, heißt das noch nicht, dass es keinen gibt. Andererseits sehe ich ein, dass langsam ein paar Antworten angebracht sind."

„Ich bin gespannt."

Sarah räusperte sich und stützte ihr Kinn auf dem rechten Handballen ab. „Wo fange ich da nur an?"

„Was haben Sie mit meinem Kommandochip gemacht?"

McCall grinste breit. „Sie kleiner Egoist. Das ist wirklich Ihre erste Frage? Kein ‚Wer sind Sie?', ‚Wo lebt Ihr Volk?', ‚Was war Ihr Auftrag?' Aber gut, ich bin ja nicht so. Ich habe eine große Datenmenge in den Speicher des Kommandochips überspielt. Informationen, die Sie noch benötigen werden. Dadurch sind Sie in der Lage, unsere Sprache zu sprechen, Schriftzeichen zu entziffern und verfügen über ... sehr wichtige Daten, die zu gegebener Zeit freigeschaltet werden."

„Warum nicht jetzt?"

„Weil Sie Ihnen jetzt nichts nützen würden. Im Gegenteil. Und bevor Sie fragen: Ich musste dafür sorgen, dass der Kommandochip nicht entfernt werden kann, andernfalls hätte die Admiralität doch genau das getan."

„Wenn ich Sie bitte, ihn zu entfernen, werden Sie es tun?"

„Nein." McCall schüttelte entschieden den Kopf. „Und dafür werden Sie mir noch dankbar sein. Sie *brauchen* den Chip! Bald. Sehr bald. Vielleicht schon in wenigen Tagen."

Jayden atmete tief ein und aus. Er hatte das Gefühl, mit dem Orakel von Delphi zu sprechen; mit einem verräterischen, miesen Orakel von Delphi!

„Was hat es mit dem Artefakt auf sich?"

„Es ist ein ... Leuchtfeuer. Es weist meinem Volk den Weg, führt es hierher."

„Woher stammen Sie? Woher kommt Ihr Volk?"

Sie neigte den Kopf. „Von weit her. Sprechen wir nicht darüber, das tötet nur die Stimmung."

„Warum ausgerechnet mein Schiff? Sie haben die Artefakte doch alle alleine gefunden. Die HYPERION war nur für das Auffinden von zwei Fraktalen verantwortlich."

„Die HYPERION war tatsächlich meine eigene Wahl. Dass ich Ihr Schiff gewählt habe, hatte nur sekundär mit den Artefakten zu tun. Sagen wir es so: Mein offizieller Auftrag bestand in der Beschaffung der Fraktale. Die Sache mit Ihrem Chip, die Wahl exakt Ihres Kreuzers, war meine Entscheidung."

„Warum?"

„Wegen Sjöberg."

„Bitte?"

„Was wissen Sie über die Sjöberg-Verschwörung?"

Jayden war völlig überrumpelt. „Wovon sprechen Sie?"

„Das dachte ich mir." Sarah wiegte den Kopf leicht hin und her. „Vielleicht treffen Sie sich demnächst mal auf einen Plausch mit Commander Kensington. Wissen Sie, Captain ... Michalew war all die Jahre nur eine von Sjöberg erschaffene Puppe. Er war für die Öffentlichkeit der Böse, alle Blicke richteten sich auf ihn. Im Hintergrund jedoch baute Sjöberg ein kleines, aber feines Schattennetzwerk auf. Ein paar mächtige Leute, die seit Jahrzehnten daran interessiert sind, ihn zum Diktator zu machen."

„Der Präsident ist kein Diktator. Er ist das Oberhaupt der Solaren Union, und als ich zuletzt nachschaute, war das noch immer eine freie Demokratie."

„Dann ist Ihr letzter Blick hinter den Schleier schon verdammt lange her", sagte McCall. „Sjöberg hat den Tod der Präsidentin veranlasst. Er hat Michalew zur Zielscheibe gemacht und die Macht auf legale Art und Weise übernommen. Doch sehen Sie sich um: Die Demokratie stirbt. E.C.s auf jedem Schiff, die Gewaltenteilung wurde aufgehoben. Ein Senat wird nicht gewählt, solange das Kriegsrecht in Kraft ist, und das bleibt so lange bestehen, bis Michalew erledigt ist."

„Das wird nicht lange dauern. Er wird ebenso gefunden wie Pendergast."

„Michalew ist längst tot. Sjöberg behält das für sich, um seine Macht nicht zu gefährden. Pendergast ist auf der Flucht vor ihm, doch sie gehört nicht zu Michalews Leuten."

„Ich glaube Ihnen kein Wort."

„Doch, das tun Sie. Natürlich *wollen* Sie mir nicht glauben. Aber tief in Ihrem Inneren wissen Sie, dass ich Recht habe."

„Selbst wenn, das erklärt gar nichts."

„Sie sind nach der Schlacht von NOVA in meine Falle gegangen und danach zur Erde zurückgekehrt. Doch was hat es Ihnen gebracht? Sie verloren Doktor Petrova – die nebenbei bemerkt nur ein Bauernopfer war. Eine arme Frau, die das Richtige tun wollte, sich aber im Lügengebilde von Sjöberg und Michalew verstrickte. Und nun haben Sie den netten E.C. an Bord. Ich habe Sie gewarnt, Captain. Und es wird noch weitaus schlimmer."

Jayden hörte ihr mit wachsendem Entsetzen zu, als sie davon berichtete, was Sjöberg alles getan haben sollte. Dass die Kommandobrückencrew zusammengestellt worden war, um als Falle für Michalew zu dienen. Ishida, die sich dem Admiral einst in den Weg gestellt hatte, weil Sjöberg ihr die Informationen über Michalews kleinen Club zugespielt hatte, die dieser wiederum von einer begabten Hackerin namens Giulia Lorencia erhalten hatte. Sie erzählte von Lieutenant Commander Kensington, deren Eltern umgebracht worden waren und die seit Jahren mit Zev Buckshaw nach den Mördern suchte. Jayden riss den Mund überrascht auf, als McCall ihm offenbarte, dass diese beiden eine geheime Beziehung führten und auch Zevs Vater vor vielen Jahren umgekommen war. Zev Buckshaw wiederum war nicht sein richtiger Name – mehr wollte sie dazu nicht enthüllen.

Sie berichtete von Peter Task, der als Kind von einer frühen Form des Erios-Virus befallen worden war. Captain Stark und Lieutenant Commander Sjöberg hatten ihn damals zu einer speziellen Forschungseinrichtung gebracht, wo man die Folgen des Virus hatte eindämmen können. Aus dem Blut des Jungen entwickelte Doktor Florian von Ardenne später im Auftrag von Sjöberg die Mutation des Erios-Virus und ließ sie auf einigen Kolonien frei, was die Regierung wiederum dazu benutzte, um von den Parlidenüberfällen abzulenken. Diese Information spielte Sjöberg Michalew zu, worauf dessen Hass weiter geschürt wurde und sein Augenmerk auf die Parliden fiel.

Sarah McCall enthüllte mit wenigen Worten ein riesiges Netz aus Verschwörung und Verrat.

„Die Forschungseinrichtung, in der Peter Task gerettet wurde, wurde angeblich von Schiffen des Eriin-Bundes überfallen und ausgelöscht. Alle Wissenschaftler starben – bis auf einen. Er war traumatisiert, wechselte das Fachgebiet und wandte sich der Psychologie zu", sagte McCall, wobei sie auf Janis Tauser deutete. „Ihr Freund ist wertvoller, als Sie es ahnen, Captain. Natürlich besitzt Sjöberg ein Ge-

genmittel, damit ist er gegen das Erios-Virus immun. Ebenso Peter Task. Aus dem Blut des Lieutenant könnten findige Genetiker einen Impfstoff herstellen, davon weiß jedoch leider niemand. Und Doktor Tauser hat im Erios-Virus nie eine künstliche Mutation gesehen. Für ihn war es immer eine natürliche Entwicklung."

Jayden war schwindelig. Der Raum schien sich zu drehen.

Sarah sprach munter weiter. Sie erzählte von der Verbindung Bruce Walkers über dessen Vater zu Sjöberg. Walker war Doppelagent gewesen und hatte Alpha 365 auf NOVA den entscheidenden Hinweis gegeben, so dass dieser die Hintergründe erkannte. Der Sicherheitschef wiederum weihte Kensington ein. Bisher hatte scheinbar noch kein Befehl seine genetische Konditionierung getriggert. Sollte das passieren, musste er loyal zu Sjöberg stehen.

Sarah berichtete ihm weiter von Lukas Akoskin, worauf Jayden kreidebleich wurde, und beendete ihren Bericht mit einer Geste in seine Richtung.

„Und dann natürlich noch der produzierte Kriegsheld Jayden Cross." Sie schüttelte bedauernd den Kopf. „Durch Ihr heldenhaftes Eingreifen zur Verteidigung gegen die Angreifer bei TIKARA II wurden auch Sie ein Geschöpf Sjöbergs. Erkennen Sie jetzt das Netz, Captain?"

Jayden schwieg.

„Doch ab sofort sind die Menschen für Sjöberg unwichtig geworden. Was noch zählt, ist das Schiff. Bereiten Sie sich vor, Captain. Er wird handeln. Er wird gegen Sie vorgehen."

„Wenn das alles wahr ist ... Mein Gott, das ist so ..."

„Ich weiß, viel zu verdauen. Wie ich Ihnen bei unserem letzten Zusammentreffen schon sagte: Das Gesicht des Verrats ist facettenreich."

„Woher wissen Sie das alles?"

„Ich hatte meine Quellen, meine Verbindungen."

Er spürte, dass sie ihm etwas verheimlichte. Sie enthüllte immer nur einen kleinen Teil der Wahrheit.

„Ich werde Sie niemals verstehen", sagte Jayden müde. „Sie helfen uns, Sie enthüllen mir diese Dinge, Sie plaudern nett und freundlich. Aber im nächsten Moment töten Sie Marines und löschen Millionen von Leben aus. Oder war das auch ein Befehl Ihrer Leute?"

Sarah schüttelte den Kopf. „Pearl musste untergehen. Der Tod von Millionen gegen das Leben von Milliarden."

„Lassen Sie doch diese Phrasen! Sagen Sie mir einfach, warum. Von mir aus behalten Sie Ihre kleinen Geheimnisse für sich. Wir werden Ihre Leute aufhalten, was immer sie auch planen. Und was den Kommandochip betrifft, finde ich einen Weg, ihn zu entfernen, verlassen Sie sich darauf! Wir erfahren, was es mit diesem Artefakt auf sich hat und ich überprüfe, ob Sie mit dieser Sjöberg-Sache Recht haben. Aber sagen Sie mir: Warum griffen Sie NOVA an, warum verwandelten Sie Pearl in eine radioaktive Wüste?"

McCall schloss für einen Moment die Augen. Nach einigen Sekunden nickte sie langsam. „Also gut. Auch hier gibt es mehrere Wahrheiten. Mein Auftrag war die Beschaffung des zweiten Fraktals, das die HYPERION zu diesem Zeitpunkt im Schlepptau hatte. Was die Station anging, so habe ich sie angegriffen, um die Verteidigungskraft des Systems zu schwächen. Den Grund dafür müssen Sie nicht wissen. Pearl hingegen ... Ja, das ist die wichtigste Frage. Sagen Sie mir, Captain ... Wissen Sie, was eine Heliosphäre ist?"

„Ich bin kein Astrophysiker, aber grob gesagt ist die Heliosphäre eine Blase um unser Sonnensystem. Sie entsteht durch Sonnenwinde und markiert quasi den Bereich, der von einem Stern beeinflusst wird. Darauf folgt die Heliopause, die den Bereich außerhalb eines Sonnensystems markiert."

„Das ist relativ allgemein gesprochen, aber das trifft es." Sarah erhob sich, ging zur Glasröhre in der Mitte des Raumes und berührte mehrere Icons in rascher Folge. Innerhalb des Tanks erschien die NOVA-Station. Sie zoomte aus dem System heraus und ließ es als Ganzes in der Anzeige schweben. Ein weiterer Tastendruck, und das Sol-System wurde darunter dargestellt. Sie kehrte zurück.

„Was sehen Sie?"

„Die Heliosphäre im NOVA-System und darunter das Sol-System."

„Erkennen Sie Gemeinsamkeiten?"

Jayden schüttelte den Kopf.

„Das können Sie auch nicht." Sarah verfiel in einen dozierenden Tonfall und hob den rechten Zeigefinger. „Die Heliosphäre besteht also aus Sonnenwinden. Diese wiederum bestehen aus Protonen, Elektronen und Heliumkernen – auch unter dem Namen Alphateilchen bekannt. Hinzu kommen weitere Atomkerne und nichtionisierte Teilchen. Die irdische Wissenschaft definiert Alphateilchen oder auch Alphastrahlung als Produkt einer ionisierenden Strahlung, die bei einem radioaktiven Zerfall – dem Alphazerfall – auftritt. Beim Zerfall eines

Atomkerns wird ein Helium-4-Atomkern ausgesendet, den man Alphateilchen nennt.

So weit, so gut. Können Sie mir bis hierhin folgen?“

„Gerade so.“

„Nun gibt es noch eine weitere Strahlenkomponente, die Teil der Sonnenwinde ist. Diese kann von der irdischen Wissenschaft aber noch nicht nachgewiesen werden. Einer unserer Wissenschaftler entdeckte diese Komponente, im umgangssprachlichen Gebrauch hat sich jedoch nicht sein Name, sondern der Begriff ‚Omega-Teilchen‘ durchgesetzt. Sie werden gleich verstehen, warum. Die Alpha- und die Omegateilchen interagieren miteinander. Allerdings in jedem Sonnensystem auf unterschiedliche Art und Weise, wodurch selbst bei Sternen von gleicher Größe und identischem Spektraltyp völlig unterschiedliche Heliosphären entstehen. Man könnte es als Fingerabdruck eines Sonnensystems bezeichnen.“

„In Ordnung. Jedes Sonnensystem hat also eine eigene Signatur. Damit haben Sie meine Frage trotzdem nicht einmal ansatzweise beantwortet.“

McCall seufzte auf. „Ich bin ja dabei, Captain, immer mit der Ruhe. Es gibt nur sehr wenige Sonnensysteme, die eine exakt gleiche Heliosphäre besitzen. Um genau zu sein, gibt es genau drei Stück in der Milchstraße. Wie es woanders aussieht, kann ich Ihnen natürlich nicht sagen, allerdings wird es dort wohl ähnlich sein. Zwei dieser drei Systeme sind das Sol-System und das NOVA-System.“

Jetzt hatte sie Jaydens ganze Aufmerksamkeit.

„Ihr Volk weiß mittlerweile, dass die niederen Parliden menschliche Sklaven in Rüstungen sind. Doch über die Hohen wissen Sie nichts. Es wird Sie vermutlich verblüffen, aber die hohen Parliden bestehen aus organischer Nano-Materie. Sie sind nicht durch Evolution entstanden, sie wurden erschaffen.“

Für einige Sekunden hatte Jayden das Gefühl, in einer Zentrifuge zu stecken, die seinen Schädel durcheinanderwirbelte. „Erschaffen?! Von wem?“

„Von uns. Als Soldaten.“

Jayden starrte Sarah entgeistert an, ohne ein Wort herauszubringen. Etwas Derartiges hätte er niemals vermutet.

„Schauen Sie nicht so entsetzt! Diese Parliden hier sind Abtrünnige. Soldaten, die sich mit Blut und Gewalt ihre Freiheit holten; die

Menschen in Sklavenrüstungen steckten, weil sie sonst nicht zahlreich genug wären. Parliden können sich nicht fortpflanzen. Es sei denn, sie finden eine Welt, in einem Sonnensystem mit einer ganz spezifischen Heliosphäre."

„Der erste Parlidenkrieg", hauchte Jayden.

„Exakt. Er wurde geführt, weil die Sternköpfe sich fortpflanzen wollen. Dazu muss ihre organische Nano-Materie aber wachsen. Das geht nur auf einer Welt, die die richtigen Bedingungen aufweist. Alpha- und Omegateilchen – die korrekte Zusammensetzung. Aber sie verloren den Krieg gegen die Menschheit und suchten viele Jahre nach einem Ersatz. Als sie ihn fanden, war NOVA längst befestigt. Doch die Sternköpfe hätten angegriffen, gesiegt und sich fortgepflanzt. Jetzt können sie das nicht mehr. Pearl ist eine radioaktive Wüste, und eine weitere Welt in dem System gibt es nicht."

Die Puzzleteile fielen vor Jaydens Augen an ihren Platz. „Aber dann werden sie die Erde erneut angreifen."

„Nein." Sarah schüttelte den Kopf. „Das Sol-System ist ebenfalls nicht mehr verwendbar. Seit dem Jahr 2265 hat sich die Zusammensetzung der Heliosphäre geändert."

„Warum?"

„Das wäre jetzt wieder ein Teil, den ich Ihnen nicht verraten werde. Tut mir leid, Captain. Aber das ist doch auch egal. Die Parliden brauchen das Sol-System nicht länger. Aber sie benötigen die Menschen – als Träger der Rüstungen, als Sklaven. Und sollten die Sternköpfe jemals die dritte zur Verfügung stehende Welt vor uns finden und Nachwuchs zeugen können, ist mein Volk ebenso erledigt wie das Ihre."

Jayden wollte noch eine Nachfrage stellen, doch als er den Mund aufmachte, begann eine Warnleuchte rot zu pulsieren. McCall sprang auf und hechtete zur zentralen Glasröhre.

„Wir haben ein Problem!"

„Und das aus Ihrem Munde." Er erhob sich schwerfällig. All die Informationen mussten sich erst einmal setzen. „Was ist los?"

„Der Spion, der sich auf der PROMETHEUS befand, ist tot. Ihre Leute treiben im All; keine Sorge, in Raumanzügen. Leider hat eines der Schiffe Ihre Leute als Verursacher für den Tod eines Legaten ausgemacht."

„Ich dachte, die Sternenschiffe müssen ihre Position halten."

„Alle, bis auf eines, das im Notfall autark arbeitet. Ich schlage vor,

Sie verschwinden, Captain. Sammeln Sie die Umhertreibenden ein, so schnell Sie können, und hauen Sie ab."

„Sie lassen uns gehen?"

„Warum nicht? Ich habe genau das bekommen, was ich wollte. Legat I ist tot, der Plan schreitet weiter der Vollendung entgegen, und Sie kennen einige Hintergründe. Vielleicht fassen Sie ja wieder etwas Vertrauen zu mir. Ich meine es wirklich nur gut. Und letztendlich hat doch jeder seine Geheimnisse."

Das kannst du sonst wem erzählen!

Jayden würde Sarah McCall nie wieder trauen. Er ging zu Janis, schlug ihm sanft auf die Wangen. Schließlich öffnete der Freund die Augen.

„Was ist los, was ist passiert?"

„Keine Zeit für Erklärungen. Wir müssen gehen."

„Captain Cross", hielt McCall ihn noch einmal zurück. „Was ist die Bürde des Captains?"

„Was?"

McCall wechselte in die Sprache ihres Volkes, die Jayden dank des veränderten Kommandochips verstand, Janis jedoch nicht. „Sie stehen an einem Kreuzweg und wissen nicht weiter. Vorhin fragten Sie mich, was Sie tun sollen." Sarah kam langsam auf ihn zu. „Stellen Sie sich die eine Frage: ‚Was ist die Bürde des Captains?'. Wenn Sie die Antwort kennen, werden Sie wissen, was zu tun ist."

„Wenn Sie auch in Ihrer eigenen Sprache mit mir sprechen können, weshalb haben Sie Janis dann niedergeschlagen?"

„Wie ich schon sagte, ich konnte Psychodocs noch nie leiden. Und nun hauen Sie ab! Ich kann den Sternenraumer für einige Zeit aufhalten, jedoch nicht für lange!"

Jayden nickte ihr ein letztes Mal zu.

Dann verließen Janis und er das Zentrum der Raumstation.

Die toten Marines blieben zurück.

Während Janis nach ihrer Rückkehr die Krankenstation aufsuchte, hastete Jayden auf die Kommandobrücke. Als das Schott sich öffnete, erhob sich Lieutenant Commander Lukas Akoskin vom Stuhl des Captains.

„Sir, willkommen an Bord." Damit ging er zurück zur Waffen- und Taktik-Konsole und löste Lieutenant Dyck ab.

Jayden kamen Sarah McCalls Worte wieder in den Sinn. Seitdem sah er seinen zweiten Stellvertreter mit völlig anderen Augen. Er musste mit Akoskin sprechen, allerdings ohne die neugierigen Ohren von E.C. Johnston.

„Endlich, Captain!“, der E.C. winkte ihn herbei. „Über Ihren kleinen Kabinenschott-Trick reden wir noch. Aber erst einmal müssen wir hier weg. Die Traktorstrahlen sind vor einigen Sekunden erloschen.“

„Ich weiß“, sagte er. Mit einem erleichterten Aufatmen sank er in den Konturensessel. „Sarah McCall lässt uns gehen. Details später. Commander Kensington, haben Sie unser Außenteam geortet?“

„Positiv, Sir. Ich konnte die ID-Marker von Lieutenant Task, Commander Ishida, Paramedic Pembleton und den beiden Alvarez-Brüdern orten. Die Lebenszeichen der I.O. sind allerdings schwächer als jene der übrigen Mitglieder.

Hinzu kommen Verblüffenderweise auch ältere Signaturen, die ich über einen Datenbankabgleich Crewmitgliedern der PROMETHEUS zuordnen konnte.“

„Lieutenant Bishop, haben Sie einen Vektor, auf dem wir die Treibenden hereinholen können?“

Der Navigator räusperte sich unbehaglich. „Ich berechne ihn gerade, Sir.“

Jayden war es nicht mehr gewohnt, warten zu müssen. Lieutenant Task war von der schnellen Sorte. Nun wusste er also auch endlich, weshalb, was das gesamte Verhalten des Navigationsoffiziers in einem völlig anderen Licht erschienen ließ. Auf dem Weg zur Erde würde er über eine Menge Dinge nachdenken müssen. Egal welchen Offizier er anblickte, sie hatten sich alle für ihn verändert. Er sah nicht mehr den Offizier, er sah den Menschen – mit all seinen Ecken und Kanten, seinen Geheimnissen. Ob das gut oder schlecht war, musste sich noch herausstellen.

„Captain, wir müssen hier weg! Eines der Sternenschiffe hat Kurs auf uns gesetzt. Wenn wir ...“

„Ich lasse meine Leute nicht hilflos dort draußen herumtreiben.“

„Ich könnte es Ihnen befehlen.“

„Und Sie wissen, was dann geschehen würde.“

Johnston schwieg für einige Sekunden, wiegte bedächtig den Kopf hin und her. „In der Tat, das ist offensichtlich.“

Damit wandte er sich ab und verließ die Kommandobrücke.

„Ich bin so weit, Sir“, meldete Lieutenant Bishop.

„Holen wir unsere Leute und verschwinden endlich aus diesem verdammten System!“

Die PROMETHEUS erreichte die Raumstation und kollidierte mit dem untersten Segment. Das Schiff verging in einer Explosion, während die Station sich unbehelligt weiterdrehte.

17

Sol-System, Kuipergürtel, Forschungsstation CAVE, 16. April 2266, 06:30 Uhr

Da standen sie alle. Die Crème de la Crème der neuen Regierung. Irina Petrova hätte sich am liebsten übergeben. Präsident Björn Sjöberg plauderte gemütlich mit Doktor Abigail Rosen, der Ministerin für Gesundheit und Wissenschaft. Harrison Walker, der Chef der Inner Security Police, stand daneben und warf ihr immer wieder unergründliche Blicke zu. Gerade trat auch Jeff Hunt ein. Der Verteidigungsminister lächelte allen freundlich zu und nickte dabei in die Runde.

„Doktor von Ardenne, wir können beginnen", sagte der Präsident.

Irina hatte Stunden damit zugebracht, Berichte durchzugehen und den Fehler schließlich gefunden. Der Neuralchip beinhaltete eine geringe Menge an Duspanit. Dieses Material wurde in der irdischen Technik nur sehr begrenzt eingesetzt. Es war selten und teuer. Die Parliden hatten es in den Neuralchips verbaut. Aufgrund eines winzigen Quants an Sivor-Strahlung, die von Duspanit emittiert wurde, war das Phasen-Stase-Feld instabil geworden.

Irina hätte einiges dafür gegeben, einen Rentalianer im Team zu haben. Jene Aliens, die äußerlich aufrecht gehenden Hunden glichen, verfügten als einziges Volk über die Transmittertor-Technik. Für diese benötigten sie ein hohes Vorkommen an Duspanit, was auch die starke Sivor-Strahlung bei einem aktiven Transmitter erklärte. Die Rentalianer konnten damit umgehen, waren Genies auf diesem Gebiet der Forschung. Doch sie hatte sich mit den Artikeln begnügen müssen.

„Wir sind so weit", sagte Florian von Ardenne, ohne noch einmal mit Irina Rücksprache zu halten. Wozu auch? Ihm konnte ja nichts passieren.

Arschloch!, dachte sie.

Nicht nur, dass er ihr die ganze Arbeit überließ – er hatte außerdem dafür gesorgt, dass Sjöberg und seine Konsorten von dem Fortschritt erfuhren und bei der Erprobung des neuen Phase-Stase-Felds anwesend waren. Falls es gelang, würde es die Nano-OP-Technik revolutionieren und Sjöbergs Frau befreien.

Irina aktivierte den Nano-Zufluss, während sie gleichzeitig das Stasefeld rekalibrierte. Vom Ablauf her hatte sich nichts geändert, sah man von der steigenden Spannung aller Anwesenden ab. Die Anzeigen sprangen auf Grün.

Auf einem 3-D-Monitor konnte sie verfolgen, was mit der Patientin geschah.

Es funktioniert!

Schon nach wenigen Sekunden zerbröselte die Parlidenrüstung wie feiner Sandstaub, den jemand auf einen Menschen geschichtet hatte. Der Neuralchip reagierte nicht, war gefangen im Stasefeld. Erst als die Rüstung vollständig zerstört war, zog sich das Feld zusammen, damit die Naniten auch das Gehirn der Gefangenen säubern konnten. Die winzigen Nano-Fäden wurden aufgelöst und ausgeschieden, der Chip kam zuletzt.

Die Anwesenden starrten fasziniert auf den Vorgang.

„Das ist fantastisch“, sagte Jeff Hunt.

Harrison Walker nickte leicht.

Sjöberg warf zuerst Irina einen durchdringenden, dann von Ardenne einen freundlichen Blick zu.

Und *dann* war sie frei. Sjöbergs Frau atmete stoßweise. Tränen rannen über ihre Wangen, die Augen hatte sie weit aufgerissen. Sie zitterte konvulsivisch. Ein Team aus Paramedics und Ärzten stand bereit, sprang zu der Frau und begann mit Untersuchungen. Eine Betäubungsinjektion wurde verabreicht, Sensoren angeschlossen. Jetzt würde sich zeigen, ob der Geist von Sjöbergs Ehefrau die lange Gefangenschaft überstanden hatte.

„Frau Petrova“, sagte eine unbekannte Stimme.

Als Irina aufblickte, standen zwei Männer der I.S.P. vor ihr.

„Bitte folgen Sie uns.“

Sie hatte es längst geahnt. Während die beiden Männer sie aus dem Labor eskortierten, schüttelte Doktor von Ardenne Hände und nahm Glückwünsche entgegen. Er war der Gewinner, der Held, derjenige, nachdem das neue Phasen-Stase-Feld benannt werden würde.

Die beiden Männer führten sie durch die hell erleuchteten Gänge der klinisch sauberen CAVE-Forschungsstation. Irina war es egal. Sie war müde, ausgelaugt und fertig mit der Welt. Nach Jahren des Suchens und Hoffens hatte sie tatsächlich die Wahrheit aufgedeckt. Ihr verdankte Michalew, verdankte die Regierung die Wahrheit zur Parliden-Versklavung. Doch das wurde nicht gewürdigt. Stattdessen brandmarkte man sie als Verräterin. Vermutlich würde die I.S.P. sie aus der nächsten Luftschleuse werfen oder in eine Arrestzelle stecken, wo sie den Rest ihres Lebens verbringen musste. Unter Sjöberg gab es keinen humanen Strafvollzug mehr, so viel war ihr längst klar.

„Wohin bringen sie mich?“, fragte sie.

Keine Antwort.

Sie brachten sie zu einem der Shuttle-Pods. Hier wurde sie von einem Sicherheitsoffizier nach versteckten Waffen und Kommunikationstechnik gescannt. Als er nickte, brachte man sie in das bereitstehende Fluggerät. Kurz darauf legten sie ab und ließen die CAVE-Forschungsstation hinter sich. Es war der endgültige Abschied von Irinas altem Leben, das wusste sie. Sjöberg benötigte sie nicht mehr, sah sie eher als Gefahr an. Und wenn der neue Präsident eines klargemacht hatte, dann, dass er gefährliche Personen ausschaltete. Seine „Neue Demokratie“ war noch jung und anfällig.

Wenn Irina die Zeichen richtig deutete, war „Neue Demokratie“ gleichbedeutend mit einem anderen, viel hässlicheren Wort.

Aber was kümmerte es sie?

Das Shuttle dockte nach einem Flug von etwa einer Stunde an. Da es keinen transparenten Stahl gab, wusste sie nicht, wohin man sie brachte. Doch als ihr der Geruch nach Formoplast, frisch entpackten Möbeln und Nano-Reinigungslöser in die Nase stieg, begriff sie sofort.

Ein funkelnagelneues Schiff.

Die beiden Männer übergaben sie an eine bereitstehende Wache und flogen wieder ab.

Der Mann hatte ein nichtssagendes Allerweltsgesicht. An seiner Uniform war kein Name aufgenäht, ebenso kein Rang. Er führte sie durch die Gänge.

Auf dem Weg begegneten sie einem jungen Heißsporn in gleichartiger Uniform. Als er sie sah, ging er mit erhobenen Fäusten auf sie los.

„Ihr habt ihn umgebracht!“, rief er immer wieder. Seine Stimme zitterte. „Du und Michalew!“

Der Wachmann schaute einige Sekunden zu, verzichtete aber darauf einzugreifen. Stattdessen nickte er lächelnd, als der Heißsporn Irina ins Gesicht schlug.

Die Schmerzen waren weitaus schlimmer, als sie jemals gedacht hätte. Ihr Geist ging auf Wanderschaft und blendete Schläge, Tritte und sogar das Angespuckt werden aus.

Irgendwann stieß der Wachmann sie in eine Zelle.

„Ich hoffe, du hast dich verabschiedet“, sagte er mit gehässiger Stimme. „Du wirst das Sol-System nie wieder sehen. Auf dich wartet eine hübsche Gefängniskolonie, die für deinesgleichen extra errichtet wurde. Ich habe gehört, du warst sogar schon mal dort.“ Er lachte und schloss das Schott.

Die Zelle war etwa vier Quadratmeter groß und zwei Meter hoch. Sie ließ sich an der Wand zu Boden sinken und lächelte. Vorsichtig strich sie mit den Fingern der rechten Hand über ihren linken Handrücken.

Der Heißsporn hätte auch Schauspieler werden können. Während er ihr einen Schlag ins Gesicht verpasst hatte, hatte er mit der anderen einen Hand-Com auf ihren linken Handrücken geklebt. Irgendwo hatte sie also anscheinend noch Freunde. Sie wagte nicht, den kleinen Multifunktionscomputer zu aktiveren. Das Gerät war wertvoll, mochte aber allzu leicht entdeckt werden. Sie musste warten. Irgendwer würde sich bei ihr melden, da war sie sicher.

Ihr Lächeln verblasste, als sie sich an die Worte des Offiziers erinnerte. Sie wurde zu einer neuen Gefängniskolonie gebracht. Ein Ort, an dem sie bereits einmal gewesen war. Irina hatte im Laufe ihres Lebens schon viele Orte bereist und Welten gesehen. Nicht wenige kamen dafür infrage.

Wenn sie aber Sjöbergs Art und Weise zugrunde legte, gab es nicht viele Möglichkeiten. Ein Ort, an dem politische Gefangene verschwinden konnten, Michalews Leute beseitigt wurden und niemand Fragen stellte.

Das Schicksal ging oft seltsame Wege.

Ihre Gedanken richteten sich schlagartig auf eine Welt.

Eine verbrannte Perle.

Wenn sie Recht behielt, wartete die Hölle darauf, sie in ihren Schlund hinabzureißen.

18

Interlink-Kreuzer HYPERION, Auf dem Weg zur Erde, 18. April 2266, 10:30 Uhr

Captain Jayden Cross betrachtete die Besucher, die vor ihm Aufstellung genommen hatten. Captain Jackson Brown und dessen I.O., Commander Jenny Efferson. Von der Kommandobrückencrew der PROMETHEUS hatten nur diese beiden überlebt, dazu vier weitere Offiziere aus unterschiedlichen Abteilungen, die noch auf der Krankenstation behandelt wurden.

Kurz vor ihrer Flucht aus dem Stillen Sektor hatten sie alle im Raum treibenden Offiziere aufgenommen. Lieutenant Peter Task hatte ihm eine Zusammenfassung der Ereignisse gegeben, mittlerweile lag der detaillierte Bericht vor.

Commander Ishida befand sich noch auf der Krankenstation. Sie hatte eine Gehirnerschütterung, mehrere gebrochene Rippen, eine Schädelfraktur und ein Lungenödem. Nachdem Doktor Branch sie stabilisiert hatte, hatte Ishida von ihrem Kampf gegen Jasun Sechgit berichtet. Der Spion hatte sie fest umklammert, als der Sog beide ins Vakuum riss. Seiner I.O. war es gelungen, den Falthelm wieder auszuklappen. Sechgit hatte ihr einige Schläge versetzt, vermutlich, um sie zu töten. Doch es war misslungen.

Da Peter Task die Kopie der Datenbank aus der PROMETHEUS mitbrachte, Jayden durch Sarah McCall wichtige Informationen erhalten hatte und unterm Strich alles gut gegangen war, hielt sogar E.C. Johnston den Mund. Jayden fürchtete nur, dass das nicht lange so bleiben würde.

„Ich danke Ihnen, Captain Cross“, sagte Brown. „Wir verdanken Ihrer I.O., diesem Schiff und seiner Crew unser Leben. Es war ein Albtraum. Gefangen auf diesem fliegenden Wrack, ohne zu wissen, ob wir je gerettet werden.“

„Ich habe größten Respekt vor Ihrer Leistung, Captain Brown. Ihnen ist es gelungen, Ihre Leute über viele Jahre am Leben zu erhalten. Dass am Ende so wenige überlebten, ist die Schuld des Spions, nicht die Ihre.“

Er wusste, dass den überlebenden Offizieren eine harte Zeit bevorstand. Sie würden sich die Schuld am Tod ihrer Freunde und Kollegen geben, darüber nachdenken, dass sie den Spion hätten erkennen müssen, und mussten doch gleichzeitig eine neue Welt kennenlernen. Die Zeit war vorangeschritten. Jayden wusste aus Browns Akte, dass dieser eine Frau gehabt hatte. Zweifellos hatte sie ihn für tot gehalten und ihr Leben weitergelebt. Oder wartete sie noch heute auf ihren Ehemann?

Jenny Efferson besaß eine Ehefrau, die es in der Space Navy zwischenzeitlich zum Captain gebracht hatte und sogar den Umsturzversuch Michalews – oder Sjöbergs? – überstanden hatte. Ihr stand hoffentlich ein freudiges Wiedersehen bevor.

„Sobald wir das Sol-System erreicht haben, werden Sie von Psychologen der I.S.P. unter ihre Fittiche genommen“, sagte E.C. Johnston, der neben Jaydens Schreibtisch Aufstellung bezogen hatte. „Reine Formsache, keine Sorge. Danach können Sie in Ihr altes Leben zurückkehren oder ein neues beginnen. Sie werden feststellen, dass die Solare Union sich verändert hat. Doch wir sind noch immer eine große Familie. Die Space Navy lässt niemanden im Stich, der Präsident lässt niemanden im Stich.“

Jayden hätte sich beinahe auf die blank polierten Schuhe des E.C. übergeben. „Bis wir zurück sind, können Sie sich auf dem Schiff frei bewegen. Falls Sie Fragen haben, steht Ihnen mit Lieutenant Task ein kompetenter Ansprechpartner zur Seite.“

„Vielen Dank, Captain.“ Brown nickte dankbar.

Die beiden verließen Jaydens Bereitschaftsraum. Johnston folgte nach einem kurzen Nicken dichtauf. Der E.C. bereitete Jayden zunehmend Kopfzerbrechen. Auf der einen Seite war er durchaus jovial, unterhielt sich nett mit den anderen Offizieren und stellte seine Position nicht heraus. Andererseits hatte er bereits mehrfach versucht, sich in Kommandoentscheidungen einzumischen. Mal mehr, mal weniger subtil.

Wo sollte das hinführen?

Jayden öffnete den Bericht von Commander Devgan. Dieser beklagte sich über Schludrigkeit und Autoritätsprobleme mit den neuen Offizieren. Er atmete schwer ein und aus. Auch darum musste er sich kümmern – und zwar schnell.

Der Schmerz war unbeschreiblich. Alpha 365 konnte die Umgebung kaum noch wahrnehmen. Wie oft hatte er diese Situation in seinen Träumen gesehen – und fürchten gelernt. Er wurde zum Sklaven seiner genetischen Konditionierung. Die Befehle, die E.C. Johnston ihm gegeben hatte, mussten befolgt werden. Tat er das nicht, würden die Schmerzen ihn umbringen. In den vergangenen Tagen hatte er immer wieder versucht, das Unausweichliche zu umgehen. Er hatte jedes private Gespräch mit Tess Kensington verweigert, jede weitere Ermittlung bezüglich Präsident Sjöberg eingestellt. Alles was er noch tun konnte, war sich auf seinen Dienst zu konzentrieren. Bedauerlicherweise war Johnston längst Teil seines Dienstes.

Der Executive Controller nahm Einsicht in die Ermittlungsberichte und schnüffelte den Crewmitgliedern hinterher, wo er nur konnte. Hinter der freundlichen Fassade verbarg sich ein Raubtier.

Schon zwei Mal war Commander Devgan bei Alpha 365 vorstellig geworden, um Verstöße von einzelnen Offizieren seiner Abteilung gegen die Bord-Statuten zu melden. Als Sicherheitschef war es die Aufgabe des Alphas, dagegen vorzugehen. Doch Johnston hatte es ihm untersagt, und sein Wort stand über allem. Devgan war auf sich alleine gestellt.

Schlimmer aber war der Befehl, den der E.C. ihm gegeben hatte. Alpha 365 *musste* Tess Kensington verraten. Ihm blieb keine andere Wahl. Sein Inneres zerfiel, setzte sich neu zusammen – sein Widerstand schmolz.

Jede Bewegung schmerzte ihn, als er zur Konsole ging und eine Verbindung mit E.C. Johnston herstellte.

„Alpha“, wurde er freudig begrüßt. „Wie geht es Ihnen?“

„Ich muss einen Offizier melden.“

Das Lächeln auf dem Gesicht des Mannes verschwand wie weggewischt. „Um wen geht es?“

„Lieutenant Commander Kensington.“

Es war, als fiele ein Stein von seinem Herzen! Es tat gut, so gut. Es war kein Verrat. Die Regeln mussten befolgt werden, dafür war er geschaffen worden.

„Erzählen Sie“, forderte Johnston ihn auf.

Und Alpha 365 erzählte.

19

Sol-System, SOL III, Paris, SOL-CENTER, 28. April 2266, 14:45 Uhr

Präsident Björn Sjöberg saß in der Mitte. Zu seiner Rechten Svea Christensen, die Ministerin für Öffentliche Information, zu seiner Linken Harrison Walker von der Inner Security Police und neben diesem Verteidigungsminister Jeff Hunt.

Direkt gegenüber hatte E.C. Johnston Platz genommen. Vor ihm lag ein Pad, auf dem mehrere Dateien geöffnet waren. Björn mochte den Mann. Er war genau die Sorte Executive Controller, die er an Bord der Schiffe der Space Navy haben wollte. Offen und herzlich nach außen, verschlagen und kompetent nach innen.

„Wir haben Ihren Prioritätsbericht über Phasenfunk erhalten“, sagte Harrison Walker. „Gute Arbeit. Wir dachten uns bereits, dass es auf der HYPERION Probleme geben könnte. Zugegeben: Niemand hätte gedacht, dass das so schnell geschehen würde.“

„Es ist beunruhigend, Sir.“ Johnston straffte den Rücken. „Der aktuelle Auftrag konnte nur ausgeführt werden, weil die Crew Glück hatte. Was auch immer zwischen Cross und McCall vorgeht: Es kann doch kein Mensch annehmen, dass der Spion einer fremden Macht den Captain des ersten Interlink-Kreuzers der Space Navy einfach so gehen lässt. Und dann diese Kensington. Wir befördern sie, und was macht diese Frau? Sie intrigiert gegen unseren Präsidenten.“ Dabei warf er Björn einen empörten Blick zu. „Ich könnte den ganzen Tag so weitermachen, aber Sie kennen ja den Bericht.“

„In der Tat“, sagte Björn. Johnston war ein Idealist, seine Empörung echt. Was konnte ihm Besseres passieren? Die HYPERION, oder genauer gesagt: die Crew der HYPERION, wurde zunehmend zu einem Ärgernis. Er hatte damit gerechnet, doch die Ereignisse entwickelten sich mit rasanter Geschwindigkeit. Mit dem Parlidenproblem auf der einen und den neu aufgetauchten Gegnern auf der anderen Seite konnte er sich immer weniger innere Probleme leisten. Es galt, schnell zu handeln.

„Mister Johnston, ich danke Ihnen für Ihre ausgezeichnete Arbeit in dieser Sache“, begann Björn. „Es steht außer Frage, dass Sie Großartiges geleistet haben.“

„Danke, Sir. Aber sollten Commander Kensington, Captain Cross und Commander Devgan dann nicht längst unter Arrest der I.S.P. stehen?“

Björn ließ sich nicht gerne unterbrechen. Doch hier machte er eine Ausnahme. Er benötigte den Mann; jetzt mehr denn je. „Wir benötigen die HYPERION für einen wichtigen Auftrag. Es ist von großer Bedeutung, dass eine eingespielte Crew diesen durchführt. Wir können in dieser Phase weder den Captain austauschen noch zentrale Subjekte der Kommandobrückencrew ersetzen.“

„Dann kommen die damit einfach durch?!“

„Sie hören mir nicht zu“, sagte Björn nachdrücklich. „Wir brauchen die Crew noch für *einen* Auftrag. Dieser ist von essenzieller Bedeutung für die „Neue Demokratie“ der Solaren Union. Die Crew muss diese Mission erfolgreich durchführen.“ Björn nahm sein eigenes Pad, auf dem er ein Dokument geöffnet hatte, drehte es vertikal um 180 Grad und schob es Johnston zu. „Wenn dieser Auftrag allerdings beendet ist, sieht die Sache anders aus.“

„Danach werden die genannten Subjekte verhaftet?“

Björn sah aus den Augenwinkeln, dass sich Christensen, Walker und Hunt Blicke zuwarfen.

„Lassen Sie uns die Dinge klar benennen und ansprechen“, sagte er an Johnston gewandt. „Wir möchten, dass nicht alle Personen der Crew den Weg zurück in die Solare Union beschreiten. Problematische Subjekte sollen von Ihnen beseitigt werden. Haben Sie damit ein Problem?“

„Nein, Sir.“

„Sie sind als einer von Wenigen über den Sicherheitsmechanismus informiert, der implementiert wurde. Sollte es problematisch werden, sind Sie dazu befugt, diesen einzusetzen. Wird das ein Problem darstellen?“

Johnston schüttelte den Kopf.

„Gehen wir die Namen durch.“

Der E.C. warf einen Blick auf das Dokument. „Captain Jayden Cross.“

„Ausschalten“, sagte Björn sofort.

Er hatte den Captain als Kriegsheld aufgebaut, doch er konnte es sich nicht leisten, eine Ikone abtrünnig werden zu lassen. Das mochte eine Lawine ins Rollen bringen, die alles zerstörte.

„Commander Noriko Ishida", fuhr Johnston fort.

Die I.O. der HYPERION war kompetent. Er hatte sie dazu benutzt, Michalews kleinen Club der Offiziere auffliegen zu lassen und dabei in Kauf genommen, dass die Gute für die nächsten Jahre keine Karriere mehr besaß. Sie war fachkundig, aber mittlerweile zu sehr mit Cross verbunden. Andererseits benötigte er jemanden auf dem Schiff, der sich auskannte.

„Wenn es sich vermeiden lässt, nicht ausschalten. Falls es Probleme gibt, erledigen Sie sie."

Johnston nickte. Gegen Ishida hatte er in der Tat nichts gefunden, daher war er ihr gegenüber positiv eingestellt – wie Björn hoffte.

„Lieutenant Commander Lukas Akoskin", sagte der Controller.

„Nein. Nicht ausschalten." Wenn er sich etwas nicht leisten konnte, dann das. Die Folgen wären unabsehbar. Um den Waffen- und Taktikoffizier musste er sich noch kümmern – aber das hatte Zeit.

„Lieutenant Commander Tess Kensington." Johnston verzog das Gesicht in Abscheu.

Björn hatte die Offizierin gemocht. Durch ihre Vergangenheit war sie am einfachsten zu manipulieren gewesen. Er hatte ihr die Informationshappen über die Auftragsmörder ihrer Familie zugespielt und sie auf ihre kleine Schnitzeljagd gehen lassen. Grundsätzlich stellte sie damit noch am wenigsten ein Problem dar. Und das, obwohl sie Hilfe hatte. Bisher hatte er sich nicht darum gekümmert, doch er wusste: Es gab noch einen anderen Offizier, der ihr half.

Ich mag keine losen Fäden. Darum muss ich mich bald kümmern.

Mit ihrer Entdeckung, dass die erste Ansprache, die er als Präsident gehalten hatte, zuvor aufgezeichnet worden war, hatte Tess Kensington sich ins Abseits manövriert. Sie musste gehen.

„Ausschalten."

„Lieutenant Peter Task", sagte Johnston.

Hier wurde es kniffelig. Björn dachte gern an jene Zeit zurück, als er noch unter Captain Stark gedient hatte. Der Mann hatte ihm alles beigebracht, was er wissen musste. Nur durch ihn war das Schattennetzwerk entstanden. Als sie damals den jungen Peter Task entdeckten, war es ein Glücksfall gewesen. Nur dadurch hatten sie später das Erios-Virus in seiner tödlichsten Form erschaffen können. In den Folgejahren hatten sie den jungen Task unter Beobachtung gehalten. Als dieser später in die Space Navy hatte eintreten wollen, war es Björn nur recht. Immerhin besaßen sie mit ihm eine lebende Quelle des Virus-Urbilds. Durch die Vernichtung des Forschungszentrums war Michalew auf Task aufmerksam geworden. Der Kerl hatte geforscht und war der Wahrheit immer näher gekommen. Peter auf der HYPERION zu stationieren, war Björn als gute Idee erschienen. Mittlerweile war er sich da nicht mehr so sicher.

Bei dem jungen Mann hatte sich diese fantastische Fähigkeit des multi-sensorischen Inputs entwickelt. Er war wertvoll. Allerdings wollte er ihn auch nicht länger ins Feld schicken.

„Nicht ausschalten. Sobald das Schiff wieder hier ist, werde ich Lieutenant Task an Doktor Abigail Rosen überstellen. Sie ist bekannt für ihre Experimente in der Virologie und Genetik."

Möglicherweise fand sie eine Möglichkeit, die Multi-Sensorik zu kopieren. Man konnte auf KASSIOPEIA ganz neue Gen-Offiziere züchten.

„Alpha 365."

„Nicht ausschalten."

Der Sicherheitsoffizier war loyal, wie könnte es auch anders sein. Immerhin hatte er Kensington verraten.

„Lieutenant Commander Giulia Lorencia."

Björn erinnerte sich noch an das Zusammentreffen mit ihr. Sie war eine gute Offizierin, wenn auch oft etwas vorlaut. Ihre Fähigkeiten auf diversen technischen Gebieten, die er nicht einmal aussprechen konnte, waren legendär. Gleichzeitig hatte sie ihm bisher treue Dienste geleistet.

„Nicht ausschalten."

„Nun, damit bleibt nur noch einer: Doktor Janis Tauser."

„Wer zum Teufel ist das?"

Johnston räusperte sich. „Der Schiffspsychologe."

„Oh." Björn schüttelte den Kopf. „Nicht ausschalten."

Er hatte keine Ahnung, wer dieser Mann war, was ihn völlig bedeutungslos machte.

„Damit wären wir hier durch. Alles Weitere besprechen Sie mit Mister Hunt."

Björn erhob sich und verließ mit einem Nicken in die Runde den Raum. Auch dieses Problem wäre also geklärt. Damit wären alle alten Zöpfe abgeschnitten, sah man von Pendergast und Jansen ab.

Erstere machte sich noch immer rar. Sie hatte mit ihrer Verlorenen

Flotte ein paar Frachter aufgebracht, um an die Nahrungsvorräte heranzukommen, die diese transportierten, war in einigen Randsystemen gesehen worden und nun verschwunden. Es war nur eine Frage der Zeit, bis die Navy sie erwischte.

Bei Jansen war es sogar noch leichter, die befand sich hier irgendwo auf der Erde.

Alles lief nach Plan.

Björn bestieg seinen privaten Gleiter. Er nannte der Automatik das Ziel, worauf SOL-CENTER unter ihm zurückblieb. Der große Kuppelbau wirkte von allen Seiten imposant. Das Licht brach sich in den kristallenen Facetten der Fassade.

„Die Kuppel der tausend Augen" nannte man es.

Der Gleiter setzte nach wenigen Minuten zur Landung an. Björn entstieg dem Gefährt und betrat das Penthouse. Die Sicherheitsmechanismen identifizierten ihn und öffneten die Schotts aus mehrfach verdichtetem Stahl. Wie jedes Mal hatte er das Gefühl, ein Mausoleum zu betreten.

An seinem Ziel hielt er inne und betrachtete das medizinische Bio-Bett. Der Körper darauf war an allerlei Geräte angeschlossen und von einer dünnen Schicht Dermaplast bedeckt. Die Wunden und Geschwüre konnte das natürlich nicht vollständig verstecken.

„Bist du das, Admiral?", erklang die brüchige Stimme.

Björn lächelte. „Es heißt jetzt *Präsident*."

Ein schwaches Lachen erklang, das eher dem Rasseln einer Lungenmaschine ähnelte. „Lass den Scheiß. Du bist ein Admiral, und das wirst du immer bleiben."

„Da hast du Recht, Captain." Björn ließ sich in dem Kontursessel neben dem Bett nieder.

„Wie weit bist du?"

Er hatte die Frage erwartet, sie wurde bei jedem Besuch gestellt. „Das Innere ist weitgehend stabil. Meine Frau wurde aus der Rüstung befreit."

„Cross?"

„Ist so gut wie beseitigt. Warum ist dir das so wichtig?"

„Ich habe dir schon immer gesagt, dass du mir derartige Fragen nicht stellen sollst." Wieder ein Husten, das in ein Röcheln, das in ein Krächzen überging. „Schneide die alten Fäden ab, solange es noch geht."

„Ich verdanke dir viel, daher schweig, solange du willst. Ich vertraue darauf, dass du mich warnst, wie du es schon so oft getan hast.“

„Das Leuchtfeuer brennt.“ Die Stimme war nicht mehr als ein heißeres Flüstern. „Sie kommen. Ich kann ihre Schatten bereits erkennen. Es bleibt nicht mehr viel Zeit. Du musst vorbereitet sein, sonst ist alles verloren.“

Björn bekam eine Gänsehaut. „Wer und wann?“

„Schalte Cross aus, so schnell du kannst. Er trägt etwas in sich, das dir gefährlich werden kann. Und jetzt geh. Du hast zu tun, solltest dich nicht mit einem alten Mann wie mir aufhalten.“

Björn erhob sich, trat auf den Ausgang zu. Hinter ihm blieb das Bio-Bett von Captain Stark zurück. Es tat ihm weh zuzusehen, wie sein Mentor, sein Vaterersatz, sein Freund starb. Er hielt inne. Ohne sich umzudrehen, sagte er: „Irgendwann wirst du mir alles sagen müssen.“

Ein Krächzen, das ein Lachen sein sollte, antwortete. „Ich habe dir doch gesagt, ich bin nicht mehr als ein Geist. Und Geister geben nur jene Antworten, die sie geben wollen.“

Schweigen.

Björn verließ den Raum.

Die „Neue Demokratie“ musste regiert und ein alter Zopf abgeschnitten werden. Er würde Cross auf seine letzte Mission schicken und ihn dann endgültig begraben.

Ende

VI

DIE BÜRDE DES CAPTAINS

1

Sol-System, Mars-Dock 9a, 21. Mai 2266, 09:30 Uhr

Captain Jayden Cross sah gebannt durch die ovale Fläche aus transparentem Stahl auf die Landepods. Das Mars-Dock wimmelte nur so von startenden und landenden Raumschiffen, die Fracht verluden und Offiziere aufnahmen. Als er seinen Blick nach oben richtete, erblickte er die Rahmen von zwei Konstruktionswerften, in denen neue Raumer entstanden. Wenn er das bisher fertiggestellte architektonische Skelett richtig deutete, handelte es sich bei dem Raumschiff in der nähergelegenen Werft um einen Dreadnought der neuesten Generation. Einige der Verbesserungen, die auf seinem Schiff, der HYPERION, getestet worden waren, wurden nun auch bei anderen Raumern implementiert.

Doch wo die Fortschritte beim Ausbau der Space Navy ihn früher mit Stolz erfüllt hatten, lösten sie aktuell Beklemmungen aus. Die Flotte wuchs; die Strukturen, die nach der Attacke durch Michalew ins Wanken geraten waren, festigten sich. Das Konzept der *Executive Controller*, die an Bord jedes Schiffes stationiert wurden und dort die jeweilige Kommandocrew überwachten, war mittlerweile fester Bestandteil der Navy. Ein offenes oder gar kritisches Gespräch über die Regierung war auf der HYPERION kaum noch möglich. Und wenn es stimmte, was Sarah McCall ihm im Stillen Sektor mitgeteilt hatte, war all das nur die Spitze des Eisbergs.

Konnte es wahr sein? War Präsident Sjöberg, den Jayden all die Jahre für einen väterlichen Freund gehalten hatte, in Wahrheit ein machthungriger Kriegstreiber? Ein Strippenzieher, der für den Tod der Präsidentin verantwortlich war und nun unter dem Vorwand, Michalew zu bekämpfen, seine Macht festigte? Dabei war der Admiral laut der Aussage McCalls längst tot.

Fragen, die Jayden in den zurückliegenden Tagen immer wieder durch den Kopf gegangen waren. Ganze Nächte hatte er wach gelegen, die Decke angestarrt und darüber nachgedacht. McCall hatte vorgeschlagen, er solle mit Lieutenant Commander Kensington sprechen, aber er schreckte bisher davor zurück. Was, wenn das nur ein weiterer Trick war? Eine Falle? Ein Versuch, ihn zu manipulieren?

Als das Schott sich mit einem Zischen öffnete, war Jayden darauf gefasst, mit Admiral Rispons dauerhaft übel gelaunter Visage konfrontiert zu werden. Stattdessen betrat jemand den Raum, den er hier zu allerletzt erwartet hätte.

„Mister Präsident!"

„Captain Cross", begrüßte Björn Sjöberg ihn mit einem Lächeln. „Ich kann Ihnen gar nicht sagen, wie sehr es mich freut, Sie zu sehen."

Sie schüttelten sich die Hände, der Präsident klopfte ihm kameradschaftlich auf die Schulter.

„Das geht mir genauso, Sir", sagte Jayden überrumpelt.

Sjöberg trug nicht mehr seine Uniform, sondern einen maßgeschneiderten Anzug aus rentalianischer Seide. Sein Vollbart war wie immer säuberlich gestutzt, die Augen leuchteten lebhaft. Seine Stimme trug einen warmen Bariton, als er hinter dem Schreibtisch Platz nahm und weitersprach: „Ich habe Ihren Bericht gelesen. Die Mission in den Stillen Sektor war augenscheinlich ein voller Erfolg. Einige der Informationen, die Sarah McCall Ihnen mitteilte, müssen wir natürlich erst noch verifizieren."

„Ist das überhaupt möglich?"

Sjöberg wiegte den Kopf hin und her. „Diese Sache mit der Heliosphäre vermutlich nicht. Unsere Wissenschaftler haben sich gerade mal in der Theorie mit diesen Omegateilchen beschäftigt. Ein exakter Abgleich der Signaturen des Sol- und des Alzir-Systems ist mit den derzeit vorhandenen technischen Mitteln noch nicht möglich. Genauso wenig können wir überprüfen, ob die Hohen Parliden tatsächlich aus organischer Nanomaterie bestehen. Aber das ist auch nicht von Belang.

Es steht zweifellos fest, dass die Macht, die hinter Sarah McCall steckt, bald auftauchen wird. Dafür müssen wir gerüstet sein."

Jayden nickte. „Das sehe ich genauso, Sir."

Während er hier saß und mit Sjöberg sprach, kam es ihm vor, als hätte sich nichts verändert. Es war einfach sein Vorgesetzter, der dasaß und die vergangene Mission mit ihm besprach. Was auch sonst? McCalls Szenario war völlig abstrus. Natürlich hatte er in seinem Bericht nichts von ihren Unterstellungen erwähnt. Weder ihre Aussagen zur Sjöberg-Verschwörung noch all die anderen Details, die sie ihm über seine Brückencrew erzählt hatte. Falls sie die Wahrheit sprach, waren Ishida, Akoskin, Kensington, Task und sogar Petrova – von der er seit ihrer Verhaftung nichts mehr gehört hatte – vom Präsidenten für seine Machenschaften benutzt worden. Sie alle waren an mehreren Punkten ihres Lebens mit Sjöberg oder Michalew aneinandergeraten. Wenn Jayden die Größe dieser Sache bedachte, begann sich ein Knoten in seinem Schädel zu bilden.

„Das beruhigt mich, denn ich vertrete Admiral Rispon heute nicht aus sentimentalen Gründen – obwohl es mich freut, Sie zu sehen", erklärte Sjöberg. Mit wenigen Berührungen der Touch-Oberfläche des Schreibtisches aktivierte er die Holosphäre über der Tischplatte. Dieses neue Modell benötigte im Gegensatz zu den alten Holotanks keinen photonischen Gegenprojektor mehr an der Decke und war vor einigen Tagen auch auf der Kommandobrücke der HYPERION installiert worden.

In einem Wirbel aus Lichtpunkten entstand ein Planetensystem.

„Was Sie hier sehen", erklärte Sjöberg, „ist das Heimatsystem der Parliden. In unseren Sternenkatalogen wird es als Algethi-System bezeichnet und liegt dreihundertzweiundachtzig Lichtjahre von der Erde entfernt. Mit der HYPERION werden Sie, die Tank-Stopps für den Materiezapfer mitgerechnet, etwa achtundzwanzig Tage unterwegs sein."

Beinahe wäre Jayden die Kinnlade herabgesackt. Seit Jahren versuchte die Menschheit, mehr über die Parliden herauszufinden, doch jede Infiltrationsmission war gescheitert. Die Sternköpfe hatten ihre Hauptwelt schon nach dem Ende des letzten Krieges aufgegeben. Wo sich das neue Zentrum ihres Imperiums befand, blieb ein Geheimnis – bis heute.

„Woher wissen wir das?", fragte Jayden.

Sjöberg zoomte einen der Planeten heran. „Sagen wir einfach, dass unser Geheimdienst dank einer Umstrukturierung deutlich an Effizienz gewonnen hat. Mehr müssen Sie zu diesem Zeitpunkt nicht wissen, obgleich diese Entdeckung von essenzieller Bedeutung ist."

„Wir können Sie beobachten, vielleicht sogar mit einem Spionageschiff das System auskundschaften."

„Wir werden deutlich mehr tun, Captain." Sjöbergs Augen wurden zu schmalen Schlitzen. „Wir schicken die HYPERION in das Heimatsystem der Parliden."

„Mit welchem Ziel?"

„Die Umbauten, die wir aktuell am Maschinenraum vornehmen – der Einbau der neuen Energieleiter, die Abstrahlpole, der sekundäre Energiekomprimierer –, dienen dieser Mission. Während wir hier sprechen, ist Ihr neuer ‚Leihoffizier' vermutlich bereits eingetroffen."

„Leihoffizier?", fragte Jayden vorsichtig. „Ich verstehe nicht."

Sjöberg lächelte wölfisch. „Dank der Großzügigkeit der Rentalianer wird an Bord Ihres Schiffes gerade ein Transmittertor installiert. Der neue Offizier – Sie kennen Ihn bereits – bringt eine Fusionsbombe mit. Die Rentalianer sind uns in der Erforschung dieser Waffentechnik weit voraus."

„Sir!" Jayden wollte nicht glauben, was er da hörte. „Sie wollen doch nicht etwa … dass wir diese Bombe dort abwerfen."

„Genau das ist Ihr Befehl, Captain", bestätigte Sjöberg mit einem grimmigen Nicken. „Sie fliegen in das Heimatsystem der Parliden. Auf halbem Weg treffen Sie sich mit einer schlagkräftigen kleinen Flotte, die Sie als Vorhut begleiten wird. Diese Schiffe werden am Rande des Systems ein Feuerwerk veranstalten, damit die Heimatflotte beschäftigt ist. Sie erreichen das Zielsystem mit einer entsprechenden Zeitverzögerung, und dank des Interlink-Antriebs können Sie jeden Phasenstörer überwinden. Sie fliegen ein und schleusen einen der Transmitter-Tender aus, wie sie die Rentalianer auch im Kartas-System verwendet haben. Über diesen kann die Bombe dann direkt an ihr Ziel transportiert werden, während die HYPERION sich längst wieder auf einem Fluchtkurs befindet."

„Aber das wird Millionen von Parliden töten."

„Milliarden, Captain." Aus Sjöbergs Stimme war jede Emotion verschwunden; er fixierte Jayden. „Lassen Sie es mich deutlich sagen: Einen *langwierigen* Krieg gegen die Sternköpfe kann die Solare Union in die Akademieleitung ausgetauscht wurde, haben sich interessanterweise all ihre Noten verbessert, und die Empfehlungsschreiben haben sich in Loblieder verwandelt."

„Politik", sagte Noriko müde. „Glaub mir, ich habe in den letzten Tagen mehr als eine Diskussion mit dem Captain darüber geführt – er hätte beinahe ein Pad gegen die Wand geworfen."

Giulia kicherte, erinnerte sich jedoch daran, dass sie sich im Maschinenraum befanden und sie obendrein die Chefingenieurin war, also setzte sie schnell eine neutrale Miene auf. „Bei mir sind es meist Werkzeuge. Glaub mir, mein Quartier hat schon mehr als eine Delle in der Wandverkleidung."

„Ich erinnere mich nicht daran, beim gestrigen Abendessen etwas davon bemerkt zu haben. Danke übrigens für die Einladung. Es hat gutgetan, einfach mal ein paar Stunden abzuschalten."

„So schlimm?"

Noriko nickte. „Ich dachte ja früher schon, dass dieser ganze Papierkram ineffizient und überflüssig ist, doch das hat mittlerweile Ausmaße angenommen ... Es gibt kein einfaches Abnicken mehr, jeder Bericht wird von drei Personen gegengezeichnet: dem zuständigen Offizier innerhalb der Verwaltung, einer Fachperson, die nach Schwachstellen sucht, und einem Controller der *Inner Security Police*. Natürlich versuchen die ersten beiden alles so perfekt zu machen, dass Letzterer nichts mehr zu beanstanden hat. Für den vergangenen Bericht hatte ich zwölf Verbesserungsvorschläge!"

„Das ist eine Menge."

„Und das war die Anforderung für die Nahrungsversorgung."

Giulia versuchte, ein weiteres Kichern in ein Husten zu verwandeln. „Tut mir leid, das ist ... traurig. Aber nachdem wir nun beide unserem Ärger Luft gemacht haben: Du bist sicher aus einem bestimmten Grund hier."

„Das neue Transmittertor", antwortete sie. „Wir werden gleich einen Testlauf starten, und da hätte ich dich gerne dabei."

Die L.I. nickte, und sie gingen in den hinteren Teil des Maschinenraums, wo sich der Lift befand, der gerade zur zweiten Ebene fuhr. Dort war der Helix-Konverter verbaut, es gab einen irekten Zugang zum Hochenergie-Speicherring und eine Schleuse zur ntriebssektion.

Sie ließen den Schacht hinter sich und betraten eines der an den

ihrem jetzigen Zustand nicht gewinnen. Wir waren schon vor Michalews Putschversuch schlecht aufgestellt, doch nach Pendergasts Flucht, bei der sie obendrein zahlreiche Schiffe der Heimatflotte mitgenommen hat, würden wir innerhalb weniger Monate fallen. Es gibt Berichte, dass die Parliden ihre Flotte sammeln. Wir müssen dem zuvorkommen."

„Aber löst ein Angriff auf ihre Heimatwelt nicht erst recht einen Krieg aus? Und was ist mit den Niederen Parliden. Wenn die Aussage von Sarah McCall korrekt ist, dann sind die Sternköpfe nur Abtrünnige, die sich außerdem nie fortpflanzen konnten. Möglicherweise gibt es nur ein paar Tausend, und der Rest ... besteht aus versklavten Menschen."

Sjöberg nickte. „Das haben klügere Köpfe als Sie und ich längst durchgerechnet, kalkuliert und bedacht. Leider macht das keinen Unterschied, denn ob Höhere oder Niedere in einer Schlacht auf den Auslöser der Torpedowerfer drücken, ist für uns gleichermaßen verheerend. Falls es Sie beruhigt, Captain: Die HYPERION ist nur ein Teil des Plans. Während die Parliden noch mit den chaotischen Zuständen auf ihrer Heimatwelt beschäftigt sind, werden wir mehrere Welten ihres Imperiums angreifen und einen Nano-Virus in den Atmosphären ausschleusen. Dieser wurde von Doktor Florian von Ardenne entwickelt und soll die Parlidenrüstungen in einer ersten Phase angreifen und auflösen."

Jayden verstand. Er hatte im offiziellen Regierungsnachrichtenfeed von der Befreiung der First Lady aus der Sklavenrüstung erfahren. „Wie geht es Ihrer Frau, Sir?"

Sjöberg sog tief die Luft ein und atmete bedächtig wieder aus. „Das ist schwer zu sagen", erwiderte er. „Die Jahre in dieser Hülle, fremdgesteuert von einem Kontrollchip, haben ihre Psyche zerstört. Mal ist sie katatonisch, mal manisch. Die Neuralrekonfigurierer und Psychologen kümmern sich um sie. Doch ob sie je wieder die Alte wird ... ich weiß es nicht."

„Das tut mir leid, Sir."

„Danke, Captain." Der Präsident straffte seinen Rücken. „Sorgen wir dafür, dass keine weiteren Menschen in die Gewalt dieser Monster geraten. Außerdem befreien wir uns so von einer potenziellen Kriegsfront."

„Ich hörte von internen Quellen jedoch auch, dass der Neuralchip die Rüstung versiegelt, wenn der Virus eingesetzt wird. Die Befreiung Ihrer Frau gelang nur aufgrund eines Phasen-Stase-Feldes, das Doktor von Ardenne neue entwickelte.“

„Sie sind gut informiert.“ Sjöberg nickte. „Das trifft zu. Doch das Problem werden wir auf recht einfache Art und Weise lösen. Sobald die Heimatflotten der entsprechenden Systeme besiegt sind, zünden wir gleichzeitig mit der Freisetzung des Virus EMP‘s in den Atmosphären der Welten. Das wird den Chip erst einmal deaktivieren. Danach sammeln wir die deaktivierten und angegriffenen Rüstungen ein, legen sie in ein Phasen-Stase-Feld und aktivieren die Nano-Viren vollständig. Sobald wir die ersten Welten zurückerobert und die Menschen befreit haben, werden die übrigen fallen wie Dominosteine.“

Wenn Jayden die Parliden richtig einschätzte, dann stand dieser Plan auf tönernen Füßen. Doch es war offensichtlich, dass der Präsident nicht bereit war, länger zu diskutieren.

„Das war es auch schon von meiner Seite, Captain.“ Sjöberg erhob sich. „Ich wünsche Ihnen viel Glück für die Mission. Und falls wir uns nicht mehr sehen sollten – Sie wissen, ich verbringe einen Großteil meiner Tage in Besprechungen –, hat es mich gefreut, Ihr vorgesetzter Offizier zu sein.“

Für einige Augenblicke kam es Jayden so vor, als würde die Maske seines Gegenübers fallen. Und was er sah, gefiel ihm gar nicht. Hatte Sarah McCall recht? Wollte Sjöberg ihn loswerden – auf *dieser* Mission? Der Gedanke war abwegig, der Auftrag zu wichtig.

„Vielen Dank, Sir.“ Er nickte dem Präsidenten ein letztes Mal zu, dann verließ er den Bereitschaftsraum.

2

Sol-System, IL HYPERION, Maschinenraum, 21. Mai 2266, 10:00 U

Commander Noriko Ishida lehnte sich mit verschränkten Arme an die Wand und beobachtete das um sie herum herrschend Chaos. Der Maschinenraum des Interlink-Kreuzers glich eine Bienenschwarm. Überall sausten Männer und Frauen der Technische Abteilung hin und her; sie passten Geräte an, transportierten neu Maschinenblöcke herein und nahmen Softwareeinstellungen vor.

„Verdammt noch mal, nehmen Sie die Finger von diese Energieprojektor!“ Fluchend sprang die Chefingenieurin d HYPERION, Lieutenant Commander Giulia Lorencia, zu einem ihr Techniker und ergriff sein Handgelenk. „Sie sind neu in meinem Tean nicht wahr?“

Der junge Mann streckte den Rücken durch und hob das Kinn. „Ic wurde auf Befehl von Admiral Rispon zugeteilt.“

„Ich weiß, ich kenne Ihre Akte. Sie kommen direkt von Akademie, werden auf die HYPERION versetzt, und das Er was sie tun, ist in den Abstrahlbereich eines Energieprojektors fassen.“ Sie schüttelte den Kopf. „Wenn Sie so weitermachen, la Sie auf der Krankenstation, bevor wir zu unserer nächsten Mi aufbrechen.“ Das sonst zu einem kunstvollen Zopf geflochtene Giulias war zerzaust, und ihre Uniform saß alles andere als ma „Helfen Sie Commander Devgan.“ Sie deutete auf den rückwä Bereich des Maschinenraums. „Der versucht gerade, die Schni zur Schadenskontrolle wieder in Gang zu bringen, nachdem d Update für einen Red-Screen gesorgt hat.“

Der junge Mann setzte zu einer trotzigen Erwiderung an, bes jedoch rechtzeitig eines Besseren und trottete davon. Giulia sc Magnet-Teleskopverlängerung neben einen Innensechskant hinter ihren Gürtel, schaute sich kurz um und stapfte da Hände in die Hüften gestemmt, zu Noriko.

„Ich frage mich wirklich, wo das noch enden soll“, kopfschüttelnd. „Die Admiralität zieht uns die ganzen erfahr ab und setzt mir irgendwelche Jungspunde vor die Nase. U obendrein nicht mal gut. Oder sie waren es bis vor Kurzem ni

Maschinenraum angrenzenden technischen Labore, das komplett umgebaut worden war. Mehrere Terminals reihten sich nebeneinander auf, davor waren Kraftfeldprojektoren in den Boden verbaut, die ein kugelschalenförmiges Feld rund um das neu errichtete Tor projizieren konnten.

Das Tor!

Noriko starrte fasziniert auf das Wunderwerk der Technik.

Der Bogen war etwa drei Meter hoch und zwei Meter breit – er ähnelte einer Tür, die mitten auf einem Podest emporragte. Überall am Bogen waren Schaltflächen und Panels angebracht, aus denen kleine Antennen abstanden. Gerade erschien ein Flimmern aus Punkten inmitten des Rahmens, verdichtete sich und bildete Sekunden später eine glatte rötliche Fläche.

„Admiral Rispon gab uns zu verstehen, dass wir das Experiment starten sollen“, sagte Lieutenant Boris Jegorow, Giulias Stellvertreter, entschuldigend. „Bisher sind alle Werte auf Grün.“

„Das geht schon klar“, erwiderte die L.I. gelassen. „Ein Wunder, dass Rispon nicht mit ausgerichtetem Pulser danebensteht, um uns anzutreiben.“ Einige der anwesenden Techniker runzelten bei diesen Worten missbilligend die Stirn und warfen Giulia böse Blicke zu. Doch die kümmerte sich nicht darum – was Noriko beunruhigt zur Kenntnis nahm – und bezog Aufstellung hinter einer der Konsolen.

Auf der anderen Seite der Transmitterfläche, durch ein Wurmloch und neun Lichtjahre Entfernung getrennt, stand ein Rentalianer neben einem Wissenschaftsoffizier. Auf eine Geste des Mannes hin ging der hundeähnliche Außerirdische durch das Transmittertor und betrat die HYPERION mit einem einzigen Schritt. Da die aktuelle Reichweite der rentalianischen Transmitter zehn Lichtjahre betrug, hatte man sich dazu entschieden, diesen Grenzwert nicht vollständig auszureizen, ihm jedoch nahezukommen.

„Pegel stabil, aber die Sivor-Strahlung ist im oberen Grenzbereich“, sagte Giulia. „Wenn wir das nicht beheben, sind wir ein fliegendes Leuchtfeuer – auch lange nach der Deaktivierung des Transmitters. Da müssen wir ein wenig mehr Duspanit-Legierung auftragen.“

Charles Sivor hatte den Namen jener Strahlung geprägt, die beim Einsatz von Transmittertoren unweigerlich entstand und noch lange danach gemessen werden konnte. Sie war nicht schädlich, strahlte jedoch weithin sichtbar für alle Sensoren. Nur eine Legierung mit dem seltenen und äußerst teuren Duspanit vermochte diese Streustrahlung ein wenig einzudämmen. Doch das war Giulias Metier.

„Willkommen an Bord der HYPERION, Ti-So-Ma-Ro-Lu aus dem Rudel des Ti“, begrüßte Noriko den Rentalianer.

„Ich grüße Sie, Ishida.“ Der Außerirdische legte die Ohren an und neigte leicht den Schädel. „Mein Volk hat nicht vergessen, dass Sie es waren, die unser abtrünniges Schiff besiegten und das zweite Fraktal bargen.“

Noriko erinnerte sich nur ungern an die zweite Mission der HYPERION, bei der eines der geheimnisvollen Artefakte die Kontrolle über mehrere Rentalianer übernommen hatte. Diese waren, mit einer Fusionsbombe im Schlepptau, in ein System der Sternköpfe geflogen, um sie dort abzuwerfen. Es war ihnen gelungen, das Schiff zurückzubekommen, doch die Bombe war zu diesem Zeitpunkt bereits unterwegs gewesen – durch ein Transmittertor.

„Es ist mir eine Ehre“, sagte Noriko. „Und wie ich sehe, zeigen Sie sich mehr als erkenntlich.“

„Mein Volk wollte schon lange etwas gegen die Parliden unternehmen, obgleich wir nicht mit einer großen Flotte dienen können. Der Plan Ihres neuen Präsidenten erscheint uns Erfolg versprechend“, erwiderte Lu. „Aus diesem Grund leihen wir Ihnen für diese eine Mission das Transmittertor und dazu zehn mobile Transmittereinheiten.“

Noriko erinnerte sich an die Ausführungen von Doktor Tauser und das Dossier über das Alienvolk. Jeder Rentalianer lebte in einem Rudel, und der eigene Name setzte sich aus den beiden Anfangssilben der Namen aller Rudelmitglieder zusammen. Der Name des Rudelführers machte den Anfang, dann folgten die übrigen. Der des jeweiligen Rentalianers selbst bildete den Abschluss. Durch den Rudelnamen ließ sich also die Größe des Rudels ablesen. Den spezifischen Eigennamen eines Rentalianers erfuhr kein Fremdweltler. Ti-So-Ma-Ro-Lu entstammte dem Rudel des Ti, und sein Eigenname begann mit Lu.

Mit Raumschiffen war es ähnlich. Der Name des Captains bildete den Anfang der Schiffsbezeichnung. Dahinter folgten die Kürzel der Brückenoffiziere. Noriko bekam Migräne, wenn sie auch nur weiter darüber nachdachte. Allein die Bezeichnung einzelner Raumer wechselte aufgrund von Personalrochaden innerhalb der Brückenbesatzung ständig.

Glücklicherweise war es Außenweltlern gestattet, den Rudelnamen abzukürzen und das Gegenüber mit seinem eigenen Rudelkürzel anzusprechen.

„Und diese Geste wird nicht vergessen werden." Noriko deutete auf den Ausgang. „Ich bringe Sie jetzt zu Ihrem Quartier, später treffen wir Captain Cross. Wenn ich das richtig sehe, gibt es hier nur noch wenig zu tun. Unserer Mission steht nichts mehr im Wege."

„Das ist seltsam", sagte Lieutenant Commander Tess Kensington. „Mein Landurlaub wurde abgelehnt. Und die zusätzliche Phasenfunk-Zeit ebenfalls. Na wunderbar."

Verärgert ging sie im privaten Quartier von Alpha 365 auf und ab, was aufgrund der zunehmenden Anspannung zu einer Gewohnheit von ihr geworden war. Wohin auch immer die aktuelle Mission sie führte, ein Kontakt mit Zev war nicht länger möglich.

Innerhalb der Solaren Union ermöglichte ein Netz aus Phasenfunk-Relais-Stationen die überlichtschnelle Kommunikation. Verließ ein Raumschiff jedoch den Bereich der Solaren Union, mussten Kurierboote eingesetzt werden, um Nachrichten zu überbringen.

„Vermutlich …", begann Alpha 365 erneut.

„Meinen Sie, die sind mir auf die Schliche gekommen?" Tess spürte einen Knoten in ihrem Hals. „Ich konnte sehen, wie sie die arme Doktor Petrova abgeführt haben, und mir kann keiner erzählen, dass die mit Michalew einen Staatsstreich durchführen wollte. Aber ich habe mit niemandem an Bord über unsere Treffen gesprochen."

Seitdem Alpha 365 Tess das Netz der Sjöberg-Verschwörung enthüllt hatte, trafen sich beide regelmäßig, um die weitere Entwicklung zu beobachten und auf alle möglichen Szenarien vorbereitet zu sein. Der Sicherheitschef war überzeugt davon, dass die HYPERION bald eine neue Crew erhalten würde und man die Brückenbesatzung loswerden wollte. Tess hielt das zwar für etwas überzogen, aber seit sie diesen Kotzbrocken von *Executive Controller*, Christopher Johnston, an Bord hatten, war sie sich da nicht mehr so sicher.

„Vermutlich …"

„Aber ich verstehe das nicht, er kann doch nicht so einfach Offiziere austauschen. Andererseits: Wem fällt es auf? Durch diese Krise werden ständig Leute versetzt. Wer überprüft denn schon, ob die ihr Ziel erreichen. Sobald jemand die HYPERION verlässt, schauen wir ja auch nicht darauf, ob er sein neues Kommando antritt." Sie schüttelte den

Kopf. „Wie lief Ihr Gespräch mit Ishida? Wenn wir die überzeugen können, ist der Schritt zum Captain nicht mehr weit. Was wollten Sie sagen?“

„Vermutlich liegt das Verhalten der *I.S.P.* daran, dass ich Sie bedauerlicherweise an *E.C.* Johnston verraten musste.“

Tess hielt wie vom Donner gerührt inne. Für einige Sekunden schien das Quartier zu rotieren. „Sie haben was?!“ Hektisch blickte sie zur Tür. War das Treffen eine Falle?

„Beruhigen Sie sich“, sagte Alpha 365 gelassen. „Aufgrund meiner genetischen Konditionierung hatte ich keine Wahl. Ich musste einen von uns beiden verraten. Da ich als Chef der Schiffssicherheit in einer mächtigeren Position bin, als Sie es sind, war es die logische Folge, dass ich Ihnen – wie man auf der Erde so schön sagt – den Schwarzen Peter zugeschoben habe.“

Tess stand noch immer starr inmitten des Raumes. Ihre Gedanken rasten. Sie musste handeln, schnell. Aber was konnte sie tun?

„Ich habe meine Kontakte ausgenutzt, um das ausführende Organ der *I.S.P.* zu überwachen. Es erging bisher kein Haftbefehl – ganz, wie ich vermutete.“

„Da bin ich aber beruhigt! Na, wenn Sie keine Wahl hatten, ist ja alles klar, Sie Armer! Und falls Ihr genetisch aufgewerteter Verstand das nicht begreift: Das war Ironie!“ Wie gerne hätte Tess jetzt einen Pulser in Griffweite gehabt. „Wissen Sie eigentlich, was Sie getan haben!?“

„In der Tat. Sie jedoch noch nicht. Daher lassen Sie mich ein wenig Aufklärungsarbeit leisten. Zwischenzeitlich sollten Sie Platz nehmen.“ Völlig entspannt saß der Sicherheitschef auf seiner Couch, hatte die Beine übereinandergeschlagen und blickte sie aus seinen emotionslosen braunen Augen an. Seine Frisur war von einem Haarstrukturierer perfekt nach hinten ausgerichtet worden, und seine starre Miene in Kombination mit seiner hellen Haut verlieh ihm das Antlitz einer Statue.

Du hast besser eine verdammt gute Erklärung für diese Scheiße! „Also gut, legen Sie los.“ Sie machte jedoch keine Anstalten, sich zu setzen, sondern nahm Aufstellung an einem Punkt, von dem aus Sie das Schott und die Couch mit dem Alpha gleichzeitig im Blick behalten konnte.

„Wie Sie wissen, sorgt meine Konditionierung dafür, dass ich direkten Befehlen, die von einem legitimierten Vorgesetzten ausgesprochen werden, Folge leisten muss“, erklärte der Sicherheitschef. „Hinzu kommt eine ethische Sicherheitsschaltung in meinem Bewusstsein. Diese beiden Elemente stehen momentan in einem beständigen Widerstreit. Ethisch und logisch betrachtet müsste ich gegen Sjöberg und den von ihm etablierten Sicherheitsapparat vorgehen. Meine auf Gehorsam ausgerichtete Konditionierung lässt das jedoch nicht zu."

Tess begann zu verstehen. Das machte es nicht besser, aber zumindest konnte sie das Handeln des Sicherheitschefs nachvollziehen. *Warum gerate ich immer wieder an solche Problemfälle? Sarah entpuppt sich als Verräterin. Zev als Gejagter. Und jetzt kommt Alpha 365 und liefert mich mal eben an die* I.S.P. *aus.* „Reden Sie weiter."

„Indem ich Sie an die *Inner Security Police* verraten habe, habe ich uns Zeit erkauft. Sie wissen mittlerweile von meinem – speziellen – Unterbewusstsein. Es wurde so angelegt, dass es Zusammenhänge aufgrund minimaler Fakten erkennt und Verknüpfungen herstellt."

„Wodurch Sie, dank des Hinweises von Lieutenant Walker auf der NOVA-Station, die Wahrheit hinter der Zusammenstellung unserer Crew lösen und durch die Verbindungen der einzelnen Crewmitglieder in ihrer Vergangenheit den Bezug zu Michalew und Sjöberg herstellen konnten."

„Exakt." Alpha 365 nickte. „In den letzten Tagen habe ich alle meine Kontakte genutzt und weitere Daten gesammelt. Dies ließ mich vermuten, dass der Präsident aktuell gegen niemanden vorgehen wird – denn er benötigt uns."

„Schon wieder? Wofür?"

„Für die kommende Mission. Ich kenne noch keine Details, doch wir werden ins Parlidengebiet aufbrechen. Da zwischenzeitlich eine rentalianische Fusionsbombe an Bord gebracht und ein Transmittertor installiert wurden, habe ich so meine Vermutung. Für den Fall, dass man Sie vorher verhaftet hätte, hatte ich bereits einen Fluchtplan ausgearbeitet. Sie wären der *I.S.P.* nicht in die Hände gefallen."

„Logisch kann ich das alles nachvollziehen, doch das macht es nicht besser! Spätestens wenn diese Mission vorbei ist, wird man mich verhaften. Oder vielleicht auch davor, immerhin sind wir noch nicht abgeflogen."

„Niemand wird Sie verhaften", sagte Alpha 365. „Sie wissen zu viel. Zweifellos wird Sjöberg Sie liquidieren lassen."

„Heute sind Sie ein Quell der Freude." Tess biss die Zähne so fest zusammen, dass es knirschte. „Also raus damit, was haben Sie geplant. Und wie gedenken Sie, Ihre mentale Konditionierung zu durchbrechen?“

„Letzteres lassen Sie meine Sorge sein, ich werde eine Lösung finden. Was unser anderes Problem betrifft, läuft die Zeit ab. Wir müssen Captain Cross alles berichten und ihn vom Wahrheitsgehalt unserer Aussage überzeugen.“

„Und wie soll uns das gelingen?“

„Mithilfe der zusammengetragenen Beweise.“

Alpha 365 erklärte seinen Zeitplan und wie er dem Captain die Beweise zugänglich machen wollte. Tess war nicht wohl dabei, doch sie stand mit dem Rücken zur Wand. Entweder es gelang ihnen, diese Sache durchzuziehen, oder sie war erledigt.

Als der Sicherheitschef geendet hatte, erhob sie sich schweigend und ging zum Schott.

„Commander!“ Alpha 365 räusperte sich, als sie innehielt. „Viel Glück.“

Tess verließ wortlos das Quartier.

Executive Controller Christopher Johnston blickte hinaus auf den Mars, der immer kleiner wurde. Mit einer Berührung des Interface zur Umgebungssteuerung hob er die Transparenz der Wand seines Quartiers wieder auf.

Die HYPERION beschleunigte mit 3700 m/s^2 auf einem Vektor aus dem Sonnensystem. Sobald eine Geschwindigkeit von 0,45 LG erreicht war, würde das Schiff sich in eine Interlink-Blase hüllen und mit 6200-facher Lichtgeschwindigkeit in semi-materiellem Zustand in Richtung Parlidenraum fliegen.

Christopher ließ sich hinter seinem Schreibtisch nieder und betrachtete sein Pad, auf dem ein Dokument geöffnet war. Auf der weißen Seite standen drei Namen: Captain Jayden Cross. Lieutenant Commander Tess Kensington. Commander Noriko Ishida.

Der Auftrag für den Tod der beiden Ersten kam von Präsident Sjöberg persönlich. Was die I.O. anging, hing ihr Überleben davon ab, wie sie sich weiter verhielt; ob sie zu einem Problem werden würde.

Christopher schüttelte den Kopf. Es war ihm nach wie vor unbegreiflich, wie man diesen unreifen Mann wegen einer gewonnenen Schlacht – und mochte sie noch so heldenhaft und selbstlos gewesen sein – vom Commander zum Captain hatte befördern können. Er beging immer wieder Fehler, setzte sich über ausdrückliche Befehle hinweg und brachte das Schiff ständig in Gefahr. Wenn er nur daran dachte, dass Cross bei ihrer Mission im Stillen Sektor, um einen einzigen Mann zu befreien, die *gesamte* Besatzung in Lebensgefahr gebracht hatte, spürte er haltlose Wut in sich hochkochen.

Doch das war jetzt vorbei. Er kümmerte sich um dieses Problem. Wenn die aktuelle Mission beendet war, würden Tess Kensington, Jayden Cross und – falls sie Probleme machte – Noriko Ishida nicht mehr leben.

3

Raumstation NOVA, Alzir-System, 21. Mai 2266, 10:15 Uhr

Doktor Irina Petrova hatte jedes Zeitgefühl verloren. Seitdem sie im Sol-System auf einen unbekannten Kreuzer gebracht worden war, hatte sie in ihrer kleinen Zelle ausgeharrt. Entgegen ihrer ersten Befürchtung war keine der Wachen handgreiflich geworden; doch das war auch nicht nötig. Das ewige Warten machte sie mürbe, und sie hatte nichts, womit ihr Geist sich beschäftigen konnte. Zweimal am Tag schoben sie ihr irgendwelchen Vitaminbrei und einen Becher Wasser durch ein Fach in der Tür, mehr Abwechslung gab es nicht.

Da es sich um ein neues Raumschiff handelte, war es vermutlich dazu fähig, im Phasenraum das dritte Band zu erreichen. Damit war es zu einer Höchstgeschwindigkeit von 3300-facher Lichtgeschwindigkeit in der Lage. Wohin die Reise auch immer ging: Irina betete, dass sie bald endete. Selbst wenn man sie danach einfach nur in eine andere Zelle verfrachtete.

Als das Schott schließlich zur Seite fuhr, hob sie die Hand vor die Augen. So viele Tage im fahlen Dämmerlicht der Zelle hatten ihre Augen überempfindlich gemacht.

Ein Mann der *Inner Security Police* winkte sie heraus. „Folgen Sie mir."

Irina wusste, dass es keinen Sinn ergab, Fragen zu stellen. Schweigend trottete sie hinter ihm her. Mittlerweile trug sie einen grauen Einheitsanzug, hatte sich seit Tagen nicht mehr gewaschen und fühlte sich müde und abgeschlagen. Es gab nur eine Sache, die sie noch durchhalten ließ.

Während sie durch die leeren Gänge des Schiffes gingen, strich sie vorsichtig über ihren linken Handrücken. Dort klebte die hauchdünne Folie eines Hand-Computers, der ihr von einem *I.S.P.ler*, der sie vermeintlich angegriffen hatte, aufgedrückt worden war. In deaktiviertem Zustand war der Mini-Com quasi unsichtbar und nicht anzumessen. Irina klammerte sich an die Hoffnung, dass es jemanden gab, der mit ihr Kontakt aufnehmen wollte.

„Los, steigen Sie schon ein." Der Mann in Schwarz schubste sie nach vorne zur Einstiegsluke eines Shuttles.

Sie reagierte nicht auf seine Provokation, sondern tat wie befohlen.

Im Inneren erwartete sie eine Überraschung. Zwei Marines in Kampfmontur standen mit erhobenen Pulser-Gewehren in der Mitte des rückwärtigen Bereichs. Sechs weitere Gefangene saßen dort und blickten verängstigt zu ihr auf.

„Ah, da kommt ja die Nachzüglerin“, stellte einer der Bewaffneten fest. „Setz dich hier hin.“ Er deutete auf den letzten freien Platz.“

Das Schott schloss sich, das Shuttle legte ab. Da es kein Bullauge gab, konnte Irina nicht sehen, wohin man sie brachte. Natürlich hatte sie eine Vermutung; und sie hatte den gesamten Flug über gebetet, dass diese nicht zutraf.

Der Shuttleflug dauerte nur wenige Minuten, dann öffnete sich das Schott erneut. Nacheinander mussten die Gefangenen heraustreten.

„Das ist nur eine Zwischenstation, macht es euch nicht zu gemütlich“, sagte einer der Marines.

Irina hatte den Hangar, in dem sie sich befanden, noch nie zuvor gesehen. Gänzlich anders verhielt es sich mit dem Mann, der vor ihre Gruppe trat. Auf seinen Schultern prangten die Abzeichen eines Captains.

„Sie alle wurden auf die NOVA-Station gebracht, weil Ihnen schlimme Verfehlungen zur Last gelegt werden“, sagte Ivo Coen. Sein schwarzer Lockenschopf umrahmte ein ebenmäßiges Gesicht. Irina war dem Offizier aus dem israelischen Sektor der Erde beim letzten Aufenthalt der HYPERION im Alzir-System kurz begegnet. „Der neue Leiter dieser Station hat mit seiner Zeit Besseres zu tun, als sich um Sie zu kümmern, daher hat er mir diese leidige Aufgabe übertragen. Sie werden mit dem nächsten Shuttle nach Pearl gebracht. Für diejenigen unter Ihnen, die den Planeten nicht kennen, wird es zweifellos eine böse Überraschung geben. Dort befindet sich ein Gefangenenlager, in dem Sie den Rest Ihres Lebens verbringen werden.“

Irina betrachtete das müde Gesicht von Ivo Coen. Der Captain wirkte unnahbar: Seine Miene schien aus Stahl gegossen, Emotionen suchte man vergebens.

„Weitere Anweisungen erhalten Sie am Boden. Mein Rat: Beachten Sie die Regeln!“ Damit wandte er sich ab.

Die Marines trieben sie in ein anderes Shuttle, das deutlich klobiger wirkte als das erste. Zweifellos besaß es eine bessere Hüllenpanzerung, um der radioaktiven Strahlung standzuhalten, die auf Pearl herrschte.

Irina stellte verblüfft fest, dass in dem Shuttle bereits ein weiterer

Gefangener saß und auf sie wartete. Ein Mann, den sie ebenfalls von seinem kurzen Aufenthalt auf der HYPERION her kannte.

Sein Gesicht wies Schürfwunden und ein blaues Auge auf. Er trug noch seine Uniform, doch die Rangabzeichen hatte man abgerissen. Auf der linken Brustseite war der Name aufgestickt: Cmd. Zev Buckshaw.

„Alle an Bord, ausgezeichnet!", rief einer der Marines. „Dann bringen wir euch mal in euer neues Zuhause!"

Das Schott schloss sich mit einer gnadenlosen Endgültigkeit.

Captain Ivo Coen saß auf dem Erholungsdeck von NOVA-Station, nippte an seiner Riola und starrte in die Schwärze des Alls. Auch heute hatte er drei Gruppen mit Neuankömmlingen begrüßt. Mittlerweile verzichtete er auf eine längere Einweisung, das bekamen die Gefangenen am Boden sowieso noch einmal erklärt. Da Commodore Ashton, der neue Befehlshaber, und *E.C.* Johannes Lipsted sicher jede Rede überprüften, musste er sich entsprechend verhalten und wenigstens ein bis zwei Gemeinheiten ab und an einflechten. Doch diese Geschichte erschöpfte ihn nur noch.

Die Instandsetzungsarbeiten der Station und der Raumwerften und die Installation der neuen Torpedoforts und des verbesserten Sensornetzwerks dauerten noch immer an. Die unbekannten Sternenraumer hatten furchtbar gewütet und die Einrichtungen des Systems in Schutt und Asche gelegt. Als Kommandant der TÈQUÁN hatte er an vorderster Front gekämpft und nur knapp überlebt. Seitdem saß er hier auf der Station und koordinierte die Arbeiten im System, während der Commodore und der *E.C.* alle möglichen Umstrukturierungen vornahmen, die alles noch komplizierter machten. Ashton hatte ihm in Aussicht gestellt, dass seine Beförderung kurz bevorstand, was Ivo im Grunde völlig egal war. Bei dem Angriff der Sternenraumer waren seine Frau und seine beiden Söhne gestorben. Ohne seine Antidepressiva hätte er sich längst einen Pulser gegen die Schläfe gehalten und abgedrückt. Stattdessen machte er eben weiter.

Erst letzte Woche hatte er einen befreundeten Offizierskollegen in ein Shuttle nach Pearl setzen müssen, und heute hatte es Commander Zev Buckshaw erwischt. Nachdem die Genetiker auf Kassiopeia ihm ein neues Bein hatten wachsen lassen, hatte der ehemalige I.O. von Commodore Harris die Arbeit wiederaufgenommen. Doch aufgrund einiger nicht geklärter Phasenfunksprüche war er vom *E.C.* des Verrats beschuldigt worden.

Ivo nahm einen großen Schluck Riola und genoss die kühle Süße des Getränks.

Was konnte er schon tun? Nichts!

4

IL HYPERION, im Interlink-Flug, 28. Mai 2266, 10:12 Uhr

Was ist passiert?", fragte Captain Jayden Cross, als er außer Atem die Krankenstation erreichte.

„Doktor Branch untersucht ihn gerade", erwiderte die Paramedic Syra Pembleton. „Machen Sie sich keine Sorgen, Sir, es sieht nicht schlimm aus."

„Das hörte sich bei Lieutenant Larik aber ganz anders an. Er hat Kontakt zum Maschinenraum aufgenommen, und die L.I. sagte etwas von ‚schwer verletzt'."

„Vielleicht warten Sie besser, bis Doktor Branch seine Untersuchung beendet hat."

Jayden zwang sich zur Ruhe und nickte der Paramedic bestätigend zu, die daraufhin davonging. Auf der Krankenstation wimmelte es vor Geschäftigkeit, wie immer, seitdem der neue Chefarzt die Leitung nach der Verhaftung von Irina Petrova übernommen hatte.

Immerhin, hier scheint die Effizienz deutlich gestiegen zu sein, dachte er im Hinblick auf die außerordentlich guten Zahlen, die Branchs Team nach der letzten Evaluierung durch *E.C.* Johnston erhalten hatte. Andererseits war das nicht unbedingt ein Garant für *tatsächliche* Effizienz.

„Ah, Captain Cross", begrüßte ihn Doktor Branch lächelnd. „Ich dachte mir schon, dass Sie vorbeischauen. Ich kann Sie beruhigen, es ist alles in Ordnung. Kommen Sie."

Jayden atmete innerlich auf. Dann hatte Lorencia also übertrieben. Aktuell untersuchte sie gerade die Ursache für den Unfall.

„Ich kann Ihnen versichern: Lieutenant Jameson hat nur ein paar Prellungen", sagte Branch und deutete dabei auf den neuen Stellvertreter von Commander Devgan in der Schadenskontrolle. „Das ist zweifellos schmerzhaft, wird aber dank einer Tube Nano-Rep-Gel innerhalb von achtundvierzig Stunden abgeheilt sein."

„Was mich außerordentlich freut." Er nickte dem Lieutenant aufmunternd zu. „Doch die L.I. teilte mir mit, dass Commander Devgan schwer verletzt wurde."

„Devgan?" Branch runzelte die Stirn, zog sein Pad hervor und tippte darauf herum. „Oh, ich verstehe. In der Tat hat es den Leiter der Schadenskontrolle etwas schwerer getroffen. Ein Paramedic hat ihn jedoch stabilisiert. Als Nächstes kümmere ich mich um ihn."

„Als Nächstes?", sagte Jayden überrascht. „Erklären Sie mir das, Doktor. Sie behandeln zuerst einen Leichtverletzten und lassen den *Leiter der Schadenskontrolle*, der deutlich schwerer verletzt ist, warten?"

Nun warf der Chefarzt ihm einen indignierten Blick zu. „Aber Sir, ich handle gemäß den neuen Richtlinien, die mit *E.C.* Johnston abgesprochen wurden und von der *I.S.P.* genehmigt sind. Ich habe Ihnen ein entsprechendes Memo weitergeleitet – schon vor Tagen!"

Eines! Schön wär's! Jayden dachte mit Grauen an die riesigen Dokumentendateien, die täglich in seinem Speicher landeten. Selbst Ishida verlor langsam den Überblick. „Klären Sie mich auf, Doktor."

Während sie sprachen, gingen sie bereits in Richtung eines Med-Tanks.

„Bei der Behandlung von Patienten kommen mittlerweile zwei Grundregeln zur Anwendung: Es gilt, den leichter verletzten Patienten schneller zu behandeln, damit dieser seinen Dienst wiederaufnehmen kann; zudem ist es mir erlaubt, Personen nachrangiger einzustufen, die sich als potenziell gefährlich erwiesen haben."

„Potenziell gefährlich?"

„Die Evaluation von Commander Devgan hat ergeben, dass seine Fähigkeiten in der Vergangenheit augenscheinlich überschätzt wurden", sagte Doktor Branch in einem Tonfall, als belehre er einen ungehörigen Schüler. „Zweifellos wird sich herausstellen, dass er diesen Unfall verursacht hat. Wie mir *E.C.* Johnston mitteilte, hat er bereits mehrfach darauf hingewiesen, dass der Commander an anderer Stelle besser aufgehoben ist. Ich kann keinen fähigen Lieutenant – und das ist sein Stellvertreter zweifellos – leiden lassen, weil sein inkompetenter Vorgesetzter einen Fehler begangen hat."

„Doktor, hören Sie mir jetzt genau zu", sagte Jayden mit eiskalter Stimme. „Sie werden sich zukünftig um jeden Offizier, der schwerer verletzt ist, selbst kümmern! Den Lieutenant hätte ein einfacher Paramedic behandeln können."

„Aber …"

„Kein Aber! Ich werde das mit *E.C.* Johnston besprechen. Sollte mir noch einmal so etwas zu Ohren kommen, enthebe ich Sie Ihres Postens, und auch unser hochgeschätzter *Executive Controller* wird Ihnen dann nicht mehr helfen können." Damit wandte er sich dem Tank zu.

„Also, wie ist der Zustand von Devgan?"

Branch wirkte eher wütend als eingeschüchtert, doch er wollte wohl keine zusätzliche Zeit verlieren.

Der Doktor berichtete und Jayden hörte schweigend zu.

„... sollten Sie noch einmal darüber nachdenken."

„Da gibt es überhaupt nichts nachzudenken!", rief Lieutenant Commander Giulia Lorencia aufgebracht. „Ich werde dem Captain ..."

Erst jetzt bemerkten beide, dass Jayden zurückgekehrt war. Das Schott schloss sich hinter ihm, als er zu seinem Schreibtisch ging und sich dahinter niederließ. „Was geht hier vor?"

Die L.I. funkelte Johnston wütend an.

„Es ist natürlich Ihre Entscheidung." Der *E.C.* hob die Hände in einer beruhigenden Geste. Mit einem letzten Blick zu Jayden wandte er sich ab und verließ den Raum.

Die L.I. nahm in dem Besuchersessel Platz und hatte sichtlich Mühe, ihrer Wut Herr zu werden. „Sir, ich habe die Untersuchung beendet", sagte sie schließlich. „Mein Bericht wird Ihnen innerhalb der nächsten Stunde zugehen, doch ich wollte zuerst persönlich Bericht erstatten. Der Energieprojektor, der ein internes Sensormodul der Schadenskontrolle versorgt, hat sich tatsächlich aufgrund einer fehlerhaften Konfiguration überladen."

Jayden atmete schwer aus. „Also war es Devgans Schuld?"

„Nein", sagte Lorencia entschieden. „Zwar hat er das neue Interface konfiguriert, doch der Projektor war bisher noch kein Teil des Kontrollnetzes. Er wurde erst nachträglich eingefügt – von seinem Stellvertreter."

„Und ich nehme an, der *E.C.* war von dieser Wahrheit nicht begeistert?"

„In der Tat, Sir."

„Ich habe verstanden. Danke für Ihre Offenheit, Commander."

Es sah fast so aus, als wollte die L.I. noch etwas hinzufügen, schwieg dann jedoch, nickte und verließ den Raum. Dass es dabei sichtbar in ihr brodelte, konnte Jayden ihr nicht verdenken.

Es war an der Zeit, dass er etwas gegen den *E.C.* unternahm. Wenn das schon offiziell nicht möglich war, musste er eben auf andere Mittel zurückgreifen.

Dann ziehen wir die Samthandschuhe also aus.

5

Gefangenenkolonie Pearl, Alzir-System, 01. Juni 2266, 20:15 Uhr

Irina Petrova schabte den letzten Rest Vitaminbrei aus der Schale. Dann warf sie diese, samt dem Besteck, in den Recycler. Überall um sie herum löffelten die anderen Gefangenen ihr Essen. Die meisten schwiegen – was gab es auch groß zu sagen?

Langsam erhob sie sich und verließ die Kantine. Genau genommen handelte es sich einfach um einen übergroßen Raum, in den die *I.S.P.* ein paar Bänke gestellt hatte.

Es gab nur offene Durchgänge, keine Schotts. Nicht einmal die kleinen Räume, die den Gefangenen zugewiesen worden waren, besaßen Türen. Anfangs hatte Irina jede Nacht stundenlang wach gelegen, da im Lager einfach niemals Ruhe herrschte. Mittlerweile hatte sie sich aber an die beständige Geräuschkulisse gewöhnt.

„Da bist du ja“, begrüßte Zev sie.

Irina mochte den Offizier, der trotz seiner Gefangenschaft ungebrochen schien. Schon an ihrem ersten Tag hatte er das Lager erkundet.

Die *I.S.P.* hatte ganze Arbeit geleistet. Alle äußeren Türen des Lagers waren unverschlossen, die Gefangenen konnten jederzeit einfach davonspazieren. Bedauerlicherweise wartete außerhalb der Abschirmung des Gefängnisses der Strahlentod, da die Oberfläche von Pearl noch immer radioaktiv verseucht war.

Die Gefangenen konnten sich nur *im* Lager frei bewegen. Es gab vier Captains, die sich spinnefeind waren, aber zähneknirschend gemeinsam die Ordnung aufrechterhielten. Jeder der Vier hatte seine eigenen Leute und eigene Vorstellungen davon, wie die Hierarchie unter den Gefangenen aussehen sollte. Zev eckte mit seiner energiegeladenen Art meist an, Irina wurde respektiert. Sie war Ärztin und als solche gerne gesehen.

Aufgrund der Intervention des Captain-Quartetts hatte die *I.S.P.* sogar eine rudimentäre Krankenstation eingerichtet, auf der sie ab und an Leichtverletzte behandelte.

„Mein Bein hat wieder gepocht, mir war nicht nach Gesellschaft.“

„Komm mit.“ Irina bedeutete ihm, ihr zu folgen.

Gemeinsam gingen sie durch die Gänge. Obwohl es das Lager erst seit Kurzem gab, bröckelte der Putz von den Wänden, es stank wie in einer Kloake, und immer wieder wurden ehemalige Offiziere zusammengeschlagen. Angeblich kam es ab und an auch zu Selbstmorden. Männer und Frauen, die es nicht mehr ertrugen, ihr Dasein hier zu fristen, verließen das Lager, gingen einfach davon und wurden nie wiedergesehen. Vermutlich lagen ihre verstrahlten Leichen irgendwo dort draußen.

„Setz dich." Sie deutete auf eine Liege.

Zev machte sein Bein frei, worauf sie einen Scanner darüber gleiten ließ.

„Du warst wieder im Außenbezirk", stellte Irina fest. „Dein Gewebe ist geschädigt." Sie verabreichte ihm eine Injektion. „Ich kann das nicht mehr ewig heilen. Uns gehen die Medikamente aus, und wenn ich sie nachordere, werden die wissen wollen, wem ich so viel verabreiche."

„Es muss einfach einen Ausweg geben."

„So wirst du ihn auf jeden Fall nicht finden." Irina wurde langsam wütend. „Hab etwas Geduld."

„Wie kannst du das nur sagen! Das hier ist die Hölle!" Zev zog sein Hosenbein wieder hinab und sprang zu Boden. „Diese vier Trottel sind mehr damit beschäftigt aufeinander loszugehen, als eine vernünftige Ordnung zu etablieren.

Ich muss hier weg. Ich …"

„Du vermisst Tess."

„… kann hier unten keine Zeit vergeuden, wollte ich eigentlich sagen." Zev lachte müde auf. „Aber ja, ich vermisse auch Tess. Warum habe ich dir das nur erzählt?"

„Wir Ärzte sind wie Barkeeper, wir können Geheimnisse bewahren und haben stets ein offenes Ohr."

„Das wird es sein."

Bevor Irina etwas erwidern konnte, hörte sie mehrere Schritte, die näherkamen.

„Zev Buckshaw?!" Einer der Wachen grinste ihn böse an. „Komm mit, der Kommandant will dich sprechen."

Es geschah nur selten, dass der Kommandant jemanden zu sich holte, doch wenn das passierte, war es kein gutes Zeichen.

„Warum …?"

Die Wache ließ ihn nicht aussprechen, rammte ihm stattdessen die

Faust in den Magen. Zev klappte zusammen. Zwei weitere Männer, die im offenen Durchgang zum Krankenquartier gewartet hatten, griffen jeweils einen seiner Arme und zogen ihn mit sich.

Und schon waren sie alle verschwunden. Irina starrte auf die verlassene Liege und fragte sich, ob sie Zev jemals wiedersehen würde.

6

Sol-System, Sol III, irgendwo in Paris, 05. Juni 2266, 23:15 Uhr

Wie geht es mit dem Bau der neuen Schiffe voran?", fragte Captain Stark. Seine Stimme rasselte wie ein defekter Vocoder. „Wir sind noch immer verwundbar."

Präsident Björn Sjöberg konsultierte sein Pad. „Die Instandsetzungen konnten beschleunigt werden. Gleichzeitig wurde die Produktion in den Werften der sicheren Kolonie-Systeme angekurbelt."

„Und die neuen Interlink-Schiffe?"

„Es geht voran. Langsamer, als ich es gerne hätte, doch die Fortschritte sind deutlich sichtbar."

„Gut."

Björn suchte seinen ehemaligen Captain und langjährigen Freund mittlerweile täglich auf, um die weitere Strategie exakt abzustimmen. Stark hatte mit ihm gemeinsam das Schattennetzwerk errichtet. Doch während die übrigen Mitglieder zufrieden damit waren, wichtige Posten zu übernehmen und ebenfalls an den Schalthebeln der Macht zu sitzen, war es mit Stark etwas Anderes. Björn war die einzige Person auf der Erde, die die Wahrheit kannte: Stark war kein Mensch.

Allerdings wusste auch er nicht, wer oder was der Captain wirklich war. Auf Nachfragen erhielt er immer nur die ominöse Antwort: „Ich bin nicht mehr als ein Geist." Das war zunehmend nervend, doch er musste sich damit abfinden.

Der geschundene Leib des Mannes lag wie stets in einem medizinischen Bio-Bett, angeschlossen an Geräte, die ihn am Leben erhielten. Starks Körper war übersät mit Wunden und Geschwüren, seine Stimme rasselte bei jedem Satz asthmatisch. „Wie lief es mit Captain Cross? Gab es Probleme bei seiner Liquidierung?"

„Er befindet sich auf seiner letzten Mission", erwiderte Björn, während er sich gedanklich schon damit beschäftigte, wie man die Wahl am geschicktesten manipulieren konnte, die er demnächst ansetzen wollte. „Danach wird ein *E.C.* sich um ihn kümmern."

„Was?!" Stark hustete, und es dauerte einige Zeit, bis er wieder sprechen konnte. „Warum hast du das getan?! Ich sagte, Cross muss sterben. Nicht irgendwann, sondern sofort!"

„Ich ging davon aus …"

„Wie oft habe ich dir in der Vergangenheit aus schwierigen Situationen herausgeholfen? Wie oft rettete ich das Schattennetzwerk?"

„Ich …"

„Eine rhetorische Frage", unterbrach Stark. „Hör mir gut zu: Ich bin die eine Seite der Medaille und helfe dir! Das war bisher ausreichend, denn die Gegenseite machte Fehler um Fehler. Doch das ist vorbei. Sarah McCall ist die andere Seite der Medaille, und sie hat sich dazu entschlossen, Jayden Cross zu unterstützen. Andernfalls wäre er von seiner letzten Mission nie zurückgekehrt. Ich dachte ursprünglich, dass sie auf seinen Chip zugegriffen hat, um Daten zu extrahieren und die HYPERION zu manipulieren. Doch ich bin mir nicht mehr sicher. Es war ein Fehler, die Fraktale zu behalten. Wir hätten sie zerstören müssen. Aber es ist zu spät. Da McCall mit Cross gesprochen hat, weiß er mehr, als er in seinem offiziellen Bericht geschrieben hat. Ich kann aber nicht genau sagen, wie viel mehr. Über die Hintergründe vermutlich fast nichts. Doch sie wird ihm von dir erzählt haben."

„Selbst, wenn das Weib gut informiert ist, kann sie nicht alles wissen."

„Und da irrst du dich, Mister Präsident. Sie kann! Und sie hat Pläne für Cross. Du hast ja keine Ahnung, was das bedeutet!"

„Dann, alter Freund, solltest du mich vielleicht endlich vollständig aufklären."

Stark antwortete mit einem Rasseln, das ein Lachen sein sollte. „Das muss ich wohl. Doch zuvor wirst du Kontakt zur HYPERION aufnehmen, ich hoffe, sie befindet sich noch in Reichweite der Phasenfunk-Relaiskette. Cross soll sterben. Sofort. Andernfalls wird er den Pfad zu deinem Untergang bereiten. Und Sarah McCall wird uns beide mit Freuden auslöschen."

Björn kannte Captain Stark seit langer Zeit. Schon oft hatte ihn das umfangreiche Wissen, über das der Mann verfügte, überrascht. Immer wieder hatte er ihm damit geholfen. Beunruhigt war er noch nie gewesen – bis heute.

„In Ordnung", sagte er. „Ich werde Kontakt zu dem *E.C.* an Bord aufnehmen. Doch wenn ich zurückkehre, will ich Antworten. Keine Ausflüchte mehr, keine kryptischen Andeutungen. Die gesamte Wahrheit!"

„Ich verspreche es dir."

Björn erhob sich. Das Penthouse war abgeschirmt, er musste zu seinem Gleiter, um den Kontakt mit dem Interlink-Kreuzer herzustellen. Hoffentlich war es dazu nicht schon zu spät.

7

IL HYPERION, Interlink-Flug, 06. Juni 2266, 09:45 Uhr

Sir, ich beende den Interlink-Flug in wenigen Minuten“, erklang Lieutenant Tasks Stimme aus dem Lautsprecher der Interkom-Anlage. „Wir werden abbremsen, uns mit den übrigen Schiffen treffen und parallel den Energiespeicherring aufladen.“

„Ich komme“, sagte Captain Jayden Cross. Mit einer Fingerbewegung schloss er seinen Account und erhob sich.

„Kommandobrücke an Captain Cross“, erklang nun die Stimme von Lieutenant Larik aus dem Interkom.

„Cross hier. Was gibt es, Lieutenant?“

„Ich habe eine eingehende Nachricht von der Admiralität, Sir.“

Gerade noch rechtzeitig. Unser letzter Stopp vor dem Parlidenraum. „Stellen Sie mir das Gespräch durch, Lieutenant. Und teilen Sie Mister Task mit, dass er den Anflug fortsetzen soll, ich komme baldmöglichst auf die Kommandobrücke.“

„Aye, Sir.“

Jayden sank wieder in seinen Konturensessel. Die Holosphäre über seinem Schreibtisch aktivierte sich und projizierte ein Gesicht.

„Hallo, Captain“, begrüßte ihn Sarah McCall.

Aufstöhnend verdrehte er die Augen. „Warum wundert mich das nicht?“

„Das fasse ich jetzt als persönlichen Angriff auf“, tat sie pikiert. „Dabei war ich bei unserem letzten Zusammentreffen so nett.“

„Sie töteten zwei meiner Leute, bedrohten Doktor Tauser, lockten ein Außenteam auf ein havariertes Schiff mit einem Ihrer Leute, und wir entkamen nur knapp einem ihrer Sternenraumer“, kommentierte Jayden trocken.

„Ich gebe zu: Aus Ihrer Perspektive mag das alles recht unangenehm wirken.“

„Eine schöne Wortwahl. Sie hätten Diplomatin werden sollen.“

„Auf eine gewisse Art und Weise bin ich das ja auch.“ Sie grinste. „Und der Job gefällt mir.“ Als hätte jemand einen Schalter umgelegt, wurde sie wieder ernst. „Aber uns läuft die Zeit davon. Haben Sie über meine Worte nachgedacht?“

„Sie spielen auf die Sjöberg-Verschwörung an?"

„Exakt. Auf diese, auf die Mitglieder Ihrer Brückencrew, auf alles, was ich Ihnen erzählt habe."

Jayden nickte. „Das habe ich. Allerdings steht mir nicht der Sinn danach, mit *Ihnen* darüber zu sprechen. Ich sehe Sie noch immer, oder gerade jetzt, als einen Feind der Solaren Union an."

„Das ist gut. Vertrauen Sie niemandem. Ich hoffe, Sie treffen die richtige Entscheidung, Captain. Viel Zeit wird Ihnen nicht mehr bleiben. Womöglich ist sie sogar schon abgelaufen."

„Was meinen Sie d …?"

Der Gefechtsalarm schnitt Jayden die Worte ab.

„Captain Cross auf die Kommandobrücke", gellte die Stimme von Commander Ishida aus dem Interkom.

Das Bild von Sarah McCall verblasste, als er die Verbindung überstürzt beendete. Das Schott bewegte sich viel zu langsam vor ihm zur Seite. Jayden hechtete auf die Brücke und ließ sich dort in den Konturensessel fallen. „Bericht!"

„Wir orten zwei Parlidenkreuzer, die gegen Schiffe der Space Navy kämpfen. Ein Dreadnought und zwei Leichte Kreuzer. Wir orten zudem eine Wolke aus Trümmerteilen."

„Laut Hochrechnung ein vernichteter Dreadnought und zwei kleinere Parlidenkreuzer", mischte sich Taktik- und Waffenoffizier Lieutenant Commander Lukas Akoskin ein. Der Mann von der Kolonie Comienzo handelte wie immer schnell und effektiv. „Wenn ich eine heuristische Abschätzung zugrunde lege, werden unsere Raumer diesen Kampf verlieren."

„Ich kann keinen Phasenfunk-Kontakt zu unseren Schiffen herstellen", meldete Lieutenant Larik. „Die Parliden haben Störsender aktiviert."

E.C. Johnston betrat die Kommandobrücke und ließ sich auf seinem Konturensessel nieder. Aufmerksam betrachtete er die Holosphäre im Zentrum, sagte jedoch nichts.

„Wie lange dauert es, bis wir eingreifen können?", fragte Jayden den Navigationsoffizier Peter Task.

„Wir bremsen seit dem Eintritt in das System ab, doch wir kommen erst in sechs weiteren Stunden in Waffenreichweite."

„Sie wollen also in den Kampf eingreifen, Captain?", fragte *E.C.* Johnston.

„Haben Sie etwas dagegen?“

„Aber nein.“ Der Mann mit dem schütteren blonden Haar schüttelte den Kopf. „Ich hoffe nur, wir schaffen es rechtzeitig.“

„Commander Akoskin“, sagte Jayden. „Halten unsere Leute so lange durch?“

„Einer der Leichten Kreuzer ist soeben explodiert, der andere ist schwer beschädigt … ebenfalls zerstört.“ Der Offizier schlug wütend auf die Konsole. „Einer der beiden Parlidenkreuzer triftet ab, vermutlich ist er manövrierunfähig. Damit sind nur noch zwei Schiffe in den Kampf verstrickt.“

Mittlerweile hatte Jayden gemäß dem Protokoll seinen Skinsuit übergestreift, ebenso wie die übrigen Mitglieder der Kommandobrückenbesatzung. Die Prallfelder um die Konturensessel aktivierten sich, auf Schulterhöhe fuhren Haltegurte aus den Sitzen. Das Warten begann.

„Schilde sind aktiv, Torpedos bereit“, sagte Ishida. „Die Kensington-Gondeln können jederzeit abgekoppelt werden.“

Bei diesen Worten verzog die Ortungsoffizierin abschätzig die Mundwinkel. Nachdem sie beim ersten Einsatz der HYPERION an Bord der PROTECTOR hatte kämpfen müssen, war es ihr gelungen, mehrere Shuttles mit Torpedos befüllt als Minen einzusetzen. Die Techniker der Waffenentwicklungsabteilung hatten sich auf dieser Grundlage etwas völlig Neues ausgedacht: Kensington-Gondeln waren mobile Raketenforts, die eine eigene Feuerleit-K.I. in sich bargen. Seit der Anpassung der HYPERION waren sie außen an den Interlink-Kreuzer angebracht. Im Gefecht konnten sie abgekoppelt und mit leichten Traktorstrahlen in eine bestimmte Richtung ausgerichtet werden. Damit ließ sich die Anzahl an eingesetzten Raketen für kurze Zeit deutlich erhöhen. Aufgrund des begrenzten Raumes verschossen die Gondeln Torpedos mit kompakteren Sprengköpfen, deren Explosivkraft auch deutlich eingeschränkt war. Doch sie erhöhten die Masse und überfluteten damit feindliche Abwehrsysteme.

„Ich habe beim Einflug in das System Sensorplattformen und Kiesel ausgeschleust“, meldete Lieutenant Commander Kensington. „Schließlich wollen wir nicht überrascht werden.“

Jaydens Blick heftete sich auf das Chronometer, das den Countdown bis zur Unterschreitung des Mindestabstands für die Torpedoschussweite anzeigte.

Als die Zahl auf 05:36 Minuten gesunken war, kam es an Bord des Dreadnoughts zu multiplen Explosionen.

Kommt schon, haltet durch!, betete Jayden lautlos. In solchen Situationen wurde ihm die Größe des Weltalls, die Langsamkeit von Raumschiffen und ebenso deren Verwundbarkeit schmerzlich bewusst.

„Der Dreadnought – laut Signatur handelt es sich um die Ijus – stellt das Feuer ein“, meldete Kensington. „Die Hülle ist an mehreren Stellen perforiert.“

Damit stand nur noch die HYPERION zwischen den Parlidenkreuzern und dem letzten verbliebenen Schiff der Navy. Ein kurzer, aber heftiger Kampf stand ihnen bevor.

Endlich erreichte das Chronometer die Null.

„Commander Akoskin, ich übergebe die Gefechtskontrolle an Sie, Feuer nach eigenem Ermessen!“

Der Lieutenant Commander koppelte die Kensington-Gondeln ab. Ein Schwarm Torpedos löste sich von Schiff und Gondeln. Die HYPERION besaß auf beiden Seiten fünf Bug- und fünf Heck-Torpedowerfer. Pro Minute konnten damit sechzig Geschosse in eine Richtung gefeuert werden. Schossen alle zehn Werfer einer Ausrichtung parallel, waren dies 600 Sprengköpfe pro Minute. Eine immense Kampfkraft. Hinzu kamen nun die beiden Kensington-Gondeln, die pro Abschussrotation des Magazins zwanzig weitere Torpedos verschossen. Da für eine Rotation zwölf Sekunden benötigt wurden, machte das hundert Raketen in der Minute aus einer Gondel.

Auf die erste Salve aus achthundert Torpedos antwortete das Parlidenschiff mit fünfhundert Gegenraketen, die keine Chance hatten. Als sich die beiden Schwärme aus Lichtpunkten im Taktikdisplay trafen, verringerte sich deren Zahl schlagartig. Insgesamt zweihundertvierzehn Sprengköpfe aus den Magazinen der Space Navy kamen durch. Die Nahbereichsabwehr der Parliden hielt weitere siebzig davon auf, doch die übrigen detonierten innerhalb der Schutzschilde, wodurch Gammastrahlen und Lasercluster ihr gesamtes Zerstörungspotenzial entluden und den Leichten Kreuzer in eine Trümmerwolke verwandelten.

Ein Teil der gegnerischen Geschosse wurde von der Nahbereichsabwehr erfasst, raste gegen Täuschkörper oder Signatur-Projektionen. Ein weiterer Teil fiel EMP-Wellen zum Opfer, gerichtete Mikrowellenstrahlung, die jede Funktion der Torpedos deaktivierte.

Etwa sieben überwanden trotz der modernen Verteidigungssysteme und der ausgezeichneten Arbeit von Akoskin und Lieutenant Dyck, die manuell über die Sensorhilfe nach Täuschkörpern suchten und sie für die Raketen entsprechend markierten, alle Hindernisse. Sie schlugen in die neue, verstärkte Hüllenpanzerung der HYPERION ein. Sofort blickten auf Jaydens Display mehrere Warnleuchten auf, die jedoch alle nur Sekundärsysteme betrafen. Der Schaden war leicht mit Bordmitteln zu beheben.

Die HYPERION bremste weiter ab und erreichte schließlich die schwer angeschlagene Ijus, bei fast vollständigem Stillstand.

„Wie ist der Status der ..."

„Der zweite Parlidenkreuzer fährt seine Systeme hoch!", rief Lieutenant Commander Kensington mit sich überschlagender Stimme. „Er hat sich nur tot gestellt, um in unseren Rücken zu gelangen. Er ist schwer beschädigt, doch die Waffensysteme scheinen partiell intakt. Torpedoabschuss festgestellt. Wir ... Achtung, eine Raummine in einer Entfernung von ... Auf Einschlag vorbereiten!"

Bevor Jayden reagieren konnte, war das Verhängnis herangekommen. Eine parlidische Raummine reagierte auf das Hüllenmetall des Schiffes, haftete sich an den Rumpf und detonierte.

Der Interlink-Kreuzer erbebte, als die Zerstörungskraft der feindlichen Waffe ihn erfasste. Laserstrahlen schnitten durch meterdicken, speziell verhärteten Stahl. Etwas explodierte, Metall knirschte. Das Prallfeld um Jaydens Konturensessel brach in sich zusammen.

Er spürte einen Stich in der Brust, dann wurde alles schwarz.

Erschrocken bemerkte Commander Noriko Ishida, dass das Prallfeld um die drei Konturensessel auf dem Kommandopodest für einige Sekunden ausfiel. Etwas flog durch die Luft, die Brücke bebte.

Was eine einzelne Raummine für einen Schaden anrichten kann, kam es Noriko in den Sinn.

Als das Beben endete, blickte sie auf. Die Kommandobrücke wirkte reichlich mitgenommen, doch die meisten Offiziere schienen wohlauf. Erst als sie zur Seite schaute, fuhr ihr der Schreck in die Glieder. Ein unterarmlanges Metallstück ragte aus der Brust von Captain Cross.

„Medizinischer Notfall auf der Brücke!", rief sie laut. Wenn alles funktionierte, sollten die Anzugsensoren von Captain Cross' Skinsuit seine Verletzung schon an die Krankenstation gemeldet haben, doch sicherheitshalber übermittelte sie die Schlüsselworte auch an das interne Kom-System.

„Commander Kensington, wie ist unser Status?“ Mit einer Berührung des entsprechenden Icons bestätigte Noriko die Übernahme des Kommandos an den Hauptcomputer. Den benötigten Code rief sie von ihrem Kommandochip ab und war erstmals wirklich froh darüber, den winzigen Chip in ihrem Schädel zu haben. Selbst im schlimmsten Gefecht war jedweder Code mit einem Gedanken präsent.

„Der Parlidenkreuzer befindet sich auf Fluchtkurs“, meldete Kensington.

„Wir müssen erst beschleunigen“, warf Lieutenant Task ein. „Ein Gegenangriff ist nicht mehr möglich.“

Ishida beendete den Gefechtsalarm und beugte sich über Cross. Viel konnte sie allerdings nicht tun. Es erschien ihr wie eine Ewigkeit, bis endlich Doktor Branch und Paramedic Pembleton auftauchten. Der Chefarzt überprüfte den Zustand des Captains mit einem Scanner, und als Sekunden später zwei weitere Paramedics mit einer Gravtrage hereinkamen, transportierten sie ihn ab.

Noriko zwang sich zur Ruhe. Cross war in fähigen Händen, sie musste sich um die aktuelle Situation kümmern.

„Lieutenant Larik, nehmen Sie mittels gerichtetem Laser Kontakt zur Ijus auf. Wir können nicht warten, bis die ausgesetzten Störsender der Parliden vernichtet sind. Die sollen uns ihren Status mitteilen. Commander Kensington, gibt es Rettungskapseln im System, und falls ja: Können wir sie aufsammeln? Verfolgen sie außerdem so lange wie möglich den Kurs des Parlidenraumers. Lieutenant Task, führen Sie den Ladevorgang des Interlink-Antriebs wie geplant durch.“

Auf die simultanen Bestätigungen der Offiziere konsultierte Sie ihren Account, um die Schadensmeldungen abzurufen. Mehrere Sekundärsysteme waren beschädigt, Waffen- und Antriebssektion jedoch vollständig funktionsfähig. Es gab fünfzehn Verletzte, doch bisher keine Todesfälle. Alles in allem war der Kampf glimpflich verlaufen.

„Die Ijus meldet: ‚Systeme stabil‘“, sagte Lieutenant Larik. „Sie können nur noch mit Phase 2 fliegen und verfügen über rudimentäre Verteidigungssysteme. Offensivbewaffnung ist erledigt. Aber das Lebenserhaltungssystem arbeitet einwandfrei.“

„Es gibt fünfzehn Rettungskapseln im System", meldete Kensington. „Wir müssen …"

„Commander", unterbrach *E.C.* Johnston. „Ich schlage vor, dass wir das Aufsammeln der Rettungskapseln der Ijus überlassen. Der Parlidenkreuzer hat die Sichtung der HYPERION vermutlich weitergegeben. Das Überraschungsmoment haben wir also verloren."

„Und sind beschädigt."

„Das spielt keine Rolle. Wir hatten nie vor, im Heimatsystem der Parliden zu kämpfen", entgegnete Johnston. „Wir wollen nur die Bombe abwerfen, deren Aufmerksamkeit auf uns lenken und wieder im Interlink verschwinden. Da die Parliden nicht wissen, an welcher Stelle wir in ihr System einfliegen, sehe ich kein Problem."

„Falls Captain Cross die Hilfe einer medizinischen Einrichtung benötigt …"

„Wird er diese natürlich erhalten – *nach* unserem Auftrag." Johnston erhob sich. „Ich gehe jetzt auf die Krankenstation und spreche mit Doktor Branch. Ich bin sicher, er wird den Captain wieder zusammenflicken. Kümmern Sie sich um die Koordination der Reparaturen und den Weiterflug an das Ziel. Und sollte die Ijus keine ausreichende Kapazität besitzen, nehmen wir die Rettungskapseln natürlich auf. Auf diesen Zeitverlust kommt es wohl nicht mehr an."

Damit erhob sich der *E.C.* und verließ die Brücke.

Noriko sah ein, dass er mit seinem Einwand recht hatte. Es ergab keinen Sinn, auf weitere Schiffe zu warten, sie mussten ohne die Ablenkung auskommen. Sie machte sich an die Arbeit und konnte nur hoffen, dass Doktor Branch den Captain retten konnte.

Als Jayden blinzelnd die Augen aufschlug, wusste er zuerst nicht, wo er sich befand. Er versuchte sich aufzurichten, konnte seinen Körper jedoch weder bewegen noch fühlen. Immerhin spürte er keine Schmerzen. Schlagartig erinnerte er sich an die Raumschlacht, die Beschädigung der Kommandobrücke, das dortige Chaos. Sein Puls begann zu rasen. Er wollte wissen, was weiter geschehen war, doch es kamen einfach keine Worte aus seinem Mund.

Wie durch Watte vernahm er die Stimme von *E.C.* Johnston, der sich leise mit dem Chefarzt unterhielt. „… kommt direkt von Präsident Sjöberg."

Nach und nach wurden die Stimmen klarer, sein Gehör kehrte

zurück.

„Ich verstehe.“ Doktor Branch hantierte außerhalb von Jaydens Gesichtsfeld. „Sie wissen hoffentlich, was Sie da von mir verlangen. Ich konnte die inneren Verletzungen des Captains heilen, er wäre zweifellos in wenigen Stunden wieder auf den Beinen.“

„Was einmal mehr verdeutlicht, warum Rispon Sie für diesen Posten auserkoren hat“, sagte Johnston. „Aber dieser Mann wird uns alle in den Untergang stürzen, wenn er das Kommando zurückerhält. Wir haben gerade das Dock verlassen, und schon ist die HYPERION erneut beschädigt.“

„Wie ich bereits sagte: Das verstehe ich.“ Branch atmete geräuschvoll aus. „Ich muss mich um einen anderen Patienten kümmern. Ich lasse diesen Injektor hier.“ Etwas wurde direkt neben Jayden abgelegt. „Darin befindet sich eine Nano-Mixtur, die für multiple Perforierungen in Captain Cross‘ Lunge sorgen wird. Derartige Verletzungen können nachträglich eintreten und sind nur schwer zu entdecken. Es wäre höchst … bedauerlich, wenn jemand dem Captain diese Injektion verabreicht. Ich kümmere mich nun um meinen nächsten Patienten und werde Paramedic Pembleton und Doktor Isaak um Hilfe bitten.“

Während Jayden auf die leiser werdenden Schritte von Branch lauschte, versuchte er das Gehörte zu begreifen. Hatte der Chefarzt gerade tatsächlich ein tödliches Gift zurückgelassen?

„Ich würde eine andere Lösung bevorzugen, Captain.“ Johnston trat an die Liege und blickte hinab. Ihre Blicke trafen sich. „Aber der Befehl kommt von Präsident Sjöberg persönlich. Es ist ihm äußerst wichtig, dass Ihr Leben endet, bevor wir die Mission abschließen.“

Immer wieder versuchte Jayden, sich zu bewegen, den Arm hochzureißen; *irgendetwas* zu tun. Doch sein Körper wollte einfach nicht gehorchen. Johnston nahm den Injektor und verabreichte ihm die Injektion.

Nein! So kann es nicht enden! So darf es nicht enden! Er verfluchte sich dafür, den Worten von Sarah McCall nicht geglaubt zu haben. Sie hatte tatsächlich recht – vermutlich mit allem. Doch für diese Erkenntnis war es zu spät. Kühl – und nach Doktor Branchs Worten: tödlich – rann die Mixtur durch seine Adern.

Johnston schob sich den Injektor in die Tasche. „Den werde ich natürlich verschwinden lassen.“ Damit wandte er sich ab und ging.

Noch während die Schritte des Mannes verklangen, fiel es Jayden zunehmend schwerer zu atmen. Er begann zu zittern. Tränenflüssigkeit löste sich aus seinen Augenwinkeln. Innerlich bäumte er sich in einem letzten Versuch auf, das Unvermeidliche abzuwenden – vergebens.

Schließlich kam die Schwärze und umfing ihn mit gnadenloser Endgültigkeit.

8

Gefangenenkolonie Pearl, Alzir-System, 07. Juni 2266, 10:30 Uhr

Jetzt nimm schon das Ding weg, ich bin in Ordnung."

Irina Petrova bedachte Zev Buckshaw mit einem bösen Blick, zog den Scanner dann jedoch zurück. „Du kannst von Glück reden, dass sie dich nicht nach draußen geworfen haben."

„Sie wollten mir eine Lektion erteilen, mehr nicht", erwiderte er.

„Ich weiß, ich weiß." Irina winkte ab. „Konntest du wenigstens herausfinden, woher die von deinen Streifzügen in die äußeren Bereiche wussten?"

Sie betrachtete eingehend die Blutergüsse und Prellungen, die mittlerweile dunkelviolett angelaufen waren. Zevs linkes Auge war noch immer zugeschwollen, eine Rippe angeknackst. Nicht zu vergessen seine Schneidezähne, die beide abgesplittert waren. Auf einer gut ausgerüsteten Krankenstation wäre es kein Problem, dergleichen zu behandeln, doch hier gab es gerade mal die rudimentärsten Schmerzmittel, Injektionen gegen Strahlenkrankheit und einige Vitaminpräparate.

„Nein, aber es wundert mich nicht. Es gibt sicher ein paar Insassen, die sich das Leben durch kleine Gefälligkeiten gegenüber diesen Schweinen erleichtern." Zev glitt vorsichtig von der Krankenliege. „Aber so leicht mache ich es denen nicht." Damit humpelte er hinaus.

Irina schüttelte müde den Kopf. Woher nahm Zev nur diese Energie? Sie selbst war ständig ausgelaugt, hatte nicht mehr die Kraft, nach einem Ausweg zu suchen. Wozu auch? Wo sollten sie hin?

In den ersten Tagen hatte sie immer wieder versucht, den Hand-Com zu aktivieren. Der kleine Hochleistungscomputer hätte Ihnen hier wertvolle Dienste leisten können, doch ihre anfängliche Euphorie war der nüchternen Realität gewichen. Das Ding war wertlos.

„Wie macht er sich?", erklang die Stimme von Captain Eins.

Die vier verfeindeten Captains, die das Führungsquartett des Gefängnisses bildeten, wurden von allen – auf eigenen Wunsch – nur nach Nummern benannt. Irina wusste nicht weshalb, doch sie hatte im Laufe ihrer Karriere gelernt, gewachsene Rituale nicht zu hinterfragen.

„Was glauben Sie?"

„Er wird weitermachen.“ Eins sog scharf die Luft ein. „Damit bringt er uns alle in Schwierigkeiten.“ Er fuhr sich mit der Rechten unruhig über den kahlen Schädel. „Irina, Sie müssen ihn davon überzeugen, sich einzugliedern. Andernfalls wird er entweder an einer Überdosis Strahlung sterben oder von der *I.S.P.* totgeschlagen. Wollen Sie das?“

„Natürlich nicht. Aber er hat einen Dickschädel.“

„Sie doch auch, wenn ich das richtig sehe“, sagte er mit einem schiefen Lächeln auf den Lippen. „Haben den nicht alle Ärzte?“

„Das ist ein Gerücht.“

„Ich hoffe nicht. Bringen Sie Buckshaw wieder auf Linie, oder ich kann nichts mehr für ihn tun. Die anderen werden ihn andernfalls auf ihre Art unter Kontrolle halten – das wollen Sie nicht.“

Bevor Irina etwas erwidern konnte, war der Captain auch schon verschwunden.

Oh nein, so haben wir nicht gewettet. Sie erhob sich und verließ die Krankenstation. Sie würde Eins nicht einfach so davonkommen lassen! Der Captain bog soeben um die nächste Ecke, sie folgte ihm. Schon nach wenigen Schritten begann sie zu keuchen. *Ich bin nicht mehr in Form.* Hinter einer weiteren Gangbiegung angekommen, verschwand der Glatzkopf von Eins im Boden. *Was macht er auf der unteren Ebene?*

Dort unten befanden sich die Wasseraufbereitungsanlagen, der Stromgenerator, und, eine Ebene tiefer, die Kloaken. Nur jene, die für die Wartungsdienste eingetragen waren, gingen – meist unter Protest – hinab. Irina folgte ihrem Instinkt und damit auch Eins.

Der Gestank war schon auf der ersten Ebene atemberaubend. Sie atmete langsam durch den Mund, schlich weiter in die Tiefe. Die Schritte von Eins drangen an ihr Ohr und wiesen den Weg.

Schmale Stege verloren sich in der Dunkelheit. Unter ihnen blubberte heißes Wasser in großflächigen Kavernen. Der Boden bestand aus dunklen Metallplatten, auf denen sich partiell Moos und Schimmel angesammelt hatten. Über die Wände rann dunkelgrüne Flüssigkeit. Es gab nur einen einzelnen Leuchtstreifen, der in der Decke eingelassen war und fahles Licht verströmte.

Gang folgte auf Gang, Kreuzung auf Kreuzung. Irina verlor nach wenigen Minuten den Überblick. Aber das war bedeutungslos. Wenn das Quartett etwas plante, musste sie wissen, was es war.

Erst als mehrere Stimmen flüsternd von den Wänden widerhallten, verlangsamte Irina ihre Schritte. Eine geheime Versammlung also. Sie pirschte sich weiter heran, ihre Neugier war geweckt. Vorsichtig lugte sie um die Ecke und riss überrascht die Augen auf.

In einem quadratischen Raum hatten sich vier Personen versammelt. *Das Führungsquartett.* Was war hier los? Alle vier waren sich spinnefeind. Ständig töteten sie gegenseitig ihre Leute, waren zu keinem Konsens fähig und intrigierten, wo es nur ging. Doch von Feindschaft war hier nichts zu bemerken.

„Du hast dich darum gekümmert?“, fragte Zwei. Das braunhaarige Schwergewicht klang genervt.

„Er wird weitermachen, wie wir vermuteten. Petrova hat ihn nur halbwegs unter Kontrolle, aber sobald seine Verletzungen verheilt sind, geht es weiter“, sagte Eins. „Wir werden ihn wohl ausschalten müssen. Falls er sich in die falschen Bereiche vorwagt, könnte er andernfalls etwas finden.“

„Ich habe diese Scheiße so satt“, fluchte Drei. Der weißhaarige, distinguierte Captain glich eher dem netten Großvater von nebenan als einem kaltblütigen Klanchef. „Was soll das überhaupt: Beobachten Sie Buckshaw, finden Sie alles über ihn heraus. Der Kerl ist ein Verräter und obendrein völlig nutzlos.“

„Befehle sind Befehle“, sagte Eins. „Und da er sich in meinem Sektor befindet, kümmere ich mich darum. Diese Petrova bekommt ihn schon unter Kontrolle. Ich werde mich ein wenig mit ihr anfreunden und über sie an Buckshaw herankommen. Der will doch nur etwas bewegen, und wie könnte er das leichter tun, als wenn er meine Nähe sucht.“

Teile und herrsche, kam es Irina in den Sinn. Die Vier taten so, als wären sie Feinde – und niemand stellte das infrage. Durch den beständigen Kampf hielten sie die Gefangenen auf Trab, und keiner zweifelte den Führungsanspruch der Einzelnen an.

Ein Vibrieren auf ihrem Handrücken ließ sie zusammenzucken. Ihr Hand-Com war zum Leben erwacht. Der kleine Computer hatte eine Datenverbindung zu einem Server hergestellt und lud die frei zugänglichen Daten in seine Mikro-Speichercluster. Erst jetzt bemerkte Irina, dass Vier, der blonde Captain mit dem hübschen Gesicht, ein Pad in Händen hielt.

„Hier sind die neuesten Befehle“, verkündete er. „In den nächsten Tagen wird eine Wasserknappheit eingeleitet, um die Spannung zwischen den vier Sektoren anzuheizen. In den Unruhen sollten folgende Ex-Offiziere sterben: Kinshasha und Ormel. Ken Pembleton soll eine Verletzung davontragen. Nichts Schlimmes, vielleicht ein paar Knochenbrüche. Die Injektionen für Strahlenschutzmittel werden heruntergefahren, damit Ausflüge in die Randbezirke minimiert werden. Zudem wurde eine Spezialorder angefügt. Uns bleiben noch zwei Wochen, um mehr Informationen aus diesem Buckshaw herauszuholen. Gelingt uns das nicht, soll er liquidiert werden. Das kommt scheinbar von ganz oben."

„Wer ist dieser Kerl? Wann haben wir das letzte Mal so exakte Befehle erhalten?", fragte Zwei.

„Noch nie", erwiderte Vier.

Irina hatte genug gehört. Sie wandte sich ab und schlich den Weg zurück, den sie gekommen war. Während ihre Gedanken noch immer rasten, schaute sie ein ums andere Mal auf ihren Hand-Com, dessen Oberfläche wieder erloschen war. Was ging hier vor? Und warum schien jeder ein gesteigertes Interesse an Zev an den Tag zu legen? Vielleicht sollte sie sich noch einmal gründlich mit ihm unterhalten.

9

IL HYPERION, Interlink-Flug, 12. Juni 2266, 12:30 Uhr

Commander Noriko Ishida saß im Bereitschaftsraum von Captain Cross und stocherte lustlos in ihrem Salat herum. Nach all der Hektik in den letzten Tagen verzichtete sie sogar auf das gemeinsame Mittagessen mit Giulia, um ein wenig die Ruhe zu genießen. Es fiel ihr noch immer schwer, die Ereignisse in ihrer Gesamtheit zu begreifen.

Nachdem es zuerst gut für den Captain ausgesehen hatte, war sein System unerwartet zusammengebrochen. Nur das beherzte Eingreifen von Lieutenant Charev, der ein Krankenbett weiter gelegen hatte und zum medizinischen Assistenten ausgebildet wurde, hatte Cross gerettet. Natürlich, niemand hatte das voraussehen können, doch sie nahm es Branch trotzdem übel, dass er keinen Paramedic abgestellt hatte, um den Zustand des Captains zu überwachen.

Und nun dämmert er im Koma vor sich hin, wird nur noch von irgendwelchen Maschinen am Leben gehalten. Sie schob den Salat zur Seite, der Appetit wollte sich einfach nicht einstellen.

In den letzten zwei Tagen war Captain Cross zweimal gestorben und nur knapp wiederbelebt worden. Immer wieder versagten Organe; die Gewebe-Regeneration schlug nicht an. Noriko hatte einen Paramedic dazu abgestellt, den Zustand des Captains zu überwachen und ihr alle Veränderungen persönlich mitzuteilen. Vermutlich würde auch Doktor Branch, nachdem sie einen Tadel in seine Akte eingetragen hatte, sehr darauf erpicht sein, alles richtigzumachen. Doch sie musste auf Nummer sicher gehen.

Mittlerweile waren die Sekundärsysteme wieder instand gesetzt und das Schiff voll einsatzbereit. Trotzdem hatte sie ein mieses Gefühl. Am liebsten hätte sie die HYPERION gewendet und wäre auf einem direkten Vektor nach Kassiopeia geflogen. Dort gab es noch immer die beste medizinische Versorgung. Doch Befehl war nun mal Befehl, und Johnston wurde nicht müde, das zu betonen. Es stand einfach zu viel auf dem Spiel. Und sie musste ihm damit recht geben. Hunderte von Raumschiffen warteten darauf, das Virus einzusetzen, um die Parlidenrüstungen aufzulösen, während EMP‘s deren

Verteidigungsmechanismus deaktivierten. Der gesamte Großeinsatz hing von ihrem Erfolg ab.

Und davon, dass die Parliden nach dem Verlust ihrer Hauptwelt erst einmal ins Chaos gestürzt werden.

Das kurze Aufklingen des neuen Signals kündigte einen Besucher an. Noriko hatte den verdammten Dreiklang satt, den der Captain einprogrammiert gehabt hatte, erinnerte er sie doch stets an den Zustand, in dem Cross sich befand. „Herein."

E.C. Johnston betrat den Bereitschaftsraum und ließ sich im Besuchersessel nieder. „Kann ich Ihnen helfen, Commander?"

Eine verblüffende Frage. „Ich verstehe nicht ganz."

„Sie wirken in den letzten Tagen mitgenommen", erklärte er. „Das Schicksal von Captain Cross geht Ihnen nahe, und ich wollte lediglich meine Hilfe anbieten. Falls ich Ihnen also irgendwie Arbeit abnehmen kann, lassen Sie es mich wissen."

„Das ist sehr freundlich, aber ich werde meine Pflichten weiterhin gewissenhaft ausführen. Machen Sie sich keine Sorgen wegen der Mission."

„Sie missverstehen mich", erwiderte Johnston mit einem sanften Lächeln im Gesicht. „Ich zweifle Ihre Kompetenz keinesfalls an, im Gegenteil. Sie sind die Richtige für diesen Einsatz. Aber zwischen einem Captain und seinem Ersten Offizier gibt es oftmals eine tiefgehende Bindung – und das ist auch gut so! Dadurch trifft ein solcher Verlust Sie jedoch sehr hart."

„Der Captain ist nicht tot."

„Das ist richtig." Johnston nickte. „Er ist *noch* nicht tot. Aber Doktor Branch hat mir in dieser Hinsicht keinerlei Hoffnungen gemacht. Er kann nicht mehr viel für Cross tun." Als Noriko zum Reden ansetzte, winkte er ab. „Ich bin nicht hierhergekommen, um es Ihnen noch schwerer zu machen. Sie sollen lediglich wissen, dass ich jederzeit ein offenes Ohr habe. Meine Funktion hier an Bord mag für einige Offiziere schwierig zu akzeptieren sein, doch ich schätze Sie als kompetente Offizierin und weiß, dass auch Präsident Sjöberg es tut."

„Danke."

Johnston nickte freundlich, erhob sich und ging Richtung Schott. Kurz bevor er den Raum verließ, wandte er sich noch einmal um. „Sie machen sich gut auf dem Posten des Captains." Er verließ den Raum.

„Ich halte den Sitz nur warm", murmelte Noriko.

Sie massierte sich die Schläfen und genoss einmal mehr die Ruhe. Lange würde die nicht anhalten, das tat sie nie. Noch sieben Tage, und sie erreichten das Heimatsystem der Parliden. Allein bei dem Gedanken wurde ihr ganz anders.

Auf der Akademie hatte man sie immer wieder auf die langen Reisezeiten vorbereitet, die an Bord eines Raumschiffs auf sie warteten. Oft vergingen Wochen oder gar Monate in träger Routine, während sich das Schiff im Phasenraum oder, wie im Fall der HYPERION, im Interlink befand. Gerade vor einem Kampfeinsatz zerrte diese Warterei zunehmend an den Nerven.

Vielleicht wird es Zeit für eine weitere Taktik-Übung. Akoskin ist ein echter Schweinehund, wenn es um den Aufbau gemeiner Szenarien geht. Sie musste grinsen.

Während sie nun doch damit begann, den Salat langsam zu essen, widmete sie sich den neuesten Berichten der Abteilungsleiter. Immerhin, die alltägliche Monotonie hatte auch ihr Gutes. Man konnte all die nutzlosen Formulare ausfüllen, Abteilungsberichte abzeichnen, Beschwerden durchlesen und den stetig wachsenden Berg so abarbeiten.

Executive Controller Christopher Johnston verließ die Kommandobrücke beunruhigt. Das Gespräch mit Commander Noriko Ishida hatte seine Bedenken nicht zerstreut. Diese Frau mochte kompetent und effizient sein, doch die Bindung, die sie in den vergangenen Monaten zu Cross aufgebaut hatte, war tiefer, als er bisher angenommen hatte. Nun hatte sie tatsächlich diese Paramedic Pembleton an das Krankenbett des Captains gestellt, wodurch Branch nichts mehr tun konnte.

Dieser Kerl steht mit einem Bein im Grab und macht mir immer noch Ärger.

Für einen Moment hatte er tatsächlich darüber nachgedacht, Syra Pembleton die Freilassung ihres Bruders anzubieten, der auf Pearl in Gefangenschaft saß, wenn sie dem Captain dafür eine zweite Dosis verpasste. Doch das Risiko war zu groß und obendrein mittlerweile unnötig. Es war nur noch eine Frage der Zeit, bis Jayden Cross Geschichte war. Sein Körper focht einen inneren Kampf aus, den er zweifellos verlieren würde. Immer wieder fragte Christopher sich, wieso die Naniten den Captain nicht getötet hatten. Eine Rettung wäre normalerweise völlig unmöglich. Und was musste dieser dämliche Lieutenant ausgerechnet im Nebenbett liegen und wach werden. Alles hatte sich gegen ihn verschworen.

Endlich erreichte er seine Kabine. Er setzte sich hinter den Schreibtisch und entspannte ein wenig. Immer wieder fuhren seine Finger über den Impulsgeber in seiner Tasche. Das war sein Joker. Die Carte blanche. Präsident Sjöberg persönlich hatte den Einsatz der letzten Sicherung für den Ernstfall genehmigt. Die Folgen wären natürlich unabsehbar, weshalb Christopher eher darauf verzichten wollte.

Wir werden sehen, dachte er, während ein Gefühl der Macht durch seine Adern pulsierte. *Mit der Hilfe des Alphas kann ich es vielleicht vermeiden. Andernfalls wird es ein unschönes Erwachen für die Crew geben.*

Seine Zuversicht verpuffte in einem Augenblick, als er Zugriff auf seinen persönlichen Account nahm. Zwei rot aufblinkende Warnsymbole begrüßten ihn. Schon vor dem Aufbruch der HYPERION aus dem Dock hatte er an neuralgischen Positionen des Computernetzwerkes Software-Agenten installiert. Diese machten ihn nun darauf aufmerksam, dass eine Offizierin versuchte, auf die Kamera-Feeds der Krankenstation zuzugreifen.

Natürlich hatte er nicht nur den Injektor desintegriert, sondern auch den Kamera-Feed vom normalen in einen verschlüsselten Speicher des Sicherheitsbüros umgeleitet. Auf diesen konnten nur der Alpha und er zugreifen. Bedauerlicherweise benötigte er für das Löschen solch sensibler Daten eine Zweitbestätigung. Aber wozu hatte man einen genetisch gezüchteten Wachhund, der aufs Wort folgte.

Als er die Signatur der Offizierin gegenprüfte, kochte unbändige Wut in ihm empor. Lieutenant Commander Tess Kensington! Wer auch sonst! Christopher stieß einen wüsten Fluch hervor. Konnte diese Person nicht noch ein paar Tage warten? Nein, natürlich nicht. Sie musste ihm *jetzt* Ärger machen. Nach allem, was er von Präsident Sjöberg über sie erfahren hatte, traute er es ihr ohne Weiteres zu, irgendwie an diese Überwachungsfeeds zu gelangen. Irgendeine Schwachstelle gab es immer. *Also schön, was soll's! Darauf kommt es jetzt auch nicht mehr an.*

„Johnston an Alpha 365", sagte er.

Die K.I. des Interkom-Systems stellte automatisch eine Verbindung her.

„Alpha 365 hier, was kann ich für Sie tun, Sir?"

„Wir haben ein Problem, über das ich Sie später im Detail informieren werde." *Einen Teufel werde ich tun.* „Einstweilen nur so viel: Ich möchte, dass Sie Lieutenant Commander Kensington in ihrem Quartier unter

Arrest stellen.“

Stille.

„Natürlich, Sir.“

„Ausgezeichnet. Melden Sie sich, sobald das erledigt ist. Und bitte lassen Sie es ruhig über die Bühne gehen. Ich möchte keinerlei Aufhebens um diese Sache. Da der Captain um sein Leben kämpft, ist die Moral schon am Boden. Wir müssen das nicht noch verschlimmern.“

„Aye, Sir.“

Die Verbindung erlosch.

Zufrieden lehnte Christopher sich in seinem Sessel zurück. Warum konnten nicht einfach alle froh darüber sein, wie die Dinge sich entwickelten. Die Kriminalitätsrate sank, die Effizienz der Space Navy stieg, das Parlidenproblem wurde angegangen. Es könnte alles so schön sein. Aber nein, überall intrigierten sie und versuchten, der „neuen Demokratie“ zu schaden. Er hatte endgültig genug! Er würde dafür sorgen, dass auf diesem Schiff aufgeräumt wurde und die Mission zu einem erfolgreichen Ende kam. Und wenn er dafür über Leichen gehen musste, dann nahm er das in Kauf.

Noriko hatte am oberen Ende des ovalen Tisches Platz genommen. Zu ihrer Rechten saß E. C. Johnston. Linker Hand hatten die Lieutenant Commanders Akoskin und Lorencia Platz genommen, es folgte Lu. Ihnen gegenüber saßen die Lieutenants Peter Task, Michael Larik und Pjotr Nurakow. Es fiel Noriko noch immer schwer, den *E.C.* nicht mit einem Pulser niederzustrecken. Es hatte sie völlig überrascht, dass Kensington unter Arrest genommen worden war. Doch außer platten Phrasen hatte sie keine Erklärung dafür bekommen. Aber darum würde sie sich kümmern, sobald diese Mission beendet war.

Zuerst jedoch stand eine Einsatzbesprechung an. „Also gut, wir erreichen das Heimatsystem der Parliden in wenigen Tagen“, sagte sie einleitend. „Zuerst bitte die bekannten Fakten, Lieutenant Nurakow.“

Kensingtons Stellvertreter hatte sich in Rekordzeit in die Materie eingearbeitet. „Wie wir kurz vor unserem Aufbruch erfuhren, handelt es sich beim Algethi-System, das dreihundertzweiundachtzig Lichtjahre von der Erde entfernt liegt, um das Heimatsystem der Ster … Parliden.“ Nurakow räusperte sich. „Es handelt sich um ein Doppelstern-System. Das Zentralgestirn ist ein gelbroter Riese, Spektralklasse M5. Sein Begleiter gehört zur Klasse F8. Innerhalb des Systems existieren zwölf Welten. Vier Planeten im inneren Bereich sind Gluthöllen, vier im äußeren sind Eiswelten. Die mittleren vier liegen in der habitablen Zone, wobei eine der Welten ein Gasriese ist. Die übrigen drei fallen unter unser Verständnis von ‚bewohnbar'. Laut den Aufklärungsdaten, die wir erhielten, sind alle Planeten des Systems bewohnt."

„Alle?", echote Johnston.

Nurakow nickte. „Es gibt Habitate sowohl auf den Eis- als auch auf den Lava-Welten. Die genaue Zahl der Bewohner ließ sich nicht eruieren. Es gibt mehrere Raumstationen und zahlreiche Werften, Verteidigungssatelliten und Forts. Die Heimatflotte patrouilliert in einem zyklischen Intervall."

Er nahm wieder Platz, während Noriko Akoskin mit einem Nicken das Wort übergab.

„Der Geheimdienst der Navy hat vor Kurzem detailliertes Material geliefert. Auf dieser Grundlage konnte die Admiralität uns bereits einen akribisch ausgearbeiteten Plan übergeben", erklärte er. „Entsprechend der neuen Prämissen habe ich diesen überarbeitet. Wir werden in einer Entfernung von 2 AE zum Ziel aus dem Interlink gehen und bei einer gleichbleibenden Geschwindigkeit von 0,4 LG auf einem direkten Vektor auf die Hauptwelt zusteuern. Nach zwanzig Minuten haben wir die Hälfte der notwendigen Strecke überbrückt und schleusen den portablen Transmitter bei aktiviertem Stealth aus. Zu diesem Zeitpunkt werden alle Raumer in unsere Richtung steuern und die Raketenforts ausgerichtet. Wir passen den Vektor an und ziehen damit die stationierten Raumschiffe der Hauptwelt Algethi IV ab. Sie werden uns verfolgen, während der portable Transmitter auf sein Ziel zusteuert. Die integrierten Düsen werden den Transmitter mittels Gegenschub verlangsamen, wodurch er schließlich in einen Orbit einschwenkt. Dank Stealth werden die orbitalen Sensorsatelliten ihn nicht bemerken, bis er aktiviert wird. Ab diesem Zeitpunkt ist ein genaues Timing von großer Bedeutung. Wir simulieren Antriebsprobleme und locken die Schiffe in unsere Nähe – wobei wir beständig bei einer Geschwindigkeit von 0,4 LG bleiben. Sobald sich das Netz um uns schließt, wechseln wir in den Interlink und fliegen aus dem System. Sieben Stunden später kehren wir zurück in den Normalraum und schicken die Bombe durch das Tor. Da wir zu diesem Zeitpunkt die maximale Entfernung von zehn Lichtjahren, die der Transmitter überbrücken kann, noch nicht überschritten haben, kann die Bombe durch das Tor ans Ziel geschickt werden."

„Und die Parliden werden den Transmitter nicht orten?", wollte Johnston wissen.

Lu ergriff das Wort. „Der portable Transmitter verfügt über ein ausgezeichnetes Stealth-System und gibt in inaktivem Zustand kaum Streustrahlung ab. Erst nach seiner Aktivierung kann er aufgrund der Sivor-Strahlung gemessen werden, doch dann ist es zu spät."

„Zudem feuern wir mehrere Raketen ab, damit die Parliden von einem herkömmlichen Angriff ausgehen", erklärte Akoskin. „Wir wählen einen Vektor, auf dem wir weitere neuralgische Systeme beschädigen können."

Alle Augen richteten sich auf Peter Task, der wie immer abwesend wirkte. Noriko war eine von wenigen, die über seine Fähigkeiten zum multi-sensorischen Input Bescheid wussten, die für den Navigator Segen und Fluch darstellten. Der Lieutenant nahm jedes Geräusch, jeden Geruch, alles, was er sah und fühlte, quasi gleichzeitig wahr, verarbeitete es ungefiltert und drohte gedanklich daher ständig in unwichtige Dinge abzudriften. Dafür entging ihm auch nichts.

„Ich habe die Vektoren aufgrund der vorliegenden Daten bereits errechnet", sagte Task.

Das wundert mich nicht wirklich, sann Ishida.

„Eine definitive Aussage über die Höhe des Schadens, den wir noch anrichten können, lässt sich natürlich erst vor Ort machen", fügte er hinzu.

„Warum transportieren wir die Fusionsbombe nicht einfach direkt in die Sonne?", fragte Giulia. „Im Kartas-System gingen wir damals davon aus, dass die Rentalianer genau das vorhaben."

„Die Parliden haben ein weitflächiges Sensornetz um beide Sterne des Systems aufgebaut", erwiderte Noriko. Sie berührte ein Icon auf dem vor ihr in die Tischplatte eingelassenen Display, worauf in der Holosphäre über dem Tisch das Sternensystem der Parliden erschien. Sie zoomte die Sonnen heran. „So etwas habe ich noch niemals gesehen. Der Aufwand an Material und Logistik muss Unmengen an Ressourcen verschlungen haben."

„Das hat zweifellos Jahre gedauert", sagte die L.I. Sie studierte die Anzeige genauer. „Und die Sensoren sind mit Raketenforts gekoppelt, die in einer Wabenstruktur angeordnet wurden. Somit gibt es mehrfache Redundanzen." Sie neigte den Kopf leicht zur Seite. „Das ist irgendwie eigenartig. Die haben ihre Sterne fast besser geschützt als ihre Welten. Warum?"

„Vermutlich sehen sie die Sterne als neuralgische Punkte an", warf *E.C.* Johnston ein. „Und damit haben sie recht, auch wenn uns das bedauerlicherweise von einem direkten Angriff auf die Zentralgestirne abhält."

„Wir werden keine zusätzlichen Risiken eingehen", stellte Noriko klar. „Unser Ziel ist die Hauptwelt, sonst nichts. Sobald die Mission beendet ist, steuern wir den nächstgelegenen Vorposten an und senden das verabredete Codewort, das die Großoffensive einleitet. Gibt es noch Fragen?"

Einheitliches Kopfschütteln.

„Machen wir uns an die letzten Vorbereitungen."

Die Versammlung war beendet. Nach und nach erhoben sich die Offiziere und verließen den Raum. Noriko wartete, bis sie gegangen waren, dann studierte sie noch einmal in aller Ruhe das System und vertiefte sich in die Unterlagen. Sie wollte gewappnet sein, um auch auf Überraschungen reagieren zu können.

10

Gefangenenkolonie Pearl, Alzir-System, 18. Juni 2266, 19:15 Uhr

Dann sehen wir uns morgen, ich freue mich“, sagte Eins in charmantem Ton.

Als er die Krankenstation verlassen hatte, atmete Irina befreit auf. Endlich war sie ihn los. Dieser verdammte Kerl umgarnte sie tatsächlich seit Tagen und horchte sie, zugegebenermaßen recht geschickt, über Zev aus.

Eben jener steckte den Kopf herein, sah sich um und grinste. „Wird auch Zeit. Ich dachte schon, der geht nie.“

„Wir schaffen das nicht mehr lange. Ich weiß nicht einmal, was ich ihm noch sagen soll. Diese ganzen Halbwahrheiten werden irgendwann auffliegen.“ Sie stemmte die Arme in die Hüften. „Und du hast wirklich keine Ahnung, weshalb die so sehr an dir interessiert sind?“

Er schüttelte den Kopf. „Vermutlich reine Paranoia. Ich bin hier aufgrund nicht identifizierbarer Phasenfunk-Verbindungsanfragen gelandet. Natürlich hat die *I.S.P.* mir gleich terroristische Hintergedanken unterstellt, obwohl es sich dabei lediglich um einen Fehler im System gehandelt hat.“

Irina war sich da nicht so sicher. Irgendetwas verschwieg Zev ihr, das vermutete sie schon lange. Doch wenn er nicht reden wollte, war das sein gutes Recht. Sie hatte ihm auch nichts von ihren Verbindungen zu Michalew erzählt. Sollte dieser Punkt ihrer Vergangenheit unter den Gefangenen jemals publik werden, war sie erledigt. All jene, die unschuldig hier unten saßen, denen man vorwarf, mit Michalew zu paktieren, würden ihre Wut an ihr auslassen.

„Wir müssen hier weg“, sagte sie also schlicht. „Dieses Spiel muss enden, und zwar bald. Eins wird dich umbringen, wenn sie nichts aus dir herausbekommen. Und falls sie bemerken, dass ich sie absichtlich hingehalten habe, bin ich auch reif für die Verbannung.“

„Ich widerspreche ja gar nicht. Aber wenn du nicht irgendwo eine Raumfähre mit Phasenantrieb versteckt hast, ist das leider unmöglich.“

Sie schüttelte den Kopf. „Ich fürchte, damit kann ich nicht dienen. Aber vielleicht habe ich etwas Besseres.“ Sie hatte lange nachgedacht, ob sie mit Zev darüber sprechen sollte und sich schließlich dafür entschieden. „Einen Hand-Com.“ Sie hob ihre Linke empor. „Leider hat er sich deaktiviert.“

„Und das sagst du mir jetzt erst?!“ Zev schnappte sich ihre Hand und betrachtete den Rücken. „Das ist einer von der teureren Sorte, militärische Ausführung, neueste Generation. Die Oberfläche besteht aus einem neuartigen Spezialpolymer, dadurch ist er in inaktivem Zustand für das Auge fast unsichtbar und kann auch kaum ertastet werden. Woher hast du den?“

Irina fasste die Geschichte in kurzen Sätzen zusammen.

„Das ist interessant“, sagte Zev. „Sobald du in der Nähe eines Pads warst, hat sich der Hand-Com aktiviert und Daten abgezapft? Aber danach konntest du nicht darauf zugreifen?“

Sie nickte bestätigend. „Die Touch-Oberfläche ist deaktiviert, aber auf externe Signale reagiert er noch.“

„Wie wäre es mit einem kleinen Ausflug?“ Zev grinste schon wieder, was Irina Schlimmes ahnen ließ. „Ich habe da eine Idee, wie wir das Interface aktivieren können.“

„Du willst in die äußeren Bereiche?“

„Nein. *Wir* wollen in die äußeren Bereiche.“ Er grinste noch breiter, wobei seine abgebrochenen Schneidezähne deutlich hervortraten.

Hoffentlich sehe ich nicht auch bald so aus.

Am nächsten Tag, als die übrigen Gefangenen sich bei der Essensausgabe befanden, schlichen sie sich hinaus. Irinas Magen knurrte überlaut, was sie missmutig zu ignorieren versuchte. Vermutlich sah sie mittlerweile nicht besser aus als Zev: abgemagert und dreckig.

Da die neue Charge Strahlenschutzmittel vor einigen Tagen eingetroffen war, hatte Irina sich und Zev jeweils eine Injektion gesetzt. Damit konnten sie die Außenbereiche betreten, ohne Langzeitschäden davonzutragen. Wo er dort jedoch einen Computer finden wollte, war ihr schleierhaft.

Von seinen früheren Ausflügen her kannte Zev sich aus, was recht schnell deutlich wurde.

„Siehst du den abgemagerten Kerl da vorne?“, fragte er.

Sie lugte ebenfalls um die Ecke. „Natürlich. Ich kenne ihn. Das ist doch dieser Lieutenant von der TORCH. Er wurde schon öfter zusammengeschlagen, vermutlich versteckt er sich hier.“

Zev schüttelte den Kopf. „Er bewacht diese Kreuzung, um Captain

Eins jeden zu melden, der den äußeren Bereich aufsucht. Er hält den Posten drei Stunden lang, bevor ein anderer seinen Platz einnimmt."

„Woher weißt du das?"

„Stundenlanges Beobachten."

„Und wie sollen wir an ihm vorbeikommen?"

„Geduld", sagte Zev. Er ließ sich in den Schneidersitz nieder und wartete.

Irina tat es ihm gleich. Seit sie hier angekommen war, verfluchte sie jede verpasste Regenerationssitzung. Sie hatte sich in den vergangenen Jahren weder um ihre Haut noch ihre Knochen oder die Organe gekümmert. Die Wissenschaft hatte im letzten Jahrhundert Fortschritte bei der Bekämpfung von Alterserscheinungen gemacht. Es gab reiche Bürger in der Solaren Union, die bei einem Alter von über hundertfünfzig so aussahen wie ein Mensch aus der Zeit vor der großen Einheit mit sechzig. Trotzdem war es harte Arbeit, den Körper jung zu halten, und obwohl es immer wieder Entdeckungen in der Gen-Therapie und Nano-Technik gab, war die Unsterblichkeit der Menschheit bisher versagt geblieben. Ein uralter Traum, auf dessen Verwirklichung sie sogar selbst jahrelang gehofft hatte.

„Wusste ich es doch", sagte Zev und riss sie damit aus den Gedanken. „Schau, er schläft."

Vorsichtig schlichen sie an ihm vorbei. Mit einem Blick erkannte Irina mehrere Zeichen, die auf Vitamin- und Mineralmangel hindeuteten. Ausfallende Haare zeugten von einer ordentlichen Strahlenvergiftung. Vermutlich setzte das Führungsquartett – oder genauer: Captain Eins – dem armen Kerl heftig zu. Anders konnte sie sich nicht erklären, warum er sich auf einen derart mörderischen Aufenthalt in dieser Sektion einließ.

Zev führte sie in ein dichtes Netz aus Gängen. Im Gegensatz zu den Kellergewölben waren die Wände hier so sauber, als hätten sie die Putzkolonne gerade verpasst. Aus den eingelassenen Leuchtstreifen fiel klares, aber gedimmtes Licht, was Irinas Augen guttat. In der Krankenstation hatte irgendein Idiot grelle Leuchtdioden in die Decke eingesetzt.

„Da wären wir." Zev deutete nach vorne.

„Das ist ein Schott. Ein *Außen*schott! Bist du verrückt?!"

„Beruhig dich und schau es dir erst einmal genauer an."

Irina trat vorsichtig näher. Das Schott bestand aus einem gehärteten

Ring, dessen Inneres mit durchsichtigem Plastoplex ausgekleidet war. Auf der anderen Seite wartete karges Ödland: verbrannte Erde, weiße Pflanzen und ein dunstverhangener Himmel. Auf den übrigen Kontinenten von Pearl herrschte stellenweise sogar nuklearer Winter. „Falls mich das überzeugen sollte, hinauszugehen, ist dein Versuch gescheitert!"

„Schau nach rechts."

Erst jetzt bemerkte Irina, dass dort ein weiteres Gebäude emporwuchs. Es war winzig, gerade groß genug für einen Raum. An den Außenwänden liefen armdicke Leitungen hinab und verschwanden im Boden. Es gab keine Fenster. „Deshalb waren deine Strahlenwerte so hoch. Du bist dort draußen gewesen. Ich dachte, du wärst stundenlang durch den äußeren Sektor gegangen, aber du warst sogar draußen, habe ich recht?"

„Natürlich hast du das. Und das machen wir jetzt noch einmal. Nur für einen kurzen Moment. Wenn es in diesem Raum einen Computer gibt, wird dein Hand-Com das sicher feststellen."

„Und dann?"

„Werden wir weitersehen. Vielleicht liefert uns das wertvolle Informationen. Uns läuft die Zeit davon, hast du das nicht selbst gesagt?"

Genau genommen läuft dir *die Zeit davon.* Es war unfair, das wusste sie, doch die *I.S.P.* schien aktuell nur an Zev interessiert zu sein. Wenn sie sich aus allem raushielt, konnte sie hier unten zurechtkommen. Andererseits war Sjöberg unberechenbar.

„Wir werden nur wenige Minuten draußen sein", sagte Zev. „Wir testen deinen Hand-Com und kehren sofort zurück. Du verabreichst uns in der Krankenstation eine weitere Dosis, und dann werten wir die Daten aus."

Irina gab sich geschlagen. „Gehen wir."

Zev öffnete mit wenigen Handgriffen das Schott. Kaum zu glauben, dass ein paar Handbewegungen und zwei Schritte den Unterschied zwischen Leben und Tod ausmachen konnten. Wenn sie das Schott nun nicht mehr aufbekamen, nicht mehr in die Station zurückkehren konnten? Sie schob ihre irrationalen Ängste beiseite und rannte hinter Zev zum Eingang des Nebengebäudes. Dort angekommen, hob sie die linke Hand. Nichts geschah.

„Wie lange hat es denn beim letzten Mal gedauert?", wollte Zev wissen.

„Ich war höchstens sieben Meter entfernt, da ging es los. Vielleicht gibt es dort drinnen keinen Computer. Womöglich ist es einfach ein Lagerraum für die Verpflegung oder …"

Die weiteren Worte wurden von einem leisen Zischen abgeschnitten. Das Außenschott rollte zur Seite. Verblüfft starrten sie beide auf den freigelegten Zugang.

„Okay, das ist beeindruckend." Er setzte sich in Bewegung.

Irina wollte ihm schon zurufen, vorsichtig zu sein und kein Risiko einzugehen, was angesichts der Situation aber mehr als lächerlich gewesen wäre. Sie folgte ihm stattdessen ins Innere. Der Hand-Com war immer noch deaktiviert, zumindest das Display.

Sie betraten das Gebäude. Hinter dem Eingang wartete ein Raum von etwa dreißig Quadratmetern, der vollgestopft war mit Terminals, Displays und sogar einem Holotank in der Mitte. Irina fuhr herum, als das Schott sich schloss, gleichzeitig aktivierte sich der Hand-Com.

„Das ist ja unglaublich." Zev trat mit großen Augen an den Holotank heran. „Schau dir das an."

Sie ging zu ihm. Während in dem Labor, in dem sie zur Rettung von Sjöbergs Frau geforscht hatte, bereits neue Holosphären neben alten Holotanks installiert gewesen waren, gab es hier nur die klobigen Altmodelle. Zwischen zwei wuchtigen Platten – eine an der Decke, eine auf einem Sockel – drehte sich wabernd eine dreidimensionale Karte von Pearl. Im Zentrum befand sich ihr Gefangenenlager, das von einem kleinen blauen Punkt markiert wurde. Ein Punkt von vielen.

„Das darf nicht wahr sein", sagte sie entsetzt.

„Es gibt noch mehr Lager." Zev berührte einen der Punkte, worauf er herangezoomt wurde, daneben wurden Daten eingeblendet. „Dieses Lager ist noch näher am radioaktiven Fallout. Laut Register befinden sich dort alle Offiziere, die vom Rang her über einem Captain stehen. Ich habe hier mehrere Commodores und Rear Admiräle." Er zoomte ein weiteres Lager heran. „Politische Gefangene", kommentierte er den Info-Text. „Leute, denen vorgeworfen wird, mit Michalew zu paktieren. Ein paar der Namen sagen mir sogar etwas. Das sind ziemlich bekannte Oppositionelle. Einige Linke und auch Republikaner. Nie und nimmer haben die mit diesem Schwein paktiert, das ist doch völliger Unsinn!" Er runzelte die Stirn und deutete auf einen Namen. „Ist das nicht der ehemalige Verkehrsminister? Ich dachte, der ist bei einem Anschlag umgekommen?“

„Tatsächlich.“ Sie starrte auf ihren Hand-Com, der unaufhörlich Daten abrief! Noch immer konnte sie nicht auf das Display zugreifen, nur beobachten.

„Sieh dir das an!“ Zev verzog abschätzig die Mundwinkel. „Es gibt ein Netz aus zehn Orbitalstationen, die die Gefangenenlager kontrollieren. Von dort starten die Versorgungsgleiter. Jedes der Lager wird von Männern oder Frauen der *I.S.P.* im Geheimen geleitet.“ Nach einem weiteren Zoom auf einen von drei roten Punkten wurde er bleich. „Es gibt sogar spezielle ‚Befragungslager‘. Und mehrere Komplexe zur ‚Mentalhygiene‘.“

Während Zev sprach, untersuchte Irina den Raum genauer. Sie fand einen Schrank voller Skinsuits, einen Waffenschrank und ein kleines Phasenfunk-Terminal. Als sich einer der 3D-Monitore an der Wand aktivierte, blickten sie beide auf. Ein Shuttle flog auf die Station zu, an Bord befanden sich laut Info-Display fünf bewaffnete Marines.

„Wir haben ein Problem.“ Sie deutete auf eines der Terminals, das die E.T.A. des Gleiters zeigte. „Sie wissen, dass wir hier sind. Ein so wichtiger Raum wurde vermutlich überwacht. Da wäre mir die Variante mit dem Lagerraum lieber gewesen. Wir müssen sofort hier weg!“

„Schnappen wir uns die Skinsuits.“

„Was?!“

„Wir können natürlich nicht zurück ins Lager. Die finden doch problemlos heraus, dass wir es waren. Unsere Geweberückstände sind hier überall, das kostet die nur Minuten.“

Zev schlüpfte in einen der Suits; schnell tat sie es ihm gleich. Er schnappte sich einen Pulser und warf Irina auch einen zu. Gemeinsam verließen sie das Gebäude. Hinter ihnen blieb das Gefangenenlager zurück, während sie in totes Ödland vordrangen.

11

IL HYPERION, Algethi-System, 19. Juni 2266, 8.45 Uhr

„Ich deaktiviere den Interlink-Antrieb in zehn Sekunden", meldete Lieutenant Peter Task.

Commander Noriko Ishida nickte und versuchte, Zuversicht zu verströmen. Ihre Hände waren schweißnass. Selten zuvor hatte sie sich Captain Cross so sehr herbeigewünscht.

Das Schiff befand sich auf Gefechtsalarm. Die Zweitbrücke war besetzt, alle Offiziere waren auf ihren Posten. Längst hatten die Abteilungen Klarmeldung gemacht, die Prallfelder der Sitze waren aktiviert, und die Schultergurte hielten jeden Offizier auf seinem Konturensessel. Die Reparaturtrupps standen bereit.

Jetzt gilt es!

Task zählte die Sekunden herunter, dann war es soweit: Der Interlink-Antrieb wurde deaktiviert, ebenso der Melnikow-Schild, der die physikalischen Gesetze an Bord aufrechterhielt, während das Schiff dem normalen Raum entzogen war.

„Lieutenant Nurakow, schleusen Sie die Kiesel aus", befahl Noriko.

„Aye, Ma'am." Der Ortungsoffizier hatte augenscheinlich nur auf den Befehl gewartet und bestätigte sofort. „Kiesel sind ausgeschleust."

Die winzigen Sonden nutzten die Restgeschwindigkeit von 0,45 LG aus, die das Schiff beim Verlassen des Interlinks besaß, und flogen ins Systeminnere. Als würde man eine Handvoll Kiesel von sich werfen, rasten die Aufklärungssonden davon, betasteten das System mit ihren Sensoren und übermittelten die so gewonnenen Daten per gerichtetem Phasen-Funk an das Schiff. Die Sonden waren für den einmaligen Einsatz konzipiert; ihre Energie war nach wenigen Stunden verbraucht, worauf sie sich selbst zerstörten.

„Commander Akoskin, geben Sie mir eine taktische Einschätzung", bat Noriko.

Der Taktik- und Waffenoffizier mit dem südländischen Einschlag nickte, während seine Finger längst über die Konsole glitten. „Wir haben den Interlink exakt an der anvisierten Position verlassen. Ich orte bisher mehrere schwere Verteidigungsforts, die jedoch systemauswärts gerichtet sind. Die Heimatflotte konzentriert sich um Algethi IV, es gibt aber auch mobile Einheiten, die gerade Patrouille fliegen. Es befinden sich keine Schiffe in unmittelbarer Angriffsreichweite."

E.C. Johnston atmete geräuschvoll aus. Sie vergaß ab und an, dass der Mann kaum Gefechtserfahrung besaß.

„Die Phasenfunk-Übermittlungen steigen rapide an", sagte Lieutenant Michael Larik. „Mehrere Datenströme laufen in Richtung der Abwehrforts."

Noriko ertappte sich oft dabei, auf eine Meldung von Sarah McCall zu warten, was sie selbst ärgerte.

„Sie richten sich neu aus", warf Akoskin ein. „Achtung, wir werden kurz in den Fokus eines Forts geraten, bevor wir dessen Reichweite verlassen."

„Quantitative Abschätzung der Munition?", fragte Noriko.

„Negativ, es handelt sich um ein Laser-Fort."

Mittlerweile hatte die HYPERION eine konstante Geschwindigkeit von 0,4 LG erreicht; der Pike-Antrieb gab nicht länger Gegenschub, wodurch das Schiff im luftleeren Raum nicht mehr langsamer wurde.

In der Holosphäre wurden immer mehr Details des Systems sichtbar, da die Kiesel ihre Sensordaten übermittelten. Die Aufklärungsdaten des Geheimdienstes stellten sich als korrekt heraus, es gab lediglich mehr Werften als erwartet.

„Die Heimatflotte selbst hat Kurs auf uns gesetzt, ebenso alle übrigen Pulks. Einer davon wird in Waffenreichweite gelangen, nachdem wir den Transmitter abgesetzt haben", sagte Akoskin. „Da wir noch immer keine Aufklärungsdaten über die Schiffstypen besitzen, kann ich erneut nur die Tonnage abschätzen, Ma'am."

„Ist vermerkt. Geben Sie mir Ihre Einschätzung."

„Die Tonnage ist äquivalent zu drei unserer Dreadnoughts und fünf Leichten Kreuzern." Er neigte den Kopf. „Meine Empfehlung: Wir sollten ausweichen."

„Lieutenant Task", wandte Noriko sich an den Navigationsoffizier, „stimmen Sie Ihren Kurs mit Commander Akoskin ab. Wir weichen einem Gefecht aus."

Der Interlink-Kreuzer erreichte die angepeilte Entfernung.

„Also gut, jetzt gilt es." Noriko holte sich die aktuellen Daten auf ihr Kommandodisplay. „Commander Akoskin, setzen sie einige Torpedos ab, jedoch auf leicht abweichendem Vektor. Visieren sie eines der orbitalen Abwehrforts an. Die werden denken, dass wir wegen der herannahenden Flotte nicht bis zu unserem Ziel fliegen und schon jetzt kalte Füße bekommen."

„Aye, Ma'am."

Als die Torpedos unterwegs waren, gab Noriko Akoskin den entscheidenden Befehl, der daraufhin ein Icon betätigte. Im Shuttlehangar würde ihr rentalianischer Gast nun den mobilen Transmitter ausschleusen. Nur Sekunden später kam die Klarmeldung, und ein winziger Punkt entfernte sich in der Holosphäre von der stilisierten HYPERION.

„Lieutenant Task, führen Sie die Kursanpassung durch. Ich will keinen Feindkontakt. Bringen Sie uns auf einen Vektor Richtung Sonne, aber nicht zu nah an die Verteidigungsanlagen. Und bereiten Sie gleichzeitig den Interlink-Flug vor. Wir ködern ihre Raumschiffe noch eine Weile und scannen so viel wir können. Die Admiralität wird über jedes Quantum an Daten froh sein."

„Aye, Ma'am."

Aus verschiedenen Richtungen rasten die feindlichen Raumer heran. Seltsamerweise spürte Ishida keine Angst. Die feindlichen Schiffe konnten nicht aufholen, und eine Flucht in den Interlink war problemlos möglich. Sie hatte ganz vergessen, wie mächtig dieses Raumschiff allein aufgrund seines Antriebs war. Solange es keine Interlink-Störer gab, konnte nichts die HYPERION aufhalten.

„Was ist das?!", erklang die Stimme von Lieutenant Michael Larik. „Ma'am, die Kiesel haben in Richtung des F8-Sterns seltsame Felder gemessen." Er runzelte die Stirn. „Ich würde es am ehesten als Phasenfelder bezeichnen."

„Markieren Sie die Position in der Holosphäre."

„Das ist mir nicht möglich, sie wechseln ständig die Position. So etwas habe ich noch nie gesehen."

„Aber ich!", rief Akoskin. „Lieutenant Task, leiten Sie sofort den Interlink-Flug ein."

„Commander?" Noriko konnte ihm nicht folgen.

„Das sind Phasentransitionen!"

Es fiel ihr wie Schuppen von den Augen. Eine ähnliche, aber leicht abgewandelte Art an Strahlung hatten auch die Sternenraumer von McCalls Leuten emittiert, als sie NOVA-Station angriffen.

„In den Interlink, sofort!"

Task war schnell, aber nicht schnell genug.

Es war, als hätten sie eine unsichtbare Linie überquert. Mehrere Phasenfelder erschienen in unmittelbarer Nähe. *Das sind Raumminen,* begriff Noriko. *Und da ist noch etwas.*

In der Holosphäre zeichneten sich weitere Strukturen ab. Die Sensoren enthüllten eine Raumwerft, in der gerade ein Schiff fertiggestellt wurde. Die Raumer glichen Sternen, an deren Spitze jemand eine Kerze gehalten hatte. Sie waren zerflossen. Augenscheinlich arbeiteten die Parliden daran, eigene Transitionsraumer zu entwickeln. Oder besaßen sie die längst?

„Ich aktiviere den Interlink", meldete Task.

Das Schiff machte einen Satz und hüllte sich in die Blase.

Noriko erkannte entsetzt, dass drei der Minen es noch geschafft hatten, sich an die Hülle zu heften. Da sie nicht energetischer Natur waren, hielt der Schutzschild sie nicht ab.

Sie keuchte auf. „Wir müssen …"

Das Brückenschott fuhr zur Seite.

Im gleichen Moment explodierten die Minen.

12

Kurz zuvor

Captain Jayden Cross öffnete die Augen und war verwundert darüber, noch am Leben zu sein. Er glaubte doch zu spüren, wie die kalte Flüssigkeit des Toxins durch seine Adern rann. Hatte er sich alles nur eingebildet?

Ein Blinken am Rande seines Gesichtsfeldes lenkte ihn ab: das Interface des Kommandochips. Da er nicht oft auf die Alpha-Dateien und Kommandocodes Zugriff nehmen musste, vergaß er manches Mal, dass der Chip in seinem Schädel saß. Das war auch besser so, da er beim Erscheinen des Interfaces immer wieder daran erinnert wurde, dass Sarah McCall durch die Manipulation vermutlich eine Zeitbombe eingesetzt hatte.

In seinem Gesichtsfeld erschien ein Status-Fenster mit der Angabe: *TOXIN ERKANNT. ANTI-NANITEN ANGEPASST. AUSFÜHRUNG ERFOLGREICH. ORGANISCHES SYSTEM GEREINIGT.*

Er begriff nur langsam. Der Chip hatte ihm das Leben gerettet. Zu so etwas war er allerdings gar nicht in der Lage. Oder sollte es nicht sein. McCall! Sie hatte mehrfach gesagt, dass er den Kommandochip noch dringend benötigen würde. Doch wie hatte sie das voraussehen können?

Er verwarf die Gedanken und richtete sich vorsichtig auf. Wie lange hatte er geschlafen?

„Captain Cross?“, erklang eine Stimme. „Aber wie … Sie sind aufgewacht.“ Paramedic Syra Pembleton starrte ihn an wie einen Geist.

„Wie lange war ich bewusstlos, ist die Mission erfolgreich verlaufen?“ Er setzte sich vorsichtig auf, ignorierte das Schwindelgefühl und schwang die Beine von der Seite des Bio-Bettes.

„Mehrere Tage“, antwortete Pembleton stockend. „Das Schiff fliegt gerade ins Algethi-System ein, Sir.“ Erst jetzt besann sie sich ihrer Aufgabe. Sie zog einen Handscanner hervor und las mit immer größer werdenden Augen die Anzeigen ab. „Aber das ist einfach nicht möglich. Ihre Werte hatten sich beim letzten Check stabilisiert, aber nicht verbessert. Doch jetzt sind Sie wieder völlig gesund. Und es gibt nicht einmal Muskelschwund oder Proteinschwäche aufgrund der Flüssignahrung."

„Was ist hier los?!" Doktor Branch betrat den Raum. Seine Augen weiteten sich. „Cap ... tain Cross."

Jayden hatte keine Zeit dafür. Er sprang zu Boden, holte aus und rammte dem Arzt die Faust gegen das Kinn. Der Doc verdrehte die Augen und sackte zusammen. „Cross an Sicherheit."

Es dauerte einige Sekunden, dann erklang eine tiefe Stimme. „Alpha 365 hier. Captain, Sie sind erwacht." Es war eine Feststellung, keine Frage.

„In der Tat. Verhaften Sie umgehend Doktor Branch, er hat gemeinsam mit *E.C.* Johnston versucht, mich zu töten. Sobald Sie sich darum gekümmert haben, will ich Sie mit einem bewaffneten Trupp auf der Kommandobrücke sehen. Cross Ende." Er wandte sich Pembleton zu. „Sobald Branch in Gewahrsam ist, suchen Sie Doktor Isaak auf. Ab sofort hat er das Kommando über die Krankenstation."

Die verwirrte Paramedic hatte gerade noch Zeit, ein „Aye, Sir" hervorzupressen, da schloss sich auch schon das Schott hinter ihm. Auf dem Weg zur Kommandobrücke hielt Jayden kurz an einem Waffenschrank und entnahm einen Pulser. Es war an der Zeit, sich um das Problem Christopher Johnston ein für alle Mal zu kümmern.

Lieutenant Commander Tess Kensington kochte vor Wut. Die Einschätzung von Alpha 365 hatte sich als rundheraus falsch erwiesen, weshalb sie nun in ihrem eigenen Quartier unter Arrest gestellt worden war. Nicht nur, dass sie ihren Freunden und Kollegen bei der aktuellen Mission nicht helfen konnte, sie würde obendrein nach der Rückkehr des Schiffes der *I.S.P.* in die Hände fallen. Mehrmals hatte sie bereits versucht, Alpha 365 zu kontaktieren, nachdem er sie – in Begleitung von zwei weiteren Sicherheitskräften – hier eingekerkert hatte. Da sie auch keinen Zugriff mehr auf das interne Computernetz besaß, war sie quasi blind. Was auch immer dort draußen gerade geschah, sie würde es erst erfahren, wenn alles vorbei war.

Wütend ging sie auf und ab und überdachte ihre Optionen. Viele waren es nicht. Selbst wenn sie aus ihrem Quartier fliehen konnte, half ihr das nicht weiter.

Ich könnte die Parliden um Asyl bitten. Tess kicherte bei diesem Gedanken. Sjöberg würde Augen machen. Und Johnston erst.

Sie schüttelte den Kopf. Immerhin, ihr Humor schien *allem* standzuhalten.

Als sich das Schott ihres Quartiers öffnete, hoffte sie schon darauf, dass es Alpha 365 sein würde – natürlich mit einem geheimen Plan im Gepäck. Stattdessen starrte sie jedoch in das Gesicht von Commander Devgan.

„Sir!“ Tess hielt verblüfft inne. Erst jetzt bemerkte sie, dass der Leiter der Schadenskontrolle kreidebleich war. Er zitterte, und sein Gesicht war von einem dünnen Schweißfilm bedeckt. Er hielt sich gerade so auf den Beinen und kam nun ins Zimmer getaumelt. Hinter ihm betrat eine Offizierin in der blassblauen Uniform der Paramedics mit erhobenem Pulser den Raum. „Paramedic Pembleton!?“

„Commander Kensington“, sagte die junge Frau mit dem kantigen Gesicht. „Es tut mir leid, wirklich. Ich wollte das alles nicht.“

„Ich verstehe nicht.“

„Die haben meinen Bruder.“

„Die *Inner Security Police*“, begriff Tess. „Das ist jetzt nicht ihr Ernst. Sie sollen mich töten?“

Pembleton nickte. „Dafür entlassen die Ken. Doktor Branch hat es mir versprochen, und er hat Kontakte zu Johnston.“

„Daran glauben Sie doch nicht wirklich. Sie werden mich töten, und dann lassen die auch Sie verschwinden. Warum sollten sie ihr Wort halten?“

Pembleton schaute so traurig drein, dass sie Tess fast leidtat. Gäbe es da nicht den Pulser, der auf sie gerichtet war, sie hätte die andere Frau in den Arm genommen.

„Er ist mein einziger Bruder“, sagte die Paramedic entschuldigend. „Eine zweite Chance bekomme ich nicht.“

Wie weit wollten diese Leute eigentlich noch gehen? Sie konnte sich einfach nicht vorstellen, dass diese Aktion von der *I.S.P.* oder Sjöberg genehmigt war. Mitten in einer laufenden Mission die Kommandobrückencrew zu beseitigen, das war glatter Selbstmord. Natürlich war ihr klar, warum Johnston so abrupt reagiert hatte. Sie hatte bezüglich des Zustandes von Captain Cross nachgeforscht und war – vermutlich – auf der richtigen Spur gewesen.

„Und wenn ich mir das so ansehe“, sagte sie jetzt an Pembleton gewandt, „wird der arme Commander Devgan den Sündenbock spielen müssen. Nur aus reiner Neugierde: Warum sollte ein schwer verletzter Offizier, mit dem ich mich immer gut verstanden habe, in halb totem Zustand von der Krankenstation hierhertaumeln, um mich zu erschießen?“

„Weil Sie für seinen Unfall verantwortlich waren.“

Das verschlug Tess tatsächlich für einige Augenblicke die Sprache. „Und wie habe ich das angestellt?“

„Sabotage.“

„Weil?“

„Sie ihn als Chef der Schadenskontrolle loswerden wollten“, sagte Pembleton mit zittriger Stimme. „Damit Lieutenant Jameson zum neuen Leiter ernannt wird.“

„Und warum sollte ich …“

„Sie haben natürlich eine Affäre mit ihm.“

Tess lachte auf. „Attraktiv mag er ja sein, aber ich fürchte, das wird Ihnen niemand glauben.“

„Johnston sorgt dafür, dass niemand genauer nachforscht.“ Sie schluckte schwer. „Ich hasse diesen Mann, das versichere ich Ihnen. Es tut mir leid, was ich tun muss, doch es geht nicht anders.“

„Die Entscheidung liegt bei Ihnen“, sagte Tess. „Wenn Sie töten, dann, weil *Sie* diesen Weg bewusst gehen.“

„Sie haben ja keine Ahnung!“

„Und Sie kennen mich natürlich gut genug, um das zu beurteilen.“ Sie suchte fieberhaft nach einem Ausweg. Tess besaß keine Waffe, aber wenn sie nahe genug herankam, um Pembleton zu attackieren …

„Bleiben Sie stehen! Glauben Sie, ich weiß nicht, was Sie vorhaben.“ Die Paramedic hob den Pulser. „Es tut mir leid.“ Damit legte sie an und schoss.

Im gleichen Moment zerriss eine Explosion die Stille. Der Boden bebte, der Schuss ging haarscharf an Tess vorbei. Pembleton hielt sich auf den Beinen, hob die Waffe erneut. Tess warf sich nach vorne.

13

Gefangenenkolonie Pearl, Alzir-System, 19. Juni 2266, 10:30 Uhr

Die radioaktive Strahlung rettete ihnen das Leben – zumindest vorerst. Die Sensoren der Sucher wurden so sehr gestört, dass sie es hoffentlich früher oder später aufgaben. Andererseits hatten sie zweifellos das Fehlen der Skinsuits bemerkt und wussten daher, dass die beiden Gefangenen auf der Flucht waren.

Irina Petrova sah dem Shuttle nach, das in der Ferne verschwand. Die Anzüge isolierten ihre Körperwärme, weshalb sie für die Verfolger nahezu unsichtbar wurden.

Immer wieder kamen sie auf ihrem Weg an weißen Pflanzen vorbei, die bei der Berührung in Aschewolken zerstoben. An den Wänden verlassener Dörfer konnten sie die Schatten jener erkennen, die von der atomaren Explosion ausgelöscht worden waren. Irina hatte gehofft, diese Welt nie wieder betreten zu müssen. Hier hatte sie auf einem der südlichen Kontinente am Strand gelegen, einen kühlen Mai Tai geschlürft und war in die Lagune hinabgetaucht. Ein Idyll, das sich innerhalb weniger Stunden in einen Albtraum verwandelte, als einer der Sternenraumer abstürzte und dabei die Oberfläche beschoss.

„Es war die richtige Entscheidung, nicht den nächstgelegenen Bunker aufzusuchen", sagte Zev, als das Shuttle am Horizont verschwunden war. „Die hätten uns sofort geschnappt."

„Das können Sie immer noch."

Ihr Ziel lag einen Tagesmarsch entfernt. Wie Zev ihr versichert hatte, würde die *I.S.P.* sie dort nicht suchen, schlicht und ergreifend deshalb, weil sie nichts von diesem Ort wussten. So zumindest hoffte er. Vor dem Angriff der Sternenraumer hatte auf NOVA Commodore Harris das Kommando innegehabt. Er hatte auf Pearl ein Forschungszentrum in der nördlichen Region aufgebaut. Neben Harris und Zev wussten unter den Kommandooffizieren nur Coen und einige Kommandobrückenoffiziere darüber Bescheid. Von denen hatte jedoch niemand die Schlacht überlebt. Da zudem der Computerkern vollständig zerstört worden war, standen ihre Chancen recht gut, dass keiner von der aktuellen Stationsbesatzung eingeweiht war. Falls Coen diese Information also auch weiterhin nicht preisgab – bisher war die Station vermutlich in den Wirren der Umstrukturierung einfach nicht mehr beachtet worden –, konnten sie dort zumindest kurzfristig unterkommen. Ein Shuttle besaß die Forschungseinrichtung leider nicht.

„Du bist verdammt pessimistisch", sagte Zev. „Wir sind jetzt nun einmal in dieser Lage, also machen wir das Beste daraus."

Sie wollte ihm da nicht widersprechen und verzichtete auf die Bemerkung, dass *er* sie beide in diese Situation gebracht hatte.

„Also, warum bist du hier?"

Die Frage überraschte Irina vollkommen. „Bitte?"

„Ich meinte im Gefangenenlager. Was wirft die allmächtige *I.S.P.* dir vor?"

„Dass ich mit Michalew paktiere", entgegnete Irina. Zev konnte es sowieso niemandem mehr erzählen, was machte es also schon aus, ihn einzuweihen. „Und in meinem Fall traf das auch zu."

Zev zuckte zusammen. Als wäre er gegen eine Wand gelaufen, blieb er stehen und starrte sie entgeistert an. „Du hast mit Michalew zusammengearbeitet?!"

„Nicht, was den Umsturz angeht, nein." Sie war so müde. „Davon wusste ich nichts. Aber während meiner Professur an der medizinischen Fakultät in Heidelberg – das liegt im Deutschen Sektor von Terra – stieß ich auf alte Unterlagen, die sich mit den Parliden beschäftigten. Es handelte sich um ein mehrseitiges Dokument, das von einem Captain Stark Jahre zuvor beim Wissenschaftsrat eingereicht worden war. In diesem ging es um einen angeblichen Überfall einer Kolonie durch eine Parlidenflotte. Ich forschte weiter nach, da meine Neugierde geweckt war. Scheinbar schreckte ich dadurch einige Leute auf, denn Admiral Michalew sprach mich kurz darauf an. Er glaubte diesen Behauptungen und bat mich, wieder in den aktiven Dienst an Bord eines Raumschiffes einzutreten."

„Und ich habe mich immer gewundert, was eine Koryphäe wie du an Bord eines Raumschiffes macht. Deine Arbeiten in der angewandten Wissenschaft führten zu so vielen Patenten, du müsstest doch steinreich sein."

„Ich konnte bisher gut leben. Aber es hat mich auch gereizt, an Bord eines so fortschrittlichen Schiffes wie der HYPERION zu arbeiten. Die Forschungsmöglichkeiten, das Entdecken neuer Dinge dort draußen, das war verheißungsvoll. Nicht zu vergessen das Parliden-Mysterium.

Ich wollte es lösen. Warum verschleppen die Sternköpfe Menschen? Wozu? Es kam nie zu Verhandlungen, nie zu einem Geißelaustausch."

„Der Kerl hat dich doch nur benutzt. Als ob ihm jemals daran gelegen war, diese Sache aufzuklären."

„Ich glaube, er wollte das wirklich", entgegnete Irina. „Und es ist ihm gelungen."

In wenigen Worten berichtete sie von der Versklavung all der Menschen durch die Parliden. Immerhin, dieses Geheimnis hatte sie gelüftet. Die Sternköpfe steckten Menschen in autark funktionierende, durch eine K.I. gesteuerte Rüstung und setzten sie als Sklaven ein. Warum das so war, wusste sie allerdings nicht. Gab es so wenig Hohe Parliden? Oder genossen die Aliens einfach den Komfort von Sklaven? *Diese* Frage würde wohl immer ungeklärt bleiben.

Zev war von dieser Mitteilung schockiert. „Aber warum wissen wir nichts davon?"

„Die Admiralität und die Präsidentin wussten es, doch die sind mittlerweile alle tot. Sjöberg will vermutlich keine Massenpanik auslösen, immerhin befindet er sich in einer Zwickmühle. Ein Angriff würde nämlich Menschen töten. Gleichzeitig muss er die Gefangenen jedoch befreien. Irgendwann wird er es zweifellos der Öffentlichkeit sagen, aber erst, wenn er das Problem gelöst hat. Der Mann ist ein Maestro auf der Klaviatur der Macht."

„Da sind wir uns einig."

„Genug von mir", sagte Irina. „Warum bist du hier gelandet? Und dieses Mal die Wahrheit, bitte."

„Die Wahrheit." Zev lachte auf. „Es ist lange her, dass ich es damit versucht habe. Ich wollte nie zur Flotte. Mein Leben war von früh an schon recht exakt verplant und hätte sich eigentlich in den gehobenen Kreisen der terranischen Gesellschaft abspielen sollen. Aber dann ist etwas passiert. Es gab einen Anschlag auf mich und meinen Vater, weshalb er mit mir fortging."

„Fort von Terra?"

Zev nickte. „Er war gut im Verwischen von Spuren, aber nicht gut genug."

„Das tut mir leid."

„Seit diesem Tag suche ich nach den Mördern meines Vaters, meiner Familie. Ein Weg, der mich auch in die Flotte geführt hat. Bedauerlicherweise verlor sich dort die Spur. Ich forschte natürlich weiter, doch seitdem die *I.S.P.* überall ihre Nase reinsteckt, wurde das schwieriger. Ich konnte einen Kontakt zu den Untergrundgenetikern auf Kassiopeia herstellen. Bisher endete eine weitere vielversprechende Spur dort. Man bemerkte die Phasenfunk-Verbindung. Der Inhalt war natürlich verschlüsselt, doch sie fanden mich. Da ich den wahren Grund für meinen Kontakt nach Kassiopeia unmöglich aufdecken konnte, haben sie mich hierhergebracht."

„Die glauben also, dass du mit Michalew zusammenarbeitest?"

„Anfangs vermutlich, ja. Ich wurde eingehend befragt, und am Ende glaubten sie mir wohl. Warum ich trotzdem auf Pearl gelandet bin, weiß ich nicht."

Nach diesen Offenbarungen stapften sie schweigend weiter. Alle paar Stunden legten sie eine kurze Rast ein, marschierten sonst aber zügig voran. Die Skinsuits schützten vor der radioaktiven Strahlung, und ein Notvorrat an Wasser und Nahrungskonzentrat würde sie für einige Tage am Leben erhalten. Trotzdem sehnte Irina ihr Ziel herbei. Sie wollte sich nur noch in irgendeinem Eck zusammenrollen und schlafen.

Stunden vergingen, die Nacht brach herein. Sie erreichten ein zerstörtes Dorf; halb eingestürzte Ruinen reihten sich aneinander, Pflanzen streckten sich wie skelettierte Finger in den Himmel, zerstörte Fluggleiter lagen am Boden. Sie durchquerten das tote Dorf und fanden am anderen Ende ein halbwegs intaktes Haus. Dahinter lag ein ausgetrockneter See, die Ausläufer der Explosion hatten das Wasser innerhalb von Sekunden verdampft.

Es war eine unruhige Nacht, doch immerhin fand Irina ein wenig Schlaf. Früh am nächsten Morgen machten sie sich wieder auf, stapften durch Ödnis und Verfall, Trümmer und Tod. Ihre Gespräche wurden spärlicher, verstummten ganz. Jeder war mit sich selbst und seinen Gedanken beschäftigt. Irina dachte an ihr Häuschen im Loiretal, die Krankenstation der HYPERION – wer war wohl der neue Chefarzt? – und ihre unbeendeten Forschungen. Noch vor wenigen Monaten war ihr Leben völlig in Ordnung gewesen, und nun war nicht mehr viel davon übrig.

Gegen Mittag konnten sie einen wuchtigen Bau in der Ferne ausmachen, und am Abend erreichten sie ihn endlich: das Forschungslabor. Das Hauptgebäude bestand aus einem flachen Block. Stein und transparenter Stahl bedeckten die Front, dahinter erhob sich ein rechteckiger Kasten, der in den Himmel ragte. Auf dem Hauptgebäude lag ein längliches, tunnelartiges Fragment, das wie ein eckiger Finger über die Front emporragte und durch eine Säule gestützt wurde.

Einst war der Komplex von einem Zaun umspannt worden, der dem Druck der Explosion jedoch nicht standgehalten hatte. Die Ebene war von Schnee bedeckt. Der nukleare Winter hielt diesen Landstrich fest im Griff, und je weiter man nach Norden vordrang, desto schlimmer würde es werden.

Sie stapften durch die dünne Schneeschicht und erreichten schließlich den Zugang. Der Haupteingang war nicht gesichert, wie bei den meisten Forschungskomplexen. Besucher waren stets willkommen. Erst die tiefer gelegenen Stockwerke würden ihnen Probleme machen.

Als sie die Eingangshalle betraten, sackte der Wert an Gammastrahlung schlagartig ab. Irina hatte gehofft, dass das Gebäude der neuesten Bauweise gegen alle Arten von Strahlung geschützt war, doch erst jetzt atmete sie befreit auf.

„Endlich!" Zev berührte ein Icon auf seiner Anzugsteuerung, der Falthelm öffnete sich und wurde in das Nackenfach des Skinsuits eingezogen.

Irina tat es ihm gleich. Die Luft roch frisch, die interne Umwälzungsanlage arbeitete. Sie fragte sich unweigerlich, wie lange noch.

Sie ignorierten den Infobereich und gingen direkt zu den Fahrstühlen, die in die tiefergelegenen Stockwerke führten. Tatsächlich schien die Technik des Gebäudes dem elektromagnetischen Impuls standgehalten zu haben, der mit der Explosion einhergegangen war. Irina wusste, dass moderner transparenter Stahl nur noch mit Speziallegierungen verbaut wurde, die bis zu einem gewissen Grad strahlenresistent waren.

„Die untersten Ebenen sind geschützt", sagte Zev. Er aktivierte die in den Anzug integrierte Mini-K.I. und zog einen Adapterstecker hervor, der durch ein dünnes Kabel auf Höhe des linken Handgelenkes mit dem Anzug verbunden war. „Die oberen Bereiche haben nur einfache Codeschlösser."

Es dauerte nur einige Sekunden, dann verschwand das stilisierte Schloss von den Touch-Flächen der obersten drei unterirdischen Ebenen. Irina setzte den Fahrstuhl mit einer Berührung des ersten Icons in Bewegung.

Als die Tür sich öffnete, traute sie ihren Augen nicht.

„Was haben die hier erforscht?“, fragte Zev, während er in das Labor trat. „Das sollte ein einfaches Labor für Feldforschung sein, aber das hier wirkt wie militärisches Gerät.“

„Wenn ich das richtig deute – und da ich keine Spezialistin auf diesem Gebiet der angewandten Forschung bin, ist das nicht sicher –, ging es um Phasen- und Sivor-Strahlung. Das hier“, sie deutete auf zwei Maschinenblöcke, „sind Multi-Frequenz-Generatoren. Aber hier muss es irgendwo noch weitaus größere Aggregate geben. Vermutlich in den unteren Bereichen.“

Irina trat an eines der Terminals heran. Sie wunderte sich schon gar nicht mehr darüber, dass ihr Hand-Com erneut die Arbeit aufnahm. Dieses Mal färbte sich das Display schwarz, und Statusdaten flimmerten über den kleinen Bildschirm. Einige Monitore erwachten zum Leben.

„Ich wette, in den unteren Bereichen gibt es auch medizinische Ebenen und eingelagerte Nahrung“, sagte Zev. „Wir müssen nur eine Möglichkeit finden, die Codesperren zu überwinden.“

Irina beobachtete ihren Hand-Com, auf dem die Status-Meldungen noch immer flirrten. Gleichzeitig erwärmte das Gerät sich leicht.

„Ich gehe noch mal nach oben und schaue mir den Verwaltungscomputer genauer an. Vielleicht findet sich dort eine Möglichkeit, die Barrieren zu umgehen.“

Irina überdachte kurz ihre Optionen. „Ich komme gleich nach, aber zuerst will ich noch etwas mit meinem Hand-Com testen.“

Zev verschwand, und sie blieb alleine zurück. Sie fiel in einen der Laborsessel und atmete entspannt durch. Immerhin hatten sie ein Etappenziel erreicht, ohne dass die *I.S.P.* es bemerkte. In den unteren Ebenen konnten sie hoffentlich einige Tage überstehen und die weiteren Schritte planen.

Irina widmete sich erneut dem Hand-Com. Auf dem Tisch vor ihr stand ein Terminal, in dessen Seite mehrere Adapterstecker integriert waren. Sie zog einen hervor und klebte die hauchdünne Mikrofolie auf das Display ihres Hand-Coms. Der Kontakt kam sofort zustande. Auf dem Monitor des Terminals erschien ein Interface, über das sie auf das Hand-Com zugreifen konnte – wenn es ihr gelang, die Codesperre zu überwinden. Sie war zwar kein technisches Genie, doch einen Codebrecher konnte sie gerade noch aktivieren. Durch die elektromagnetische Strahlung auf Pearl war der Computer zwar nicht mehr mit der zentralen Cloud und dem Galaktischen Netz verbunden, aber im lokalen Speicher des Institutes fand sich das gesuchte Programm in einem temporären Verzeichnis. Wie schnell doch immer wieder die einfachsten Sicherheitsregeln vergessen wurden.

Irina aktivierte die Anwendung und wartete. Während die Dechiffrierung lief, ließ sie sich die Status-Protokolle auf einem separaten Monitor anzeigen. Sie scrollte durch die Zeilen. Natürlich konnte sie mit derartigen Codefragmenten nichts anfangen, doch eine Angabe machte sie stutzig. Dort stand: *Open Phase-Port 3388. Initiate Handshake*. Irina wurde eiskalt, als sie begriff, was das bedeutete.

Der Hand-Com verbindet sich mit dem Phasennetz!

Sie schaute auf die Zeitmarke. Genau genommen hatte das verdammte Ding direkt nach ihrem Eintreten mit diesem Gewirr aus Statusangaben begonnen. Das erklärte auch die Wärme des Geräts: Es fand ein ständiger Zugriff auf die Mikro-Festplatte statt, der Rechner lief heiß. All die Daten, die der Minicomputer gesammelt hatte, wurden über eine Phasenverbindung nach außen übertragen.

Und das ist für die I.S.P. wie ein Leuchtfeuer.

Irina sprang auf, riss den Adapter vom Hand-Com und rannte zum Lift. Sie mussten hier verschwinden! Hektisch tippte sie auf das Icon; die Kabine ließ jedoch auf sich warten. Endlich öffneten sich die Türen vor ihr – natürlich viel zu langsam. Als die Kabine sich in Bewegung setzte, kaute sie hektisch auf ihrer Unterlippe, während sie gleichzeitig an der Displayfolie des Hand-Coms kratzte. Das verdammte Ding musste ab!

Als die Lifttüren sich öffneten, hielt sie schockstarr inne. Zev saß vor einem der Monitore und wandte sich ihr zu, als vor der Front aus transparentem Stahl fünf Gleiter zu Boden schwebten. Das Verteidigungssystem des Labors erkannte die integrierten Waffen und gab Warnmeldungen aus. Gleichzeitig surrte es über ihnen.

Das Gebäude besitzt ein Verteidigungsnetz!, begriff Irina.

Mehrere Miniraketenwerfer eröffneten das Feuer. Ihr blieb gerade noch genug Zeit, sich darüber zu wundern, dass es in einem Forschungskomplex derartige Waffen gab, da erwiderten die Gleiter auch schon das Feuer. Der Stahl wurde von einer Explosion zerfetzt: Schrapnells flogen umher, Rauch wallte auf. Irina sprang noch rechtzeitig aus der Kabine, bevor diese mit rasender Geschwindigkeit in die Tiefe sauste.

Zev kroch hinter einer umgestürzten Säule hervor. „Wir müssen …“

Die nächste Explosion riss ihm die Worte von den Lippen. Die Druckwelle erfasste Irina. Sie flog durch den Raum und krachte gegen die Wand. Noch während sie japsend Luft holte, prasselte ein Regen aus Steinen auf sie herab. Gedankenschnell aktivierte sie die Helm-Funktion. Der Falthelm umhüllte ihren Kopf innerhalb von Sekunden, schloss den Anzug luftdicht ab und verhärtete sich, da die Sensoren eingehende Trümmerstücke bemerkten.

Stille.

Irina war von mehreren Schichten aus Zementbrocken und Stahlfragmenten begraben, konnte sich weder bewegen noch aus eigener Kraft befreien. Der Anzug bemerkte ihre Unbeweglichkeit und aktivierte das Display auf der Innenseite des Helms. Die angebrachten Sensoren reagierten auf Irinas Pupillen, wodurch sie Funktionen aktivieren konnte, ohne die Steuerung in den Armmodulen des Suits zu berühren. Sie pegelte die Audiosensoren in die Höhe.

Zev stöhnte vor Schmerz auf.

Eine Stimme sagte: „Alles sauber!“

Stiefelschritte.

Erneut erklang die unbekannte Stimme. „Wir haben ihn.“

„Betäuben Sie ihn“, sagte eine andere, tiefere Stimme.

„Aye, Sir.“ Ein Schuss fiel.

Irina aktivierte die Komplettisolierung des Anzugs.

„Wo ist die andere.“ Kurze Stille. „Diese Irina Petrova.“

„Wir können noch einen Wärmenachhall aus Richtung des Aufzugs orten. Die Kabine ist jetzt irgendwo da unten. Hier im Bereich ist nichts mehr, zu viel Störstrahlung durch die Explosionen und chemischen Rückstände.“

Die Tiefstimme sagte: „Kontaktieren Sie die Basis. Die sollen ein Bergungsteam hierherschicken. Ich will, dass der Körper da unten herausgeholt wird. Und ein paar Wissenschaftsheinis sollen mal in den tieferen Ebenen nachsehen, was es hier so Interessantes gibt. Wir ziehen ab.“

Stiefelschritte.

Stille.

Irina wagte kaum zu atmen, obwohl man sie sowieso nicht

gehört hätte. Erst als weitere fünfzehn Minuten vergangen waren, atmete sie auf. Doch was jetzt? Der Skinsuit besaß keine integrierten Servomechanismen. Sie war gefangen, konnte aus eigener Kraft nicht entkommen. So musste es sich in einer Parlidenrüstung anfühlen. Lebendig begraben in der Finsternis, ohne etwas dagegen tun zu können. Das reine Grauen.

Sie versuchte die Steine zu bewegen, doch jede Mühe war erfolglos. Sie blieb gefangen.

14

Sol-System, Sol III, irgendwo in Neu Berlin

Admiral Isa Jansen nickte zufrieden. Sie hatte die eingehenden Daten noch nicht vollständig gesichtet, doch schon das wenige Wissen aus den ersten Sensordaten war Gold wert. Endlich wussten sie, wo sich das Gefangenenlager befand, in dem so viele verschwanden.

Einen besseren Ort als das Alzir-System hätte er sich nicht aussuchen können, dachte sie. *Kein Mensch käme auf die Idee, dass auf Pearl Gefangenenlager existieren. Und die Infrastruktur für die Raumüberwachung und Verschiffung besteht bereits.*

Mit einer instinktiven Handbewegung strich Isa sich eine dunkle Strähne aus der Stirn. Es war noch immer ein seltsames Gefühl, wenn sie in ein Spiegelfeld blickte. Diese Frau mit dem dunklen Haar und den kantigen Gesichtszügen hatte so gar nichts gemeinsam mit Admiral Isa Jansen, dem blauäugigen Reh, das sie gewesen war. Doch immerhin war sie am Leben, was man von vielen Freunden und Kollegen nicht mehr sagen konnte. Und höchstwahrscheinlich würde es auch Irina Petrova so ergehen. Die Frau tat Isa leid. Gerne hätte sie etwas getan, um ihr zu helfen, doch es gab so viele Leben zu retten, da mussten einzelne zurückstehen.

Wer, wenn nicht eine Ärztin, kann das nachvollziehen?!

Isa überspielte die Daten auf einen Speicherkristall, dann aktivierte sie die Selbstzerstörung und verließ das Gebäude, in dem sich die Phasenfunkstation befand. Sie hatten die Einheit in einem Abrisshaus aufgestellt, die Explosion würde niemandem schaden.

Den Kristall in der Tasche verstaut, machte sie sich auf den Weg zu ihrem Unterschlupf. Die Daten waren der Schlüssel. Jetzt mussten sie nur noch die richtige Person erreichen.

Isa lächelte.

15

IL HYPERION, Algethi-System, 19. Juni 2266, 20:30 Uhr

Der Boden bebte, Überschlagblitze schossen aus mehreren Konsolen, und die Touch-Oberfläche einer Wissenschaftsstation explodierte. Glücklicherweise verhinderte ein Prallfeld, dass dem dort sitzenden Offizier etwas geschah.

Die Anzeige der Holosphäre flackerte, es war unmöglich, sinnvolle Daten abzulesen. Schadensmeldungen flimmerten über Norikos Display, dann wurde es schwarz. Sogar die Beleuchtung fiel kurz aus. Als die Meldung der Schadenskontrolle erneut aufleuchtete, konnte sie nicht fassen, was sie da las. Die Minen waren explodiert und hatten verheerenden Schaden angerichtet. Die zweite Kommandobrücke, die im Fall einer Zerstörung der Primärbrücke aktiv werden sollte, existierte nicht mehr. Die beiden Shuttlehangars waren vollständig zerstört. Und das war noch nicht einmal das Schlimmste.

„Der Interlink-Antrieb ist irreparabel beschädigt", meldete Lieutenant Task, als hätte er ihre Gedanken gelesen. „Wir befinden uns noch immer im Parlidensystem, wenn auch 3 AE von unserer letzten Position entfernt. Wir steuern mit 0,41 LG auf den Rand des Systems zu."

„Welche Optionen haben wir?"

„Der Pike-Antrieb ist ausgefallen", antwortete Task. „Wir können weder beschleunigen noch abbremsen."

„Ein Teil der Sensoren ist wieder aktiv", sagte Lieutenant Nurakow. Auf seinem Gesicht stand ein dünner Schweißfilm. „Mehrere Parlidenkreuzer haben ihren Kurs auf unsere neue Position ausgerichtet und fliegen auf uns zu."

Erst jetzt bemerkte Noriko, wer kurz vor der Explosion die Brücke betreten hatte und gerade wieder benommen auf die Beine kam.

„Captain Cross", sagte sie verblüfft.

Die Köpfe aller Offiziere wandten sich fast synchron um.

Noriko konnte es kaum fassen, dass der Captain leibhaftig vor ihr stand. Mit gerunzelter Stirn erkannte sie, dass er einen Pulser in der Hand hielt, dessen Lauf auf den *E.C.* gerichtet war.

„Mister Johnston, ich empfehle Ihnen, keine Dummheiten zu

machen“, sagte Cross verächtlich. „Alpha 365 ist auf dem Weg hierher. Er wird sie verhaften. Doktor Branch befindet sich bereits in Gewahrsam. Sie mögen ja eine Menge Befugnisse haben, doch ein Mordversuch steht sicher nicht in der Stellenbeschreibung.“

Noriko blickte verblüfft zwischen den beiden hin und her. „Ein Mordversuch?“

„Eine tödliche Naniten-Injektion“, erklärte Cross, während er langsam nähertrat. In sicherem Abstand zum *E.C.* blieb er stehen. „Ohne den Chip hätte ich nicht überlebt.“

Johnston kicherte. Noriko hätte mit allem gerechnet, doch nicht damit. Hatte der *Executive Controller* jetzt den Verstand verloren?

„Unsere Torpedoschächte sind beschädigt“, meldete Lieutenant Commander Akoskin. „Die Schilde reagieren nicht. Der Laser funktioniert noch, aber ich kann nicht sagen, wie lange. Wenn diese Raumer uns erreichen, können wir uns nicht verteidigen.“

„Lieutenant Larik, was sagt der Maschinenraum?“, fragte Noriko.

„Die L.I. kümmert sich um den Pike-Antrieb, doch der Interlink ist aus Bordmitteln nicht zu reparieren.“

Norikos Gedanken rasten. Sie konnten nicht beschleunigen, die Parliden wurde zunehmend schneller. Ohne den Interlink waren sie alle verloren.

„Es ist wirklich Ironie des Schicksals, dass Sie den Anschlag überlebten, nur, um jetzt zu sterben“, sagte Johnston. „Alpha 365 wird mich nicht verhaften. Das kann er gar nicht.“

„Sie handelten auf Befehl“, sagte Cross mit gefährlich ruhiger Stimme. „Es ist also alles wahr, was McCall sagte. Sjöberg hat das geplant, und Michalew ist längst tot.“

„Alles was zählt ist, dass Sie nun sterben werden!“

„Nein, das wird der Captain nicht“, mischte sich Noriko ein. Sie erhob sich von ihrem Konturensessel, ging zu Cross und nahm Aufstellung an seiner Seite. „Sie haben genug Chaos angerichtet!“

„Die Energieversorgung des Transmitters fluktuiert“, meldete Lieutenant Nurakow. Er behielt also auch die internen Sensoren im Auge. „Wir müssen die Fusionsbombe jetzt absenden. Die Gegenstation hat das Ziel erreicht.“

„Stoppen Sie den Vorgang“, sagte der Captain. „Die Bombe wird nicht ausgeschleust. Ich werde Sjöberg nicht dabei helfen, einen Krieg zu beginnen, der unzählige Leben kosten und ihn noch weiter zum

Helden stilisieren wird!“

„Sie sind so berechenbar, Cross.“ Johnston betätigte ein Icon auf seiner Konsole, bevor irgendjemand etwas dagegen tun konnte.

„Die Fusionsbombe hat ihr Ziel erreicht“, sagte Nurakow.

In der flimmernden Holosphäre konnten sie beobachten, wie sich riesige Energieeruptionen auf der Oberfläche von Algethi IV bildeten.

„Und nachdem das geklärt ist, sind Sie an der Reihe“, sagte Johnston mit einem diabolischen Lächeln auf den Lippen. „In einer fließenden Bewegung zog er etwas aus der Tasche.“

Captain Cross löste den Pulser aus, doch das Prallfeld von Johnstons Sessel hatte sich wieder aktiviert, und der Schuss verpuffte wirkungslos.

„Mit diesem Impulsgeber besitze ich die absolute Kontrolle über ihr aller Leben!“ Johnston richtete das längliche Gerät auf Jayden. „Dachten Sie wirklich, Sjöberg sei so kleingeistig? Er hat doch auch mit so einem Fall gerechnet; schon vor Jahren. Nur aus diesem Grund hat er das Kommandochip-Projekt durch den Senat gebracht.“ Johnston überschlug die Beine. „Nanotechnologie ist wirklich etwas Besonderes. Es reichen schon winzige Mengen an Naniten, um die integrierten Bestandteile an Explosivstoff im Chip zu aktivieren. Voneinander getrennt sind diese Bestandteile kein Problem, doch zusammengefügt lösen sie durch Mikroexplosionen Perforationen im Gewebe aus.“

Noriko starrte mit aufgerissenen Augen auf den Impulsgeber. Das konnte unmöglich wahr sein! Sie verstand diese Sache immer weniger. Was hatte Präsident Sjöberg damit zu tun, und warum hatte Johnston versucht, den Captain umzubringen?

In der Holosphäre verwandelte sich die Heimatwelt der Parliden in das Zentrum einer gewaltigen Explosion. Die Kreuzer hielten jedoch unbeirrt auf die HYPERION zu, während das Schiff langsamer wurde.

„Ich mag sterben, doch zuvor sind Sie an der Reihe, Cross!“ Johnston senkte den Daumen auf den Auslöser.

Nichts geschah.

Entsetzt blickte der *E.C.* auf das Gerät, während der Captain sich verblüfft umsah. Vermutlich war er überrascht darüber, noch am Leben zu sein.

Und dann begriff Noriko. Im gleichen Moment musste es auch dem Captain klargeworden sein und, was viel schlimmer war, Johnston.

„Ich verstehe.“ Der *E.C.* lächelte. „*Ihr* Chip ist ja etwas Besonderes. McCall wusste also über diese Sache Bescheid. Diese verdammte kleine

Schlampe. Aber wenn ich das richtig sehe, sind die übrigen Offiziere nicht geschützt. Testen wir das doch einmal."

Das Brückenschott glitt zur Seite, und Alpha 365 trat ein. Flankiert wurde er von zwei Sicherheitskräften, die vor der Mission neu an Bord gekommen waren. Alle drei hielten Pulser in den Händen und bedachten die Szene mit abschätzenden Blicken.

„Tun Sie das nicht", sagte der Captain an Johnston gewandt. „Ich ergebe mich."

Der schüttelte den Kopf. „Sie haben Ihre Entscheidung getroffen, Cross. Jetzt tragen Sie die Verantwortung. Dieses Schiff geht sowieso unter. Aber Ihre letzten Sekunden werden Sie damit verbringen, ihre Entscheidung zu bereuen. Ich kann Verräter nicht ausstehen!"

Er richtete den Impulsgeber auf Norikos Gesicht.

Nein!, dachte sie entsetzt.

Der Daumen senkte sich auf den Auslöser.

Sie konnte spüren, wie sich etwas in ihrem Schädel bewegte. Dann erklang ein *Ping*, das überlaut in ihren Ohren widerhallte. Sie blickte fassungslos zu Captain Cross. Der Boden der Kommandobrücke schien ein beängstigendes Eigenleben zu entwickeln, sie taumelte. Abrupt schwappte die Schwärze über ihr zusammen und löschte jeden Gedanken aus.

16

Zur gleichen Zeit

Lieutenant Commander Tess Kensington tauchte unter dem nächsten Schlag hinweg und rammte Paramedic Syra Pembleton ihre Faust in den Magen. Die Frau keuchte auf, klappte jedoch nicht wie erhofft zusammen. Stattdessen zog sie ihr Knie in die Höhe und rammte es Tess direkt gegen die Stirn.

Sie taumelte zurück, den Blick auf den Pulser gerichtet, der wenige Schritte entfernt zu Boden gefallen war. Pembletons Blick heftete sich ebenfalls auf die Waffe. Sie sprangen beide gleichzeitig nach vorne, wobei sie sich gegenseitig zur Seite stießen. Niemand erreichte sein Ziel.

Im Hochkommen trat Tess geschickt aus und traf die Paramedic seitlich an der Hüfte, wodurch Pembleton wieder zu Boden stürzte. Während ihre Gegnerin sich mit schmerzverzerrtem Gesicht herumrollte, schnappte sich Tess endlich den Pulser. Ihr Kopf pochte schmerzhaft, als sie sich gerade aufrichtete und den Lauf auf Pembleton richtete.

„Es ist vorbei", sagte sie. „Lassen Sie es gut sein." Aus dem Gesicht der Frau war jede Hoffnung gewichen. „Es tut mir leid um Ihren Bruder. Aber Sie können kein Leben gegen ein anderes tauschen. Verdammt noch mal, was ist nur mit Ihnen los! Sie sollten Menschen retten, sie nicht erschießen!"

Commander Devgan lag neben dem Schott bewusstlos am Boden.

Pembleton schlug beide Hände vor ihr Gesicht. „Es ist der einzige Weg. Ich könnte nicht damit leben, wenn ihm etwas passiert. Verstehen Sie doch."

„Nein." Tess schüttelte den Kopf. „Es gibt Grenzen, die man niemals überschreiten sollte."

Pembleton lächelte traurig. „Er wird freikommen! Auch wenn ich es nicht mehr erlebe."

Tess runzelte die Stirn, begriff nicht, was die Frau damit meinte. Bis sie das Vibrieren im Griff des Pulsers spürte, der sich zeitgleich erwärmte. „Was haben Sie getan?"

„Den DNA-Chip umprogrammiert", antwortete Pembleton. „Die

Waffe akzeptiert mich als Benutzer. Bei jedem anderen wird eine Überladung der Energiezelle ausgelöst."

Tess reagierte instinktiv. Sie schleuderte die Waffe davon und rannte gleichzeitig auf das Schott zu. Ihnen blieben nur Sekunden. Sie hämmerte auf den Entriegelungsschalter und sprang nach vorne. Voller Pein knallte sie gegen das Hindernis.

Ich stehe unter Arrest, begriff sie mit eiskalter Klarheit.

Die Todesangst peitschte durch ihre Adern, als sie nach der Paramedic griff. Sie benötigte ihren Handabdruck, um das Schott zu öffnen. Doch die Frau riss sich los und rannte tiefer in das Quartier, direkt auf die Waffe zu. Tess sprang hinterher, packte ihr Genick und riss sie gnadenlos herum.

„Sie müssen …"

Die Explosion sprengte ihr die Worte von den Lippen.

Captain Jayden Cross blickte auf die weit aufgerissenen Augen von Commander Noriko Ishida. Ihr Körper zuckte, die Pupillen weiteten sich. Jede Kraft war aus ihren Gliedern gewichen. Er hielt sie in seinen Armen, konnte noch immer nicht fassen, was gerade geschah. Ein dünner Blutfaden rann aus der Nase seiner I.O., Tränen sickerten aus ihren Auen. Die Lider flatterten, senkten sich über die Augen.

Um ihn herum brach Chaos aus. Er wollte eingreifen, doch alles schien wie in zähflüssigen Sirup gepackt, jede Bewegung verlangsamt.

Commander Lukas Akoskin sprang hinter seiner Konsole hervor. Mit eiskalter Präzision hechtete er zur Seite und auf Johnston zu. Zum ersten Mal erlebte Jayden, wie Akoskin die Maske fallen ließ und begriff, dass Sarah McCall ihn auch hier nicht belogen hatte. Sein Waffen- und Taktik-Offizier, der ständig den Macho spielte, war alles andere als das. Er war das letzte Puzzlestück.

Doch Johnston hatte mit der Attacke gerechnet. Anstatt jedoch den Impulsgeber einzusetzen, zog er seinen Pulser, richtete ihn auf Akoskin und schoss. Flirrende Energiepartikel sausten durch die Luft; drei davon schlugen in der Brust des Waffenoffiziers ein. Mit rudernden Armen taumelte er nach hinten, starrte entsetzt auf seine Uniform, die auf Herzhöhe von den energetisch geladenen Partikeln perforiert worden war.

Und dann geschah es. Ihre Blicke trafen sich in jenem Moment, als die Wandlung einsetzte. Die Kontaktlinsen, die sein zweiter Offizier trug, verloren ihre Farbe, wurden durchsichtig und zeigten die echte Iris seiner Augen. Sie strahlten in einem hellen, funkelnden Blau; sie gaben seine Herkunft und Zugehörigkeit zu erkennen und verdeutlichten außerdem, dass sein Herz aufgehört hatte zu schlagen.

Schüsse flirrten durch die Luft, Kampfgeräusche erklangen. Jemand schrie, ein anderer wimmerte. Lieutenant Larik hechtete hinter einer Konsole in Deckung und kauerte sich dort zusammen.

Die Stimme von Alpha 365 ertönte. Pulserschüsse surrten, während Johnston einen Befehl bellte. Der Boden des Schiffes bäumte sich auf wie ein Tier, das seine Reiter abwerfen wollte.

Nur Lieutenant Peter Task zeigte sich wie stets von allem unbeeindruckt. Er saß hinter seiner Konsole, gab Daten ein und steuerte das Schiff.

Es war unwirklich, es war falsch.

Jayden blickte hinab auf Ishida. Er konnte ihren Puls noch fühlen, doch der wurde schwächer. Die pflichtbewusste, treue I.O. starb in seinen Armen, und er konnte nichts tun. Sanft strich er ihr eine Strähne aus der Stirn.

Nur ein Spielball fremder Mächte und deren bösartiges Werkzeug, das war er; war es schon immer gewesen.

Etwas in ihm zerbrach.

Sanft legte er Ishida ab und richtete sich auf. Da war kein Druck mehr, keine Angst. Das Ende kam, aber er würde zu seinen Bedingungen gehen.

Jayden schenkte Johnston ein eiskaltes Lächeln.

Dann griff er an.

Ende des 1. Teils

VII

DIE OPER DER ENTSCHEIDUNG

1

Interlink-Kreuzer HYPERION, Algethi-System, Kommandobrücke, 19. Juni 2266, 20:58 Uhr

Ein Überschlagblitz leuchtete auf. Die Lichtstreifen in der Wand flackerten und trugen ihren Teil dazu bei, dass die gesamte Kommandobrücke sich in eine albtraumhafte Szene aus Blitzen, Funken sprühenden Konsolen und bleichen Gesichtern verwandelte.

Captain Jayden Cross stand wenige Schritte von Executive Controller Christopher Johnston entfernt, der vor einigen Augenblicken das Todesurteil an Commander Noriko Ishida vollstreckt hatte. Die I.O. lag zu Jaydens Füßen. Ein Blutfaden rann aus ihrer Nase, die Augen waren geschlossen. Noch atmete sie, doch Jayden konnte beobachten, wie das Leben mit jeder verstreichenden Sekunde aus ihr herausfloss.

So wie es aus Lieutenant Commander Lukas Akoskin längst herausgeflossen war. Der Taktik- und Waffenoffizier lag auf dem Rücken neben seiner Konsole. Die drei Pulserschüsse des E.C. hatten die Uniform auf Herzhöhe des Mannes perforiert, worauf er nicht nur gestorben war, sondern in der Sekunde seines Todes auch sein Geheimnis enthüllt hatte. *Seine Augen haben die Farbe gewechselt.* Die Informationen von Sarah McCall hatten sich bestätigt.

Jayden blickte auf Johnston, den Dreckskerl, der ihm von Präsident Björn Sjöberg an Bord geschickt worden war, um die Kommandobrückencrew zu überwachen und zu beseitigen. Und obwohl alles um Jayden herum zusammenbrach, fühlte er … nichts. In seinem Inneren hatte sich eine absolute Leere manifestiert, die von eiskalter Entschlossenheit umhüllt wurde. Die HYPERION mochte heute untergehen. Ohne funktionierenden Interlink- und Pike-Antrieb konnten sie den herannahenden Parlidenkreuzern nicht entkommen, die für die Zerstörung ihrer Heimatwelt bittere Rache nehmen wollten. Doch was auch immer geschah, Johnston durfte keinen weiteren der Killchips – wie er die mit Explosivstoff versehenen Kommandochips bei sich nannte – mehr aktivieren.

Mit erhobenen Fäusten sprang Cross auf den Mann zu, der neben seinem Konturensessel stand und den Impulsgeber erneut in die Höhe hob. Ein gezielter Schlag prellte Johnston das Gerät aus den Händen. „Sie Mistkerl! Ishida hat Ihnen nichts getan!"

„Sie hat Verrat geübt. Genau wie Sie. Wie alle Offiziere auf diesem Schiff." Johnston spuckte aus. Sein Gesicht verzerrte sich zu einer wütenden Fratze. „Was hier geschehen ist, unterliegt Ihrer Verantwortung, Cross."

Das war genug. Jayden rammte dem E.C. die Faust in den Magen. Der taumelte aufkeuchend zurück, fing sich jedoch in letzter Sekunde und zog den Pulser hervor, den er nach dem Schuss auf Akoskin hinter seinen Gürtel geklemmt hatte.

„Ich bin ja der Meinung", sagte Johnston keuchend, „dass ein Captain mit seinem Schiff untergehen sollte. Bei Ihnen mache ich aber eine Ausnahme. Sie sterben schon jetzt." Damit drückte er ab.

Die flirrenden Energiepulse sausten auf Jayden zu, er sprang zur Seite. Der letzte Puls erwischte ihn am linken Oberarm, zerfetzte die Uniform und hinterließ eine schwelende Fleischwunde. Er griff nach einem herumliegenden Pad, zielte und warf es nach Johnston. Dieser duckte sich weg. Als er lachend in die Höhe kam, war Jayden schon heran. Schlag um Schlag ließ er auf den Feind herabprasseln, der kaum etwas entgegenzusetzen hatte.

Aus den Augenwinkeln nahm Jayden wahr, was um ihn herum geschah. Am Eingang zur Brücke kämpfte Alpha 365 gegen seine beiden eigenen Sicherheitswachen. Akoskin und Ishida lagen am Boden. Lieutenant Larik, der Kommunikationsoffizier und neuestes Mitglied der Kommandobrückenbesatzung, kauerte wimmernd in einer Ecke. Nur Lieutenant Peter Task saß an seiner Konsole und nahm fieberhaft Eingaben vor. Als ginge ihn der Kampf um ihn herum nichts an, versuchte er scheinbar, die Kontrolle über das Schiff zurückzuerlangen. Lieutenant Nurakow war aufgesprungen und blickte hin und her.

„Helfen Sie dem Sicherheitschef!“, rief Jayden ihm entgegen. Er konnte nur hoffen, dass Nurakow auch tatsächlich auf ihrer Seite stand und gegen den E.C. und die I.S.P. Stellung bezog. „Task!“ Er stoppte kurz seine Schläge und wandte sich dem Navigationsoffizier zu. „Holen Sie das medizinische Notfallkit und reanimieren Sie Akoskin, er hat …“

Weiter kam er nicht, da der E.C. ihm einen Tritt in den Unterleib verpasste. Jayden sackte aufstöhnend zusammen, während Johnston, dessen Gesicht blutüberströmt war, wieder in die Höhe kam.

„Wofür kämpfen Sie noch, Cross?“, krächzte der Mann. „Sie haben verloren. Und Sjöberg gewinnt. Oh ja, ich weiß alles. Der Präsident hat mich eingeweiht. Mich!“ Und damit tat er etwas, womit Jayden nicht gerechnet hatte. Anstatt anzugreifen, sprang der E.C. zur Seite, an die Kontrollen der Kommandokonsole. Er berührte ein Icon und sagte: „An alle loyalen Offiziere der I.S.P.: Leiten Sie sofort ABSETZUNG ein.“

„Was haben Sie getan?“

„Dafür gesorgt, dass meine Leute auf diesem Schiff wieder eine gewisse Ordnung herstellen. Sie mögen nur noch ein paar Stunden leben, Cross, aber die mache ich Ihnen zur Hölle.“ Er sprang zur Seite und rannte zum Impulsgeber, der nach wie vor am Boden lag.

Jayden hechtete hinterher.

Lieutenant Peter Task hätte den Befehl beinahe verweigert. Nicht, weil er Akoskin nicht helfen wollte, im Gegenteil. Doch der Lieutenant Commander war von drei Schüssen mitten ins Herz getroffen worden. Wie sollte er ihn reanimieren, wenn das Organ zerstört war? Zudem musste er dafür die Konsole verlassen. Und das gerade jetzt. Zwar waren beide Antriebe mehr oder weniger vollständig außer Betrieb, doch sobald die feindlichen Raumer die Gefechtsdistanz unterschritten, konnte er über seine Navigationskonsole auch die Waffen aktivieren. Außerdem gab es da noch die Ortung, auf die er ebenfalls zugreifen konnte.

Es fiel Peter zunehmend schwer, seine Konzentration aufrechtzuerhalten. Seitdem er als Kind von der frühen Form des Erios-Virus befallen war, hatte sein Gehirn sich verändert. All seine Sinne nahmen nicht nur gleichzeitig Eindrücke auf. Der Input wurde auch nahezu parallel verarbeitet, wodurch er sich nur mit äußerster Konzentration auf eine bestimmte Sache fokussieren konnte.

Was hatte der Captain gewollt? Ach ja, Akoskin. Auf der Konsole blinkte es auf, als ein Teil der Selbstreparatur zum Abschluss kam. Auf dem Display gingen seltsame Zahlen vom Interlink-Antrieb ein. Zahlen, die ihm ganz und gar nicht gefielen. Parallel hierzu verzeichneten die Sensoren eine weitere Parlidenflotte, die ihnen entgegenkam. *Das war es dann wohl endgültig.*

Peter schob diese düsteren Gedanken zur Seite und sprang auf. Er zog das medizinische Notfallkit aus dem Seitenfach seiner Navigationskonsole und war mit wenigen Schritten bei dem Lieutenant Commander. Er fühlte den Puls. Nicht vorhanden. Schnell zog er einen Handsensor hervor. Dieser war in einen Spezialhandschuh integriert. Peter streifte ihn über, schlitzte mit einem Skalpell Akoskins Skinsuit auf und öffnete den Reißverschluss von dessen Uniformjacke. Danach fiel das Hemd dem Skalpell zum Opfer. Er legte die Handfläche auf die nackte Haut des Mannes. Sekunden später erschienen die ersten Ergebnisse auf dem Handschuh-Display. Verblüfft runzelte er die Stirn.

Soweit er informiert war, war Lieutenant Commander Lukas Akoskin ein Mensch. Doch die Auswertung widersprach dieser Tatsache in einem gravierenden Punkt: Ein Mensch besaß keine zwei Herzen. Damit ergab der Befehl von Captain Cross durchaus einen Sinn. Denn während das linke Herz von drei Pulserschüssen perforiert worden war, befand sich das rechte in einwandfreiem Zustand. Peter überprüfte das Organ genauer. Augenscheinlich hatte es aufgrund eines Nervenschocks die Funktion eingestellt. Er griff nach den beiden Reanimationseinheiten und heftete sie Akoskin an die Brust. Es blieb zu hoffen, dass die Elektroschocks bei seinem Metabolismus die gleiche Wirkung zeigten wie bei einem gewöhnlichen Menschen. Peter war kein Mediziner und konnte sich daher nicht sicher sein.

Er aktivierte die Geräte. Eine Sekunde später erbebte die Kommandobrücke.

Alpha 365 konnte sich kaum auf den Beinen halten, und doch nahm er es mit den beiden Grünschnäbeln auf, die vor Kurzem an Bord gekommen waren. Damit hatte Johnston nicht gerechnet. Mit überraschtem und nur Augenblicke später wutverzerrtem Gesicht starrte er zu ihm herüber. Dann hob er den Impulsgeber.

Ich habe ihn verraten, und Verrat ist für ihn unverzeihlich. Dieser Impuls soll dann wohl mich erledigen. Sein Blick streifte Noriko Ishida. *Sogar ich, der genetisch auf Gehorsam gezüchtete Wachhund, habe also die Killfunktion im Kommandochip,* begriff er. *Sjöberg hat nichts dem Zufall überlassen.*

Es war Captain Cross, der ihm das Leben rettete. Dieser prellte dem E.C. den Impulsgeber aus der Hand. Was weiter geschah, konnte er nicht mehr beobachten. Die beiden Sicherheitskräfte begriffen langsam, dass sich hier zwei Fronten bildeten und ihr Chef auf der falschen Seite stand.

Fast synchron zogen sie ihre Pulser und legten auf ihn an. Natürlich hatte er etwas Derartiges vorausgesehen und den beiden Handfeuerwaffen mit leerem Partikelmagazin gegeben. „Sie sollten das lassen", sagte er.

Während der schlaksige Lieutenant Pen noch auf seine Waffe starrte, ging Lieutenant Vresno auf ihn los. Der bullige Kerl hielt sich nicht groß mit Nachdenken auf, er schlug zu. Alpha 365 wich behände zur Seite. Zumindest glaubte er, behände zu sein. Doch der Schlag traf ihn an der Schulter und ließ ihn zur Seite krachen – direkt gegen eine der Wissenschaftskonsolen.

Der Preis der Freiheit, dachte er. *Ich zahle mit emotionalem Ballast und eingeschränkten Reflexen.*

Vresno rammte ihn mit der Schulter, worauf der Alpha endgültig zu Boden ging. Es war beschämend. Und die Tatsache, dass er Scham fühlen konnte, war noch viel beschämender. Wenn er nicht schnell handelte, war er verloren. Als Vresno nach ihm trat, rollte er zur Seite, kam auf die Beine und bedachte den Gegner mit einem gezielten Tritt gegen die Brust. Aufkeuchend taumelte der zurück. Pen wiederum erwies sich als größere Gefahr. Der Offizier war zwischenzeitlich an eine der Sekundärkonsolen getreten, hatte diese mit seinem Sicherheitscode geöffnet und einen weiteren Pulser hervorgeholt. Diesen richtete er nun auf den Alpha. Ein Schuss zischte … und ging weit an ihm vorbei. Lieutenant Nurakow schlug Pen die Waffe aus der Hand, und ein Handgemenge begann.

„Ich mach dich fertig!", brüllte Vresno.

„Ihr Vokabular ist so einfallslos wie Ihre Taktik", erwiderte Alpha 365. „Sie haben keine Chance."

„Ja klar, so sieht's aus!" Der Kerl lachte und schlug zu.

Die Faust traf den Alpha direkt in den Magen und schickte ihn erneut zu Boden. Diese Sache wurde immer katastrophaler. Und zu allem Überfluss schien sein Gehirn die nächste Phase erreicht zu haben. Eine weitere Emotion kam hinzu, die die Scham schlagartig verdrängte: Angst. Seit vielen Jahrzehnten hatte er nichts Derartiges mehr gefühlt. Wie gerne hätte er auch weiterhin darauf verzichtet.

„Das war's wohl", sagte Vresno.

Er hielt ein Metallschrapnell in der Hand, das aufgrund der Zerstörung durch die Minenexplosion irgendwo abgebrochen war. „Machen Sie's gut, Chef." Er holte aus, um ihm das Metallstück in die Brust zu rammen.

Da erbebte die Brücke.

Die Finger des E.C.s hatten sich bereits um den verdammten Impulsgeber geschlossen, als ein heftiges Beben die Kommandobrücke erschütterte. Das Gerät rutschte davon und blieb verkantet zwischen zwei Konsolen außerhalb ihrer Reichweite liegen. Jayden atmete auf. Mit einem Satz war er bei Johnston. Schläge, Tritte, Flüche wechselten sich ab. Mittlerweile war seine Stirn aufgeplatzt, und ein Rinnsal aus Blut lief ihm über die rechte Wange.

Er tauchte unter einem Schlag hinweg und kam wieder in die Höhe. Plötzlich war Johnston heran und ergriff seinen Hals. „Sie … werden … nicht … gewinnen."

Er wollte die Finger des Mannes lösen, doch sie saßen so fest wie Stahlklauen. Die Luft wurde knapp, vor seinen Augen begann es zu flimmern. Die Kommandobrücke wankte.

Jayden hörte das Klatschen eines Schlages. Die Hände verschwanden von seinem Hals. Während Jayden sich mühsam auf den Beinen hielt, versuchte er, das Eingetretene zu begreifen.

„Akoskin", röchelte er. Sein Hals brannte wie Feuer.

„Gern geschehen, Sir."

„Sind Sie okay?" Jayden bedachte seinen Zweiten Offizier mit einem durchdringenden Blick. Nichts zeugte davon, dass er noch vor Kurzem klinisch tot gewesen war. Und auch die Kontaktlinsen, die er stets trug, verbargen seine wahre Augenfarbe, die ihn als Mitglied des Ketaria-Bundes auswiesen, wieder wie vor seinem kurzzeitigen Tod.

„Ich bin in Ordnung. Ich weiß, dass Sie im Moment meines Todes gesehen haben …"

„Vergessen Sie das jetzt", erwiderte Jayden. „Ich wusste es sowieso schon längst."

„Sie wussten es?" Nun war Akoskin *wirklich* erschüttert.

„Später mehr." Jayden schaute sich um und erfasste die Situation mit einem Blick. „Hören Sie mir zu, Sie sind momentan der beste und versierteste Kämpfer unter uns allen. Bringen Sie Ishida auf die Krankenstation. Schnell."

Mehr Worte waren nicht notwendig. Akoskin hob die zierliche I.O. vorsichtig empor und trug sie in seinen Armen davon. Im Vorbeigehen schaltete er Lieutenant Pen aus, der sich gerade ein Gerangel mit Nurakow lieferte. Die Effizienz, mit der sein Zweiter Offizier zu Werke ging, machte Jayden Angst, andererseits war es gut, so jemanden im eigenen Team zu wissen.

Lieutenant Larik kauerte noch immer neben seiner Konsole. Augenscheinlich hatte der Kommunikationsoffizier eine Panikattacke. Nach den Ereignissen auf der PROTECTOR war das nicht verwunderlich. Task saß wieder an der Navigation; seine Finger glitten hektisch über die Oberfläche. Nurakow lief zu Alpha 365, um diesem zu helfen.

Jayden ließ seinen Blick über die Wissenschaftler schweifen, die mit kreidebleichen Gesichtern hinter ihren Konsolen saßen und das Geschehen verfolgten. Er trat zu seinem Navigator, während Nurakow und der Sicherheitschef Vresno endlich zu Boden rangen. Auch von dieser Seite drohte also keine Gefahr mehr. „Wie ist unser Status, Lieutenant Task?"

„Wir steuern bei einer konstanten Geschwindigkeit von 0,41 LG auf einem direkten Vektor aus dem System. Nach unserem Fall aus dem Interlink hat der Pike-Antrieb zwar seine Funktion eingestellt, durch die Sicherheitsschaltung haben uns die Restwellen aber noch automatisch um 0,04 LG verlangsamt. Die Parliden sind uns dicht auf den Fersen, vor wenigen Minuten durchbrach eine weitere Flotte die Phasenmauer."

„Könnte es sich dabei um Schiffe der Space Navy handeln?"

„Negativ, Sir." Task schüttelte müde den Kopf. „Ihre Signaturen sind mit keinem Eintrag in unserer Datenbank identisch. Zudem deutet die Architektur eher auf die Parliden hin – Standardbauweise. Jene Schiffe der Parliden, die uns am nächsten sind, haben unsere neue Position geortet und ihren Vektor angepasst. Sie werden uns bei gleichbleibender Beschleunigung in fünf Stunden und fünfzehn Minuten erreichen. Zu diesem Zeitpunkt sind sie mit 0,36 LG unterwegs. Etwa eine Stunde darauf erreicht uns die nächste Flotte der Sternköpfe. Die drei neu eingetroffenen Schiffe sind mit 0,43 LG unterwegs. Diese fielen unter der Systemekliptik links von unserer Position aus dem Phasenraum. Bei gleichbleibender Geschwindigkeit werden sie uns in fünf Stunden und zehn Minuten erreichen. Zu diesem Zeitpunkt befinden wir uns noch für wenige Minuten innerhalb der Reichweite der parlidischen Phasenstörer.

Kurz nach unserer Havarie konnte ich eine letzte Salve Kiesel in Richtung des Systeminneren abfeuern. Von diesen erhalte ich überlichtschnell die notwendigen Daten auf dem unteren Phasenfunk-Band."

„Ich verstehe. Gut gemacht."

„Das ist nicht alles. Unser Interlink-Antrieb hat eine gefährliche Fehlfunktion."

„Er funktioniert wieder?"

Task schüttelte den Kopf. „Also, *funktionieren* kann man das nicht nennen. Der Antrieb zieht kontinuierlich Energie aus dem Speicherring und versucht sich dann zu starten. Die Komponenten sind aber derart zerstört, dass der Vorgang nicht zum Abschluss kommt. Die Interlink-Blase baut sich teilweise auf, das Melnikow-Schild geht online, und Sekunden später bricht alles wieder zusammen. Das wird so lange gehen, bis jede Energie aufgebraucht ist oder einzelne Module versagen."

„Wunderbar. Und warum stufen Sie diesen Vorgang als gefährlich ein?"

„Die Komponenten des Interlinks sind hochgradig instabil. Um es deutlich zu sagen: Bei jedem Startversuch könnte uns der Interlink-Kern um die Ohren fliegen. In diesem Fall bliebe nicht viel von der HYPERION übrig."

Jayden blickte sich fahrig auf der chaotischen Kommandobrücke um. Lieutenant Vresno war erledigt. Nurakow hatte etliche Schrammen davongetragen, und der Alpha wirkte, als ginge er durch die Hölle. „Wir können es uns also aussuchen: Entweder die Parlidenschiffe zerlegen uns in Einzelteile, oder der Interlink geht irgendwann hoch."

„Das fasst es treffend zusammen, Sir." Task blickte zu ihm auf. „Wir können nichts tun, außer das Ende hinauszuzögern."

Sollte er jetzt nicht Angst haben? Traurig sein? Irgendetwas fühlen?

Gemessenen Schrittes ging Jayden zu Johnston. Dieser saß zusammengekauert an der Wand.

„Ihre Gebete werden erhört“, sagte er zu dem Executive Controller. „Das Algethi-System wird unser aller Grab.“

Der E.C. blickte mit aufgerissenen Augen zu ihm auf. Die Pupillen waren rot verfärbt.

Jayden fuhr zurück.

„Sterben! Sie müssen alle sterben!“ Ein Speichelfaden lief aus Johnstons rechtem Mundwinkel.

„Was ist das?“ Alpha 365 war neben ihn getreten.

In den Augen des Executive Controllers wimmelten schwarze Fäden im Rot der Pupille.

„Eine gute Frage“, erwiderte Jayden. „So etwas habe ich noch nie gesehen.“

Die wurmartigen Dinger krümmten sich, bildeten ein wirres Knäuel. Für einige Augenblicke wurde das Rot der Pupille zu einem tiefen Schwarz. Kurz darauf verschwand es, und die Augen Johnstons wirkten wieder wie zuvor.

Alpha 365 legte den Kopf schief. „Ich habe einmal von so etwas gelesen.“

„Was ist es?“

„Ich bin, wie bereits gesagt, nicht sicher“, erwiderte der Sicherheitschef. Eine Träne rann aus seinem linken Auge, was er aber nicht wahrzunehmen schien. „Wenn ich Recht behalte, erklärt das eine ganze Menge. Wir brauchen jedoch einen Arzt und vorzugsweise jemanden mit Kenntnissen in der Neurologie, um sicher zu sein.“

„Ich denke, das dürfte kein Problem sein.“

2

Interlink-Kreuzer HYPERION, Algethi-System, Krankenstation, 19. Juni 2266, 21:08 Uhr

Doktor Amon Isaak stand auf der Krankenstation der HYPERION und versuchte, dem Chaos Herr zu werden. Manches Mal fragte er sich, warum das Schicksal keinen besseren Weg fand, die Fäden des Lebens zusammenzuführen. Noch vor wenigen Monaten war er der Stellvertreter von Doktor Irina Petrova gewesen, die von einem Tag auf den nächsten verhaftet wurde. Kurz darauf setzte man ihm Doktor Branch vor die Nase, der vom ersten Tag an durch eine widerlich schleimige Freundlichkeit auffiel. Vor ein paar Stunden war sein Vorgesetzter jedoch niedergeschlagen und in eine Arrestzelle geworfen worden. Nun war Amon der Chefarzt des Schiffes. Es blieb zu hoffen, dass es ihm nicht ebenso erging wie seinen Vorgängern.

Viel Zeit zum Grübeln hatte er bisher nicht gehabt. Zuerst der Kampf gegen die Parlidenflotte, den der Captain beinahe nicht überlebt hatte. Kurz darauf die Mine am Interlink-Kreuzer, die für zahllose Verletzte gesorgt hatte. Und nun schien es munter so weiterzugehen.

„Doktor Isaak“, sagte Paramedic Sheila Fenton. „Es gibt Schwankungen in der Energieversorgung. Der Medikamentenautomat arbeitet nicht mehr, die Schmerzmittel werden knapp.“

„Rationieren Sie den Rest“, gab Amon Anweisungen. „Winston soll die Reserve aus dem Laderaum holen.“

„Den Laderaum gibt es nicht mehr.“

Er stöhnte auf. „Na schön. Dann eben nur die Rationierung. Wang muss, wo nötig, Akkupunktur einsetzen, damit hat er bereits erhebliche Erfolge erzielt.“

„In Ordnung.“

Sie wollte sich gerade abwenden, als er ihr nachrief: „Ach Sheila, wie steht es um die Nanoprogrammierung?“

„Bisher noch stabil.“ Und schon war sie im Getümmel verschwunden.

Er wollte gar nicht darüber nachdenken, was geschah, wenn sie die Naniten nicht länger programmieren konnten. In diesem Fall wäre keine Behandlung mehr möglich. Er war dabei gewesen, als Irina Petrova beim Jungfernflug der HYPERION eine echte Operation am offenen Hirn vornahm, er hatte ihr dabei assistiert. Eine widerliche Angelegenheit! Er wollte nicht in die Verlegenheit kommen, etwas Derartiges ebenfalls tun zu müssen.

Die sieben Paramedics hetzten gerade durch das Schiff und behandelten Verletzte vor Ort oder brachten sie hierher. Hier auf der Krankenstation arbeiteten alle fünf Ärzte an den Biobetten oder in den Injektionssälen.

Erneut fuhr das Schott zur Seite. Es nahm einfach kein Ende. Amon streifte sich den medizinischen Sensorhandschuh über die Linke und ging dem Mann entgegen, der eine Frau auf den Armen trug.

„Commander Devgan!" Er hätte den Leiter der Schadenskontrolle beinahe nicht erkannt. Seine Uniform war zerfetzt und stellenweise mit der Haut verschmolzen. Wunden überzogen sein Gesicht. „Was ist passiert?"

„Helfen Sie … ihr."

Der Mann brach in die Knie und kippte zur Seite. Isaak konnte im letzten Augenblick die Frau auffangen, sonst wäre sie auf den Boden geknallt. Sie sah noch schlimmer aus. Eine Explosion hatte ihr das halbe Gesicht weggerissen, auf ihrem Körper waren Verbrennungen ersten bis dritten Grades sichtbar, die Uniform hing in Fetzen.

„Sheila!" Paramedic Fenton kam herangestürmt. „Bringen Sie Devgan zu einem der Injektionsräume. Doktor Pelki soll sich um ihn kümmern. Schnell."

Während um Devgan herum hektische Betriebsamkeit ausbrach, untersuchte Amon die Frau. Mit geübtem Blick suchte er den wirksamsten Bereich, an dem der Hand-Scanner am effektivsten arbeiten und Daten liefern konnte, und legte die Sensorhandfläche auf. Sekunden später öffnete sein Kommandochip das medizinische Menü in seinem Blickfeld, und der Name der Offizierin erschien.

„Verdammt!" Die Patientin war Lieutenant Commander Tess Kensington – und ihre Werte waren gelinde gesagt miserabel. „Ich brauche einen Injektionsraum. Welcher ist als Nächstes frei?!"

Irgendwer antwortete: „Raum Fünf ist in einer Minute bereit."

„Rivers!", rief er dem vorbeieilenden Paramedic zu. „Hierher."

Der braunhaarige Hüne reagierte sofort, als er die Patientin sah. „Wohin?"

„In die Fünf."

Gerade als sie eintrafen, wurde der Raum frei.

„Legen Sie sie auf das Bett."

Rivers legte Kensington ab, augenblicklich wurden diverse Sensoren aktiv. In einer Glasröhre neben der Liege erschien das dreidimensionale Abbild ihres Körpers, das sich um die eigene Vertikalachse drehte. Gleichzeitig fuhren mechanische Arme mit Injektionsampullen aus.

Noch während Amon die Werte ablas, verabreichte er Kensington ein starkes Sedativ, kombiniert mit einem Stabilisator.

„Es ist ein Wunder, dass sie noch lebt", murmelte er. „Ihre Leber und die nebenliegende Niere wurden von mehreren Partikeln perforiert. Sie muss sich in unmittelbarer Nähe einer Explosion befunden haben."

„Das sind Pulserpartikel", stellte Rivers fest.

Amon nickte. „Aber ihre energetische Ladung ist aufgebraucht. Wenigstens etwas."

Er aktivierte sofort einen Nanostrom, der die Partikel aus dem System holen sollte. Die winzigen Roboter wurden über eine Injektion verabreicht, drangen an ihr Ziel vor und lösten die Partikel im Körper der Patientin fast vollständig auf. Das verbliebene Abfallprodukt wurde über die Leber verarbeitet.

„Der neurologische Schock ist erheblich", sagte Rivers leise und deutete dabei auf eine bestimmte Datenzeile auf dem Glasdisplay. „Wenn Devgan sie auch nur wenige Minuten später hierhergebracht hätte …"

Auf der Liege stöhnte Kensington und öffnete die Augen. „Was … Wo?"

Rivers trat sofort an sie heran und hielt sie davon ab, sich aufzurichten. „Ganz ruhig, Commander. Sie wurden schwer verletzt."

„Muss auf die Kommandobrücke", stieß sie hervor.

„Machen wir es kurz und schmerzlos, Miss Kensington", sagte Amon und ging zur Liege. „Es ist ein Wunder, dass Sie noch leben. Wir konnten die Restpartikel, die Ihrem Körper beinahe den Rest gegeben hätten, gerade so entfernen. Sie hatten außerdem einen neurologischen Schock, und der einzige Grund, weshalb Sie nicht vor Schmerz bewusstlos werden, ist eine riesige Dosis Medikamente. Ich schlage also vor, Sie halten den Mund und hören mir zu. Heldentaten sind unangebracht."

Die Commander wollte schon protestieren, hielt sich aber glücklicherweise im letzten Moment zurück und nickte stattdessen.

„Ausgezeichnet." Amon rief die medizinischen Daten in seinem Gesichtsfeld auf. Dank seines Chips hatte er einen direkten Zugriff auf die Datenbank der Krankenstation. „Ihre Leber und Ihre Niere werden gerade von den Naniten repariert. Diesbezüglich besteht keine Gefahr mehr. Da unser Medikamentenautomat aber die Funktion eingestellt hat, vermögen wir nur einen Teil Ihrer Haut zu regenerieren. Die Naniten kümmern sich um die unteren Hautschichten, das Dermalregenerationsfluid ist jedoch begrenzt. Kurz gesagt: Sie werden erst einmal liegen bleiben müssen und uns machen lassen. Stellen Sie sich darauf ein, dass wir Sie kurzfristig nicht wieder vollständig herstellen können. Zudem gehen uns die Schmerzmittel aus. Ihnen stehen also ein paar harte Stunden, wenn nicht sogar Tage bevor." Er verzichtete darauf, ihr zu sagen, dass dies natürlich nur so war, falls sie an einem Stück aus dem Algethi-System entkamen. „Alles klar?"

„Ja, Sir", krächzte sie.

„Ausgezeichnet."

Amon aktivierte die übrigen Naniten und forderte aus dem Automaten weiteres Dermalregenerationsfluid an. Nach einer halben Stunde hatte er endlich alle notwendigen Konfigurationen durchgeführt, und Tess Kensington lag in einem tiefen Schlaf. Besorgt blickte er auf die Visualisierung ihrer Verbrennungen. Es blieb nur zu hoffen, dass das Fluid ausreichte. Andernfalls mochten die Schmerzen, die sie ohne Medikation ertragen musste, sie durchaus noch umbringen.

Amon ging aus dem Injektionsraum und rieb sich müde die Augen, als das Schott erneut zur Seite fuhr. Sheila Fenton trat dem Neuankömmling bereits entgegen, aber dieser zog Amons Aufmerksamkeit trotzdem auf sich.

Es war Lieutenant Commander Lukas Akoskin. Auf Herzhöhe war seine Uniform verkohlt, doch ihm schien nichts zu fehlen. Was man von der Person in seinen Armen nicht sagen konnte.

„Doktor Isaak!", rief die Paramedic.

„Schon da", erwiderte er.

Als er auf Commander Noriko Ishida blickte, wurde ihm klar, dass es doch Schlimmeres gab als den Zustand von Tess Kensington. Die I.O. war dem Tod näher als dem Leben.

3

Interlink-Kreuzer HYPERION, Algethi-System, Maschinenraum, 19. Juni 2266, 21:12 Uhr

Ma'am?"

Lieutenant Commander Giulia Lorencia zerbiss einen Fluch zwischen den Zähnen. Sie steckte mit dem Oberkörper bis zur Hüfte in dem geöffneten Gehäuse des sekundären Materie-Energie-Wandlers. Sie erkannte an der Stimme, dass der neueste Störenfried – der letzte von bisher fünf –, ihr Stellvertreter war. „Lieutenant Jegorow", sagte sie, ohne den genervten Tonfall zu unterdrücken. Sie kam auf alle Viere und robbte aus dem Gehäuse. „Wenn ich noch öfter unterbrochen werde, bringe ich den Wandler gar nicht mehr zum Laufen. Es ist sowieso äußerst unwahrscheinlich, dass das Ding wieder anspringt. Aber ich als Chefingenieurin bin ja ständig für Wunder zuständig."

„Ich für meinen Teil vermute, dass Sie es nicht schaffen werden", erwiderte ihr Stellvertreter.

Giulia nahm sich fest vor, Jegorow niemals aufzusuchen, wenn sie einen Pepptalk benötigte. „Wenn Sie damit fertig sind, Ihre negativen Schwingungen zu verbreiten, sagen Sie mir doch einfach, warum Sie mich aus diesem kuscheligen Konvertergehäuse holen."

„Sie sind gereizt."

„Und Sie ein scharfsinniges Kerlchen. Ich für meinen Teil kämpfe um unser Leben. Falls die Parliden uns erreichen, sind wir nur noch Sternenstaub."

„Ich will Sie nicht enttäuschen, L.I., aber ich denke, *sobald* die Sternköpfe in Waffenreichweite sind, sind wir das tatsächlich. Wozu an Verlorenem festklammern?"

„Boris", sagte sie grimmig. „Sie haben eine Minute."

„Bedauerlicherweise hat der Interlink-Antrieb die Funktion wiederaufgenommen."

„Was?!" Giulia war schon fast wieder im Gehäuse, als sie begriff. „Haben Sie gerade gesagt, dass der Interlink-Antrieb die Arbeit wiederaufgenommen hat?"

„Ich sagte, der Interlink-Antrieb hat *leider* die Arbeit wiederaufgenommen."

„Heute gehen Sie mir auf die Nerven."

„Das tut mir leid." Er schmunzelte. „Aber ich fürchte, es ist ernst."

Sie erhob sich und griff nach dem Pad, das er ihr entgegenhielt. Ein Blick darauf – und sie begriff. „Ach du Scheiße! Eine Intervallblase, die unkontrolliert zusammenbricht. Das müssen wir beheben, sonst brennt uns die letzte Energie aus. Oder schlimmer, es fetzt uns das Schiff unter dem Hintern weg. Die Sicherheitsgrenzwerte der Leiterplatten, der Energiekoppler, des Hitzeschaums, des … Ach, was rede ich, so ziemlich jeder Grenzwert, den es gibt, wird überschritten. Noch ein paar Aktivierungen, und wir …"

„... sind Sternenstaub."

Giulia ließ das Pad sinken und bedachte ihren Stellvertreter mit einem wohldosiert strafenden Blick. „Ich sollte Sie in die Recyclingabteilung versetzen."

„Dort wäre ich unterfordert."

„Sie haben ja keine Ahnung, wie schnell einem die Scheiße um die Ohren fliegen kann, Lieutenant. Also reizen Sie mich besser nicht."

„Nonsens." Er winkte ab. „Ohne mich hätten Sie niemanden, der Ihren Blutdruck in die Höhe treibt. Das hält fit."

„Dem würde Doktor Branch vermutlich widersprechen." Sie schüttelte den Kopf und bedachte Jegorow mit einem letzten durchdringenden Blick. „Gehen Sie wieder an die Arbeit."

„Warum nicht? Ich sollte mich in den letzten Stunden meines Lebens ablenken."

„Recyclingabteilung!", rief Sie ihm hinterher, worauf er nur lachend abwinkte.

Obwohl er mit seiner Art bei vielen aneckte und kein Verständnis für Schwächen, Fehler oder emotionale Reaktionen hatte, mochte sie ihn doch irgendwie. Im Inneren seines Herzens war er ein netter Kerl. Ganz tief im Inneren.

Giulia studierte das Display erneut und fragte sich, wie es der Kommandobrückencrew erging. Die sekundäre Brücke war zerstört, die Crew tot. Frachträume und Shuttlehangars waren von der Mine in zwei hässliche Löcher im Schiffsrumpf verwandelt worden. Überhaupt gab es nicht viel, was noch intakt war. Glücklicherweise existierte die Primärbrücke nach wie vor, und damit ging es der Kommandocrew – im speziellen Noriko – hoffentlich gut.

Wenn das hier vorbei ist, trinken wir gemeinsam eine Riola auf dem Aussichtsdeck, machte sie sich selbst Mut. *Dann wollen wir mal.*

„Jeder bleibt genau dort, wo er ist!“, erklang eine Stimme. „Wenn ich eine Waffe sehe, seid ihr tot!“

Fünf Offiziere mit Pulsergewehren im Anschlag betraten den Maschinenraum. Es waren alles Personen, die Giulia nicht kannte, die also kurz vor der aktuellen Mission an Bord gekommen waren. Normalerweise durchleuchtete sie jedes neue Crewmitglied genau, besah sich die Akten und überprüfte deren Spuren im Galaktischen Netz. Eine alte Angewohnheit.

„Was soll das, was wollen Sie?“ Giulia stand auf und machte mit den Händen eine beschwichtigende Geste. „Es gibt keinen Grund für Gewalt.“

„Das wird sich zeigen“, sagte einer der Fünf. Giulia erkannte in ihm sofort den Anführer. Auf der Uniform war ‚Lt. Nolan‘ aufgestickt. Er hatte rabenschwarzes Haar und grüne Augen – ein hübsches Gesicht. „Bedanken Sie sich bei Ihrem Captain. Los, alle an die Wand.“

„Hören Sie, wir müssen …“

Die weiteren Worte gingen im Surren von Pulserschüssen unter. Nur eine Handbreit vor ihren Füßen schlugen die Pulse in die Bodenplatten ein.

„Noch Fragen?“ Nolan deutete auf die Wand.

Giulia seufzte. „Von mir aus.“

„Hier wird es wirklich niemals langweilig“, sagte Jegorow neben ihr trocken.

„Ich weiß“, erwiderte sie nicht minder staubig. „Daher mag ich dieses Schiff auch so sehr. Bedauerlicherweise haben diese Idioten gerade dafür gesorgt, dass wir früher ins Jenseits geblasen werden als vermutet.“

Im hinteren Segment des Maschinenraums schwoll ein Summen zum schmerzhaften Brummen an. Der Interlink-Antrieb errichtete erneut eine Blase. Wenige Sekunden später brach sie zusammen und brachte die HYPERION ein Stück näher an den Abgrund.

4

Interlink-Kreuzer HYPERION, Algethi-System, Kommandobrücke, 19. Juni 2266, 21:45 Uhr

Der Taktiker in ihm überprüfte den Standort jedes Offiziers, der noch auf den Beinen war, während ein anderer Teil sich darüber wunderte, nach wie vor am Leben zu sein. Seine Brust … es war seltsam. Auf der rechten Seite pochte sein Herz regelmäßig, auf der linken war es verstummt.

„Lieutenant Commander Akoskin“, sagte der Captain mit einem müden Nicken. „Haben Sie die I.O. abgeliefert?“ Er ließ sich in seinem Kontursessel nieder und nahm diverse Eingaben vor.

„Ja, Sir. Und Mister Johnston befindet sich mittlerweile ebenfalls auf der Krankenstation. Doktor Tauser untersucht ihn dort; er wird uns später das Ergebnis mitteilen. Die Offiziere Vresno und Pen befinden sich in einer Arrestzelle.

Doktor Isaak …“

„Einen Moment.“ Cross gebot ihm zu schweigen. Seine Augen blickten für einige Sekunden ins Leere.

Er greift auf den Kommandochip zu, begriff Lukas. Der ins Nichts gerichtete Blick war ein eindeutiges Zeichen. Der Captain wendete Kommandocodes an. Ein Anblick, der in ihm eine seltsame Beklemmung auslöste. Noch vor wenigen Minuten hatte er Ishida auf der Krankenstation abgeliefert, der von dem Chip das Gehirn perforiert worden war. Gleiches konnte ihnen allen jederzeit passieren. Sie trugen Zeitbomben im Schädel. Und wer wusste schon, auf welche Arten Sjöberg diese zur Detonation bringen konnte.

Ein Surren ertönte, worauf die Kommandobrücke in einen blassblauen Schein getaucht wurde.

„Ich habe die Brücke versiegelt und selbigen Befehl auch an die Krankenstation und den Maschinenraum übermittelt“, erklärte Cross. „Die internen Sensoren – zumindest jene, die noch funktionieren – haben an mehreren Positionen Waffenfeuer geortet. Vermutlich hat Johnston mit seinem letzten Befehl einen kleinen Aufstand angezettelt. Wie geht es Ishida?“

„Doktor Isaak hat sie in einen Injektionssaal gebracht und mir die

Tür vor der Nase zugeknallt. Immerhin, sie ist noch am Leben. Aber wie lange das so bleibt, …"

„Ich verstehe."

„Sir, ich weiß, dass Sie mich in dem Moment gesehen haben, als mein … erstes Herz aufgehört hat zu schlagen."

„Und Ihre Tarnung zusammenbrach, meinen Sie."

Lukas nickte. Das Gesicht des Captains war unergründlich. „Sie wissen, welcher Gruppe ich angehöre."

„In der Tat", bestätigte Cross. „Das wusste ich allerdings schon zuvor."

Dieses Mal blieb er gelassen. „Woher?"

„Bedanken Sie sich bei Sarah McCall. Sie hat mir erzählt, dass Sie dem Ketaria-Bund angehörten, aber keine Gefahr für mich oder die Crew darstellen. Hatte sie damit Recht?"

„Mit beidem", bestätigte Lukas schnell.

„Dann klären wir den Rest später." Cross ließ seinen Blick schweifen. „Wir haben weiß Gott genug Anderes zu tun. Aber wenn das hier vorbei ist, wird es Zeit für einen runden Tisch. Es nervt ungemein, ständig alles aus zweiter Hand zu erfahren."

„Von McCall?"

„Exakt. Dieses überhebliche Lächeln, das sie immer zur Schau stellt …" Er schüttelte den Kopf.

„Ich habe mir eben kurz die Schadensberichte angesehen", wechselte Lukas das Thema. „Zumindest soweit wir auf Meldungen zugreifen können. Seit der Explosion ist es noch schlimmer geworden. Mehrere Sekundärsysteme sind ausgefallen. Wir haben die Frachträume und die Shuttlehangars verloren. Das Phasenfunk-Modul ist beschädigt und überschwemmt die Frequenzen mit Standardgrußbotschaften auf Alpha-Priorität, wodurch wir keine anderen Funksprüche senden können. Nur das unterste Phasenfunk-Band ist noch in Funktion, solange ein konstanter Datenstrom von den Kieseln eingeht. Bricht dieser ab, wird das System auch darauf zurückgreifen. Wir können es somit auch nicht zur Kommunikation nutzen, da hierfür von Uni- auf Bidirektionale Übermittlung geschaltet werden muss, und das sorgt für eine Unterbrechung von wenigen Sekunden.

Der Laser-Richtfunk ist sogar vollständig zerstört. Wir können nicht mehr mit der Außenwelt kommunizieren, uns den Parliden also auch nicht ergeben." Er schüttelte den Kopf und stieß ein bitteres Lachen aus. „Wir können nicht einmal die Hand-Kommunikatoren einsetzen, weil es keine freien Frequenzen gibt."

„Den Parliden dürfte ziemlich egal sein, was wir wollen. Wir haben gerade ihre Heimatwelt in einen Schmelzofen verwandelt. Wenn wir die weiße Fahne hissen, werden sie mit ihren Torpedos darauf zielen."

„Und sobald sie angreifen, haben wir dem nichts entgegenzusetzen. Ein einzelner Torpedowerfer konnte wieder instandgesetzt werden, bedauerlicherweise scheint die Zuleitung für die Munition gestört zu sein. Aktuell können wir also nicht feuern. Die Laserkristalle sind vollständig zerstört. Der sekundäre Schutzschildgenerator wurde allerdings zusammengeflickt."

„Ausgezeichnet. Stärke?"

„Aufgrund unzureichender Energieversorgung: sieben Prozent."

„Autsch. So viel zu den guten Neuigkeiten. Was macht der Antrieb?"

Lukas schüttelte den Kopf. „Der Interlink ist nicht zu reparieren. Wie Mister Task aber bereits feststellte, ist eine Subroutine nach wie vor online, die das nicht einsehen will."

„Ja, ja, ich weiß. Wir werden alle sterben, auf eine von einem Dutzend möglicher Arten. Ich bin begeistert. Der Pike-Antrieb?"

„Negativ. Hier sieht es nicht ganz so schlimm aus, aber die Reparatur wird einige Stunden dauern. Und selbst dann kriegen wir nur 20 Prozent der Kapazität."

„Gibt es *irgendetwas*, das noch funktioniert?"

„Die externen Sensoren sind relativ stabil – mit Einschränkungen. Das Lebenserhaltungssystem ist nur auf zwei Decks ausgefallen – wir haben evakuiert. Die Nahrungsversorgung ist einstweilen gewährleistet, auch wenn kaum jemand ans Essen denkt."

„Jetzt, wo Sie es sagen, bekomme ich Hunger." Als Lukas überrascht schwieg, winkte der Captain ab. „Nur ein Scherz. Ich habe wohl meinen Sinn für Galgenhumor entdeckt."

„Ihre Scherze sind ausgezeichnet, Sir." Er setzte eine undurchdringliche Miene auf.

„Sie sollten …"

„Sir", unterbrach Lieutenant Task. „Die unbekannten Raumer … Da stimmt etwas nicht."

„Ich stelle momentan zwar keine allzu großen Ansprüche, aber geht es auch ein wenig genauer, Lieutenant?"

„Die Signaturen der Schiffe wurden nachträglich verfälscht", erklärte Task. „Sie stimmen nicht mit der Tonnage überein."

Cross wandte seine Aufmerksamkeit dem Navigator zu, während Lukas zu seiner Taktik- und Waffenkonsole zurückging.

„Sie haben sich also maskiert", sprach der Captain aus, was alle dachten. „Es sind keine Parliden, aber wer treibt sich hier sonst noch rum?"

„Sir, ein Datenstrom wird soeben mittels gerichtetem Laser übertragen", meldete Lieutenant Larik. Er war bleich, hatte sich jedoch wieder einigermaßen gefangen. „Bedauerlicherweise können wir ihn nicht interpretieren."

„Lässt sich die Flottille mit einer der Kameras heranzoomen?"

„Die sind zerstört", sagte Lukas.

„Also gut, Gentlemen, ich will Lösungen. Wie können wir Kontakt zu dem fremden Schiff herstellen?"

Schweigen.

Er musste zu seinem Bedauern eingestehen, dass auch er keine Ahnung hatte, welche Optionen ihnen noch blieben.

„Sir, einer der Raumer …", Lieutenant Nurakow blickte mit gerunzelter Stirn auf das Display, „... hat einen Torpedo in unsere Richtung gefeuert."

„Auf diese Entfernung?", fragte Cross. „Wenn die uns abschießen wollen, ist das ziemlich sinnlos."

„Ich verstehe auch nicht, was das soll." Nurakow war sichtlich verblüfft, während er versuchte, die eingehenden Daten zu interpretieren.

Alpha 365 räusperte sich. „Legen Sie das Sensorergebnis der Kiesel doch bitte auf die Holosphäre."

Nurakow errötete leicht und kam dem Versäumnis nach. Da es keine Kamera-Feeds gab, erschien einfach nur ein rundes Icon, für jeden der fremden Raumer.

„Zeigen Sie uns bitte die Infrarot-Interpretation", bat Alpha 365.

Auf dem Bildschirm verwandelte sich der heranfliegende Torpedo in ein rotes Flackern, als er seine Gammastrahlen ins All pumpte.

„Das ergibt für mich so gar keinen Sinn", begann Captain Cross.

„Dem stimme ich zu", sagte Alpha 365 stirnrunzelnd. Als er sich die Ergebnisse der Sensoraufzeichnungen im Detail besah, änderte sich das jedoch. „Die energetische Zusammensetzung und die Stärke der Explosionskraft entspricht jenen Torpedos der Space Navy. Dieses Schiff ist eines von unseren."

Schweigen.

„Nicht nur das“, sagte Lukas mit einem Lächeln auf den Lippen. „Diese Zusammensetzung entspricht den neuesten Gefechtsköpfen, die erst vor wenigen Wochen ausgeliefert wurden. Soweit ich weiß, werden sie bisher nur auf sehr wenigen Schiffen eingesetzt. Abgesehen von der HYPERION kommt mir da ein anderes Schiff in den Sinn: die TORCH. Das Flaggschiff von Admiral Pendergast.“ *Aber ob sie kommen, um uns zu retten oder uns zu vernichten, ist fraglich. Ich hoffe auf Ersteres.*

Überall auf der Kommandobrücke atmeten die Offiziere und Wissenschaftler befreit auf, nahmen seine Vermutung als Fakt zur Kenntnis.

„Und ohne dass sie es wissen, werden sie uns stattdessen vernichten“, sagte Lieutenant Task.

5

Interlink-Kreuzer HYPERION, Algethi-System, Krankenstation, 19. Juni 2266, 22:55 Uhr

Commander, Sie strapazieren meine Nerven aufs Äußerste", sagte Amon ungehalten. „Ich verbiete Ihnen, die Krankenstation zu verlassen."

„Dann schlage ich vor, Sie rufen ein Sicherheitsteam, um mich daran zu hindern", erwiderte Tess Kensington mit vorgestrecktem Kinn. „Ich werde nicht hier herumliegen und schlafen."

Amon aktivierte die Displayröhre. „Ihr Körper ist noch geschwächt, und sechzig Prozent Ihrer Hautoberfläche tragen Verbrennungen ersten und zweiten Grades. Sie sind nicht in der Lage, jemandem zu helfen, verdammt noch mal!"

„Dann beschleunigen Sie die Regeneration."

Ich bin ruhig, ich bin gelassen, ich bin ein Stein in einem Fluss. „Hören Sie, Commander, hören Sie bitte ganz genau zu. Nur eine Trennwand von Ihnen entfernt liegt Commander Noriko Ishida, deren Körper mit Naniten überschwemmt wurde. Die I.O. ist dem Tod näher als dem Leben, und die Wahrscheinlichkeit, dass ich ihr helfen kann … Kurz gesagt: Ich kann ihr nicht helfen. Alles, was ich tun kann, ist sie zu stabilisieren und dann in Stase zu versetzen. Ohne eine medizinische Einrichtung von der Qualität des KASSIOPEIA-Centers ist gar nicht daran zu denken, dass sie erwacht. Zusätzlich warten dort draußen ungefähr sieben Leicht- und acht Schwerverletzte. Einige meiner Paramedics sind verschollen, andere im Schiff unterwegs. Ich kann nur hoffen, dass die verfeindeten Lager sich von meinen Leuten fernhalten, schließlich sind alle auf unsere Hilfe angewiesen. Ich habe schon jetzt nicht genug Leute, um allen zu helfen. In jeder Sekunde, die ich hier verbringe, um mit Ihnen zu streiten, sterben Menschen. Also bitte ich Sie: Bleiben Sie einfach liegen."

Als er sich schon umwandte, hielt Kensington ihn noch einmal auf: „Lassen Sie mich wenigstens hier auf der Krankenstation helfen. So haben Sie meinen Zustand im Blick."

Amon dachte kurz nach. Letztendlich konnte er in der aktuellen Lage nicht verhindern, dass die Lieutenant Commander einfach aufstand und ging. Und hier konnte sie vielleicht tatsächlich helfen. „Melden Sie sich bei Sheila.“

Er verließ Injektionsraum 1-B und betrat 1-C. Da lag sie: Commander Noriko Ishida, die Erste Offizierin der HYPERION – oder das, was von ihr übrig war. Wer immer diesen verdammten Chip manipuliert hatte, er hatte ganze Arbeit geleistet. Das ektodermale Gewebe war so stark geschädigt, dass er kaum noch etwas tun konnte. Während Nanotechnologie heutzutage nahezu jede Verletzung im Körper zu heilen vermochte, wenn sie rechtzeitig eingesetzt wurde, bezog dies das Gehirn nicht mit ein. Natürlich konnten Tumore entfernt, Nerven korrigiert und auch Perforationen geschlossen werden, aber eine echte Rekonstruktion von zerstörtem Gewebe und den verlorenen Informationen war bisher unmöglich.

Allein, die I.O. am Leben zu halten, war in der aktuellen Situation ein Kraftakt, den er vielleicht nicht bewältigen konnte. Amon schüttelte traurig den Kopf. Er war noch nie gut darin gewesen, den professionellen Abstand zu seinen Patienten zu wahren. Er litt einfach zu sehr mit ihnen, auch wenn er es sich äußerlich nicht anmerken ließ.

Ich hätte vielleicht doch Psychologe oder Neurorekonfigurierer werden sollen, überlegte er.

Gerade Ishida mochte er. Trotz seiner anfänglichen Skepsis aufgrund der Gerüchte um ihr vorheriges Kommando hatte sie ihn recht schnell eines Besseren belehrt. Sie war tüchtig und pflichtbewusst, blieb aber immer menschlich. Meist stellte sie zum wöchentlichen Abteilungsreport, den Petrova und später Branch abgeliefert hatten, kurze, jedoch präzise Nachfragen und ließ das Ganze nicht in ein stundenlanges Hinterfragen ausarten. Er hatte einige Gespräche miterlebt und war von der einfachen Art, mit der sie die schiffsinterne Verwaltung führte, beeindruckt.

Warum hat jemand ausgerechnet Ihnen das angetan?

Er rieb sich müde die Schläfen. Er musste dringend schlafen, wenigstens für ein paar Stunden. Wenn nur nicht so viel zu tun wäre. Und kein ViKo weit und breit. Die meisten Getränkeautomaten waren mittlerweile leer, und in der aktuellen Lage stand außer Frage, dass einstweilen kein Nachschub eingehen würde.

„Kommandobrücke an Doktor Isaak“, erklang die Stimme von Captain Jayden Cross aus dem Lautsprecher.

„Sprechen Sie, Captain.“

„Doktor, Sie haben die Krankenstation bisher nicht versiegelt. Sie sollten mittlerweile aber ausreichend Zeit gehabt haben, um auf meinen Befehl zu reagieren. Darf ich also fragen, warum Sie es nicht getan haben?“

„Weil wir jedem Verwundeten helfen. Und dafür sollte die Krankenstation auch offen zugänglich sein.“

Schweigen.

Amon sah Captain Cross vor seinem inneren Auge vor sich, wie er langsam durchatmete und eigentlich so gar keine Lust hatte, mit einem neunmalklugen Arzt zu diskutieren. „Doktor Isaak“, begann er nach einigen Sekunden mit gezwungen ruhiger Stimme zu sprechen, „ich melde mich nicht, um mit Ihnen zu debattieren. Auf dem gesamten Schiff kommt es zu Kämpfen. Wir versuchen, uns einen Überblick zu verschaffen, doch das ist mit unseren eingeschränkten Möglichkeiten schwer. Es ist wichtig, dass die neuralgischen Punkte des Schiffes gesichert sind.“

„Verstanden. Trotzdem werde ich die Krankenstation nicht versiegeln. Das könnte im Fall der Fälle die notwendigen Sekunden kosten, um ein Leben zu retten. Als medizinischer Offizier habe ich in diesen Belangen freie Hand. Krankenstation Ende.“

Die K.I. unterbrach die Verbindung.

Vermutlich stellte er damit einen neuen Rekord auf. Doktor Petrova hatte immerhin mehrere Monate durchgehalten, Branch einige Wochen. Bei ihm waren es wohl nur Stunden. Aber gut, sollten sie diese Sache überleben, war der Verlust des Postens als Chefarzt der HYPERION sein geringstes Problem. Dieser erwies sich sowieso zunehmend als Schleudersitz.

„Doktor Isaak.“ Lieutenant Commander Kensington schaute in den Injektionsraum. „Der Stasetank für die I.O. ist bereit.“

„Danke.“

Machten sie also weiter, solange es eben ging.

Captain Jayden Cross fragte sich einen Moment, ob das alles nur ein seltsamer Traum war. Hatte Doktor Isaak gerade mitten im Gespräch die Verbindung beendet? *Ich kann Ärzte nicht leiden. Mit keinem von ihnen lässt sich vernünftig reden.*

Er warf einen Blick auf seine Kommandokonsole. Alpha 365 war dabei, seine loyalen Offiziere zusammenzuziehen, um gegen die bewaffneten Aufständischen an Bord vorzugehen. Das war natürlich leichter gesagt als getan, konnte man doch nicht wissen, wer zu welcher Fraktion gehörte.

Lieutenant Commander Akoskin war auf dem Weg zur speziellen Eingreiftruppe, die sich um das Maschinenraumproblem kümmern sollte. Bisher hatten die Geiselnehmer sich nicht gemeldet, was natürlich auch an der ständig gestörten Kommunikation liegen mochte. Wie sollte man Forderungen stellen, wenn man die Gegenpartei nicht erreichte?

„Sir, ich habe mittlerweile diverse Szenarien durchgespielt", sagte Lieutenant Task. Sein Tonfall machte das Ergebnis schon klar, bevor er weitersprach. „Alle Simulationen enden mit der Zerstörung der HYPERION, der TORCH oder beider Schiffe. Exakte Endwerte sind natürlich nicht errechenbar, da ein derartiges Szenario noch nie vorkam."

Jayden schloss für einen Moment die Augen und versuchte sich vorzustellen, was vermutlich geschah: Die TORCH erreichte die HYPERION, beide Schiffe wurden per Traktorstrahl gekoppelt. Dann wechselte der Dreadnought mit dem Interlink-Kreuzer in den Phasenraum. Da Letzterer sich noch immer auf 0,43 LG befand und die Flotte von Admiral Pendergast ihre Geschwindigkeit hielt, würde das nicht allzu lange dauern. Und dann? Mitten im Phasenraum entstand die Interlink-Blase. Wie es weitergehen mochte, war bloße Theorie. Doch da die Blase für einen völlig anderen physikalischen Raum konstruiert worden war, bestand nur eine geringe Chance für einen positiven Ausgang.

„Wie lange noch, bis Pendergast uns erreicht?"

Task konsultierte die Konsole. „Sie fliegen mit leicht schrägem Vektor auf uns zu. Bei gleichbleibender Geschwindigkeit treffen sich beide Schiffe in zwei bis vier Stunden."

„Die Parlidenraumer?"

„Erreichen uns zwar erst kurz darauf, doch wir befinden uns zu diesem Zeitpunkt noch in Raketenreichweite", sagte Task mit einer bitteren Miene. „Selbst, wenn die TORCH und ihre Begleitschiffe uns abschirmen, *werden* Raketen zu uns durchkommen. Und wenn auch nur eine einzige ihre Laser- und Gammastrahlen in uns pumpt ..."

„Verstanden. Lieutenant Task, suchen Sie nach weiteren Möglichkeiten für einen positiven Ausgang dieses Szenarios." Er wusste, dass das nahezu unmöglich war, doch so blieb Task immerhin beschäftigt. „Larik, machen Sie es irgendwie möglich, dass wir mit der TORCH

Kontakt herstellen können. Die müssen wissen, dass sie uns nicht in den Phasenraum schleppen dürfen. Selbst, wenn das unser Ende bedeutet."

Und wieder stellte er eine unmögliche Aufgabe. Doch gerade Larik benötigte Ablenkung. Bisher hatte keiner der Offiziere wirklich Fragen aufgeworfen. Immerhin hatte Johnston versucht, Ishida umzubringen, und mit Pendergast nahte eine Offizierin zu ihrer Rettung, die von allen Nachrichtenfeeds der Union als Verräterin gebrandmarkt worden war.

Sie werden Fragen stellen, falls wir überleben, dachte Jayden. *Doch momentan sind sie so sehr in diesen Kampf vertieft, dass sie es sich nicht erlauben können.* Was sollte er ihnen sagen, wenn es so weit war? Die Wahrheit? Die unglaubliche Geschichte um eine Verschwörung in der Regierung, über einen Admiral mit Allmachtsfantasien, der durch ein Schattennetzwerk unterstützt wurde und alle manipuliert hatte?

Die Killchips sprachen natürlich für sich selbst. Ein besseres Argument hätte Sjöberg ihm nicht in die Hände geben können. *Ohne Sarah wäre ich nun tot,* dachte er. *Sie hat meinen Chip manipuliert, das Schiff infiltriert und ein paar Millionen Menschen getötet.* Und doch hatte sie ausgerechnet *sein* Leben gerettet. Er konnte sie einfach nicht einschätzen, ihre Schritte nicht vorausahnen.

Warum hatte sie ihn nicht gewarnt? Oder alle Chips manipuliert? Erneut wallte eine unbändige Wut in ihm auf. McCall hatte all das vielleicht nicht gerade vorausgesehen, zumindest aber geahnt. Sie hatte den verdammten Mars aus irgendeinem Grund in ein Schwärzefeld gehüllt, da wäre es doch leicht gewesen, alle Chips zu rekonfigurieren. Andererseits mochte es genauso gut sein, dass die Explosivstoffe noch immer in seinen Chip eingebettet waren und nur der Zündcode geändert worden war.

Er schüttelte den Kopf und vertrieb diese Gedanken. Es war müßig, darüber nachzudenken. Eine Antwort würde er einstweilen sowieso nicht erhalten.

In der wabernden Holosphäre, die im Zentrum der Brücke zwischen den Konsolen wie eine Schneekugel emporragte, flogen die Signaturen von Pendergasts Schiffen auf die HYPERION zu. Sie kamen, um sie zu retten, und würden ihnen stattdessen den Tod bringen, falls es Lorencia nicht vorher gelang, das Interlink-Modul komplett zu deaktivieren. Es war ein Rennen gegen die Zeit – und sie mussten es gewinnen.

„Stellen Sie eine Verbindung her, sofort!“ Lieutenant Will Nolan hatte Mühe, den Techniker nicht am Kragen zu packen und ihn ordentlich durchzuschütteln. Mindestens.

„Okay. Die Kommunikation ist stabil – einstweilen.“

„Maschinenraum an Captain Cross“, sagte Will. „Können Sie mich hören?“

„In der Tat, Lieutenant“, drang die Stimme des Kommandanten aus den Lautsprechern. „Und ich würde es begrüßen, wenn Sie die Waffen niederlegen und niemand zu Schaden kommt.“

Wie gerne hätte er diesem verdammten Grünschnabel den Pulser gegen die Schläfe gedrückt. Seitdem er das Schiff übernommen hatte, waren Menschen gestorben. Fast jeder Einsatz war zum Debakel mutiert. „Und ich würde es begrüßen, wenn Sie das Kommando abgeben und sich einem Militärgericht stellen.“

„Dann haben wir beide zumindest ein gemeinsames Ziel: überleben.“

Reden, ja, das konnte er. „Das mag sein. Unsere Wege weichen aber deutlich voneinander ab. Also, werden Sie zurücktreten?“

„Sind Sie mit der gegenwärtigen Situation der HYPERION vertraut?“

„Wir sind kurz davor, von den Parliden zerstört oder von Pendergast aufgebracht zu werden“, erwiderte er. „Ich habe unseren aktuellen Status an einer Konsole überprüft. Stehen Sie auf der Seite von Pendergast? Unterstützen Sie Michalews Spießgesellen?“

Cross schwieg für einige Sekunden. „Wir wissen noch nicht einmal, ob es sich wirklich um die TORCH handelt, die uns zu Hilfe eilt. Aber das ist auch ohne Belang.

Ich wünschte, ich könnte Ihnen die Sachlage erklären, doch dafür bleibt keine Zeit. Lassen Sie die L.I. weiterarbeiten, oder wir werden alle vernichtet.“

„Sie verdammter Dreckskerl wollen Zeit schinden. Nichts dergleichen werde ich tun. Falls Sie …“

Ein Knacken drang aus den Lautsprechern.

„Ist die Verbindung schon wieder gestört?“, fragte Will den Techniker.

„Nein.“ Der Rotschopf schüttelte den Kopf. „Die Verbindung wurde von der Kommandobrücke beendet.“

Will fluchte lauthals. Cross nahm ihn offensichtlich nicht ernst. Wenn eine Sache deutlich geworden war, dann das. Doch was sollte er tun? Er wollte niemanden töten oder verletzen. Es ging lediglich darum, wieder nach Hause zu kommen.

Ein Schuss erklang. Der Rotschopf fiel seitlich aus dem Konturensessel.

„Noch mal zieht er so 'nen Stunt nicht durch!" Cahill verzog die Lippen zu einem bösartigen Lachen. „Setzen wir den Nächsten in den Stuhl. Mal sehen, wie viele er uns abknallen lässt, bevor er den Schwanz einzieht."

„Cross an Maschinenraum."

„Nolan hier", erwiderte Will, während er verbittert auf den Leichnam des Rotschopfs starrte. Einer weniger, der nach Hause zurückkehrte. Das hätte nicht sein müssen. Tim Cahill war ein Idiot. „Sie haben unser Gespräch unterbrochen."

„Ich versuche, die Rettung des Schiffes zu koordinieren", sagte Cross. „Sie werden entschuldigen, dass Ihre Forderungen da zurückstehen müssen."

„Labern Sie ruhig weiter, Cross", mischte sich Cahill ein. „Der gute Lieutenant …" Er schaute auf den Toten. „Naja, so ein Rotschopf halt. Seine Uniform ist versengt, ich kann den Namen nicht lesen."

„Damit haben Sie Ihre Position deutlich gemacht", sagte Cross. „Falls Sie weiterhin jeden Techniker erschießen, der uns retten kann, tun Sie sich keinen Zwang an."

Während Cahill überrascht die Augen aufriss, berichtete der Captain von einer defekten Interlink-Blase, die das Schiff beim Eintritt in den Phasenraum zerstören würde. „Vielleicht hätten Sie sich unseren technischen Status etwas genauer anschauen sollen, bevor Sie die L.I. und ihre Mannschaft vom Arbeiten abhalten. Ich überlasse Ihnen das weitere Vorgehen. Falls wir das Ganze überleben, können wir uns gerne erneut unterhalten."

Es knackte, und das Interkom verstummte.

„Das ist doch lächerlich", sagte Cahill und hob den Pulser.

„Ach verdammt, reiß dich zusammen, Tim."

„Der Captain sagt die Wahrheit", erklärte Lieutenant Commander Giulia Lorencia. „Wir wollten das Problem gerade beheben, als Sie hier hereinstürmten."

„Das denken Sie sich aus", behauptete Cahill.

„Ich für meinen Teil gehe da kein Risiko ein." Will fuhr sich über die schweißnasse Stirn. „Können Sie das in Ordnung bringen?"

„Ich habe keine Ahnung", sagte Lorencia.
„Fangen Sie an."

„Der Captain hat richtig gehandelt", sagte Alpha 365 mit seltsam schwerer Stimme. „Es war nur eine Frage der Zeit, bis die jemanden töten. Mit Geiselnehmern darf er nicht verhandeln. Zudem würde eine Rückkehr zur Erde uns alle das Leben kosten."

Lieutenant Commander Lukas Akoskin schaute auf das Display, auf dem die Wärmeabbilder der Personen im Maschinenraum zu sehen waren. „Das sehe ich auch so. Nachdem wir nun alle über die Killchips Bescheid wissen, können die uns nicht davonkommen lassen. Vielleicht sollte Johnston tatsächlich nur den Captain ausschalten, doch das ging gründlich daneben. Gott sei Dank."

„Stört es Sie nicht, dass so ein Chip in Ihrem Schädel sitzt?"

Lukas nickte. „Natürlich, was für eine Frage. Aber einstweilen sehe ich darin kein Problem. Der Captain verwahrt den Impulsgeber, und sobald die L.I. einen Blick darauf werfen kann, wird sie die Energiezelle daraus entfernen. Und falls das nicht funktioniert, werfen wir es einfach aus dem Schiff. Damit würden wir zwar unsere Chance verlieren zu überprüfen, auf welcher Frequenz es die Chips anspricht, aber die *unmittelbare* Gefahr wäre gebannt."

„Falls es keine Sicherung gibt", warf Alpha 365 ein. „Das löst unser Problem jedoch nur kurzfristig."

„Wie meinen Sie das?" Lukas blickte auf.

„Die L.I. wird das natürlich noch bestätigen müssen, aber das Äußere des Impulsgebers ähnelt meiner Meinung nach sehr einem mobilen Incept-System. Wenn das tatsächlich der Fall ist, könnte Sjöberg über das Schiffs-Incept-System einfach auf alle Chips zugreifen und diese auslösen."

„Hm." Lukas überdachte die technischen Möglichkeiten und nickte. „Theoretisch könnte er das. Im Falle der HYPERION natürlich momentan nicht mehr. Aber bei jedem anderen Schiff. Das wirft die Frage auf, warum er es im Falle der Flotte von Admiral Pendergast nicht längst getan hat. Wenn man den offiziellen Nachrichtenfeeds glauben schenkt, hat sie auf ihrer Flucht viele Sonnensysteme durchflogen und Kontakt zu einigen Lokalregierungen aufgenommen."

„Ich denke nicht, dass sehr viele die Wahrheit über die Chips kennen. Überlegen Sie, was geschieht, wenn diese Sache in der Flotte publik wird. Der Aufstand käme so schnell, dass Sjöberg kaum Zeit für eine Reaktion bliebe."

„Vermutlich. Aber es läuft auf dasselbe hinaus: Wir dürfen nicht zur Erde zurückkehren. Andernfalls sind wir mit ziemlicher Sicherheit alle erledigt. Und Sie natürlich sowieso."

„Ich?"

„Sie zittern."

Alpha 365 schaute auf seine Hände. „Das tue ich."

„Ihnen laufen Tränen aus den Augen, und Sie haben Atemprobleme", sagte Lukas. „Ähnlich ist es auch Lieutenant Larik ergangen. Für mich sind das Zeichen einer Panikattacke. Und um eine solche zu bekommen, ist eines von essenzieller Bedeutung: Gefühle."

Schweigen.

Lukas beobachtete den Alpha genau. Der Mann, der hier vor ihm stand, hatte nichts mehr mit dem selbstsicheren, kühlen Analytiker gemein, den er kennengelernt hatte. Monatelang hatte er befürchtet, dass der Alpha irgendwie herausfinden könnte, dass er zum Ketaria-Bund gehörte. In Wahrheit war es wohl eher der Sicherheitschef selbst, der ein Geheimnis mit sich herumtrug. „Ich habe so etwas schon einmal gesehen."

„Das haben Sie?"

„Als Kadett", erklärte Lukas leise. „Wir besuchten KASSIOPEIA, um die Konstruktionsstätten der Gamma- und Delta-Linien zu besichtigen. Da gab es diese blonde, blauäugige Genetikerin."

„Sie hatten einen Flirt mit einer Genetikerin von KASSIOPEIA?"

„Sagen wir einfach, sie zeigte mir ein ruhiges Plätzchen, an dem wir uns ungestört *unterhalten* konnten, und ich habe mich dafür bedankt." Er grinste. „Auf dem Rückweg zeigte sie mir die Produktionsstätte der Alpha-Linie. Und wie es der Zufall so will, entdeckten die Produkttester gerade ein … Ausschussmodell."

„Das Killkommando."

„Exakt. Ausschussware wird nicht toleriert, sondern entsorgt. Davon weiß natürlich kaum jemand etwas. Das Klinikkonsortium ist nach außen hin sauber und rein. Der Ethikrat untersucht die Einrichtungen einmal im Jahr aufs Schärfste. Bisher fand noch niemand die ausgemusterten Exemplare."

„Es werden nicht alle getötet", sagte Alpha 365.

Mit dieser Aussage überraschte er Lukas. „Wie meinen Sie das?"

„Es hängt davon ab, auf welche Art sie *defekt* sind. Körperlich fehlerhafte Modelle werden getötet. Solche, die nur eine geringe Intelligenz oder andere geistige Makel haben, werden als Arbeiter eingesetzt."

„Und ein solcher sind Sie?"

Alpha 365 nickte. Er nahm weitere Eingaben vor, um Daten aus dem Maschinenraum abzurufen, doch seine Gedanken waren woanders, das sah Lukas ihm an. „Ich besitze Emotionen, zumindest rudimentär", sagte er nach einer Weile. „Daher sollte ich auf einem der Asteroiden landen, auf denen Duspanit abgebaut wird. Glücklicherweise gibt es Genetiker, die mit der Richtung des Konsortiums nicht einverstanden sind."

„Die Untergrund-Genetiker?"

Der Alpha nickte. „Es gab eine Ärztin, die direkt mit meiner Aufzucht betraut war. Sie fälschte die Verschiffungsberichte und brachte mich zu einer der Untergrund-Waben. Dort erhielt ich eine fundierte Ausbildung, und man versorgte mich mit Neripamin 2X."

„Was ist das?"

„Ein Medikament, das Gefühle komplett unterdrückt. Als sich die Gelegenheit bot, wurde ein anderer Alpha gegen mich ausgetauscht. Die Gelegenheit, ein Modell wie mich auf die HYPERION einzuschleusen, mussten sie einfach wahrnehmen. Und so landete ich hier."

„Und seitdem versorgen Sie die Untergrund-Genetiker mit Informationen."

„In der Tat. Ich habe zahlreiche Kontakte in der ganzen Solaren Union aufgebaut. Ich analysiere die politischen Entwicklungen, beobachte und leite relevante Informationen weiter. Die Gefahr bestand natürlich immer, dass mir jemand die falschen Befehle erteilt oder Fragen stellt. Ich hätte antworten müssen. Das ist jedoch glücklicherweise nicht geschehen. Als der E.C. mir Befehle gab, war ich dazu gezwungen, diese auszuführen. Mein Ethik-Teil und mein Gehorsams-Teil lagen sozusagen im Widerspruch."

„Jetzt verstehe ich! Sie haben das Neripamin abgesetzt, um dem Gehorsam zu entgehen. Sie haben quasi Ihren ‚Designfehler' wieder aktiviert und sich ihm unterworfen, anstatt ihn zu beseitigen. Deshalb konnten Sie gegen Ihre Kollegen vorgehen und Johnston bekämpfen, obwohl Sie anderslautende Befehle erhalten hatten. Aber der Preis …"

„... sind Emotionen. An die ich nicht mehr gewöhnt bin. Sie brechen einfach hervor. Angst, Reue, Schuld, Wut; es ist wie auf einem sturmgepeitschten Ozean. Ich kann nichts mehr kontrollieren, werde herumgeschleudert wie eine winzige Schaluppe."

„Sie schaffen das." Lukas sagte es nicht nur so, er meinte es auch. „Sie sind eine der stärksten Personen, die ich kenne."

„Danke." Alpha 365 nickte lächelnd.

Es war ungewohnt, überhaupt eine Regung auf dem Gesicht des Mannes zu sehen. Da war nichts mehr von dem undurchdringlichen, statuesken Blick, der sein Markenzeichen gewesen war.

„Zu welcher Fraktion gehören Sie?"

Die Frage des Alphas traf Lukas vollkommen unvorbereitet. „Was meinen Sie?"

„Jeder, der Ihr Ableben auf der Brücke miterleben konnte, hat Ihre Augen kaum übersehen. Es hat mich schon immer gewundert, dass Ihre Leute sich einer solchen Gefahr aussetzen. Warum hat jeder Assassine des Ketaria-Bundes blaue Augen?"

Lukas schluckte. Seine Vermutung – und Hoffnung –, dass es nur Captain Cross aufgefallen war, erwies sich als Irrtum. „Ich bin kein Killer, Commander. Ich *war* ein Teil des Bundes."

„Ich wusste nicht, dass man diesen einfach verlassen kann."

„Kann man nicht. Normalerweise zumindest. Mein Fall ist etwas spezieller."

„Also standen Sie weder auf der Gehaltsliste von Michalew noch von Sjöberg?"

Lukas erinnerte sich nur sehr ungern an seinen Auftrag, das Schattennetz und die Verstrickung der Assassinen in den Coup d'Etat. Er hatte gehofft, all das hinter sich gelassen zu haben. „Vielleicht ist jetzt nicht der richtige Zeitpunkt, um darüber zu reden. Ich habe dem Captain versprochen, alles zu erklären, falls wir das hier überleben."

„Damit haben wir gleich noch einen Anreiz mehr."

„War das etwa ein Witz?"

„Ich übe noch", antwortete der Alpha trocken.

„Sie wären der Hit auf jeder Party." Akoskin deutete auf das Display. „Ich weiß nicht, was da drinnen abgeht. Der Pulk an der Wand hat sich zerstreut. Scheinbar arbeiten die Techniker wieder. Die Geiselnehmer haben sich an verschiedenen Punkten positioniert, weit voneinander entfernt – auf beiden Ebenen.

Wenn wir da reingehen, gibt es ein Blutbad. Es ist unmöglich, alle gleichzeitig auszuschalten. Schon gar nicht mit so wenigen Männern."

Alpha 365 seufzte. „Mehr kann ich nicht entbehren. Die I.S.P. hatte den ganzen Sicherheitsapparat mit Loyalen unterwandert. Überall auf dem Schiff kämpfen meine Leute gegen sie, an einigen Stellen sieht es böse aus.

Die wenigen wirklich Fähigen, die ich noch habe, sind gerade dabei, uns den Rücken freizuhalten und sichern die neuralgischen Bereiche. Viele davon gibt es sowieso nicht mehr."

„Und die Übrigen stehen dort?" Lukas deutete auf vier Männer, die unsicher in Richtung Maschinenraum schauten. „Haben Sie dem Captain nicht gesagt, Ihre spezielle Eingreiftruppe stehe zur Verfügung?"

„Das ist die spezielle Eingreiftruppe", erwiderte Alpha 365. „Die ursprünglichen Personen wurden gegen diese ausgetauscht. Die I.S.P. hat sich in ihrer allmächtigen Weisheit dazu entschlossen, mir an dieser Stelle keine Kuckuckseier ins Nest zu legen, sondern lieber Frischlinge."

„Wenn wir die da reinschicken, kommt niemand lebend wieder raus." Lukas blickte verärgert zum Schott des Maschinenraums. Immerhin war die L.I. wohl bei der Arbeit. Trotzdem mussten sie das Herz des Schiffes zurückerobern. Nicht auszudenken, was geschehen mochte, wenn Pendergast sie tatsächlich rettete und dieser Wahnsinnige, Nolan, die TORCH beschädigte oder auf andere dumme Gedanken kam. „Also schön, wir werden uns etwas einfallen lassen müssen. Und das verdammt schnell."

Der Hand-Com von Alpha 365 piepste. Nachdem der Sicherheitschef einen Blick darauf geworfen hatte, sagte er: „Und wie es aussieht, habe ich die perfekte Lösung für uns."

6

Alzir-System, Pearl, Forschungszentrum, 20. Juni 2266, 02:15 Uhr

Doktor Irina Petrova schlug die Augen auf. Im ersten Moment wusste sie weder, wo sie sich befand, noch was eigentlich geschehen war. Augenblicke später prasselten die Erinnerungen auf sie ein, und sie fuhr in die Höhe, felsenfest davon überzeugt, in das Antlitz eines böse grinsenden Marines zu schauen.

Stattdessen erwartete sie das warme Lächeln einer braunhaarigen Frau mit tiefen, braunen Augen. „Schön, dass Sie wieder bei uns sind, Doktor."

Es war seltsam, ihren Titel aus dem Mund der Fremden zu hören, hatte die Inner Security Police ihr diesen doch aberkannt, bevor sie sie in das Gefangenenlager auf Pearl steckten.

„Da... danke." Irina richtete sich auf. „Wo bin ich? Und wo ist Zev?" Sie trug ihren Skinsuit nicht mehr, lag auf einem weichen Biobett, das in einen warmen Schein getaucht war.

„Immer noch in der Forschungseinrichtung auf Pearl, wie ich fürchte. Nur ein paar Stockwerke tiefer." Die Unbekannte kam näher an das Krankenbett. „Ich bin Mandy. Ihren Begleiter konnten wir leider nicht retten, die I.S.P. hat ihn mitgenommen."

„Nur Mandy?"

„Wir beschränken uns hier unten auf die Vornamen. Keine Ränge, keine Familienzugehörigkeiten. Wer wir vor unserer Gefangennahme waren, spielt in der jetzigen Situation keine Rolle, und Feindschaften aufgrund dieser Vergangenheit können wir uns nicht leisten."

Und schon ist der Titel wieder weg. „Dann nennen Sie mich bitte auch Irina. Aber ich vermute, das hätten Sie sowieso getan."

Mandy lächelte. „Ihr logisches Denken ist auf jeden Fall nicht beeinträchtigt, das ist gut. Eine Wissenschaftlerin von Ihrem Kaliber können wir hier unten gebrauchen."

Irina schwang ihre Beine über den Rand der Liege und erhob sich. „Wer ist *wir*?"

„All jene, die es hierhergeschafft haben."

„Aus den Gefangenenlagern?", fragte Irina.

Mandy nickte nur und bedeutete ihr, ihr zu folgen. Gemeinsam verließen sie den kleinen, spartanisch eingerichteten Raum. Die untere Ebene bestand aus grauen Wänden und Standardleuchtstreifen. Alles war wissenschaftlich rational aufgebaut und bar jeder persönlichen Note.

Mandy brachte sie zu einem grauhaarigen distinguierten Herrn, an dessen Haltung sie sofort erkannte, dass er einstmals ein Militär gewesen war.

„Irina", begrüßte er sie. „Es freut mich, dass Sie lange genug durchgehalten haben. Ich bin Pavel." Er streckte ihr die Hand entgegen.

„Und mich freut das erst recht." Sie schüttelte die dargebotene Hand. „Danke für die Rettung. Die Sauerstoffpatrone meines Skinsuits hatte wohl ein Leck."

Pavel nickte. „Es war knapp. Ein paar Minuten später, und Sie wären erstickt."

„Sind Sie so etwas wie der Anführer dieser Gruppe?"

Irina sah sich um. Sie standen in einem kleinen Raum, der vollgestopft war mit Elektronik. In einem Konturensessel saß eine junge Frau, deren Blick unstet über Zahlen und Datenkolonnen huschte, die wiederum über Displays flimmerten.

„Unsere Entscheidungen werden demokratisch gefällt, immerhin betreffen sie uns alle. Wenn Sie es so wollen, bin ich ein Verwalter. Ich koordiniere das Zusammenleben unserer kleinen Gemeinschaft hier unter der Erde."

„Wie konnten Sie und die anderen aus ihren jeweiligen Lagern entkommen?"

„Einige gingen hinaus, um zu sterben, fanden jedoch verlassene Basen der Space Navy – mit Skinsuits. Andere kaperten Shuttles oder klauten die notwendigen Strahlenschutzanzüge. Es gibt viele Geschichten. Letztendlich verdanken wir unser Überleben Chen. Er war ein Wissenschaftler dieser Einrichtung."

„Er hat sie alle hierhergeführt?"

„Das ist eine längere Geschichte. Aber letztendlich kann man das wohl so sagen, ja."

„Und was ist Ihr Plan?"

Die Frau im Konturensessel lachte.

„Was ist so witzig?", wollte Irina wissen.

„Jeder, der hier hereinschneit, will am liebsten schwer bewaffnet gegen die I.S.P. losschlagen", sagte sie und stand auf. „Ich bin Sandy. Und sparen Sie sich bitte jeden Witz über Sandy und Mandy, wir kennen sie alle." Dabei zwinkerte sie Mandy zu, die bestätigend nickte. „Als ich hier ankam, hätte ich mir am liebsten einen Pulser geschnappt und die Gefangenenlager allesamt eigenhändig zerlegt. Nach ein bis zwei Wochen wird man realistischer."

„Was Sandy damit sagen will", warf Pavel ein, „ist, dass wir einfach nur versuchen, zu überleben. Wir haben keine schweren Waffen, keine Raumschiffe, nichts. Wenn die I.S.P. uns hier entdeckt, steht es außer Frage, dass sie uns erledigen."

Irina wusste darauf nichts zu erwidern. Nach ihrer Gefangenschaft und der anschließenden Flucht war sie nur froh, noch am Leben zu sein. Der Gedanke, gegen die I.S.P. vorzugehen, war ihr nicht einmal gekommen. Eine Flucht vom Planeten: ja. Ein Kampf gegen den Feind: auf gar keinen Fall.

„Das sehe ich ein", sagte sie daher.

„Gut." Pavel nickte zufrieden. „Was aber nicht heißt, dass Sie sich nicht nützlich machen können. Kommen Sie mit, ich zeige Ihnen die Anlage."

Mandy und Sandy blieben zurück, als sie mit Pavel davonging.

„Wir befinden uns hier auf der untersten Ebene, dem 22. Stockwerk, wenn Sie so wollen", erzählte der Mann. „Alles unterhalb der vierten Ebene ist nicht mehr für einfache Besucher zugänglich, alles nach der fünfzehnten fällt unter den Status „Streng geheim" und wird im Aufzug nicht einmal angezeigt. Wie lange das noch so bleibt, kann ich Ihnen nicht sagen. Nach dem Kampf hat die I.S.P. ein paar Wissenschaftler geschickt, die das Computernetzwerk überprüfen. Chen überwacht sie, aber sicher sein können wir uns nicht. Oh, und ein Team aus Spezialisten bereitet gerade alles darauf vor, den Aufzugschacht hinabzuklettern, um Ihre Leiche zu bergen."

„Das dürfte ein Problem werden."

„Lassen Sie das nur unsere Sorge sein. Ich fürchte nur, dass Sie Ihren Skinsuit nie wiedersehen werden." Er lachte. „Not macht erfinderisch."

Pavel zeigte ihr ein hydroponisches Labor, in dem die Flüchtlinge Obst und Gemüse heranzogen. „Dank Wachstumsbeschleunigern gibt es genug zu essen, der Speiseplan ist allerdings eintönig. Es gibt sanitäre Einrichtungen; jeder hat ein eigenes Zimmer zum Schlafen und meistens auch etwas zu tun."

„Wofür werde ich zuständig sein?"

„Wir sichten noch immer die Projekte, die hier durchgeführt wurden. Manches davon lässt sich vielleicht gebrauchen. Außerdem wollen wir natürlich auf Nummer sicher gehen, nicht auf einer Zeitbombe zu sitzen. Sie werden mittlerweile festgestellt haben, dass das Institut … nicht der Norm entspricht."

„Sie meinen die automatischen Verteidigungswaffen, die den Gleiter der I.S.P. zerstörten, als der seine Waffen aktivierte?"

„Zum Beispiel. Und da gibt es noch etwas." Er bedachte sie mit einem durchdringenden Blick. „Kommen Sie mit, ich zeige es Ihnen."

Pavel führte sie ans Ende der Gangflucht und betätigte einen verborgenen Schalter. Die Wand fuhr zur Seite und enthüllte eine schmale Treppe, die noch tiefer hinabführte. Licht flammte auf.

Irina folgte Pavel, als er sich an den Abstieg machte. Kurz darauf erreichten sie einen Gang, der unvermittelt vor einem Schott endete.

„Was liegt dahinter?", fragte sie gespannt.

„Ich habe nicht die leiseste Ahnung", erwiderte er zu ihrer großen Enttäuschung. Auf dem Schott war mit schwarzer Farbe eine Nummernfolge angebracht. „Das ist die Projektnummer. In den Unterlagen finden sich jedoch keine Aufzeichnungen dazu, und wir können das Schott bisher nicht öffnen."

„Sie hoffen darauf, dass ich beim Sichten der Unterlagen etwas entdecke. Einen Querverweis vielleicht? Eine Notiz? Oder gleich das komplette Projektverzeichnis?"

„Man darf ja hoffen." Er schmunzelte. „Messen Sie dieser Sache keine zu große Bedeutung bei. Dieser Raum ist ein Teil der ursprünglichen Forschungsstation, die sich zuvor an dieser Stelle befand. Die neue Einrichtung wurde darüber errichtet. Vermutlich ist es ein sehr altes Projekt, das schon seit einigen Jahrzehnten hier schlummert. Die Projektnummer deutet darauf hin. Die aktuellen Projekte haben eine fünfstellige Nummer, die alten waren noch bei vier Stellen. Aber das ist auch schon alles, was uns Chen dazu sagen konnte."

Irina betrachtete das Schott. Das letzte große Rätsel, das sie hatte lösen wollen, hatte sie überhaupt erst in diese missliche Lage gebracht. Gemeinsam mit Admiral Juri Michalew hatte sie die Aufgabe um die Parliden lösen wollen. Vor vielen Jahren hatte Captain Stark eine Beobachtung gemacht, die niemand ernst genommen hatte – außer Irina.

Und heute ist das Rätsel gelöst, was uns an den Vorabend eines neuen Krieges gebracht hat – und mich hierher, dachte sie.

Trotzdem musste sie irgendetwas tun. Aber dass sie bei der Sichtung der Unterlagen etwas fand, was allen anderen entgangen war, hielt sie nicht für sehr wahrscheinlich.

„Na schön. Zeigen Sie mir meine zukünftige Wirkungsstätte, und danach würde ich mich gerne ein wenig hinlegen", sagte sie nach kurzem Zögern. „Nach dieser Hetzjagd bin ich verdammt müde."

7

IL HYPERION, Algethi-System, Maschinenraum, 19. Juni 2266, 23:45 Uhr

Das Schott fuhr zur Seite, und er trat ein. Noch während Will mit offenem Mund auf Doktor Janis Tauser starrte, hob Lieutenant Tim Cahill die Waffe.

„Nicht schießen“, sagte der Psychodoc. „Bitte. Ich komme, um zu reden.“

„Doktorchen, es gibt nix zu reden“, stellte Tim klar. „Wenn dieser Idiot, der sich Captain nennt, das nicht begreift, muss er nur so weitermachen. Ein Toter geht bereits auf sein Konto.“

„Womit Sie auch eine Geisel verloren haben. Betrachten Sie mich einfach als Ersatz.“

„Willst du mich verarschen? Zieh Leine!“

„Kommen Sie herein, Doktor“, sagte Will. „Und du reiß dich zusammen, Tim. Der Doc will reden, lass ihn. Uns kann das nur recht sein. Wenn Cross es versaut, wird ihn irgendwer da oben schon ablösen.“

„Das sind doch alles Speichellecker.“ Tim verzog abschätzig das Gesicht, ließ die Waffe jedoch sinken. „Aber von mir aus.“

Doktor Tauser betrat den Maschinenraum und blickte sich um. Als er die Chefingenieurin und ihren Stellvertreter erblickte, lächelte er. „Es freut mich zu sehen, dass an der Lösung unseres Problems gearbeitet wird.“

„Wir sind keine Idioten, Doc“, sagte Will. „Wir wollen nur nach Hause. Dass die HYPERION nicht mit aktiviertem Interlink in den Phasenraum eintreten sollte, ist uns auch klar. Das ändert aber nichts an unseren Forderungen.“

Tauser kam vorsichtig näher. Etwa drei Schritte vor Will blieb er stehen, die Arme hingen entspannt herab. Mit seinem weißen Rauschebart und den Lachfalten um die Augen erweckte der Doc sofort Vertrauen. Eine nette Taktik, die bei seinen Patienten vielleicht funktionierte, nicht aber bei ihm. Will ließ sich nicht aufs Glatteis führen. Cross schickte den Psychologen nicht, um Small Talk zu machen.

„Und was werden Sie tun, wenn der Captain sein Kommando niederlegt? Admiral Pendergast wird die HYPERION niemals zurück zur Erde schicken", fragte Tauser.

„Dann werfen wir die Schlampe einfach aus der nächsten Luftschleuse", sagte Tim.

Ein paar der anderen lachten bei diesen Worten, wieder andere verzogen abschätzig die Mundwinkel. Will verdrehte innerlich die Augen. Lieutenant Tim Cahill war ein dummes Arschloch, das aber bedauerlicherweise auf seiner Seite stand. „Ein Problem nach dem anderen, Doktor. Wir kümmern uns um die Admiralin, wenn es soweit ist."

„Ist Ihnen eigentlich klar, was für ein Gebilde die I.S.P. wirklich ist?"

„Jetzt geht das los. War ja klar", kam es von Cahill.

„Doktor", sagte Will, „ersparen Sie sich und uns derartige Grundsatzdiskussionen. Wir haben unsere Entscheidung getroffen, unsere Seite gewählt. Davon wird keiner von uns abweichen. Wir haben Familie und Freunde auf der Erde und in der Space Navy. Ich für meinen Teil möchte diese alle wiedersehen. Nur weil Captain Cross die Entscheidung trifft, die Space Navy, den Präsidenten und die Solare Union zu verraten, müssen wir diese Aktion nicht mitmachen."

„Dem stimme ich zu, Lieutenant", sagte Tauser mit einem bedächtigen Nicken. „Und es freut mich immer wieder, wenn kritische Befehle auch einmal hinterfragt werden." Langsam, den Blick zu Boden geneigt und den rechten Zeigefinger an den Lippen, schritt Tauser durch den Maschinenraum. „Doch wenn Sie so weit gehen und eine bewaffnete Meuterei anzetteln, sollten Sie dann nicht alle Fakten kennen?"

„Verdammt noch mal, wir kennen alle Fakten, die relevant sind!" Und schon hielt Tim die Waffe erneut im Anschlag.

„So? Da bin ich mir nicht so sicher."

„Johnston …"

Tauser unterbrach Tim einfach mitten im Satz. „E.C. Christopher Johnston war neural rekonfiguriert."

„Was?" Die Waffe sank. „Was reden Sie denn da?"

Tauser atmete schwer aus. „Nachdem Johnston den Kommandochip im Schädel der I.O. aktiviert hatte – sie ringt momentan mit dem Leben –, kam es zu einem Kampf zwischen ihm und Jayden Cross. Der Captain gewann, worauf der E.C. in einen psychischen Schockzustand verfiel. Ich habe ihn auf der Krankenstation untersucht und dabei festgestellt, dass seine neuralen Bahnen neu geordnet wurden. Wie sie vielleicht wissen", damit richtete er sich an alle Bewaffneten, „wird die neurale Rekonfiguration in seltenen Fällen angewandt, um psychische Schäden zu heilen. Patienten können dadurch von Traumata oder einer Verhaltensstörung befreit werden. Paranoia, Zwangsneurosen, Depressionen – die Möglichkeiten sind enorm. Leider lässt sich diese Technik auch missbrauchen. Im Falle von Christopher Johnston wurde das Verfahren einfach umgekehrt angewendet. Seine Akte verrät, dass er in der Vergangenheit eine starke Ergebenheit gegenüber höherrangigen Personen an den Tag legte. Diese Treue zur Solaren Union und der Glaube an die Verfassung waren tief in seinem Denken verankert. Die neurale Rekonfiguration hat daraus einen wahnhaften Zwang gemacht. Er sah überall Verschwörungen und war bereit, alles zu tun, um konspiratives Verhalten auszumerzen. Dabei hat er keinen Befehl mehr infrage gestellt, der von oben an ihn gegeben wurde."

„Das ist lächerlich", sagte Tim. Doch in seiner Stimme lagen leise Zweifel.

Will war noch dabei, die Worte zu verarbeiten, als der Doc bereits weitersprach.

„Wir hatten es bisher nur mit Christopher Johnston zu tun, doch die Vermutung liegt nahe, dass die I.S.P. ganz gezielt nach Personen mit bestimmten psychologischen Grundvoraussetzungen gesucht hat. Durch eine leichte Veränderung der neuralen Bahnen konnten sie so ergebene Verfechter der Sache erzeugen."

Will musste zugeben, dass das einleuchtend klang. Er wusste von seinem medizinischen Kurs an der Akademie, dass die neurale Rekonfiguration ein zweischneidiges Schwert war. Immer wieder gab es schwarze Schafe in der Wissenschaft, die diese Technik missbrauchten. Als vor einigen Jahren eine der Parteien im Senat vorschlug, das Verfahren einzusetzen, um Straftäter in die Gesellschaft zu reintegrieren und prophylaktisch gewalttätige Strukturen bei potenziellen Gewaltverbrechern zu entfernen, war ein Aufschrei durch die Presse gegangen. Ione Kartess hatte diesem Vorhaben eine Absage erteilt und stattdessen mit der Mehrheit des Parlaments ein Gesetz verabschiedet, das der Anwendung dieser Technik klare Grenzen setzte. War es wirklich möglich, dass ein Mann wie Präsident Sjöberg etwas Derartiges veranlasste? Oder wusste er vielleicht gar nichts davon? Immerhin war es dieser Walker, der an der Spitze der I.S.P. stand. Und hatte nicht schon sein Sohn Chaos an Bord verursacht, als er diesen Torpedo umprogrammiert hatte, um es Ishida in die Schuhe zu schieben?

„Selbst, wenn das wahr ist, Doc“, sagte Will schließlich, „ändert das nichts. Sollte die I.S.P. das tatsächlich getan haben, muss der Präsident davon erfahren. Das rechtfertigt es doch nicht, einfach abzuhauen und sich einer Frau anzuschließen, die Michalew unterstützt. Haben Sie in letzter Zeit mal die Nachrichtenfeeds gesehen? Pendergast hat Schiffe zerstört, Planeten angegriffen, auf ihr Konto gehen Bombenanschläge. Gemeinsam mit Jansen hat sie zwei Regierungsgebäude auf der Erde hochgejagt.“

„Das wollen uns die Medien zumindest weismachen“, konterte Tauser. „Ich persönlich glaube nicht daran, dass Santana Pendergast dahintersteckt. Aber darum geht es auch nicht. Captain Cross hat nie behauptet, dass er sich der Admiralin anschließen will. Falls sie es überhaupt ist, ist sie hier, um uns aller Wahrscheinlichkeit nach zu retten, und das ist ein ehrbares Verhalten. Wie es danach weitergeht, hängt von vielen Faktoren ab, die wir noch nicht überblicken können.“

„So ein Unsinn!“, fauchte Tim. „Das Miststück will den Interlink-Kreuzer, sonst nichts. Vermutlich lässt sie uns alle abknallen, während der Captain ihr ohne Peilung die Hand schüttelt. Sorry Doc, aber da mache ich nicht mit.“

Zustimmendes Gemurmel setzte ein.

„Sie hören es.“ Will schüttelte den Kopf. „Kehren Sie auf die Brücke zurück und sagen Sie Cross, dass wir an unseren Forderungen festhalten. Wir …“

Irgendetwas geschah. Und obwohl Will nicht wusste, was es war, warnte ihn ein Instinkt vor Gefahr. Reflexartig ließ er sich fallen. Im gleichen Moment flirrten Pulserpartikel durch die Luft, und ein Mann ging hinter einem Maschinenblock in Deckung.

Doktor Tauser warf sich ebenfalls zu Boden, während Tim Cahill wütend aufbrüllte.

„Dich mach ich fertig“, stieß er hervor. Mit der Waffe im Anschlag hechtete er zur Seite, aus dem Schussfeld des Technikers, der irgendwie einen Pulser in die Hand bekommen hatte, und robbte geduckt auf den Schützen zu.

Das war Jegorow, dachte Will. *Und neben ihm Lorencia. Tim wird sie beide erschießen.* „Stopp!“, rief er.

Doch es war zu spät. Zwei Schüsse hallten. Danach wurde es still.

Es war so still. Captain Jayden Cross stand in seinem Bereitschaftsraum und öffnete den Tresor. Vorsichtig nahm er den Impulsgeber hervor und verstaute ihn in dem Fach. Die einzigen Personen, die den Code zu diesem Schließfach kannten, waren Noriko Ishida und er. Damit war sichergestellt, dass das Gerät nicht dazu missbraucht wurde, weitere Killchips zu zünden. Er hatte es nicht einmal gewagt, die Energiezelle zu entfernen. Wer konnte schon ahnen, ob nicht eine Sicherung eingebaut war, die in einem solchen Fall Detonationsimpulse aussandte. Mit diesem einfachen, schmucklosen Gerät vermochte eine einzelne Person auf Knopfdruck die gesamte Kommandocrew auszulöschen; alle Kommandooffiziere, Abteilungsleiter und ihre Stellvertreter.

Er hatte darauf verzichtet, diese Tatsache gegenüber Doktor Isaak oder der L.I. zu erwähnen, doch es betraf natürlich auch sie.

Zum ersten Mal, seitdem er wusste, dass Sarah McCall nur eine Spionin gewesen war, sehnte er ein Gespräch mit ihr herbei. Er hätte gerne erfahren, wie Sjöberg es geschafft hatte, ein derartiges Projekt an den Augen so vieler Kontrollinstanzen vorbei Wirklichkeit werden zu lassen. Und das zu einer Zeit, in der er zwar Einfluss gehabt hatte, es aber sicher noch genug unabhängige und unbeeinflusste Offiziere, Wissenschaftler und Techniker gegeben hatte. Wie zur Hölle war ihm das gelungen? Eine weitere offene Frage auf einer langen Liste.

Als das Türsignal erklang, lachte er bitter auf. Das war nicht sein typischer Dreiklang, die I.O. musste ihn umprogrammiert haben, während er nach dem Anschlag von Johnston auf der Krankenstation mit dem Leben rang. Er beschloss, ihn beizubehalten.

„Herein", sagte er, nur um kurz darauf beim Anblick seiner Besucherin zusammenzuzucken. „Commander Kensington!" Seine Ortungsoffizierin hatte es böse erwischt. Ihr Gesicht war von Brandnarben übersät, die Haare versengt. Einige der Wunden nässten sogar noch.

„Sir", erwiderte sie. „Es freut mich, Sie wohlauf zu sehen."

„Gleichfalls. Ich würde ja gerne dasselbe sagen, aber ‚wohlauf' trifft es bei Ihnen wohl nicht ganz. Was ist passiert?"

Kensington kam näher. Während die Struktur des Raumes intakt war, besaß die Holosphäre nur noch Schrottwert. Die Möbel lagen zerbrochen am Boden, die Trümmer waren im ganzen Besprechungsraum verstreut. Die meisten Leuchtstreifen hatten sich in Splitter verwandelt.

Kensington ging sinnierend umher und begutachtete die Schäden. „Paramedic Syra Pembleton hat versucht, mich umzubringen. Ich habe sie überwältigt, aber ihr Pulser war umprogrammiert. Als ich ihn in die Hand nahm, überlud die Energiezelle. Sie wollte es Devgan in die Schuhe schieben."

Als Jayden entsetzt zum Reden ansetzte, sprach sie schnell weiter.

„Keine Sorge, dem Commander geht es gut. Die Schadenskontrolle wird noch eine Weile ohne ihn auskommen müssen, aber Doktor Isaak konnte ihn stabilisieren. Syra Pembleton liegt irgendwo in meinem Quartier. Unter Trümmern begraben."

„Unfassbar! Es ist noch weitaus schlimmer, als ich vermutet habe. Aber das hört sich so an, als täte Pembleton Ihnen leid."

„Die I.S.P. hat ihren Bruder. Nur deshalb hat sie es getan."

Jayden erinnerte sich an die Frau. Gemeinsam mit Noriko Ishida hatte sie im Stillen Sektor am Außeneinsatz auf der PROMETHEUS teilgenommen und den Kampf gegen den Schläfer in der Crew überlebt. Ihr Tod ging ebenfalls auf das Konto der I.S.P., was er nicht vergessen würde. „Sie wissen, was passiert ist?"

„Ich habe einiges auf der Krankenstation aufgeschnappt. Über den Rest hat mich Nurakow ins Bild gesetzt. Ein einziger, großer Schlamassel." Sie bückte sich und hob die papierne Replik eines alten Buches von der Erde auf, die Jayden erst vor Kurzem gekauft hatte. „‚Schöne neue Welt'. Sie also auch?"

„Was meinen Sie?" Er nahm ihr das Buch aus den Händen. Der Einband war zerschlissen, aber im großen Ganzen hatte es überlebt. Glücklicherweise. Der Papierdruck hatte eine Menge Geld gekostet.

„Sarah McCall hat mir vor ihrem Abflug geraten, dieses Werk zu lesen. Irgendwie sehe ich einige ihrer Bemerkungen heute in einem anderen Licht."

„Fragen Sie mich mal." Jayden legte das Buch wieder zu Boden – eine alternative Ablagefläche gab es nicht mehr. „Ich würde ihr nach wie vor gerne den Hals umdrehen. Aber sie hatte in der Tat mit zahlreichen Dingen recht."

Kensington blickte für einige Augenblicke nachdenklich zu Boden, dann sprach sie weiter: „Wie auch immer, darum bin ich nicht hier. Es geht um Commander Ishida. Da die interne Kommunikation noch immer kaum funktioniert, soll ich Sie über ihren Zustand informieren. Der Doc konnte die Mikroschrapnelle entfernen und die I.O. in einem Stasetank stabilisieren. Mehr kann er nicht tun."

„Immerhin ist sie stabil", sagte Jayden leise.

„Sir, Sie missverstehen. Ishida ist nur deshalb stabil, weil sie im letzten verbliebenen Stasetank liegt. Sobald die Stase deaktiviert wird, hat sie noch einige Minuten, dann bricht ihr System wieder zusammen. Es sind einfach zu viele Areale des Hirns geschädigt. Sie muss in eine Klinik, und selbst dort liegen die Chancen, dass sie auch nur im Koma überlebt, bei unter fünf Prozent. Sollte die Energieversorgung der Krankenstation weiterhin so schwanken, wird der Stasetank es aber sowieso nicht mehr lange machen. Und in dem Fall …"

„Ich habe verstanden, Commander." Unter der Leere in seinem Inneren stieg eine Schmerzwelle empor, die seine Brust eng werden ließ. Er konzentrierte sich darauf, das Gefühl zu unterdrücken und schob die Gedanken an seine I.O. beiseite. „Was ist mit Ihnen? Mit Ihrer Haut, meine ich."

Kensington winkte ab. „Doktor Isaak kann wirklich nerven. Während ich auf der Krankenstation geholfen habe, musste ich mir selbst immer wieder neue Dosen Naniten injizieren. Mittlerweile habe ich das Gröbste überstanden. Diese Äußerlichkeiten können warten. Und für die verbliebenen Schmerzen habe ich ein letztes Medikament bekommen."

„Wie schaut es dort unten aus?"

„Isaak und sein Team arbeiten am Limit. Aber das Schlimmste ist, dass die Ressourcen zur Neige gehen."

So viele Probleme. Jayden sah eine Flut an Herausforderungen vor sich, Schicksale, die von seiner Entscheidung abhingen. Und noch immer fühlte er nur Müdigkeit und Leere. „Aktuell kann ich daran nichts ändern."

Kensington schwieg, sah ihn nur an. Nach einigen Sekunden nickte sie. „Wir sind alle nur Menschen, Captain. Und jeder tut, was er kann. Niemand erwartet mehr von Ihnen."

„Wir wissen beide, dass das nicht wahr ist."

„Jeder, der zum logischen Denken in der Lage ist, erwartet nicht mehr von Ihnen. Zufrieden?"

Er lächelte müde.

Gemeinsam kehrten sie auf die Brücke zurück. Schon auf den ersten Blick erkannte er, dass es fast so weit war. Die TORCH hatte sie beinahe erreicht, die Parlidenschiffe ebenfalls.

Verdammt noch mal, Lorencia! Schalten Sie das verdammte Ding ab!

„Ich höre Schüsse“, sagte Alpha 365 erschrocken.

Lieutenant Commander Lukas Akoskin überprüfte das Display der Wärmebildkamera. Doktor Tauser lag am Boden, ebenso Lieutenant Nolan. Die übrigen Bilder konnte er nicht zuordnen. „Okay, das ist genug. Die hatten ihre Chance. Wir gehen rein.“

Er wollte sich gerade seinen Leuten zuwenden, als er aus den Augenwinkeln etwas wahrnahm. Reflexartig ließ er sich fallen, und eine energetische Partikelwolke flog an der Stelle vorbei, an der er eben noch gestanden hatte. Mit einem schnellen Kick trat Lukas dem Alpha die Beine weg, worauf auch der zu Boden fiel.

„Macht sie fertig!“, rief Doktor Branch.

Lukas hatte keine Ahnung, wie der Arzt aus der Arrestzelle entkommen konnte. Vermutlich mit der Hilfe dämlicher Loyalisten, die einfach nicht wussten, wann es genug war. Der Kerl war ekelhaft. Äußerlich ein freundlicher Mann, der immer ein Lächeln auf den Lippen trug. Und hinten herum unterstützte er Johnstons Mordanschlag auf den Captain.

Zusammen mit einer Handvoll Sicherheitskräfte kam er auf die kleine Gruppe zugestürmt. Die Frischlinge der speziellen Eingreiftruppe kamen nicht einmal zu einer echten Gegenwehr. Partikelschüsse schlugen in ihre Oberkörper ein. Ein junger Marine hechtete um die Ecke und kam so mit dem Leben davon. Die Übrigen wurden einfach umgemäht.

Lukas’ Nerven waren zum Zerreißen gespannt, als die feindliche Truppe auf sie zukam. Aufzuspringen und das Feuer zu erwidern, machte keinen Sinn, ihre Stellung war zu exponiert. „Wir ergeben uns!“

Tatsächlich stellten die Angreifer ihre Schüsse ein. Doktor Branch kam mit einem überlegenen Lächeln auf ihn zu. „Na, wenn das kein besonderer Fang ist“, sagte er mit einem Grinsen.

Lukas erhob sich und half auch dem Alpha auf die Beine, der sichtlich mitgenommen wirkte.

„Warum haben Sie sie erschossen?“ Lukas deutete auf den speziellen Eingreiftrupp. „Betäubungsschüsse hätten gereicht.“

Doktor Branch runzelte die Stirn. „Sie als Taktikoffizier sollten keine so dämliche Frage stellen. Wir können uns nicht mit Gefangenen belasten. Der Kampf um dieses Schiff ist in vollem Gange, und wir sind nur eine kleine Gruppe.“

„Uns beide werden Sie also auch erschießen?“

„Dazu sind Sie als Geiseln zu wertvoll. Solange Sie keine Dummheiten machen, nehmen wir Sie mit. Ich glaube kaum, dass uns jemand angreifen wird, wenn wir Sie beide als Schutzschild verwenden. Oder was denken Sie?“

Der Mann widerte Lukas an. Als ausgebildeter Assassine, der vom Ketaria-Bund großgezogen worden war, hatte er gelernt, schnell und effektiv zu töten. Aber obwohl er es konnte, verabscheute er es mehr als alles andere. Es war ein Fehler des Bundes gewesen, ausgerechnet ihn als Langzeitagenten in die Space Navy einzuschleusen. Ihn und viele andere, die für das erste Schattennetz tätig sein sollten. Er hatte geschwiegen, weil nur das sein Leben garantiert hatte – bis heute. Doch jetzt war alles anders. Sein Druckmittel war fort, seine Identität enthüllt und der Coup d'Etat von Sjöberg vorüber.

„Ich denke, Ihr Plan hat keine Aussicht auf Erfolg.“

Branch schmunzelte erneut. „Ist das Ihre Einschätzung als Taktiker?“

„Das ist sie.“ Lukas verlagerte sein Gewicht. Mit einem taxierenden Blick in die Runde schätzte er seine Gegner ein, baute eine Strategie auf und machte sich bereit. „Denn Sie haben etwas sehr Wichtiges übersehen.“

„Dann raus damit.“ Der ehemalige Chefarzt blickte ihn fragend an. „Ich lerne gerne dazu.“

„Oh, lernen werden Sie“, sagte Lukas. „Bedauerlicherweise können Sie damit nichts mehr anfangen.“

Und dann tat er es.

Die alte Technik, die er seit vielen Jahren nicht mehr eingesetzt hatte, der alte Instinkt, der lange geschlafen hatte, sein tödliches Ich, das er verdrängt hatte – all das erwachte. Von einem Moment zum nächsten schien alles um ihn herum in Zeitlupe abzulaufen, während er auf das zurückgriff, was er niemals hatte haben wollen; während er zu dem wurde, der er nie wieder hatte werden wollen. Seine Muskeln spannten sich an. Seine Augen stellten sich scharf.

Bevor Branch die erste Silbe seiner Erwiderung ausgesprochen hatte, zuckte Lukas' Faust voran und zertrümmerte den Kehlkopf seines Gegners. Der Arzt fiel zu Boden und starb röchelnd. Bis seine Gefolgsleute registrierten, was geschah, war es zu spät. Noch bevor auch nur einer den Pulser ausrichten konnte, wirbelte Lukas wie ein Schatten zwischen ihnen hindurch. Mit jeder Bewegung fühlte er die unbändige

Kraft, die ihn durchströmte. Er fühlte die Technik, die seinen Körper zu einer Waffe machte. Das Geheimnis des Ketaria-Bundes, über das kein Außenstehender Bescheid wusste, war die Technik des Ersten Assassinen. Jener Mann namens Ketaria, der den Bund aus der Taufe gehoben hatte, war davor einer der geheimnisvollen Kybernetiker von CORE I gewesen. Seinerseits ein Abtrünniger, hatte er die Gemeinschaft der Assassinen gegründet und den Körper jedes Mitbruders und jeder Mitschwester mit einer Technik ausgerüstet, die alles überstieg, was in den Solaren Welten eingesetzt wurde. Das war schlicht und ergreifend deshalb so, weil die Kybernetiker ihr Wissen unter Verschluss hielten. Sie sahen sich als friedvolle Beobachter, während es Ketaria nicht ausreichte, schweigend mit anzusehen, was andere taten. Er wollte selbst lenken, erschaffen, zerstören.

Lukas hatte die Technik in seinem Körper, die winzigen Nano-Fäden, Muskelerweiterungen und bionischen Speichercluster, seit seiner Abkehr vom Bund nicht mehr benutzt, sie deaktiviert. Sie dienten nur einem Zweck: dem Töten. Doch heute hatte er genug vom Beobachten. Unschuldige hatten in diesem Kampf weiß Gott genug gezahlt. Es war an der Zeit, dass die Schuldigen an die Reihe kamen.

Er wirbelte zwischen den Bewaffneten umher und brachte den Tod. Jeder Genickbruch, jeder zertrümmerte Kehlkopf, jedes gebrochene Rückgrat tat ihm in der Seele weh. Er musste sich in Erinnerung rufen, was diese Menschen tun wollten, was ihre Auftraggeber schon getan hatten.

Als es zu Ende war, stand nur noch Alpha 365 auf den Beinen. Mit kreidebleichem Gesicht starrte er herüber.

„Wir sind wohl beide nicht das, was der andere erwartet hat“, sagte Lukas leise. „Ich habe das nur ungern getan.“

Der Sicherheitschef schluckte und nickte stumm. In seinen Augen stand ein Ausdruck, den Lukas nie wieder hatte sehen wollen: Angst. Alpha 365 hatte Angst vor ihm. So starb also das Bild von Lieutenant Commander Lukas Akoskin, dem Macho und Frauenheld, der gerne flirtete und reihenweise Affären einging. Dem Mann, der mit seinen Kollegen in geselliger Runde auf dem Erholungsdeck saß und an der taktischen Konsole ein Ass war. So wie der Alpha ihn anschaute, würden ihn bald alle anschauen. Denn er war ja nur ein Killer.

Lukas schüttelte traurig den Kopf. Nach dem heutigen Tag würde nichts mehr so sein, wie es gewesen war. Zumindest das war sicher. Für einen winzigen Moment sehnte er tatsächlich herbei, dass die verfluchte Interlink-Blase irgendeinen verdammten Konverter oder Speicherring durchbrennen ließ und das Schiff in die Luft flog. Wozu focht er Kampf um Kampf um Kampf? Damit am Ende doch alles umsonst war und sie ihn als Aussätzigen behandelten, sobald er seine Schuldigkeit getan hatte?

Der Moment verging, und Lukas erinnerte sich an das herzliche Lachen von Lieutenant Commander Tess Kensington, mit der er auf dem Erholungsdeck ihre Beförderung gefeiert hatte. Er erinnerte sich an Lieutenant Sarah McCall, mit der er stundenlang in der Sporthalle trainierte hatte. An Captain Cross, der ihn bei jeder Partie Eriin-6 schlug, aber immer sofort eine Revanche anbot. Und dann dachte er an Doktor Irina Petrova, die von den Männern der I.S.P. direkt von der Krankenstation geholt worden war. Ohne Prozess, ohne ein Lebenszeichen war sie einfach verschwunden. Eines Tages wollte er ihr Schicksal klären, und das konnte er nur, wenn er und alle anderen überlebten.

Der Moment verstrich.

Mit bedächtigen Schritten ging er zum Maschinenraum.

„Was haben Sie vor?“, fragte Alpha 365.

„Ich werde es beenden.“

„Aber die bringen Sie um.“ Nach einem kurzen Stirnrunzeln und einem Blick auf die Toten fügte er hinzu: „Vielleicht auch nicht. Werden Sie sie töten?“

„Nicht, wenn es sich vermeiden lässt“, erwiderte Lukas. „Doch wenn ich einmal loslege, ergibt eines das andere. Die Kampftechnik des Ketaria-Bundes ist nicht darauf ausgelegt, zu betäuben. Wir sind Assassinen“, erwiderte er bitter. „Nolan und seine Leute werden eine Chance erhalten. Aber nur eine.“ Bei diesen Worten leitete er die Überbrückung ein, worauf das Schott zur Seite fuhr.

Er hoffte inständig, dass diese Idioten es nicht drauf ankommen ließen. Als ihm die ersten Pulserschüsse entgegenkamen, fühlte er Bedauern und den altbekannten seelischen Schmerz. Er wusste, wie es ausgehen würde, noch während er nach vorne sprang und zwei Schüssen auswich. Sein Pulser verschoss flirrende Partikelwolken. Sein Körper brachte den Tod.

8

Dreadnought TORCH, Algethi-System, Kommandobrücke, 21. Juni 2266, 00:30 Uhr

Admiral Santana Pendergast starrte auf den Holotank und versuchte, ihre Ungeduld zu zügeln. In etwa eineinhalb Stunden erreichten sie die HYPERION.

„Ich hätte nicht gedacht, dass wir sie hier wirklich finden", sagte Fähnrich Bai Yun von der Sensorkonsole. „Und wenn ich die eingehenden Daten korrekt deute, stimmen auch die übrigen Informationen, die wir erhalten haben: Die Heimatwelt der Parliden wird von einer Fusionsreaktion zerfressen." Der hagere Mann mit den rotblonden Haaren entstammte dem koreanischen Sektor der Erde. Santana war froh, ihn an Bord zu haben. Nur durch ihn hatte sie vom Verrat Commander Golds erfahren, der von Mitgliedern des Schattennetzes Sjöbergs unter Druck gesetzt worden war. Er saß seit der Flucht aus dem Sol-System in einer Arrestzelle. Natürlich hatte er nur so gehandelt, weil man seine Frau entführt hatte, doch das spielte momentan nur sekundär eine Rolle.

„Kommunikation ist weiterhin nicht möglich, Ma'am", meldete Lieutenant Tasha Yost. Die Kommunikationsoffizierin knabberte gedankenverloren an ihrer Unterlippe und strich sich immer wieder verirrte Haarsträhnen aus der Stirn. „Dort drüben funktioniert wirklich nichts mehr – sieht man mal von der Lebenserhaltung ab."

„Versuchen Sie es weiter, Lieutenant." Was war hier nur passiert? Warum glich der Interlink-Kreuzer einem fliegenden Trümmerhaufen? „Wann erreichen wir sie?"

„E.T.A. in zehn Minuten und dreiunddreißig Sekunden", erwiderte Lieutenant Özenir. Der Mann aus dem türkischen Sektor der Erde war nach dem Tod von Diana Sun, die sich als Schläfer von Michalew entpuppt hatte, zum primären Navigationsoffizier aufgestiegen.

„Traktorstrahl ist bereit", warf Lieutenant Commander Kristen Bellflair ein. Während sie Eingaben auf ihrer Waffen- und Taktikkonsole vornahm, hüpfte ihr blonder Pferdeschwanz auf und ab. „Der Abschleppdienst steht bereit."

Santana schmunzelte. Sie mochte die Offizierin, die die Crew durch ihre locker-leichte Art den Ernst der Lage oftmals vergessen ließ.

„Kirby, du bist unmöglich", sagte Tasha Yost an Kristen „Kirby" Bellflair gewandt. „Dort drüben sind Menschen in Lebensgefahr."

Zwar war Bellflair aktuell trotz ihres niedrigen Ranges die amtierende I.O., nachdem Gold in der Arrestzelle saß, doch der Umgangston auf der Kommandobrücke störte sich nicht an Hierarchien – nicht mehr. Und während Santana in der Vergangenheit großen Wert auf das Protokoll und die Hierarchie gelegt hatte, wollte sie daran momentan nicht festhalten. Es war einfach zu viel seit ihrem Aufbruch von der Erde geschehen. Das meiste davon war unerfreulich.

„Geben wir unser Bestes, dass die Crew der HYPERION das Ganze überlebt", sagte Santana und beendete damit den aufziehenden Schlagabtausch. „Commander Bellflair, was ist das für ein Stirnrunzeln? Gibt es Probleme?"

„Ich stelle gerade fest, dass es eine abnehmende Strahlung im Bereich der HYPERION gibt." Sie rekonfigurierte die Sensordaten, die Bai Yun auf ihre Konsole weiterleitete. „Dabei scheint es sich um einen Strahlenmix zu handeln, der vom Interlink-Antrieb ausgeht. Wellenartiger Verlauf. Scheinbar versuchen die dort drüben, den Antrieb zu reaktivieren. Ich muss die magnetischen Partikel in der Trägerstrahlung des Traktorstrahls polarisieren. Andernfalls wird er neutralisiert."

„Na, ich würde auch versuchen, mein Schiff wieder flottzukriegen, wenn mir ein paar Parlidenkreuzer am A... „, Özenir räusperte sich, „... am Antrieb hingen."

Bellflair schmunzelte, Yost verzog die Lippen. Doch auch sie konnte ein Grinsen sichtlich schwer unterdrücken.

„Es wird kein Problem darstellen", sagte die Waffen- und Taktikoffizierin. „Ich habe es rechtzeitig entdeckt. Vermutlich werden die ihre Versuche sowieso einstellen, wenn wir sie in Schlepp genommen haben."

„*Falls* sie uns erkannt haben", warf Bai Yun ein. „Und unseren Versuch, sie zu retten, nicht als Angriff interpretieren. Immerhin sind wir offiziell ja böse Verschwörer, die mit Michalew die Solare Union zerstören wollen."

Santana wollte gar nicht daran denken. Sie konnte nur hoffen, dass die Informationen von Sarah McCall korrekt waren und die HYPERION nicht länger für den Präsidenten und die kompromittierte Space Navy arbeitete. Immerhin hatten sich bisher alle Aussagen der Frau als wahr erwiesen.

„Ma'am", sagte Tasha Yost triumphierend. „Ich habe einen Phasenfunkport gefunden, der nicht von diesen dämlichen Standardbotschaften überflutet wird." Sie blickte von ihrer Konsole auf. „Der Shuttlehangar wurde fast vollständig zerstört, doch das Kurierboot wurde unter Trümmern begraben. Ich konnte Zugriff auf die Datenbank nehmen und die Kopie des Logbuchs in unseren Computer überspielen. Eine Verbindung vom Kurierboot in das interne System der HYPERION ist nicht möglich, da die Standardfrequenzen des Phasenfunks nach wie vor mit priorisierten Standardbotschaften geflutet werden. Die Technik dort drüben ist sowas von hinüber."

„Das habe ich befürchtet. Aber immerhin erhalten wir jetzt Antworten. Wie aktuell ist das Logbuch?"

„Wenn ich es richtig interpretiere, war das Standardprotokoll noch bis vor wenigen Minuten in Kraft. Der Inhalt des Original-Logbuchs wurde weiterhin kopiert, der Datenstrom lief über eine gesicherte Leitung, die bis vor Kurzem intakt war. Da das Kurierboot nie abgelegt hat, bekommen wir also den aktuellen Status geliefert."

Das wurde ja immer besser. Santana nickte ihrer Kommunikationsoffizierin noch einmal lobend zu, dann nahm sie über ihre Kommandokonsole Zugriff auf den sicheren Speichercluster, in den die Daten kopiert worden waren. Natürlich konnte sie in der kurzen Zeit nicht den gesamten Inhalt studieren, aber sie wollte doch wenigstens wissen, wie es zu dem Debakel gekommen war und wer von der Kommandobrückencrew noch lebte.

Sie rief jenen Zeitpunkt ab, bevor die Schadensmeldungen in die Höhe geschossen waren. Entsetzt starrte sie auf die Sensorbilder mehrerer Parlidenschiffe, deren Architektur und Signatur ähnlich jener der Transitionskreuzer waren, die Sarah McCalls Leute einsetzten. *Eine Transitionsmine,* begriff sie kurz darauf. *Grundgütiger.*

Es glich einem Wunder, dass die Parliden ihr System noch nicht mit diesen Dingern zugepflastert hatten. Vermutlich gab es nur Prototypen, was der HYPERION trotzdem zum Verhängnis geworden war.

Als Santana die Aufzeichnung der Brückenkameras abrief, konnte sie das Geschehene erst nicht interpretieren. Schnell griff sie in ein Fach an ihrer Konsole und zog ein Headset hervor. Sie streifte es über und aktivierte den Audiofeed. Kurz darauf wurde sie Zeuge, wie E.C. Christopher Johnston die Wahrheit über die Kommandochips enthüllte und die Bombe im Schädel von Commander Noriko Ishida hochgehen ließ.

Sie zwang sich zur Ruhe, verriet mit keiner Regung, was sie gerade sah. Als sie die Aufzeichnung abschaltete, war ihr übel. Wenn sie tatsächlich alle eine solche Nano-Sprengladung in ihrem Kopf mit sich herumtrugen … Ihr wurde ganz anders.

„Alles in Ordnung, Ma'am?", fragte ihre erste Offizierin.

„Natürlich." *Aber wenn ich Sjöberg jemals in die Finger kriege, dann stopfe ich ihm die Energiezelle eines Pulsers in den Mund und schaue zu, wie sie hochgeht. Die arme Ishida.*

Während der Dreadnought weiter auf sein Ziel zuflog, hing Santana ihren Gedanken nach. Die Zeit verging viel zu schnell. Kirby hatte längst die Gefechtsprotokolle aktiviert, in den Skinsuits steckte die gesamte Kommandobrückencrew schon lange.

„Ma'am, wir erreichen die HYPERION", meldete Özenir schließlich.

„Traktorstrahl wird etabliert", fügte Bellflair hinzu. „Verbindung stabil."

„Gut." Santana atmete auf. „Lieutenant Özenir, bringen Sie uns so schnell es geht in den Phasenraum."

Eine Erschütterung erfasste den Dreadnought. Sie hatte nur darauf gewartet. Die Parliden waren heran.

9

Maschinenraum der HYPERION, kurz zuvor

Lieutenant Commander Lukas Akoskin hatte alles abgestreift, was ihn zurückhielt. Während er wieder zu der tödlichen Waffe des Ketaria-Bundes wurde, die er so lange Zeit gewesen war, ließ er sich von der Energie seines Leibes und dem Instinkt des Assassinen in ihm leiten.

Als er den Maschinenraum betrat, war bereits ein Kampf im Gange. Die meisten Techniker kauerten waffenlos hinter irgendwelchen Maschinenblöcken und warteten darauf, dass der Schusswechsel vorüberging.

Lieutenant Tim Cahill stürmte gerade hinter einen jener Blöcke und hob seine Waffe. Lieutenant Will Nolan kam in die Höhe und folgte ihm. Hinter dem Block rief er: „Nein!"

Die übrigen Geiselnehmer hatten sich im hinteren Segment verteilt, der Lift zur oberen Sektion war deaktiviert, ebenso das Schott zur Antriebssektion geschlossen. Das machte es überraschend einfach. Noch während zwei der Männer mit grimmigen Gesichtern die Waffen hoben, aktivierte Lukas seinen Pulser. Die Schüsse trafen exakt. Da ein Betäubungsschuss immer mal wieder nur einzelne Teile des Körpers betäubte – oder zu langsam wirkte –, hatte er sich mit großem Bedauern dazu entschlossen, letal vorzugehen. Die beiden Männer sanken tot zu Boden. Die Frau reagierte taktisch klüger. Sie warf sich zur Seite, rollte ab und ging hinter einer Konsole in Deckung. Lukas wich zwei ihrer Schüsse aus, bevor er sich bewusst dem Dritten aussetzte. Dank seiner bionischen Nerven konnte der Betäubungsschuss ihm nichts anhaben. Trotzdem sank er zu Boden und spielte den Bewusstlosen. Die Frau kam hervor, um einen weiteren Schuss auf ihn abzufeuern. Lukas sprang in die Höhe, wich aus und trat ihr gegen das Kinn. Bewusstlos fiel sie zu Boden.

So schnell er konnte, rannte er zu jenem Maschinenblock, hinter dem Cahill und Nolan in Deckung gegangen waren. Sie waren fort. Im Gegensatz zur Chefingenieurin, in deren Armen ein Mann lag. Sein Gesicht war zur Decke gewandt, die Augen starrten blicklos ins Leere.

„Er ist tot", sagte Lorencia mit heißerer Stimme. Tränen rannen über ihre Wangen. „Boris ist tot."

Lukas erkannte in dem Toten ihren Stellvertreter. Auf seiner Brust waren zwei Brandflecken zu sehen. An diesen Stellen hatte jemand tödliche Pulserschüsse auf ihn abgefeuert.

„Es tut mir leid", sagte er. „Geht es Ihnen körperlich gut?"

Die L.I. nickte. „Es war Cahill. Nolan wollte ihn zurückhalten. Holen Sie sich das Schwein."

Während die Chefingenieurin zurückblieb, setzte Lukas seine Suche fort. Diese Sache musste beendet werden, bevor noch mehr Leute zu Schaden kamen. Auf diesem Schiff waren genug Menschen für ein ganzes Leben gestorben.

Er konzentrierte sich auf seine Sinne und vernahm kurz darauf Schritte, die sich hastig in Richtung des Lifts entfernten. Er rannte los. Die Kabine fuhr gerade in die Höhe, als er hinter dem Block hervorsprang. Da die übrigen Schächte nach wie vor abgeschaltet waren, konnte er nicht den gleichen Weg nehmen. Andererseits …

Er wartete, bis der Lift oben angekommen war und sich laut Display keine Personen mehr darin befanden. Danach rief er ihn zurück und betrat die Kabine. Einen ähnlichen Stunt wie bei der Frau konnte er nicht abziehen, so viel war klar. Cahill und Nolan würden mit der Absicht zu töten auf ihn feuern. Und solche Schüsse konnte sein Körper nicht aushalten – schon gar nicht ohne ein Zweitherz.

Er öffnete einen seiner Pulser an der Seite und zwickte mit seinen Fingernägeln zwei Drähte durch. Jetzt kam es ihm zugute, dass diese spezialverhärtet waren – was Assassinen des Bundes ermöglichte, Zielpersonen die Kehle aufzuschlitzen. Er verdrillte das blaue und rote Ende beider Drähte.

Als die Liftkabine hielt, handelte er blitzschnell. Als das Schott sich teilte, betätigte er den Auslöser und warf die Waffe vor die Kabine. Gleichzeitig sprang er in die Höhe und stützte sich mit den Händen an der Vorder- und den Füßen an der rückwärtigen Wand ab.

Vor der Kabine kam es zur Detonation. Lukas sprang mit dem verbliebenen Pulser zu Boden, rollte sich ab und kam – mit der Waffe im Anschlag – wieder hoch. Entgegen seinen Erwartungen hatte es keinen der beiden erwischt. Sie hatten nicht auf ihn gewartet, um ihn anzugreifen.

Gedankenschnell glitt er zu Boden, doch die erwarteten Schüsse blieben aus. Wo waren diese Idioten? Sein Blick fiel auf das offene

Schott zur Antriebssektion. Hinter der Tür waberte violettes Licht – der Interlink-Generator. Warum waren die beiden dorthin gegangen? Die Sektion hatte nur einen Zugang, damit saßen sie in der Falle.

Lukas lief geduckt auf den Eingang zu, immer darauf bedacht, im Notfall sofort zur Seite zu springen. Seine Reflexe waren denen eines gewöhnlichen Menschen weit überlegen, ebenso seine Sinne, seine Muskeln, Nervenbahnen und Organe. Trotzdem musste er vorsichtig sein. Als er durch das Schott trat, sah er Nolan und Cahill auf den ersten Blick. Beide standen neben dem Interlink-Generator.

Lieutenant Cahill hielt das Pulsergewehr im Anschlag. Die Mündung war auf den Übergang zwischen Speicherring und Generator gerichtet. Lukas wurde eiskalt, als er zu verstehen begann, was der verdammte Kerl vorhatte. Ein einziger Schuss auf die Verbindungskomponente, und die Energie des Speicherrings würde abrupt freigesetzt werden. Abgesehen vom ziemlich schnellen und ziemlich plötzlichen Ableben aller Anwesenden würde das auch das Ende des Schiffes als Ganzes bedeuten. Der Interlink-Kern, also der wichtigste Teil des Generators, war instabil. Wenn die Energien des Speicherrings die Abschirmung auch nur anritzten, waren sie alle erledigt. Für solche Fälle gab es zwar die Möglichkeit, den Kern auf Kosten des Generators abzustoßen, allerdings nur, wenn der Notschacht noch verwendet werden konnte. Das rot blinkende Icon des entsprechenden Indikators machte ihm sofort klar, dass diese Option nicht mehr in Betracht kam. Gleichzeitig bemerkte er die Status-Anzeige für die Etablierung der Interlink-Blase. *Wenn der Generator den Aufbau versucht, während wir hier sind, werden wir alle gegrillt.*

„Das hätte ich Ihnen nicht zugetraut, Akoskin!“, rief Cahill. „Sie sind ja gar nicht so ein Waschlappen, wie ich dachte.“ Als Lukas näherkam, fügte der Lieutenant hinzu: „Ich war immer der Ansicht, dass Sie ein Macho ohne Substanz sind. Hab mich wohl geirrt.“

„Legen Sie die Waffe weg. Es ist vorbei.“

„Das ist es.“ In Cahills Augen glitzerte der Wahnsinn. „Cross und der Rest seiner Brückenbagage können mich mal. Und Pendergast … Die Schlampe ist schon nah genug. Wenn das Schiff explodiert, ist sie ebenso erledigt. Ich mach sie alle fertig.“

„Tim, bitte.“ Nolan hob beschwichtigend die Hände. „Hör auf den Commander. Es ist vorbei.“

„Du warst schon immer eine Memme, Will.“ Cahill kicherte. „Beim kleinsten Problem kneifst du den Schwanz ein. Lass dir mal Eier wachsen."

„Oh, es braucht also Eier, um durchzudrehen und das Schiff in die Luft zu jagen. Es braucht also Eier, um den armen Jegorow abzuknallen, als wäre sein Leben bedeutungslos. Du widerst mich an."

„Interessiert mich nicht, was du denkst. Das hier geht auch auf deine Kappe!"

„Ich wollte nur nach Hause!" Nolan ließ seine Waffe zu Boden fallen. „Und das möglichst in einem Stück. Es sind genug Unschuldige gestorben. Das muss aufhören."

Lukas überprüfte aus den Augenwinkeln die Anzeige. Die Blase stand kurz davor, sich erneut aufzubauen. Sie mussten hier raus.

„Du Verräter!" Cahill spuckte aus. „Ich dachte, du wärst mein Freund. Willst du diese Idioten mit dem Interlink-Raumer davonkommen lassen? Hier geht's doch nicht nur um uns! Johnston hat gesagt …"

„Der Typ war ein Idiot", brüllte Nolan. „Hast du nicht zugehört, was Tauser erzählt hat? Das war einer, der vor seinen Chefs rumgekrochen ist, und deshalb haben sie ihn … neu justiert oder so. Außerdem hat er erklärt, dass die nächste Flotte an Interlink-Kreuzern bald …"

„Halt die Klappe! Du plauderst hier Geheimnisse aus, die streng vertraulich sind."

Auf den Wangen von Nolan erschienen rote Flecken. „Ist mir doch scheißegal! Nur weil irgendwelche Großkotze in Uniform Entscheidungen treffen, will ich nicht sterben. Und so wichtig ist dieser verdammte Kahn bald nicht mehr."

„So siehst du das also." Cahills Stimme wurde leiser. „Na dann."

Gerade schaute Lukas wieder zur Anzeige, da hob Cahill die Waffe. Eine Partikelsalve löste sich aus der Mündung und schlug in den Oberkörper von Nolan ein. Die Sekunden schienen sich zu dehnen, als der Getroffene mit ungläubigem Blick nach hinten fiel und der Schütze herumfuhr, um auf das Verbindungsstück anzulegen. Lukas zielte und schoss. Mit einem Aufschrei taumelte Cahill zurück. Seine Finger waren verbrannt, die Waffe zu Boden gefallen.

Nur noch Sekunden!

Lukas sprang nach vorne, griff sich den bewusstlosen Nolan und rannte mit ihm auf den Armen hinaus. Cahill robbte auf dem Boden herum, um nach seiner Waffe zu greifen. Sie war in den Spalt zwischen zwei Maschinenblöcken gerutscht, so leicht würde er da nicht herankommen. Das Summen des Generators schwoll an, Skalen und Werte schossen auf den Monitoren in die Höhe. Lukas sprang nach draußen und hieb mit geballter Faust auf die Notversiegelung des Schotts. Kurz bevor die violette Energie explosionsartig heranschoss, rastete es ein.

Der Boden erzitterte, und an einigen Stellen platzten Leitungen mit Kühlflüssigkeit. Funken sprangen über Aggregate, Verstrebungen ächzten, und Warnicons blinkten hektisch auf. Dann löste sich die Blase auf. Die HYPERION hatte es ein weiteres Mal geschafft.

„Uns gibt es ja noch", erklang die leise Stimme von Will Nolan.

Lukas legte den Lieutenant sanft zu Boden. „Verblüffend, nicht wahr?" Er lächelte. „Aber irgendwie schaffen wir es immer einen Schritt weiter als alle vermuten."

„Glauben Sie, wir kommen nach Hause?"

„Ja", presste Lukas hervor. „Das glaube ich tatsächlich."

„Das ist gut." Tränenflüssigkeit löste sich aus den Augenwinkeln von Nolan. „Wissen Sie, dort wartet jemand auf mich."

„Keine Sorge, Lieutenant, wir bringen Sie zurück."

„Nennen Sie mich Will", sagte Nolan.

Dann schloss er die Augen und starb.

Lukas biss die Zähne so fest zusammen, dass sein Kiefer knirschte. Seine Augen brannten, genau wie der Hass in seinem Inneren. Alles was er spürte, war ein Gefühl der Machtlosigkeit, der unbändigen Wut. Und während er einen Schrei ausstieß, der all den Hass, all den Zorn, all die Trauer ausdrückte, schlug er wütend auf die nächststehende Konsole ein. Das Display splitterte, und die Scherben schlitzten ihm die Haut auf. Doch er machte so lange weiter, bis jedes Gefühl aus ihm herausgeschleudert worden war. Am Ende stand er zwischen der Leiche von Lieutenant Nolan und der zerstörten Konsole. Seine Arme sanken herab, Blut tropfte zu Boden. Sjöberg, Walker, Johnston – wie er sie alle hasste.

Langsamen Schrittes ging er zur Kommandobrücke.

10

Alzir-System, Pearl, Forschungszentrum, 21. Juni 2266, 04:15 Uhr

Irina hatte es versucht. Sie hatte sich in ihrem Raum auf der Koje zusammengerollt, die Augen geschlossen und die Gedanken schweifen lassen; darauf hoffend, dass der Schlaf sich einstellen möge. Bedauerlicherweise war das nicht geschehen. Im Gegenteil: Bilder stiegen in ihrem Geist empor und vertrieben erfolgreich jeden Schlaf. Da war Zev Buckshaw, der von der I.S.P. wieder abgeführt wurde. Irinas Hand-Com, das über einen Phasenfunk-Port Daten ins Nirgendwo versendete. Sie erinnerte sich an die Krankenstation der HYPERION, das Lächeln im Gesicht von Michalew, als sie das Parlidengeheimnis löste, und das Lachen von Doktor Isaak, als sie ihm von seiner Nominierung für den Melnikow-Preis berichtete.

Schließlich erhob sie sich und verließ den Raum. Es machte einfach keinen Sinn, weiterhin Gedanken zu wälzen und auf den Schlaf zu warten. Da konnte sie genauso gut Projektdateien studieren.

Auf dem Weg zum Hauptlabor, das von Pavel und den anderen zur Koordinationszentrale gemacht worden war, rannten mehrere Personen an ihr vorbei, die eine Gravtrage vor sich herschoben. Unter einer grauen Decke zeichneten sich die Umrisse eines Körpers ab.

„Was ist passiert?“, fragte Irina, als sie den Raum erreichte.

„Was meinen Sie?“ Pavel runzelte fragend die Stirn.

„Sie meint den Körper“, warf Sandy ein.

„Oh, natürlich.“ Pavel lächelte. „Keine Sorge, es ist alles in Ordnung. Wir haben einen der Versuchskörper aus den Stase-Laboratorien geholt und in Ihren Skinsuit gesteckt. Zuvor haben wir ihn natürlich entsprechend entstellt.“

„Sie wollen die I.S.P. glauben machen, das sei ich?“

Statt einer Antwort deutete er auf den Monitor, wo ein Team aus drei Marines sich gerade in den Schacht abseilte.

„Die werden nicht darauf hereinfallen“, sagte Irina kopfschüttelnd.

„In unser aller Interesse hoffe ich, dass Sie sich irren“, erwiderte Pavel. „Ich glaube, es wird funktionieren. Die werden den ID-Chip des Anzugs auslesen, auf dem Ihre Identität gespeichert ist. Wahrscheinlich sind sie dann schon zufrieden. Sollten sie zusätzlich noch

DNA-Proben nehmen, verwenden sie dazu aller Wahrscheinlichkeit nach die automatische Anzugextraktion, die zahlreiche Spuren Ihrer DNA-beinhaltet und – dank einer kleinen Manipulation – auch nur diese herausgeben wird. Und nur, wenn sie tatsächlich an den Körper gehen, würde die Sache auffliegen."

„Auf der HYPERION …"

„Sie sind aber nicht mehr auf Ihrem feschen Schiff", sagte Pavel entschieden. „Glauben Sie wirklich, hier unten, auf einer Welt voller Gefangenenlager, rechnen die mit irgendwelchen Tricks? Eher unwahrscheinlich. Die gehen ihrem täglichen Trott nach und haken diese Sache bürokratisch ab."

In den Wänden des Aufzugsschachtes mussten Kameras verborgen sein. Die drei Marines befanden sich ständig in einem der Aufnahmefelder. Schließlich erreichten sie das Trümmerfeld, das die Leute des Labors nur wenige Sekunden zuvor wieder verlassen hatten. Die Einheit ging ans Werk, und schon nach vier Minuten fanden sie den deponierten Leichnam. Sie bargen ihn und wurden nach oben gezogen.

Schließlich verluden sie den Leib in ein Shuttle, und die meisten Marines zogen ab. Nur zwei von ihnen blieben zurück, zusammen mit einigen Wissenschaftlern, die an einer Konsole hantierten.

„Was machen die da?" Irina ging näher heran.

„Ich fürchte, sie beginnen damit, die Datenbank nach den Projekten zu durchsuchen", sagte Sandy nach einem kurzen Check. „Sie kommen nicht in die unteren Bereiche, da der Aufzug ohne den entsprechenden Code blockiert. Anstatt sich mit Gewalt Zugang zu verschaffen, durchsuchen sie die Datenbank. Wir haben ihnen den Zugriff für die einfacheren Projekte erteilt. Damit können sie diese überprüfen, ohne uns gefährlich zu werden."

„Sie wollen denen weismachen, dass es hier nichts zu holen gibt", begriff Irina. „Dann ziehen die ab."

Pavel nickte.

„Cleveres Mädchen", sagte Sandy.

Während die anderen die Wissenschaftler überwachten, setzte Irina sich an eine der freien Konsolen. Sie öffnete das Verzeichnis mit den Projektdateien; und zwar jene, auf die die Wissenschaftler der I.S.P. nicht zugreifen konnten. Schon nach einer halben Stunde war die Müdigkeit da, die sie so lange herbeigesehnt hatte. Sie las weiter trocken formulierte Projektberichte, die wohl für die planetare Wissenschaftsakademie geschrieben worden waren, und hielt die Augen offen. *Wenn ich das nächste Mal Schlafprobleme habe, nehme ich mir einfach so einen Bericht vor.*

Ihre Müdigkeit war schlagartig weggewischt, als sie eine der älteren Dateien öffnete. Jene Projekte, die noch im alten Forschungszentrum durchgeführt worden waren, besaßen heute meist keinen größeren Wert mehr. Doch auf der Suche nach der Wahrheit über die Kaverne mochte sich am ehesten hier etwas finden. Der Name Melnikow ließ sie wie elektrisiert in die Höhe fahren.

„Ah, lassen Sie mich raten, Sie haben einen *seiner* Berichte gefunden“, erklang eine Stimme. „Ich bin Chen.“ Ein hagerer Asiate mit raspelkurzem Haar rollte seinen Stuhl neben sie.

„Aber das ist unglaublich.“

„Ist es nicht.“ Chen schüttelte bedauernd den Kopf. „Vergessen Sie nicht, dass Melnikow vor über fünfzig Jahren starb. Klar, er hat hier eine Menge beeindruckender Dinge entwickelt oder besser gesagt: die Grundlagenforschung für spätere Errungenschaften durchgeführt. Die meisten seiner Projekte sind jedoch längst überholt oder wurden bereits weiterentwickelt.“

„Vielleicht hat er ja die Kaverne …“

Chen schüttelte den Kopf. „War auch mein erster Gedanke. Aber entsprechend der Projektnummer und einer radiologischen Untersuchung der Kammerisolierungslegierung kann ich dir mit absoluter Sicherheit sagen, dass die Kaverne erst etwa vierzig Jahre nach seinem Tod angelegt wurde.“

So ein Mist. „Naja, schade.“

Chen schlug ihr auf die Schulter. „Mach dir nichts draus. Ist mir auch so ergangen. Man wühlt die Berichte durch, und dann steht da plötzlich dieser Name. Ist schon krass.“

Der quirlige Kerl rollte wieder davon und ließ Irina allein. Glücklicherweise hatte er seinen ViKo stehen lassen. Sie ergriff den Becher und nippte an dem Getränk. Aufseufzend schloss sie die Augen. Das tat gut. ViKo mit Kaffeebohnen-Geschmack. Eine perfekte Kreation.

Erst als der Becher leer war, scrollte sie weiter durch die Datenblätter. Da Melnikow, bei dem es sich um ein wissenschaftliches Genie gehandelt hatte, hier seiner Arbeit nachgegangen war, widmete sie sich zuerst seinen Forschungen. Chen behielt Recht. Nahezu alle Projekte des Mannes waren längst weitergeführt worden. Aus der Phasenspule war in späteren Jahren der Phasenkern und schließlich der Interlink-Kern geworden. Das Ableitungsschild war der heutige Schutzschirm. Die prototypischen Nano-Einheiten waren weiterentwickelt worden und längst Standard in der heutigen Medizin. *Der Mann war ein solches Genie. Ich hätte ihn gerne kennengelernt.*

Sie schloss das Verzeichnis und öffnete stattdessen die Gesamtübersicht der Wissenschaftler, die hier gearbeitet hatten. Tatsächlich fand sie ein paar weitere große Namen. Seltsam. Die alte Forschungsstation, von der heute nur noch die unterste Ebene vorhanden war, musste ein wahres Zentrum der Wissenschaften gewesen sein. Allerlei große Männer und Frauen hatten hier wichtige Entdeckungen gemacht, Grundlagenforschungen betrieben und Prototypen hergestellt. Vor etwa fünfzig Jahren jedoch hatte das ziemlich schnell abgenommen. Weniger Gelder waren geflossen, kaum neue Wissenschaftler hatten hier gewirkt, und schließlich hatte man das alte Zentrum abgerissen. Erst vor wenigen Monaten war das neue errichtet worden. In aller Stille und ohne große Einweihung. Was war vor fünfzig Jahren geschehen?

Irina hatte es im Laufe ihrer Karriere oft erlebt, dass bestimmte Wissenschaftszweige einen Boom erfuhren und Jahre darauf kaum noch darin geforscht wurde. Oder einzelne Institute gewannen Preise, worauf sie viel stärker frequentiert wurden. Später gerieten sie in Vergessenheit.

Doch nichts war vergleichbar mit einem derartigen Absturz. Selbst in den weiter zurückliegenden Artikeln und alten Magazinen, die sie sich ab und an noch auf ihr Pad lud, war nichts von diesem Forschungszentrum zu lesen gewesen.

Irina überprüfte erneut die Geldmittel, die geflossen waren. Etwas wirklich Interessantes fand sie nicht. Als sie sich aber noch einmal den Melnikow-Projekten widmete, fiel ihr zumindest eine Kleinigkeit auf: Jene Projekte, die nicht weitergeführt worden waren, hatte man abgebaut und aufgegeben, die Prototypen ins Archiv eingelagert. Dort waren sie jahrelang geblieben, bis der Wissenschaftszweig der Space Navy sie abgeholt hatte. Die Transportbefehle für diese Maschinen waren alle vom gleichen Mann abgezeichnet worden.

Ein Captain Stark hatte sich um all die Dinge gekümmert.

Captain James Stark, dachte Irina. Der Name sagte ihr überhaupt nichts.

Als sie die Personalakte aufrief, fand sie ein nichtssagendes Standardfoto mit ein paar rudimentären Daten.

Sie suchte weiter, fand aber ansonsten nichts Auffälliges. Nichts deutete auf den Inhalt der Kaverne oder den zuständigen Projektleiter hin. Es gab keine Geldströme, keine Dokumente, keine Personalverknüpfungen oder Abschlussberichte. Als würde die Kaverne nicht existieren.

Irina lehnte sich zurück und schloss die Augen.

Ihre Neugier war geweckt.

11

Dreadnought TORCH, Algethi-System, Kommandobrücke, 21. Juni 2266, 02:10 Uhr

Multiple Lasertreffer, Schilde halten", meldete Lieutenant Commander Kristen Bellflair. „Raketenstarts geortet."

„Kirby, Sie haben hiermit offizielle Waffenkontrolle. Feuer nach eigenem Ermessen." Erst nachdem sie es ausgesprochen hatte, begriff Santana Pendergast, dass sie ihre I.O. mit dem Spitznamen angesprochen hatte.

„Aye, Ma'am."

Auf dem Taktikplot verfolgte Santana den Kurs der TORCH. Sie hatten sich der Position der HYPERION auf einem Vektor von schräg unten genähert, das Schiff angekoppelt und flogen nun in einem graduell angepassten Vektor davon. Der Abstand zu den Parlidenschiffen, die noch mit 0,36 LG unterwegs waren, vergrößerte sich. Es gab allerdings ein kurzes Zeitfenster, in dem sie innerhalb der Waffenreichweite der Sternköpfe waren und jenen Bereich des Systems, der von den Phasenstörern abgedeckt wurde, noch nicht verlassen hatten. Eine Tatsache, die die Parliden ausnutzten. Denn diese wenigen Minuten waren genug.

Ein Strom aus Torpedos raste heran. Am Rand des Displays wurde die Zahl 687 eingeblendet, Tendenz steigend. Insgesamt sieben Parlidenraumer feuerten aus allen Rohren auf die drei Schiffe der Rebellenflotte.

Kirby und ihr Sekundäroffizier markierten auf dem Display die von den Sensoren enthüllten Täuschkörper, damit die Abwehrraketen sich um die wahre Gefahr kümmern konnten. Mit einer Schussfrequenz von 200 Torpedos in der Minute und einem Vierfach-Laser mit Kurzpuls-Frequenz gehörte die TORCH zu einem der am besten bewaffneten Dreadnoughts der Space Navy. Trotzdem hatten sie gegen sieben Parlidenkreuzer, die von der Tonnage her drei Leichten Kreuzern und vier Dreadnoughts entsprachen, keine Chance.

„Ma'am", meldete Lieutenant Özenir von der Navigationskonsole, „wir werden einer Salve ausgesetzt sein, bevor wir ihre Waffenreichweite verlassen."

Die HYPERION! „Özenir, schützen Sie die HYPERION."

„Ich rotiere das Schiff, erweitere die Schilde und versetze den Kreuzer mit dem Traktorstrahl graduell." Özenir blickte kurz auf. „Aber ich muss Sie warnen, Ma'am: Damit verliert der Schild an Kraft."

„Wir haben die bessere Panzerung als der Interlink-Kreuzer", erwiderte Santana. Wie gerne hätte sie jetzt auf der Kommandobrücke eines Wallschiffes gesessen. Während die Dreadnoughts eigentlich dazu gedacht waren, gegnerische Einheiten mit ihrer Offensivkraft anzugreifen, wurden Wallschiffe als Defensiveinheiten eingesetzt. Deren Panzerung war jener aller anderen Schiffe überlegen, dafür besaßen sie eine deutlich geringere Offensivkraft.

Sie machte sich aktuell jedoch mehr Sorgen um die beiden Leichten Kreuzer im Fahrwasser der TORCH. Um diese vor Schaden zu bewahren, hatte Özenir den Dreadnought beim Eintritt in das System an die Spitze gesetzt. So wäre es möglich gewesen, Schaden von den leichter bewaffneten und gepanzerten Schiffen abzuhalten. In der jetzigen Situation wurde das zum Verhängnis.

874 Torpedos flogen in zwei gestaffelten Salven auf die TORCH zu, während diese mit einer Zweifach-Salve von 400 Torpedos antwortete.

„Der Munitionsnachschub …", begann Kirby.

„... ich weiß." Santana winkte ab. Nach den zahlreichen Gefechten seit dem Aufbruch aus dem Sol-System war das Waffenzuleitsystem beschädigt und hatte immer wieder Aussetzer, die von der Schadenskontrolle manuell überbrückt werden mussten. Jedem auf der Brücke musste klar sein, dass es keine zweite Salve geben würde.

„Tun Sie Ihr Bestes, Commander", wandte sie sich an Bellflair.

Dann waren die Geschosse auch schon heran. Die Nahbereichsabwehr der TORCH entfaltete ihre Macht und zerstörte einen Großteil der anfliegenden Gefechtsköpfe. 75 Torpedos wurden als Täuschkörper enttarnt. 238 fielen den Nahbereichsabwehrlasern zum Opfer oder wurden von Mikro-Sprengköpfen außerhalb des Schildes vernichtet. Die freigesetzten Energien wurden vom Schutzschild absorbiert. 100 weitere Torpedos wurden durch gezielte Flechette-Partikel ausgeschaltet oder verfehlten die TORCH aufgrund von Täuschkörpern. Damit war nahezu der gesamte erste Torpedoangriff aufgehalten worden.

Santana sah der zweiten Salve müde entgegen, als plötzlich etwas geschah, mit dem sie nicht gerechnet hatte. Einer der Leichten Kreuzer hatte seine Geschwindigkeit minimal erhöht und so die Distanz zwischen der TORCH und sich selbst langsam überbrückt. Der Captain musste ein derartiges Szenario vorausgesehen haben. Er fing die anfliegende Salve mit seinem eigenen Schiff ab.

Zuerst traute sie ihren Augen kaum, dann hieb sie im Reflex mit der Faust auf das Icon für die Schiff-zu-Schiff-Kommunikation. „Pendergast an TRIDENT!“, bellte sie ins Mikro.

Doch bevor der Captain des Leichten Kreuzers antworten konnte, wurde sein Schiff von den anfliegenden Gefechtsköpfen zerfetzt.

Auf der Kommandobrücke herrschte Schweigen.

„Unsere Torpedos haben einen der Parlidenkreuzer zerstört“, sagte Bellflair mit tonloser Stimme. „Wir haben die Gefechtsdistanz verlassen.“

Der zweite Leichte Kreuzer hatte ebenfalls einiges abbekommen, es jedoch überstanden. Ein kurzes, aber gnadenloses Gefecht, das viel zu viele Leben gekostet hatte. Sie wusste, warum Captain Reva sein Schiff geopfert hatte. Santana verfluchte sich dafür, den Plan, für den sie die HYPERION so dringend benötigten, vor dem Abflug mit ihm besprochen zu haben.

Und das alles nur für ein einzelnes verdammtes Schiff, dachte Santana und richtete ihre Augen auf die Übertragung der Bugkamera. *Ich hoffe, das war es wert.*

„Ma’am, die Geschwindigkeiten sind synchronisiert, die Phasenspulen laufen warm“, sagte Özenir. Sein Gesicht wirkte eingefallen, fast maskenhaft starr. Sie wusste, er hatte Freunde auf der TRIDENT gehabt.

„Wechseln Sie in den Phasenraum, sobald Sie so weit sind“, gab sie den Befehl.

Es wurde Zeit, dass sie dieses verdammte System endlich verließen.

Nie zuvor hatte Lieutenant Commander Giulia Lorencia so fieberhaft gearbeitet. Während sie versuchte, sich von dem rückwärts zählenden Countdown nicht ablenken zu lassen, löste sie Druckschrauben, kippte Lösungsmittel auf Spezialkleber und riss Leitungen aus dem Gehäuse.

Es war nicht zu fassen. Da taten sie stets alles, um den verdammten Kahn flottzuhalten, und jetzt musste sie einen neuen Rekord dabei aufstellen, ihn irreparabel zu beschädigen.

„Wie schaut es aus?“, fragte Alpha 365 aus Richtung des Schotts.

„Hetzen Sie mich nicht!“, sagte Giulia patzig.

„Das lag keinesfalls in meiner Absicht“, kam es schnell zurück. „Falls Sie sich durch meine Aussage in irgendeiner Form angegriffen fühlen, möchte ich mich in aller Form dafür …“

„Halten Sie die Klappe“, unterbrach sie den Redeschwall.

Sie hatte keine Ahnung, was mit dem Alpha geschehen war, doch seine redselige und emotionale Art machte sie wahnsinnig. Es blieb zu hoffen, dass diese Verirrung nur von kurzer Dauer war. Einen so wankelmütigen und emotional instabilen Sicherheitschef, wie es der Kerl aktuell war, konnte in der jetzigen Situation niemand gebrauchen.

„Die TORCH hat uns soeben mit in den Phasenraum gezogen“, rief der Alpha. „Sie sollten sich wirklich beeilen.“

Ich drehe ihm den Hals um, wenn er das noch einmal sagt.

„Ich habe die Überbrückung gelöst und den Raum mit dem rentalianischen Transmittertor versiegelt“, sagte Lieutenant Jensen. Sein Gesicht war schweißüberströmt. „So weit ich das beurteilen konnte, ist der Transmitter nicht stärker beschädigt. Ohne Lu ist das jedoch schwer zu sagen. Er befindet sich nach wie vor auf der Krankenstation. Was kann ich noch tun?“

„Hauen Sie ab“, befahl Giulia. „Das ist ein Befehl.“

„Aber … Ma’am …“

„Heute sind genug Leute gestorben.“ Sie richtete sich kurz auf und brüllte in die Runde. „Alle verlassen sofort den Maschinenraum. Ich setze hiermit Protokoll 49a in Kraft. Wer in den nächsten fünf Minuten nicht hier raus ist, wird vom Alpha in eine Arrestzelle gesteckt.“

Sie warf dem Sicherheitschef einen auffordernden Blick zu.

Dieser schaute sie an, runzelte die Stirn und schien dann endlich zu begreifen. „Oh. Genau! Alle raus hier!“ Dazu setzte er eine grimmige Miene auf.

Giulia seufzte, verdrehte die Augen und machte sich wieder an die Arbeit. Der Gedanke, dass das Flaggschiff des Widerstands gerade als Zeitbombe durch den Phasenraum flog und dummerweise die gesamte Crew der HYPERION im Inneren dieser Bombe saß, war ein Gedanke, den sie lieber schnell beiseiteschob.

Andererseits hatte noch nie jemand ein Interlink-Triebwerk im Phasenraum gezündet. Wer konnte schon sagen, was geschehen würde. Vielleicht fielen sie auch einfach wieder in den Normalraum. *Oder wir reisen in der Zeit zurück. Dann schnappen wir uns Sjöberg als Kind und versohlen ihm ordentlich den Arsch. Vielleicht wird dann alles ganz anders, und wenn wir zurückkehren, sind alle glücklich und vor allem … lebendig.* Sie kicherte über diesen absurden Gedanken.

Vor ihrem inneren Auge sah sie Lieutenant Boris Jegorow, den alten Stinkstiefel. Sie würde die Diskussionen und Gemeinheiten vermissen. Wenn Cahill nicht sowieso schon tot wäre …

Giulias Finger flogen über Kabel, trennten Verbindungen und überbrückten Schaltungen. Teilweise handelte sie nur noch aus Reflex und antrainierten Reaktionen, dachte gar nicht mehr wirklich darüber nach, was sie eigentlich tat.

Etwas am Rand ihres Gesichtsfeldes flackerte. Noch zehn Sekunden! Ihre Hände wurden schweißnass. Sie war fast soweit.

„Commander!“, die Stimme des Alphas klang drängend.

Fünf Sekunden.

Giulia warf sich herum und rannte.

Das Schott flog an ihr vorbei.

Der Alpha hieb auf den Notversiegelungsschalter.

Violettes Licht flammte auf, hüllte die Umgebung für wenige Sekunden ein. Dann begann der Boden zu beben, und ein weiteres Licht erschien. Es durchdrang Wände, Böden und Menschen.

Zu spät.

12

Dreadnought TORCH, kurz zuvor

„Ma'am, irgendetwas stimmt da nicht", sagte Fähnrich Bai Yun. *Das mit der Meldung müssen wir wirklich noch üben.* „Mit dieser Meldung kann ich nicht viel anfangen, Fähnrich. Versuchen Sie es noch einmal."

„Entschuldigung." Er setzte sich kerzengerade auf. „Aber die HYPERION scheint ihre Interlink-Triebwerke zu aktiveren."

Santana beschlich ein Gefühl, als hätte ihr jemand einen Fusionsreaktor in den Mund gestopft und dessen Energien fluteten jetzt ihr Inneres. „Was?! I.O.?"

„Ich bestätige", sagte Kirby entsetzt.

„Traktorstrahl sofort abschalten!", rief Santana.

Warum reagierten alle nur so verdammt langsam? Und warum war ihr so schwindelig?

Sie konnte auf der Außenkamera sehen, wie der Traktorstrahl erlosch. Im gleichen Moment etablierte sich um die HYPERION und die TORCH eine hauchdünne violette Blase. Einen Augenblick lang bewunderte Santana die Anmut der reinen Energie, die im Gegensatz zum düsteren Rot des Phasenraums überirdisch schön wirkte. Dann holte die Realität sie ein.

In der Blase bildeten sich Risse. Blitze zuckten zwischen Violett und Rot hin und her. Gravitationswirbel entstanden. Die Anzeige der Trägheitsdämpfer schnellte in die Höhe, während die Integrität der Hülle absackte.

„Die Schadenskontrolle meldet Energiefluktuationen und Ausfälle der künstlichen Schwerkraft auf dem ganzen Schiff", sagte Lieutenant Tasha Yost. „Die TORCH spielt verrückt."

„Die HYPERION befindet sich nicht mehr in Sensorreichweite", warf Fähnrich Bai Yun ein. „Die Phasenraumortung kann keine Spur mehr vom Interlink-Kreuzer orten." Er runzelte die Stirn. „Soeben habe ich auch den Leichten Kreuzer verloren."

„Sind die auf ein tieferes Phasenband gewechselt?" Santana konnte sich zwar keinen Grund dafür vorstellen, weshalb das Begleitschiff die Geschwindigkeit ändern sollte. Auf dem dritten Phasenband flog die

TORCH mit 3300-facher Lichtgeschwindigkeit. Auf dem zweiten waren nur 2500-fache LG möglich, während Schiffe auf dem ersten Band mit einer Geschwindigkeit von 1600-facher LG dahinkrochen.

„Ich fürchte, es ist gerade andersherum“, hauchte Özenir, während er fassungslos auf seine Konsole starrte. „Wir sind aufgestiegen. Wir fliegen auf dem vierten Band. Die TORCH hält aktuell eine konstante Geschwindigkeit von 9300-facher LG.“

Santana glaubte für einen Moment, sich verhört zu haben. Abgesehen davon, dass noch niemals ein Schiff auf das vierte Phasenband hatte wechseln können, gingen selbst jene Wissenschaftler, die sich intensiv mit der Materie beschäftigt hatten, davon aus, dass dort maximal 6200-fache LG möglich war. „Irrtum ausgeschlossen?“

„Bestätigt“, sagte Özenir. „Ich habe die Phasenvarianz und die Gravitationsparameter hochgerechnet, das hier ist das vierte Phasenband. Wir schreiben soeben Geschichte.“

„Ich würde ja den Sekt auspacken, Lieutenant, aber vielleicht warten wir damit noch, bis wir an einem Stück wieder im Normalraum sind.“ Santana überprüfte die Schiffsparameter. „Unsere Hüllenintegrität fällt, die Gravitationswirbel nehmen zu. Die Gegenwellengeneratoren arbeiten im roten Bereich. Wenn wir keine Gegenwellen mehr erzeugen können, um die Gravitationswellen zu brechen, werden wir zermalmt.“

„Bringen Sie uns wieder in den Normalraum, Lieutenant Özenir“, befahl Kirby. „Fähnrich Bai Yun, arbeiten Sie sich durch die Logs, ich will wissen, wo die HYPERION ist. Unser Leichter Kreuzer konnte alleine auf dem Phasenband bleiben, die HYPERION hat keinen Generator. Ich will wissen, was mit dem Schiff geschehen ist.“

Santana wollte gar nicht daran denken. Ohne ein Trägerschiff, das sie mit sich zog, war die HYPERION vermutlich zwischen den Gravitationswirbeln zerschellt. Das Interlink-Schiff besaß, soweit Santana die technischen Spezifikationen kannte, keinen Wellenbrecher und damit auch keine Möglichkeit, in den Normalraum zurückzukehren. Andererseits wusste niemand, was die Interlink-Blase mit dem Kreuzer angestellt hatte. Wenn die TORCH schon auf das nächsthöhere Band katapultiert wurde, vielleicht versetzte die Blase das andere Schiff irgendwie wieder in den Interlink.

„Ma’am, ich kann einen Durchbruch versuchen“, erklärte Özenir. „Aber da wir keine Erfahrungen mit einem 4-Band-Durchbruch haben, kann ich nicht vorausschauen, was geschieht. Derartige Gravitationswellen …“

„Ich habe verstanden, Lieutenant“ Santana winkte ab. „Aber sparen Sie sich die Erklärungen, wir verlieren nur Zeit. Leiten Sie den Rücksprung ein. Jetzt!“

Während sich auf der Kommandobrücke gespannte Erwartung ausbreitete, durchbohrte Santana ihr Kommandodisplay mit den Blicken. Was würde geschehen?

Özenir leitete den Rücksprung ein.

Und alles versank in Schwärze.

13

Zur gleichen Zeit auf der HYPERION

S*ie hat es nicht geschafft,* begriff Jayden.

Auf der Kommandobrücke herrschte Stille. An die TORCH gefesselt, flogen sie durch den übergeordneten Raum. Blitze zuckten zwischen der typischen Röte des Phasenraums und den dunklen Gravitationstrichtern. Violette Energien züngelten über die Außenhülle der HYPERION, und dann ... wurde die Interlink-Blase sichtbar. Für wenige Sekunden geschah ... irgendetwas. Jayden starrte wie hypnotisiert auf das Wabern.

Für eine Sekunde schien die Zeit stillzustehen, und all das, was geschehen war, verblasste zur Bedeutungslosigkeit. Die tödliche Verletzung von Noriko Ishida, seine Machtlosigkeit im Angesicht ihres nahenden Todes, der Verrat von Sjöberg, die Verletzung von Tess Kensington. All die Toten und Verwundeten, die Zerstörung und das Chaos. Das Wissen darum, nicht nach Hause zurückkehren zu können. Die Ungewissheit um das Schicksal der Familie, die wohl ein Großteil seiner Besatzung mit ihm teilte. Und natürlich die Frage, die ihn seit seinem Aufenthalt auf der Raumstation im Stillen Sektor nicht mehr losließ: Wem konnte er noch vertrauen?

Dann war der Moment vorbei.

Die violette Energie zerfaserte. Die TORCH und das andere Rebellenschiff verschwanden aus der Ortung. Der Boden der Brücke begann zu vibrieren, Glas und Plastoplex splitterten, Funken sprühten. Jayden fragte sich ernsthaft, was dieses Schiff noch erdulden musste, und vor allem: Wie lange hielt es all dem noch stand? Die Gravitationswerte schnellten in die Höhe, die künstliche Schwerkraft versagte, etablierte sich neu, versagte. Irgendeiner der Wissenschaftler begann zu wimmern.

Dann kam das Licht. Es war gleißend hell, durchrang Wände und Brücke, umhüllte die gesamte kleine technische Welt, in der sie sich alle stets so sicher fühlten. Etwas explodierte in seinem Schädel und löschte alles aus.

Als Jayden sein Bewusstsein wiedererlangte, dauerte es einige Sekunden, bis die Erkenntnis sich durchsetzte, noch am Leben zu sein. Ein Blick in die Runde zeigte Offiziere und Wissenschaftler, die benommen in die Höhe kamen.

„Wie ist unser Status?“, krächzte er und erschrak beim Klang seiner eigenen Stimme.

Lieutenant Task war der Erste, der einfach wieder seine Arbeit aufnahm. Jayden war nicht überrascht. Wenn es einen Offizier gab, der in nahezu jeder Situation ‚Business as usual‘ betrieb, dann war es der Navigationsoffizier.

„Ich kann unsere Position nicht bestimmen, Captain. Die Umgebungswerte haben sich jedoch stabilisiert. Wir befinden uns wieder im normalen Raum.“

„Commander Kensington?“

„Die Tiefraumsensoren sind ausgefallen, und dass wir über keinerlei Sensorplattformen verfügen, muss ich nicht erst erwähnen“, sie fuhr sich mit der Linken gedankenverloren über die Stirn und zuckte bei der Berührung der eigenen Haut zusammen. „Die Kurzstreckensensoren bestätigen die Aussagen von Lieutenant Task: Wir befinden uns im normalen Raum.“

„Unsere Position?“

„Schwer zu sagen. Die Sensoren haben immer wieder Aussetzer. Ich …“ Sie hob die Hände, als das Display schwarz wurde. „Ich habe soeben den Zugriff auf die Sensoren verloren.“

„Bestätigt“, warf Task ein. „Gleiches gilt für die Navigation. Wir fliegen blind bei einer Restgeschwindigkeit von 0,15 LG.“

„Wir haben abgebremst?“, fragte Jayden. „Wir haben von 0,45 LG auf 0,15 LG abgebremst?“ Er warf einen Blick auf das Chronometer. Er war etwa fünf Minuten bewusstlos gewesen, nicht länger.

„Verlangen Sie bitte keine Erklärung, Sir. Aber ja, nachdem dieses seltsame Licht verschwunden war, flogen wir bei 0,15 LG durch den freien Raum. In der kurzen Zeit, in der die Sensoren noch funktionierten, konnte ich zumindest feststellen, dass kein Hindernis in unmittelbarer Umgebung zu finden ist.“

Wenigstens eine gute Nachricht. Jayden massierte sich die Schläfen. Sie hatten überlebt; das Schicksal der TORCH und ihres Begleitschiffes blieb ungewiss. Er betete, dass Santana Pendergast irgendwie davongekommen war. Die Admiralin hatte sie retten wollen und kämpfte nun vermutlich selbst gerade ums Überleben oder war von den riesigen

Gravitationstrichtern im Phasenraum zerstört worden. „Wie steht es um die Lebenserhaltung?“

Lukas Akoskin hatte scheinbar nur auf dieses Stichwort gewartet: „Ist stabil. Ebenso die künstliche Gravitation. Die Energieversorgung fluktuiert, ist aber für die Notfallsysteme vorhanden. Wir können einige Tage, bei starker Rationierung Wochen durchhalten.“

Jayden nickte langsam, während seine Gedanken sich Noriko Ishida zuwandten. Die unverletzte Besatzung mochte diese Zeit überstehen, die schwer verletzte I.O. jedoch nicht. Und wer sollte sie hier draußen auch finden? Sie waren irgendwo im Nirgendwo. Sollte der Zufall ihnen in die Hände spielen, flogen sie in irgendein System ein. Aber damit fingen die Probleme schon an. Befanden sie sich noch im Parlidenraum, würden diese sie sofort aus dem All schießen. Hatten sie die Solare Union bereits erreicht, würde man sie Sjöberg ausliefern. So oder so standen ihre Chancen nicht sehr gut. Andererseits: Wer hätte schon gedacht, dass sie es bis hierherschafften? „Also schön, machen wir uns an die Arbeit. Commander Akoskin“, er wandte sich seinem Taktik- und Waffenoffizier zu, der als Zweiter Offizier aktuell die Funktion des I.O. ausübte, „ich will exakt wissen, welche Schäden wir davongetragen haben und welche davon wir aus eigener Kraft beseitigen können. Da die interne Kommunikation, wie es aussieht, ebenfalls nur noch Schrottwert besitzt, werden Sie dafür alle Abteilungen persönlich aufsuchen müssen. Treiben Sie die Leute an. Ich will Verlustlisten, Verletztenlisten, den Status der Technik und der Versorgung.“

„Aye, Sir.“

„Commander Kensington, Sie begeben sich umgehend auf die Krankenstation. Doktor Isaak benötigt vermutlich jede helfende Hand, und Sie haben wenigstens rudimentäre Erfahrung. Sie sind das Interface zwischen dem Doc und mir. Wenn es Versorgungsprobleme gibt, versuchen Sie, diese zu lösen. Sie haben freie Hand, was das angeht. Ziehen Sie alle Ressourcen heran, die Sie benötigen.“

„Aye, Sir.“

„Und behalten Sie Nurakow auch dort. Ohne Sensoren würde er hier nur rumsitzen.“

Kensington nickte.

Jayden atmete tief durch. „Lieutenant Task, Sie begeben sich auf direktem Weg in die Astrografie. Versuchen Sie unseren Standort zu ermitteln. Da wir keine Sensoren zur Verfügung haben, werden Sie es auf altmodische Art machen müssen. Schauen Sie aus dem Bullauge und führen Sie manuell die notwendigen Berechnungen durch."

Task nickte.

„Lieutenant Larik", wandte Jayden sich an den schweigsamen Marsianer, „machen Sie die Lieutenants Dyck und Bishop ausfindig. Falls sie nicht …", beinahe hätte er gesagt: tot sind, verbesserte sich jedoch gerade noch rechtzeitig, „falls sie einsatzfähig sind, sollen sie ihre Posten einnehmen. Danach erarbeiten Sie auf der Grundlage der Zahlen, die Ihnen Commander Akoskin geben wird, jeweils einen Schicht-, Nahrungsrationierungs- und Reparaturplan."

„Aye, Sir."

Damit wären die meisten seiner Leute erst einmal beschäftigt, was sie vom Nachdenken abhalten würde. Um Lorencia musste er sich nicht kümmern. Falls vom Maschinenraum noch etwas übrig war, war sie längst wieder an der Arbeit. Alpha 365 machte ihm etwas Sorge, doch aktuell musste er darauf vertrauen, dass der Sicherheitsoffizier sich zusammenriss und dabei half, die Ordnung aufrechtzuerhalten. Immerhin waren die Kämpfe mittlerweile abgeebbt, die wenigen verbliebenen Loyalisten stellten kein Problem mehr dar.

Er ging zu den Wissenschaftlern, die bisher schweigend gelauscht hatten. „Gentlemen und -women, Sie werden ab sofort zu unserer internen Kommunikation. Da nahezu die gesamte Technik ausgefallen ist, überbringen Sie Nachrichten zwischen den Abteilungen mündlich. Hierfür begeben Sie sich bitte umgehend in die einzelnen Bereiche. Falls es dort Offiziere gibt, die aktuell nichts tun können, binden Sie diese ein. Ich will eine flüssige Nachrichtenübermittlung. Verstanden?"

Einhelliges Nicken.

Als die Männer und Frauen sich zögerlich erhoben, fügte er hinzu: „Bitte etwas zügiger. Und einer von Ihnen bleibt hier. Die Kommandobrücke benötigt ebenfalls einen Boten."

Sekunden später waren alle verschwunden. Die Kommandobrücke wirkte seltsam leer und ausgestorben. Einzig Lieutenant Larik und der zum Boten umfunktionierte Wissenschaftler hielten die Stellung. Und bis die anderen Ersatzoffiziere kamen, würde das wohl auch so bleiben.

Im November 2265 hatte Jayden das Kommando über dieses Schiff übernommen. Hätte ihm damals jemand gesagt, dass er acht Monate später seinen Eid verraten, die Solare Union verlassen und sich Rebellen anschließen würde, hätte er die Person nur ausgelacht. Und hätte er einen Blick in die Zukunft werfen können, hätte er vermutlich den Dienst quittiert.

Nur nicht schwermütig werden, Jayden, sprach er sich selbst Mut zu. *Dafür ist später immer noch Zeit.* Falls es ein *später* gibt.

14

Sol-System, Sol III (Terra), Sol-Center, 23. Juni 2266

„Ich habe den Angriff abgebrochen“, sagte Verteidigungsminister Jeff Hunt mit sichtbarem Bedauern.

Präsident Björn Sjöberg schloss für einige Sekunden die Augen. Was auch immer an Bord der HYPERION geschehen war, das Schiff hätte längst einen Kontakt zum Vorposten herstellen müssen. Sie hatten nach dem Debakel um die Vorflotte extra ein Patrouillenboot geschickt, das vom Vorposten aus ein Stück in den Parlidenraum geflogen war. So wäre ein Kontakt bereits nach einer Flugzeit von einem Tag bei 6600-facher Lichtgeschwindigkeit möglich gewesen. Doch der Interlink-Kreuzer hatte sich nicht gemeldet und war auch nicht aufgetaucht.

„Das ist wohl das Beste. Solange wir nicht wissen, ob der Befehl ausgeführt wurde, wäre ein Angriff einfach zu riskant.“

„So oder so wäre es ab jetzt zu riskant. Wenn die Heimatwelt der Parliden zerstört wurde, wird es dauern, bis wir das verifizieren können. Ein Schiff auf Phase 3 benötigt zu lange. Die Sternköpfe werden ihre Flotte bis dahin neu positioniert haben und einen Angriff erwarten.

Wurde die Welt nicht zerstört, ist es sowieso egal. Wir könnten natürlich trotzdem angreifen und darauf hoffen, dass die Parliden einfach nicht damit rechnen. Aber das Risiko, dass unsere Flotte bedeutend geschlagen wird, ist verdammt groß.“

„Und das würde die Unruhen im Inneren weiter anfachen.“

Gemeinsam mit Svea Christensen, der Ministerin für Öffentliche Information, und dem Verteidigungsminister saß er in einem Besprechungsraum des Sol-Centers, unfähig, sich zu konzentrieren.

Nachdem er Johnston die Kill-Order für Cross gegeben hatte, war er zu Captain Stark zurückgekehrt. Tatsächlich hatte dieser Wort gehalten und ihm über das rudimentäre Wissen hinaus, über das Björn bereits verfügte, weitere Informationen enthüllt. Im Nachhinein war er sich nicht mehr so sicher, ob das eine gute Idee gewesen war. Stark war für ihn immer so etwas wie ein statuenhafter, übergroßer Vater gewesen. Er hatte ihn angeleitet, ihm geholfen, ihn dabei unterstützt, Präsident zu werden. Stark hatte die Grundlagen des Schattennetzes gelegt – so hatte Björn zumindest geglaubt.

Doch die Erklärungen des Mannes hatten sein gesamtes Weltbild, sein gesamtes Wissen über den Haufen geworfen. Björn begriff, dass er, der große Strippenzieher im Hintergrund, selbst nur eine Puppe gewesen war. Und über allem stand er, Captain Stark. Natürlich war die Intention eine gute, immerhin wollte der Captain ihn unterstützen, ihn zu einem großen Mann machen. Ein Plan, der gelungen war.

Doch was jetzt? Es gab Feinde an allen Fronten und Schatten der Vergangenheit, die sich dazu anschickten, zuzuschlagen.

Hätte er nur nicht so lange gewartet.

Björn musste handeln. Die Parliden konnten sich vielleicht als passables Werkzeug erweisen, die Angreifer aufzuhalten, die dank Sarah McCall bald hier aufschlugen. Und dank der neuen Flotte an Interlink-Kreuzern, die kurz vor der Fertigstellung stand, wäre die Station im Stillen Sektor angreifbar. Damit war die HYPERION als Ganzes nur eines: eine Gefahr. Es spielte keine Rolle mehr, ob Johnston Cross ausgeschaltet hatte oder nicht. Das Schiff musste weg. Und jeder an Bord mit ihm. Zum einen aus sicherheitstechnischen, aber auch aus persönlichen Gründen.

„Der Schlag gegen die Parliden wird ausgesetzt. Alle Grenzposten werden in Alarmbereitschaft versetzt, die Mehrheit der Flotte dorthin verlegt.

Die HYPERION und ihre Besatzung sind ab sofort ein Primärziel. Egal, wer sie findet, jedes Schiff erhält exakte Verhaltensorder.“ Er nahm eine Eingabe auf seinem Pad vor und schob es Hunt zu. „Mit diesem Code wird auf das interne Incept-System zugegriffen. Dort wird eine Codefolge ausgelöst.“

„Sie wollen die Chips detonieren lassen. Alle?“

„Alle! Und danach, wenn auf dem Schiff Chaos herrscht, wird es aus dem All gepustet. Niemand geht an Bord, niemand stellt Kontakt her. Die identische Order wird auf jedes verdammte Rebellenschiff angewendet.“

„Verstanden. Ich gebe das sofort weiter.“ Hunt begann damit, die notwendigen Befehle in sein Pad zu tippen.

„Svea.“ Björn atmete müde aus. „Legen Sie los. Die ganze Palette. Cross, der Held von Tikara, entpuppt sich als Wolf im Schafspelz. Er flieht mit der HYPERION, um sich Michalews Truppen anzuschließen. So schlagen wir zwei Fliegen mit einer Klappe. Cross wird zum Feind, und da er die HYPERION besitzt – zu einer Gefahr. Sie kennen das ja. Graben Sie ein paar schmutzige Dinge aus seiner Vergangenheit aus. Stellen Sie öffentlich Fragen, die ihn in ein schlechtes Licht rücken. Und kümmern Sie sich um die Firma seiner Familie. Ich will die ganze Palette: ausgenutzte Steuerschlupflöcher, böse Arbeitgeber, die Angestellte ausnutzen, Nachzahlungen an den Fiskus und schließlich – verknüpfen Sie irgendeines seiner Geschwister mit Michalew. Ich will eine ruinierte Familie Cross, die in den Augen der Öffentlichkeit … Sie wissen schon."

„Der Plan liegt seit einigen Wochen bereit", sagte Svea.

Ihre Stupsnase sah bezaubernd aus und täuschte die meisten Menschen über die Gefährlichkeit dieser Frau hinweg. Er würde natürlich nicht darauf hereinfallen. „Tun Sie das. Und weisen Sie auf den ehrenvollen Johnston hin. Was weiß ich, denken Sie sich was aus. Wir brauchen langsam mal wieder einen Helden. Aber stilisieren Sie ihn nicht zu sehr, maximal ein bis zwei Tage. Und finden Sie mir einen neuen Kommandanten, den wir gebrauchen können."

„Eine neue Galionsfigur?"

„Nein." Björn schüttelte den Kopf. „Keine Galionsfigur. Einen Jäger. Wir brauchen einen Jäger."

15

Zweiter Tag der Havarie

Es tut mir leid, Sir", sagte Doktor Isaak. „Aber eine andere Möglichkeit gibt es schlicht und ergreifend nicht. Noch ein Zusammenbruch, und ich muss den Tank kappen."

Jayden hätte den Arzt gerne am Kragen gepackt und durchgeschüttelt, doch letztlich hatte der natürlich Recht. „Und es gibt keine andere ... Nein, antworten Sie nicht, schon gut."

Es war also entschieden. Sollte die Energie ein weiteres Mal abfallen und damit nicht mehr genug für die Injektionsräume zur Verfügung stehen, würde er den Stasetank von Commander Noriko Ishida deaktivieren.

Jayden bemerkte, dass seine Arme unaufhörlich zitterten. Schnell verschränkte er sie hinter dem Rücken. Die letzten zwei Tage hatten ihm und jedem hier an Bord alles abverlangt. Nachdem die interne Kommunikation wiederhergestellt war – und die Wissenschaftler und Offiziere, die als Boten fungiert hatten, sicher um zahlreiche Kilo leichter waren –, fiel die Verständigung deutlich einfacher. Die Schichten liefen flüssig ab, die Techniker taten, was sie nur konnten. Doch das war nicht viel. Die Strahlung im Maschinenraum war noch immer auf einem Niveau, das jedes Betreten unmöglich machte.

Jayden warf im Vorbeigehen einen Blick zum Stasetank. Dort saß sie: Lieutenant Commander Giulia Lorencia. Die Chefingenieurin verbrachte jede freie Minute am Tank von Ishida. Viele davon gab es nicht, koordinierte sie doch die Instandsetzungsarbeiten im Maschinenraum. Die Lieutenant Commander war am Ende, wirkte wie ein Häufchen Elend. Der Tod ihres Stellvertreters und der unfassbare Anschlag auf ihre beste Freundin hatten sie in tiefster Seele erschüttert.

„Sollte es notwendig werden, den Tank abzuschalten", sagte Jayden leise, „dann setzen Sie sich zuerst mit mir in Verbindung. Ich bringe es der L.I. bei, während Sie die Prozedur ausführen."

„Verstanden, Sir."

„Sonst noch etwas?"

Isaak nickte. „Abgesehen von Toten und Verletzten? Wir können die Heilung von Tess Kensington einstweilen nicht abschließen. Es gibt quasi nur vorrangige Patienten, die mit dem Leben ringen. In spätestens zwei Tagen können wir gar keine Behandlung mehr durchführen und lediglich einfache Injektionen verabreichen.

Wir haben mittlerweile die Bestätigung, dass Paramedic Syra Pembleton die Explosion des Pulsers nicht überlebt hat. Ein Bergungsteam fand sie in der Kabine von Commander Kensington."

„Ich verstehe."

„Über die anderen Fälle halte ich Sie auf dem Laufenden."

Jayden nickte, doch der Doktor war schon auf und davon. Isaak arbeitete seit zwei Tagen ohne Unterbrechung. Lange konnte er das nicht mehr durchhalten. Keiner von ihnen konnte das. Aber wer vermochte in dieser Situation auch nur an Schlaf zu denken oder eine Stunde Entspannung einzuschieben? Nicht, solange man etwas tun konnte.

Jayden rieb sich müde die Augen, dann kehrte er zur Kommandobrücke zurück.

16

Dritter Tag der Havarie

Lieutenant Commander Giulia Lorencia saß am Stasetank und konnte den Blick nicht von Noriko Ishida abwenden. Immer wieder fragte sie sich, warum Johnston gerade sie ausgewählt hatte. Natürlich war es bedeutungslos. Der Grund spielte keine Rolle, nur das Ergebnis. Sie alle trugen diese verdammten Chips in ihrem Schädel, doch es war ihr egal; völlig egal. Nur der zerbrechliche, schwache Leib hatte Bedeutung, der vor ihr im Tank lag.

Noriko war ihre Freundin. Ihre einzige Freundin. Giulia konnte sich dieses Schiff einfach nicht ohne sie vorstellen. Sie wollte es gar nicht.

Eigentlich hatte sie ihr so viel erzählen wollen, mit ihr noch über so viele Dinge reden wollen. Aber das war einstweilen nicht möglich.

Wenn du wiedererwachst … Sobald du wiedererwachst, werden wir reden. Dann erzähle ich dir alles. Alles über den verdammten Torpedo, den ich manipuliert habe. Dass ich es war, die damals den Club der Captains aufdeckte und die Information an Sjöberg weitergab. Der wiederum dafür sorgte, dass du aufgenommen wurdest, weil er wusste, dass du alles auffliegen lassen würdest. So fiel es nicht auf mich zurück und nicht auf ihn.

Ich bin schuld, dass deine Karriere zerstört wurde. Es tut mir so leid. Aber der Torpedo hat dich gerettet. Ein einfaches Stück Metall, ein Sprengkopf und eine Parlidensignatur. Es war so leicht, diesen Dummkopf Walker auszunutzen. Dass er für Michalew arbeitet, wusste doch jeder. Und jetzt erweist sich Sjöberg als der Böse, der uns Killchips in den Schädel gesetzt hat.

Sie verbarg den Kopf in den Händen. Ihre Gedanken überschlugen sich, Tränen stiegen ihr in die Augen. Sie musste stark sein. Für Noriko, für Cross und das Schiff, für alles, woran sie glaubte.

17

Vierter Tag der Havarie

Lieutenant Commander Tess Kensington trank einen Schluck Wasser, dann hielt sie ihre Unterarme unter den Wasserstrahl. Sie benötigte fünf Minuten alleine und hatte sich profanerweise für die Toilette der Krankenstation als Rückzugsort entschieden.

Das Spiegelfeld warf ein fremdes Antlitz zurück. Ihr Gesicht glich einer Kraterlandschaft aus Geschwulsten und Narben. Ihr wahres Äußeres war nicht mehr erkennbar. Ihre Haare waren nur noch schwarze Stoppel, ihre Augenbrauen verbrannt. Sie war eine Fremde. Nicht mehr die hübsche, kecke Lieutenant Commander auf der Überholspur, sondern ein Opfer dieses Kampfes.

Sie trank erneut einen Schluck Wasser. Die Eiseskälte rann ihre Kehle hinab, es tat so gut.

Ihre Gedanken schweiften kurz ab. Wo mochte Zev gerade sein? Seit seiner Genesung auf KASSIOPEIA hatte sie nichts mehr von ihm gehört. Sie wusste, dass er nach NOVA zurückgekehrt war, doch seitdem hatten sie den Phasenfunk-Kontakt nicht mehr aufgenommen. Das Risiko, dass irgendjemand auf sie – oder genauer: auf ihre geheim gehaltene Beziehung – aufmerksam wurde, war einfach zu groß. Nachdem sie jahrelang gemeinsam die Mörder ihrer Eltern gesucht hatten, war die Spur innerhalb der Space Navy erkaltet. Trotzdem würde Tess nicht aufgeben, ebenso wenig wie Zev.

Egal, wer die Macht in den Händen hielt, egal, was im Hintergrund vor sich ging, sie würden die Wahrheit aufdecken und den Mörder finden. Und falls Tess zuvor höchstpersönlich den Ketaria-Bund aufspüren und jeden einzelnen der verdammten Assassinen enttarnen musste, würde sie das tun. Einer von diesen verdammten Kerlen hatte ihre Eltern getötet. Und hierfür hatte er einen Auftrag erhalten. Irgendwer stand hinter allem. Doch wer?

Die Gedanken zerstoben, als sie sich im Spiegelfeld betrachtete. Spielte eines dieser Dinge momentan eine Rolle? Sie saß auf der HYPERION und wusste nicht, ob das Schiff die nächsten Tage überlebte, wie es danach weiterging. Was sie erwartete. Stattdessen hangelte sie sich von Patient zu Patient auf der Krankenstation. Wie viele von ihnen waren ihr schon unter den Händen weggestorben? Sie hatte aufgehört zu zählen.

Ihre Kraft war aufgebraucht, ihre Energie versiegt. Sie fragte sich immer wieder, wie Doktor Isaak das schaffte. Der Mann schenkte jedem Patienten ein Lächeln, klopfte ihm auf die Schulter und behandelte ihn mit Freundlichkeit und Zuversicht. Diese Zuversicht, woher nahm er die nur?

Die Zeit, in der sie mit einem frechen Spruch auf den Lippen und einer unbändigen Energie alles angepackt hatte, schien Lichtjahre entfernt. Jetzt war sie einfach nur noch müde.

Mit einer abgehackten Bewegung deaktivierte sie das Spiegelfeld, setzte ein Lächeln auf und kehrte auf die Krankenstation zurück.

18

Sechster Tag der Havarie

Jayden saß am Kopfende des Tisches und ließ seinen Blick schweifen. Reihum saßen sie alle am Tisch des Konferenzraums. Lieutenant Commander Lukas Akoskin zu seiner Linken. Nach ihm folgte Lieutenant Commander Giulia Lorencia und Alpha 365. Zu seiner Rechten saßen Lieutenant Task, Doktor Tauser und Lieutenant Commander Tess Kensington. Den Abschluss bildete Lieutenant Larik.

Er blickte jedem für einen Moment in die Augen, während sich Schweigen über den Raum senkte. Dank Sarah McCall kannte er all ihre Geheimnisse, das gesamte Netz, das sie miteinander verband. Sicher fehlten ihm noch Details, doch die wichtigsten Dinge kannte er. In den letzten Tagen hatten sie ihn wachgehalten. Es stand nicht gut um das Schiff. Sie hatten noch fünf, vielleicht sieben Tage, dann würden die Systeme damit beginnen zu versagen. Die Interlink-Strahlung hatte die Abschirmung des Speicherrings beschädigt, und die Ansaugvorrichtungen des Helix-Konverters waren durchgebrannt. Die Fusionsreaktoren mussten einer nach dem anderen vom Netz genommen werden.

Vielleicht ist genau jetzt der richtige Zeitpunkt. „Ich habe Sie alle heute hier zusammengerufen, weil es so nicht weitergeht. Es steht außer Frage, dass unser Überleben an einem seidenen Faden hängt. Doch sollten wir wider Erwarten davonkommen, stehen wichtige Entscheidungen an. Jeder an Bord wird für sich selbst beschließen müssen, ob er an der Seite von Santana Pendergast kämpft oder in die Solare Union zurückkehrt. Ich für meinen Teil werde mich über jeden freuen, der an Bord bleibt und den Kampf gegen Sjöberg mit mir aufnimmt. Doch hierfür ist es notwendig, dass wir uns von Offizieren, die einander zugeteilt wurden, zu einer eingespielten Mannschaft entwickeln. Das wird aber kaum möglich sein, solange Geheimnisse zwischen uns stehen. Wie ich mittlerweile weiß – und einige hier am Tisch ebenfalls –, wurde die Kommandobrückencrew aus einem bestimmten Grund in dieser Konstellation zusammengestellt. Aus Kalkül. Es ist also an der Zeit, dass wir einander vertrauen und die Wahrheit aussprechen. Wir sehen uns Mächten gegenüber, die ihre Pläne seit Jahrzehnten vorantreiben und für die wir nur Marionetten sind. Puppen, die man beliebig einsetzen kann. Aus diesem Grund können wir dieses Rätsel nur gemeinsam aufklären und gemeinsam siegen; als Einheit. Keine Geheimnisse mehr.“

Er wartete das zustimmende Nicken ab, dann begann er zu erzählen. Er berichtete von Sarah McCall, dem, was sie ihm über die Parliden, die Heliosphäre, den Plan von Sjöberg, den Tod von Michalew und über Pendergast berichtet hatte.

Während am Tisch zu Beginn noch gebrochene Offiziere saßen, griffen doch zunehmend Neugier und Unglaube um sich, und auf nicht wenigen Gesichtern zeichnete sich Entsetzen ab, als er die Hintergründe der Sjöberg-Verschwörung und den Mord an Präsidentin Kartess enthüllte.

Er übergab das Wort als Nächstes an Alpha 365, der die anderen über das Schattennetzwerk in Kenntnis setzte. Sie erfuhren zudem, dass er und Kensington bereits einen Großteil der Hintergründe kannten. Neben den politischen Wahrheiten sprach der Sicherheitschef aber auch über sich selbst. So erfuhren sie also, dass der Alpha in Wahrheit Gefühle besaß, die er jedoch mit einem Medikament lange unterdrückt hatte.

Als er schwieg, ergriff Lieutenant Task das Wort und berichtete über seine Fähigkeiten des multisensorischen Inputs – wie er es selbst nannte. Jayden füllte die Lücken um die Erschaffung des Erios-Virus‘ mit den Informationen von McCall und enthüllte damit auch Janis, was damals tatsächlich geschehen war. Von seiner eigenen Verstrickung in diese Sache hatte er bisher nichts gewusst und war ziemlich entsetzt.

Schließlich kam die Reihe an Lukas Akoskin, der mit stockender Stimme gestand, wo er aufgewachsen war. Er berichtete, dass er einst Assassine gewesen war. Jayden beobachtete das Gesicht von Tess Kensington genau, als der Waffen- und Taktikoffizier diese Enthüllung machte. Es war jedoch schwer, ihre Mimik zu deuten, da sie unter Brandnarben und Geschwüren verdeckt war.

Die Ortungsoffizierin gestand im Anschluss auch ihre Vorgeschichte, erzählte von dem Weg, der sie auf die HYPERION geführt hatte, und die Recherchen, die sie mit dem Alpha durchgeführt hatte. Ihre Stimme blieb dabei neutral und tonlos. Er wollte gar nicht daran denken, wie es in ihrem Inneren aussah. Als sie vom Tod ihrer Familie berichtete – und dem Attentäter, der diese ausgelöscht hatte –, entgleiste die Miene von Akoskin für eine Sekunde, bevor sie wieder maskenhaft starr wurde. Es war, als entstand eine unsichtbare Barriere zwischen seinem zweiten Offizier und Kensington.

Aber da müssen sie durch, dachte Jayden. *Anders werden wir es nicht überstehen.*

Lieutenant Larik, der zu dem Gespräch kaum etwas beizusteuern hatte, saß mit offenem Mund am Tisch und lauschte.

Den Abschluss machte Giulia Lorencia. Und was sie erzählte, erschütterte sogar Jayden. Sie enthüllte alles über ihre Zeit an der Akademie, den Untersuchungsausschuss von Michalew und die Informationen, die sie Sjöberg gegeben hatte. Einige am Tisch begriffen im Verlauf der Rede wohl auch, was Noriko Ishida durchgemacht hatte und dass sie nicht nur unschuldig, sondern all die Zeit über Opfer einer üblen Intrige gewesen war – wie sie alle.

„Ich wollte wiedergutmachen, was ich damals tat", sagte Lorencia tonlos. „Also habe ich den Torpedo manipuliert, damit er abgefeuert wird, und es dann Lieutenant Walker in die Schuhe geschoben. Ich wusste, dass er für Michalew arbeitete, wobei sich mittlerweile ja herausgestellt hat, dass er ein Doppelagent für Sjöberg war. Ich stehe zu dem, was ich tat. Noriko Ishida wurde vom ersten Tag an Bord mit Vorurteilen und Ablehnung konfrontiert, obwohl sie ein liebevoller und offenherziger Mensch ist. Ich konnte nicht zusehen, wie sie zerstört wird. Aber ich kann auch nicht länger schweigen. Nicht nach allem, was in den letzten Wochen geschehen ist. Natürlich akzeptiere ich jede Art der Bestrafung."

Jayden blieb vor Überraschung der Mund offenstehen, und auch Alpha 365 war völlig verblüfft.

Das hat dann wohl niemand kommen sehen. Nach einigen Sekunden der Stille ergriff er das Wort: „Danke, L.I., für diese offenen Worte. Wir beide werden uns noch unter vier Augen über diese Sache unterhalten. Doch einstweilen geht es darum, zu überleben. Alles andere kann warten.

Nachdem wir unsere Kameraden nun etwas besser kennenlernen konnten, sollte sich das alles erst einmal setzen. Ich werde *niemanden*", dabei schenkte er der L.I. einen durchdringenden Blick, „vorverurteilen. Allerdings werde ich mit jedem von Ihnen noch einzelne Gespräche führen. Ab sofort sollten wir offen zueinander sein und füreinander einstehen, solange wir es noch können. Unsere Feinde sind zahlreich, vernetzt, und es steht eine Menge auf dem Spiel. Wir sitzen alle im gleichen Boot, und dieses ist – in deutlichen Worten – mehr als löchrig. Wir können uns nur gegenseitig helfen, es gibt niemanden, der das für uns übernehmen wird."

„Nurakow an Captain Cross", erklang die Stimme des diensthabenden Ortungsoffiziers aus dem Interkom. „Sir, bitte kommen Sie sofort zur Kommandobrücke. Wir sind nicht mehr allein."

Jayden sprang auf. „Ich bin unterwegs."

Hinter ihm brach Stimmengewirr aus, das ihm folgte.

Als er die Kommandobrücke erreichte, starrten die wenigen anwesenden Offiziere bereits auf die Holosphäre. In dieser wurden die Aufnahmen der Bug-Kamera angezeigt, die erst seit zwei Tagen wieder Bilder lieferte.

„Die TORCH", sagte Nurakow. „Sie nehmen uns wieder unter Traktor."

Jayden atmete auf. „Ladys und Gentlemen, augenscheinlich haben wir es einmal mehr geschafft."

Überall war erleichtertes Aufatmen zu hören, vereinzelt lachten Offiziere.

„Damit haben wir unser Glück wohl für ein ganzes Leben ausgereizt", sagte Jayden leise. „Keine Parliden, kein Sjöberg. Verdammt, Admiral, wie haben Sie das nur geschafft?"

19

Dreadnought TORCH, auf dem Weg zu einem Rendezvous-Punkt, 29. Juni 2266, 09:30 Uhr

„Setzen Sie sich, Captain“, sagte Admiral Santana Pendergast. „Und trinken Sie einen Schluck.“ Bei diesen Worten schob sie ihm einen Becher zu, aus dem ein verführerischer Duft emporstieg.

„Ist das …?“

„Ein letzter Rest. Genießen Sie es. Wenn ich etwas in den vergangenen Wochen gelernt habe, dann, dass uns allen ein wenig mehr Entspannung guttut.“

Jayden lächelte und zog den Becher heran. „Vielen Dank.“ Er nippte an der tiefroten Flüssigkeit, sog den Geruch ein und fühlte tatsächlich, wie ein Teil der Anspannung von ihm abfiel. „Und danke für die Rettung.“

„Der Dank gebührt mir nur zum Teil“, erwiderte Pendergast. „Der gute Geist war in diesem Fall Sarah McCall.“

„Wer auch sonst. Wie haben Sie uns wiedergefunden?“

„Mein Navigator wird Ihnen das sicher im Detail erklären können. Es hat irgendetwas mit Gravitationsvektoren und Phasenraumfrakturen zu tun. Ich werde Ihnen unsere Sensorlogs und Berechnungen zugänglich machen.“

„Vielen Dank.“ Bevor es zu einem Missverständnis kam, berichtete er erneut von den Vorkommnissen im Stillen Sektor und machte der Admiralin damit auch klar, dass er sie nicht für eine Verräterin hielt.

„Das macht es einfacher.“ Pendergast lächelte. „Ich fürchtete schon, Sie in eine Arrestzelle stecken zu müssen. Wie schaut es auf Ihrem Schiff aus? Oder vielmehr dem, was davon noch übrig ist.“

Die Anspannung kehrte zurück. „Dank der Versorgungsgüter und Paramedics, die Sie uns per Shuttle geschickt haben, konnten wir zahlreiche Engpässe beseitigen. Mit den mobilen Energieknoten halten wir die Stasetanks stabil. Noriko Ishidas Tank wurde bereits auf Ihre Krankenstation verlegt.

Was die Reparaturen angeht, benötigen wir jedoch dringend eine Werft.“

„Wie wir alle.“ Pendergast seufzte. „Aber ich fürchte, ich muss hier etwas klarstellen, Captain. Wir fliegen zu keiner Schiffswerft. Wir steuern den Rest meiner Flotte an. Keines unserer Raumschiffe ist vollständig intakt, wir haben kaum noch ausreichende Mittel zur Nahrungsversorgung, und die Hälfte der Schiffe hat keine Munition mehr."

Jayden spürte, wie seine Zuversicht rapide sank. „Wir können die HYPERION also nicht wieder instandsetzen?"

Pendergast wiegte den Kopf hin und her. „Ihr Kreuzer ist und bleibt das einzige Schiff mit Interlink-Antrieb. Wir werden die besten Techniker zusammenziehen und auf die HYPERION schicken. Sie erhalten alle Ersatzteile, die wir entbehren können, im Notfall schlachten wir andere Raumschiffe aus. Wir brauchen Ihren Kahn, um es deutlich zu sagen."

„Wofür?" Jayden stellte den Becher ab und sah der Admiralin lange und intensiv in die Augen.

„Sie sind nicht mehr der Mann, der vor einigen Monaten von der Erde aufbrach", sagte sie schließlich, anstatt auf seine Frage einzugehen. „Als Björn mich damals überreden wollte, Ihnen das Kommando über die HYPERION zu geben, hielt ich ihn für wahnsinnig. Vielleicht sollte ich noch anmerken, dass ich ihn heute für wahnsinnig und gemeingefährlich halte, aber der Punkt ist: Ich konnte einfach nicht begreifen, dass er tatsächlich einem Grünschnabel wie Ihnen das Kommando über ein derartiges Schiff übergeben wollte. In den ersten Monaten habe ich Ihre Logbücher sehr aufmerksam gelesen. Und auch wenn ich manchmal dachte: *‚Was hat dieser Idiot sich nur dabei gedacht?'*, haben Sie Resultate erzielt. Und als Sie gegen Johnston vorgingen, haben Sie obendrein Courage bewiesen. In Zukunft kämpfen wir wohl gemeinsam ums Überleben, daher bin ich offen zu Ihnen: Wir stehen kurz vor dem Ende. Meine", sie lächelte, „*Verlorene Flotte* steht vor dem Zusammenbruch."

„Wofür benötigen Sie mein Schiff?"

„Für eine Mission. Eine Mission, die uns zurück ins Spiel bringen soll. Ich werde Ihnen alles darüber erzählen, aber erst, wenn es soweit ist. Unsere oberste Priorität ist die Instandsetzung des Interlink-Kreuzers; aber das wird dauern. Wir fliegen zum Rendezvous-Punkt." Sie massierte sich die Schläfen. „Dort angekommen, leite ich alles in die Wege. Doch bis die HYPERION wieder einsatzfähig ist, benötige ich Sie und einen Teil Ihrer Leute für andere Aufträge."

Ich hätte meinen Landurlaub schon viel früher nehmen sollen, dachte er. *Ver-*

mutlich werde ich nie wieder freie Tage bekommen. „Welche Missionen? Und wen?"

„Wir wissen von den Killchips", sagte Santana. „Und ich weiß, was mit Noriko Ishida geschehen ist. Mein Chefarzt hat mir die Auswirkungen der Detonation genau beschrieben – für meinen Geschmack viel zu genau."

Jayden nickte schweigend. Darauf gab es nichts zu erwidern.

„Ich gebe Ihnen das Kommando über ein Schiff und schicke Sie zusammen mit Alpha 365 auf eine Mission", erklärte sie. „Eine verdeckte Operation, von der niemand etwas erfahren darf."

Er beugte sich vor. „Worum geht es?"

„Das ist simpel: Ich will diese verdammten Killchips aus unseren Schädeln heraushaben. Ich habe mir die alten Akten angesehen und weiß, wo sie hergestellt wurden."

„KASSIOPEIA", sagte Jayden, der längst ähnliche Nachforschungen angestellt hatte. Es war kein Geheimnis, dass das Chipprojekt von Sjöberg in Auftrag und von den Genetikern KASSIOPEIAS durchgeführt worden war.

„Exakt. Ich will, dass Sie dorthin gehen und eine Möglichkeit finden, uns von diesen Dingern zu befreien. Tun Sie alles, was nötig ist. Notfalls bringen Sie den verantwortlichen Genetiker hierher."

„Ich habe verstanden." Sie bot ihm tatsächlich eine Chance, das Leben aller Offiziere zu retten. *Nur keinen Druck aufbauen.*

„Wen benötigen Sie sonst noch?"

Pendergast ließ sich Zeit. Sie saß auf ihrem Stuhl, und irgendwie gelang es ihr, sich zu entspannen. Jayden beneidete sie darum. Sobald das Gespräch beendet war, würde er in ein Shuttle steigen und beim nächsten Stopp wieder übersetzen. Und auf der HYPERION wartete alles, aber keine Entspannung.

„Ich will Tess Kensington", sagte die Admiralin plötzlich. „Dank der Verbrennungen auf ihrer Haut kann kein automatisches Kamerasystem sie zuordnen. Sie wird in der Lage sein, sich am Zielort unauffällig zu bewegen. Sie wird zusammen mit Commander Lukas Akoskin eine Mission bestreiten. Er als Waffen- und Taktikgenie ist unabdingbar, und sie kennt den Ort bereits, an den es geht."

Jayden gelang es gerade so, nicht scharf einzuatmen. Er würde mit den beiden reden müssen, bevor sie aufbrachen, so viel war sicher. Ausgerechnet Kensington und Akoskin loszuschicken, konnte sich als äußerst schlechte Idee erweisen. Andererseits vermochte er der Admiralin kaum davon abzuraten, ohne die Hintergründe erklären zu müssen. Und das kam in der aktuellen Situation definitiv nicht infrage. „Verstanden. Wohin werden Sie die beiden schicken?"

„Alles zu seiner Zeit, Captain." Sie lächelte. „Lassen Sie uns einstweilen zu den anderen Schiffen fliegen und ein wenig zu Atem kommen. Wir werden ihn brauchen. Die Dinge entwickeln sich schnell."

Da haben Sie Recht. Sie wissen ja nicht, wie sehr. „Wissen Sie, dass ich ursprünglich zur Flotte kam, um das All zu erkunden? Neues Leben zu entdecken und fremde Zivilisationen zu erforschen?"

„Das ehrt Sie, Captain." Pendergast lächelte bitter. „Aber ich fürchte, diese Zeiten sind einstweilen vorbei." Sinnierend sah sie durch den transparenten Stahl ins All. „Und ich fürchte, nur wir stehen noch zwischen Sjöberg und seinem endgültigen Sieg."

EPILOG I

Im Zentrum der Stille

Sarah McCall tigerte auf und ab, auf und ab. Einmal mehr verfluchte sie den Umstand, nicht zu wissen, was dort draußen vor sich ging. Auf dieser verdammten Raumstation gab es nur eines: Stille! Immer wieder schweiften ihre Gedanken zur HYPERION, Captain Cross und der übrigen Crew.

Wie war es ihnen ergangen? Hatte dieser Wahnsinnige Johnston tatsächlich das Killchip-Projekt offenbart? Falls ja, hatte wohl nur der Captain überlebt.

Ich hätte mit einem Schiff ins Algethi-System fliegen sollen, dachte sie bitter. Leider war die Entwicklung so schnell vonstattengegangen, dass sie kaum eine Chance gehabt hätte, rechtzeitig dort zu sein. Es war in der Tat zum ersten Mal seit dem Anbruch ihrer Mission Glück gewesen, dass sie rechtzeitig etwas in die Wege hatte leiten können. Pendergast war schlicht und einfach nahe genug gewesen. *Gut, sie war nur in der Nähe, weil ich sie mit ein paar Halbwahrheiten dorthin gelockt habe, aber das zählt nicht.*

Sie glaubte zu spüren, wie das Eis unter ihren Füßen immer dünner wurde – bildlich gesprochen. Ein Blick durch das Fenster, und sie wurde noch ungeduldiger. Warum nur hatte sich die Passage noch nicht geöffnet? Alles schien bereit, die Energien flossen, alles war wie … damals. Sie versuchte nicht an den Moment zurückzudenken, der ihr Leben für immer verändert hatte. Ihres und das der anderen.

Alles hing vom richtigen Timing ab. Nur so konnte der große Plan – und ihr eigener kleiner nebenbei – Wirklichkeit werden.

Sie wandte sich um und aktivierte über die Berührung der Glasröhre ein schwebendes Holobild. Immer wenn sie verzweifelt war oder nicht weiterwusste, aktivierte sie es. Das Bild zeigte den Mann, von dem die meisten dachten, er wäre längst tot. Captain James Stark. Wie sie ihn hasste!

Aber du kriegst Jayden Cross nicht, schwor sich Sarah. *Und warten wir mal ab, was das Kuckucksei macht, das ich dir ins Nest gelegt habe.* Sie kicherte. *Es ist doch wirklich niedlich, was man so in einer Parlidenrüstung findet, wenn man sie auflöst.* Sie seufzte theatralisch. „Und manch ein Fund entpuppt sich als Zeitbombe."

Sarah ließ sich von der K.I. ein Glas mit Champagner generieren. Sie hatte das Getränk während ihrer Zeit auf der Erde lieben gelernt und verstand nur allzu gut, warum die Menschen es zu besonderen Anlässen tranken. „Auf Sie, Angelica Sjöberg, First Lady der Solaren Union. Zeigen Sie dem Monster die Zähne." Sie wandte sich dem transparenten Stahl zu, in dessen Oberfläche sich ihr eigenes Konterfei spiegelte. „Und auf die letzte Runde dieses Kampfes, Stark. Wo immer du auch bist, du hast einmal gewonnen, ein zweites Mal lasse ich das nicht zu."

EPILOG II

Wer ist Zev Buckshaw?

Sie hatten ihn in einem dunklen Raum an einen Stuhl gefesselt. Zev Buckshaw machte sich keine Illusionen, er war so gut wie tot. Das war nicht das gleiche Gefangenenlager, aus dem er mit Irina Petrova geflohen war. Es war jenes, das für *Befragungen* zuständig war.

Das Schott fuhr zur Seite. Ein junger Mann in legerer Kleidung trat ein. Er hatte ein hübsches Gesicht, lange braune Haare und freundlich dreinblickende Augen. „Ah, Mister Buckshaw. Schön Sie zu sehen."

„Die Freude ist nicht auf meiner Seite."

„Das sagen sie anfangs alle." Er lächelte. „Und am Ende betteln sie darum, uns Informationen geben zu dürfen. Manch einer will sogar in die I.S.P." Er lachte. Für einen Moment konnte Zev in den Augen des Mannes eine Gnadenlosigkeit sehen, die er dort nicht erwartet hätte. „Ich versuche es meist erst einmal auf die freundliche Art. Ein kurzer Plausch, ein nettes Gespräch. Im nächsten Schritt widmen wir uns der körperlichen Folter. Im darauffolgenden der psychischen."

„Ich arbeite nicht mit Michalew zusammen, verdammt!" Er zerrte an den Fesseln. „Der Kerl war ein Schwein."

„Oh." Der Mann schlug die rechte Hand theatralisch vor den Mund. „Nein, nein, das ist ein Missverständnis. Mein Fehler. Wir wissen, dass Sie nicht mit Michalew zusammenarbeiten."

„Was tue ich dann hier?"

Der Mann zog ein Pad hervor. „Ich würde Sie sehr gerne wieder freilassen. Immerhin waren Sie ein respektabler Offizier der Space Navy. Natürlich gibt es noch zu bedenken, dass es einen Zev Buckshaw bis vor wenigen Jahren gar nicht gab. Ich habe meine Hausaufgaben gemacht. Also sagen Sie mir, auf wen soll ich den Freilassungsbescheid ausstellen. Wie ist Ihr Name? Der echte natürlich."

Ein eisiger Schrecken durchfuhr Zev. Er hatte sich immer gefragt, wann das geschehen würde. Wann jemand die falsche Akte ein wenig zu genau untersuchte. Nun war es soweit. Und damit, dass die I.S.P. ihm auf die Schliche gekommen war, waren seine schlimmsten Befürchtungen wahr geworden. Wenn er diesem Mann sagte, wer er war, würde dieser ihn töten. Sie würden jedes einzelne seiner Atome zerblasen, seine Akte löschen und jeden Hinweis auf den Mann namens Zev

Buckshaw tilgen.

„Ich weiß nicht, wovon Sie sprechen!“

„Ja, das sagen auch immer alle.“ Sein Gegenüber lächelte. „Zumindest anfangs.“ Er zog einen länglichen Metallstab hervor, an dessen Ende ein spitzer Dorn saß. „Ich wünschte wirklich, es käme nicht dazu.“

„Sie widerlicher Sadist hoffen doch darauf, dass ich die Klappe halte. Das macht Ihnen Spaß.“

Das hübsche Gesicht verzog sich zu einem grausamen Lächeln. „Erwischt. Daher frage ich auch nur noch *ein Mal*: Wer ist Zev Buckshaw?“

Zev schwieg.

Nur Augenblicke später begann der Schmerz. Und er sollte für lange Zeit nicht enden.

Ende des Zweiteilers

Die Greenlight Press ist Fördermitglied des **WWF** und Förderer von **Amnesty International**. Mit dem Kauf dieses Produktes hast du dazu beigetragen, dass wir Mensch und Tier unterstützen können. Vielen Dank!

Vorschau

Unter großen Opfern hat die HYPERION ihre Mission überstanden, doch das Schiff liegt in Trümmern. Während die Instandsetzungsarbeiten andauern, gehen einige der Offiziere getrennte Wege. Captain Cross und Alpha 365 sollen sich um das Problem mit den Kommandochips kümmern, Tess Kensington und Lukas Akoskin erhalten ihrerseits einen eigenen Auftrag, der sie direkt in die Höhle des Löwen führt – wo sie auf einen alten Bekannten treffen.

Unterdessen plant Admiral Pendergast ihre nächsten Schritte, und auch Präsident Sjöberg bleibt nicht untätig.

Weitere Informationen zur Serie finden sich auf der Website der Reihe und auf Facebook.

http://www.heliosphere2265.de
http://www.facebook.com/heliosphere2265

Informationen zu weiteren Projekten des Autors:
http://www.andreassuchanek.de

COVERGALERIE

HELIOSPHERE
2265
IM ZENTRUM DER GEWALTEN
ANDREAS SUCHANEK
5

HELIOSPHERE
2265
DIE BÜRDE DES CAPTAINS
ANDREAS SUCHANEK
6

HELIOSPHERE
2265
DIE OPFER DER ENTSCHEIDUNG
ANDREAS SUCHANEK
7

WEITERE SERIEN DER GREENLIGHT PRESS

Die Chroniken der Seelen Wächter
Vom Jäger zum Gejagten.
Um die Kreaturen des Schattens zu besiegen, muss er das Böse entfesseln...
Das Böse in sich.
Seraph
2015
Wir sind nominiert!
Longlist 2015
„Entfesselt den Jäger“
www.die-seelenwaechter.de
www.greenlight-press.de
Eine Serie der greenlight Press

Ein M.O.R.D.s - Team
Das Geheimnis ruht seit 30 Jahren.
Jetzt wird es enthüllt.
Der Nummer 1 Bestseller. Als E-Book und Taschenbuch. E-Book 1 für 99 Cent erhätlich.
„Wer tötete Marietta King?“
Eine Serie der greenlight Press
www.greenlight-press.de

HELIOSPHERE 2265
Die SCIENCE-FICTION-SERIE
von PERRY RHODAN-Stardust Autor ANDREAS SUCHANEK
NEU ALS HÖRSPIEL
Von den Mark Brandis-Machern
Mit bekannten Stimmen aus Film und Fernsehen
SEIT NOVEMBER 2012
Jeden Monat als E-Book. Auch erhältlich als Hardcover und Hörspiel.
Drei mal nominiert als „Beste Serie" beim Deutschen Phantastik Preis
MEHR INFOS UNTER
Web www.greenlight-press.de | Twitter @Heliosphere2265 | Facebook www.facebook.com/Heliosphere2265

Captain Jayden Cross, Noriko Ishida und die Crew

der HYPERION kommen wieder!